KB142830

Published with the support of the Institute for Literary Translation, Russia.

웃음과 풍자 코드로 읽는
도스토옙스키 단편선

Ф. М. Достоевский: Великий сатирик и
юморист в его знаменитых рассказах

도스토옙스키 단편선

이 책은 한국문학번역원, 러시아문학번역원의
지원을 받아 출간되었습니다.

목차

도스토옙스키 단편

도스토옙스키 시詩

일러두기

1. 단편 작품은 Ф. М. Достоевский, Собрание сочинений в пятнадцати томах, Ленинград: Наука, 1988(F. M. Dostoevsky, Collected Works in Fifteen Volumes, Leningrad: Nauka, 1988), 시는 Ф. М. Достоевский, Полное собрание сочиненийв тридцати томах, Ленинград: Наука, 1976(F. M. Dostoevsky, Complete Works in Thirty Volumes, Leningrad: Nauka, 1976)을 번역본으로 사용하였습니다.

2. 러시아어의 우리말 표기는 국립국어원의 외래어 표기법을 따르되, 관행적으로 굳어진 표현은 예외로 하였습니다.

남의 아내와 침대 밑 남편

희한한 사건

1.

"실례하겠습니다, 젊은 양반, 말씀 좀 여쭙겠소이다."

길 가던 남자는 저녁 일곱 시가 넘은 시간 거리 한복판에서 불쑥 자신에게 말을 걸어 오는 너구리 모피 코트를 입은 신사를 다소 놀란 표정으로 쳐다보았다. 페테르부르크 길 한가운데에서 일면식도 없는 낯선 사람이 불쑥 말을 걸어 온다면, 누구라도 놀랄 것이다.

당연히 길을 지나가던 남자도 순간 움찔했다.

너구리 모피 코트의 신사가 말했다.

"제가 놀라게 했나 보군요, 미안합니다. 그런데, 제가… 제가, 사실, 뭐라 해야 할지…, 젊은 양반, 혹시, 아, 미안합니다. 보시다시피, 제가 좀 혼란스러운 상태라…."

그제야 무스탕 코트를 입은 젊은이는 너구리 모피 코트의 신사가 정말 혼란에 빠져 있다는 걸 알아챘다. 신사의 주름진 얼굴은 너무도 창백했고 목소리는 떨렸다. 복잡한 생각들이 갈피를 못 잡고 혀끝에서 맴돌기만 하는 것 같았다. 보아하니 지금 누군가에게 부탁을 해야 하는 상황이지만, 자기보다 신분이나 계급이 낮을지도 모르는 사람에게 간곡히 부탁을 한다는 것 자체가 신사로서는 끔찍이도 어려운 일 같았다. 게다가 그의 부탁이라는 것이 짙은 초록빛이 도는 최고급 명품 연미복에 온갖 훈장으로 화려하게 장식하고 중후한 모피 코트를 차려입은 신사의 입에서 나오기에는 너무나 어울리지 않는 그야말로 망측하고 민망하기 짝이 없는 것이었다. 이 모든 상황이 너구리 모피 코트의 신사를 상당히 난처하게 만든 게 분명해 보였고, 결국 혼란스러워하던 신사는 그만 마음을 접고 흥분을 가라앉힌 다음 자신이 초래한 이 난감한 상황을 조용히 현명하게 넘겨야겠다고 생각했다.

"미안합니다, 내가 지금 제정신이 아니라서. 사실, 당신은 나를 모르시지요…. 심려를 끼쳐 드려 미안합니다. 별일 아닙니다."

신사는 중절모를 살짝 들어 정중하게 인사하고는 서둘러 걸음을 옮겼다.

"부디, 너그러이 양해해 주길 바랍니다."

작은 체구의 신사는 영문도 모른 채 서 있는 무스탕 코트의 젊은이를 뒤로하고 어둠 속으로 사라졌다.

"별 희한한 사람 다 있군!"

무스탕 코트의 젊은이가 읊조렸다. 그러고는 어리둥절한 정신을 가다듬고 자신이 뭘 하던 중이었는지 떠올리고는 층층이 끝없이 높아 보이는 건물의 정문을 응시하며 주위를 왔다 갔다 거닐었다. 안개가 자욱이 내려앉기 시작하자 젊은이는 은근 반가웠다. 안개가 깔리면 어슬렁거리며 배회하는 자신의 모습이 기껏해야 하루 내내 손님을 찾아 빈 마차를 몰고 돌아다니는 삯 마차 마부에게나 띌까, 다른 사람들 눈에는 잘 띄지 않을 것이기 때문이다.

"실례하겠소이다."

서성이던 젊은 남자가 다시 흠칫 놀랐다. 아까 그 너구리 모피 코트의 신사가 앞에 서 있는 게 아닌가.

신사가 말을 꺼냈다.

"미안합니다, 내가 또…. 당신은, 분명 점잖은 사람이겠지요! 내 사회적 신분 같은 건 신경 쓰지 마십시오. 그나저나, 무슨 말을 해야 할지 모르겠습니다만, 인간적으로 이해해 주길 바랍니다. 당신 앞에 지금 있는 이 사람은 간절히 부탁할 게 있소이다…."

"제가 도와드릴 수만 있다면야…, 무슨 부탁이십니까?"

"혹시, 내가 돈이라도 빌리려 하지 않을까 생각할 수도 있겠군요!"

수상쩍은 신사의 얼굴은 창백해지더니 쓸쓸한 표정을 지으며 히스테릭하게 웃었다.

"아, 무슨 그런 말씀을…."

"아니요, 보아하니 내가 당신을 성가시게 하는 것 같군요! 미안합니다, 나 자신을 어쩔 수가 없어서 말이오. 당신이 보고 있는 나는 지금 상당히 혼란에 빠진 상태라, 거의 정신 나간 상태라 여기고, 나에 대해 속단하지 말길 바랍니다…."

"네, 네, 그러니 용건을 말씀해 보시죠, 용건을요!"

젊은이는 알았으니 어서 얘기하라는 듯 고개를 끄덕이며 답했다.

"아! 이제 보니 거참! 당신 말이오, 이렇게 젊은 사람이 지금 무슨 아무 생각 없는 어린아이 다루듯 나에게 용건을 대라고 다그치는 거요. 내가 무슨 망령이라도 들었단 말인가! 당신은 내가 지금 자존심이고 뭐고 내팽개치고 굽신거리는 게 어떻게 보이시오? 솔직히 말해 보겠소?"

젊은이는 황당한 나머지 입을 다물었다.

"그럼 내가 솔직하게 물어보겠소이다. 혹시 한 부인을 본 적이 없으시오? 내 부탁은 이게 전부요."

마침내 너구리 모피 코트의 신사가 단호하게 털어놓았다.

"부인이라고요?"

"그렇소, 한 부인 말이오."

"보았죠…, 다만 솔직히 그런 부인이야 워낙 많이 지나다녀서…."

"아하, 그렇지."

수상쩍은 신사가 씁쓸한 미소를 지으며 말을 받았다.

"그걸 물어보려던 것이 아닌데, 헷갈리게 했나 보오, 미안합니다. 내가 물어보려던 것은 검은색 베일에 벨벳 후드를 쓰고 여우털 망토를 입은 한 부인을 보지 않았느냐는 겁니다."

"아니요, 그런 부인은 못 봤습니다…. 아니요, 못 본 것 같습니다."

"아! 그렇다면, 실례했소이다!"

젊은이는 무엇인가 물으려 했지만 너구리 모피 코트의 신사는 인내심 많은 어리둥절한 상대를 세워둔 채 또다시 어디론가 사라지고 없었다.

'아, 제기랄, 빌어먹을!'

몹시 기분이 상한 무스탕 코트의 젊은이가 속으로 중얼거렸다.

그는 화가 나서 비버 모피가 달린 코트 깃을 추켜올리고 끝없이 높아 보이는 건물의 정문 앞을 조심스럽게 살피며 서성거렸다. 남자는 기분이 몹시 나빴다.

'대체 이 여자는 왜 이리 안 나오는 거야? 벌써 여덟 시가 다 되어 가잖아!'

젊은 남자가 투덜댔다. 종탑에서 여덟 시를 알리는 소리가 울렸다.

"아, 빌어먹을, 결국!"

"실례하겠소!"

"아, 죄송합니다, 제가 선생님께 그런 말을 한 게…, 갑자기 제 앞으로 달려오셔서, 너무나 놀라는 바람에."

길을 서성이던 젊은 남자가 미간을 찌푸리며 사과했다.

"내가 또 왔소이다. 물론 내가 당신에게 성가시고 이상한 사람처럼 보일지도 모르겠소만…."

"정말 죄송합니다만, 거두절미하고 먼저 용건을 말씀해 보시지요. 저는 아직도 뭘 원하시는지 모르겠습니다."

"바쁘신가 보군요. 한번 들어 보시오. 내 당신에게 쓸데없는 말은 빼고 모두 허심탄회하게 얘기하겠소이다. 어쩌겠습니까! 때로는 상황이 전혀 다른 부류의 사람들을 이어 주기도 하거늘….
그런데, 젊은 양반, 참을성이 없어 보이는군요…. 어쨌든 지금…,
그런데 어떻게 말해야 할지 모르겠소이다. 에, 그러니까, 나는 지
금 어떤 부인을 찾고 있소(난 이미, 이미 모든 것을 털어 놓기로
결심했소). 나는 그 부인이 어디로 갔는지를 꼭 알아내야만 하오.
그녀가 누구인지, 그녀의 이름을 당신에게 말할 필요는 없다고
생각하오, 젊은이."

"네, 네, 계속해 보시죠."

"계속해 보시죠라니! 말투가 그게 뭐요! 혹시 내가 당신을 젊
은이라고 불러서 기분을 상하게 했다면 미안하오. 그러나 나는
별생각 없이…. 한마디로, 만약 당신이 나에게 하해와 같은 아량
을 베풀어 준다면, 그러니까 바로 어떤 부인, 즉, 내 지인 가문의,
명문가 출신의 정숙한 어떤 부인이… 나에게 알아보라고 부탁
해서…. 보다시피, 나 자신은 가족이 없소이다…."

"그러시군요."

"내 처지를 좀 헤아려 주시오, 젊은이(이런, 또! 미안하오, 내가
자꾸 당신을 젊은이라고 불러서). 지금 일분일초가 시급한 상황
이라… 생각해 보시오, 그 부인이… 그런데 혹시 이 건물에 누가
살고 있는지 말씀해 주실 수 있소?"

"네…, 여기에는 많은 사람이 살고 있지요."

"아, 그렇군, 참으로 맞는 말씀이오."

너구리 모피 코트의 신사가 예의상 가볍게 웃으며 대답했다.

"내가 좀 갈피를 못 잡고 있다고 느끼고 있소만, 그래도 그렇지 당신 그 말투가 뭡니까? 보다시피, 내가 두서없이, 갈피를 못 잡는다고 솔직히 인정하고 있소. 그러면 아무리 거만한 사람이라도, 자존심이고 뭐고 다 버리고 굽실거리는 모습을 충분히 느끼지 않겠소…. 내 말은, 어떤 부인이, 품행은 방정하지만, 성격은 경망스러운, 아, 미안하오, 너무 두서없이 말하고 있는데, 난 지금 문학작품 얘기를 하는 겁니다. 그러니까 사람들은 폴 드 콕이 경망스러운 내용의 글을 쓰는 작가라고 생각했지만, 바로 폴 드 콕 소설 때문에 모든 비극이 시작되는 거라오…. 그런 얘기요!"

젊은이는 측은하게 너구리 모피 코트 신사를 쳐다보았다. 신사는 완전히 갈팡질팡하다가 입을 다물더니 실없는 미소를 지으며 젊은이를 쳐다보다가 다짜고짜 떨리는 손으로 상대방 무스탕 코트 옷깃을 슬쩍 잡았다.

"선생님께서는 지금 여기 누가 사는지 물으시는 거지요?"

젊은이가 뒤로 슬쩍 물러나며 물었다.

"그렇소, 많은 사람이 산다고 하지 않았소."

"이곳에… 제가 알기론 소피야 오스타피예브나도 살고 있습니다."

젊은이는 위로하는 듯한 말투로 낮게 속삭였다.

"그렇군, 이거 보게나, 이것 봐! 젊은이, 당신 뭔가 좀 알고 있구먼?"

"분명히 말씀드리지만, 없습니다, 아무것도 아는 게 없습니다…. 선생님의 혼란스러워하는 모습을 보고 미루어 판단한 겁니다."

"나는 그 부인이 이곳에 드나든다는 걸 방금 하녀에게서 듣고 알았소. 하지만 젊은이, 당신이 잘못 짚었소이다. 그러니까 내가 찾는 부인은… 나는 소피야 오스타피예브나에게 온 것이 아니오… 두 여인은 서로 모르는 사이요…."

"그 사람이 아니라고요? 그렇다면, 용서하십시오."

"보아하니, 젊은이 당신은 이 모든 것에 관심이 없는 것 같소만."

이상한 신사가 신랄하게 비꼬듯 말했다.

"저, 저기요."

젊은이가 말을 더듬으며 대답했다.

"선생님이 이러시는 이유를 전혀 모르겠지만, 혹시 배신이라도 당하신 겁니까? 솔직히 말씀해 주시겠습니까?"

젊은이는 만족스러운 듯 미소를 지었다.

"최소한 상대방의 상황을 서로 알고는 있어야 하니까요."

젊은이는 이렇게 덧붙이고 나서 온몸을 활짝 펴 가볍게 수그려 인사하려는 포즈를 취했다.

"당신 참 나를 비참하게 만드는군! 하지만, 솔직히 고백하겠소, 바로 그런 거요…. 하지만 누구에게나 일어날 수 있는 일이오! 당신이 걱정해 주니 심히 감동했소. 알겠지만, 젊은 사람들 사이에서는… 내 비록 젊지는 않지만, 그래도, 알다시피, 습관이라는 게, 독신 생활이, 독신자들끼리는 알지 않소….”

“암요, 알지요, 알다마다요! 그래서 제가 뭘 도와드리면 될까요?”

“아 그게 말이오, 소피야 오스타피예브나를 찾아갔다고 칩시다…. 나는 아직도 그 부인이 어디로 갔는지 모르긴 하지만, 그녀가 이 건물 안에 있다는 것만큼은 알고 있소. 젊은이, 당신이 주변을 배회하는 것을 보면서, 나 역시 그쪽에서 거닐고 있었소. 내 생각에… 보다시피, 나는 지금 그 부인을 기다리고 있소. 나는 그저 그 부인을 만나서 얼마나 망측하고 추악한지 설명해 주려는 것뿐이오. 한마디로, 당신도 내 말이 무슨 말인지 알지 않소….”

“흠! 그렇군요!”

“나를 위해서 이러는 게 아니오. 절대 그렇게 생각하지 마시오. 그 부인은 다른 사람의 아내라오! 남편은 저기 보즈네센스키 다리에 있소. 남편이 직접 아내를 찾아 나서고 싶은 마음은 있지만, 아직 결단을 못 내리고 있소. 남편들이 다 그렇듯이 그 사람도 아직 믿지 못하고 있소…(이 대목에서 너구리 모피 코트의 신사는 미소를 지으려 했다), 나는 그 사람 친구요. 자네도 인정하겠지만, 나는 꽤나 존경받는 사람이오. 당신이 생각하는 그런 사람이 결코 아니오.”

“그러시겠지요, 암요, 그렇고 말고요!”

“그래서, 이렇게 내가 그 부인을 찾으러 온 거요. 나에게 부탁했소.(불쌍한 남편 같으니!) 그런데, 나는 그 부인이 앙큼한 젊은 여자라고 알고 있소(침대 머리맡에 폴 드 콕의 불륜 소설을 늘 숨겨 놓는 여자 말이오). 확신하건대, 그 여자는 눈에 띄지 않게 슬며시 빠져나갈지도 모르오. 솔직히 고백하면, 하녀가 나에게 그 부인이 여길 드나든다고 말해 주었소. 난 그 얘기를 듣자마자 미친 사람처럼 달려온 거요. 꼭 잡아야겠소. 내 오래전부터 뭔가 수상하다 했었지. 게다가 당신이 여기서 어슬렁거리고 있기에 부탁하려 했던 기요…. 당신, 당신은… 아 모르겠소….”

“아, 네, 그건 그렇고, 제가 뭘 도와드릴까요?”

“아, 그런데… 서로 초면인데 통성명도 안 했구려. 뉘신지 어떤 분인지 물어볼 엄두조차 못 냈소. 서로 인사나 합시다, 만나게 되어 반갑소이다…!”

신사는 바들바들 떨며 젊은이의 한 손을 열렬히 흔들었다. 그러고는 덧붙였다.

“처음 만났을 때 해야 했는데. 내가 예의고 뭐고 다 잊고 있었소이다!”

너구리 코트의 신사는 가만히 있지 못하고 안절부절못하여 사방을 둘러보면서 발을 동동거렸다. 마치 죽어 가는 사람처럼 상대방의 손을 꼭 붙잡고 있던 그는 계속 말을 이었다.

“알겠지만, 내 당신에게 친근하게 대하고 싶었소이다…. 너무 제멋대로 생각했다면 미안하오…. 당신에게 부탁하려는 것은, 건물 뒷문이 나 있는 골목에서 이쪽으로, 그러니까 크게 ‘ㄷ’자 모양을 그리면서 거닐어 달라는 것이오. 나 역시 이쪽에서 현관 출입구 앞으로 거닐고 있겠소. 그렇게 하면 우리가 그녀를 놓치는 일은 없을 것이오. 나 혼자서는 혹시나 놓칠까 봐 내내 걱정이었다오. 난 절대 놓치고 싶지 않소. 당신이 그 여자를 보게 되면, 즉시 여자를 멈춰 세우고 나에게 소리치시오…. 아, 이런, 내가 미쳤나 보오! 이제야 알겠소, 내가 얼마나 어리석고 무례한 부탁을 하고 있는지 말이오!"

"아닙니다, 무슨 그런 말씀을! 괜찮습니다!"

"나를 용서하지 마시오, 난 지금 몹시 혼란스럽소. 지금 제정신이 아니라오, 한 번도 이런 적이 없었는데…. 마치 심판대에 넘겨진 죄수 같군! 당신에게 고백하겠소. 솔직히 고백하겠소. 당신에게 감사하는 마음으로 솔직하게 말하겠소. 젊은이, 사실 나는 당신이 그 여자의 정부라고 생각했다오."

"그러니까, 한마디로, 선생님께서는 제가 여기서 뭘 하고 있는지 알고 싶으신 거죠?"

"이보시게, 점잖은 양반이, 난 결코 당신이 그런 남자라고 생각하지 않소. 그런 생각으로 당신의 명예를 더럽히고 싶지 않소이다. 하지만… 하지만 당신은 그 여자의 정부가 아니라고 나에게 맹세해 줄 수 있겠소…?"

"암요, 물론입니다. 솔직히 맹세해 드리죠, 저는 한 여자의 정부입니다만, 당신 아내의 정부는 아닙니다. 그게 아니라면, 제가 지금 당신 아내와 있어야지, 길에서 어슬렁거리고 있겠습니까!"

"아내? 젊은이, 누가 당신에게 그 여자가 내 아내라고 했소? 나는 독신이요, 나는, 그러니까 내가 바로 다른 여자의 정부⋯."

"아까 말씀하셨잖아요, 남편이 있다고⋯ 보즈네센스키 다리에⋯."

"물, 물론이오, 내가 너무 두서없이 말을 하고 있군, 하지만 다른 관계도 있소! 그리고 젊은이, 당신도 알다시피, 성품이 다소 경박한 여자가, 그러니까⋯."

"네, 네! 그럼요, 그렇겠지요!"

"그러니까, 난 절대 남편이 아니라⋯"

"아무렴요, 믿습니다. 하지만, 솔직히 말씀드리자면 지금 선생님께 맹세하면서 저 자신을 진정시키고 싶었습니다. 그래야 선생님께 솔직해질 수 있을 것 같아서요. 선생님께서는 저를 혼란스럽게 하셨고, 제 일을 방해하고 계시기 때문입니다. 그러나 약속드리지요, 소리쳐 부르겠습니다. 그러니 좀 물러나셔서 자리를 비켜 주시길 간곡히 요청드립니다. 저 역시 누군가를 기다리는 중이라서요."

"물론이오, 물론이오, 비켜 주겠소. 열정적이고 초조한 당신 마음을 존중하오. 젊은이, 내 그 마음 충분히 이해하지요. 오, 지금 얼마나 당신 심정이 이해되는지 모르오!"

"네, 좋습니다, 좋아요⋯."

"그럼, 다시 봅시다⋯, 헌데, 미안하오, 젊은이, 내 또 당신에게⋯ 어떻게 말해야 할지 모르겠지만⋯. 자네가 정부가 아니라고 한 번만 더 나에게 맹세해 줄 수 있겠소?"

"아, 이런, 제발요!"

"또 하나 마지막으로 물어보고 싶은 게 있는데… 당신 혹시 당신 여자의 남편 성을 아는지…. 그, 그러니까 당신의 상대가 되는 여자의 성을 아는가 말이오?"

"물론, 알지요. 선생님의 성은 아닙니다, 그러니 됐지요?"

"아니, 당신이 내 성을 어찌 아시오?"

"됐고요, 이만 비켜 주시지요. 시간만 낭비하는 겁니다. 이러는 사이 그 여자가 천 번은 빠져나갔겠습니다…. 대체, 왜 이러십니까? 선생님 부인은 여우 털 망토에 후드를 썼지만, 제 여자는 체크무늬 망토에 하늘색 벨벳 모자를 썼단 말입니다. 그래, 또 뭐가 더 필요하십니까? 뭐가 더 있습니까?"

끈질기게 물고 늘어지던 신사가 자리를 뜨려던 순간 발길을 돌리며 소리쳤다.

"하, 하늘색 벨벳 모자라니! 그녀에게는 체크무늬 망토도 있고, 하늘색 모자도 있소…."

"이런, 빌어먹을! 어떻게 이런 일이…. 아, 왜 하필! 내 여자는 여기 드나들지 않는단 말씀입니다!"

"그럼, 그녀는 어디 있소? 당신의 여자 말이오."

"그걸 왜 선생님께서 알고 싶으십니까?"

"솔직히 말해, 난 아직도…."

"이런, 맙소사! 정말 수치심이고 뭐고 당최 없으시군요! 그러니까, 제 여자의 지인들이 여기 살고 있거든요. 이 건물 삼층에 있는, 대로변으로 창이 보이는 집에 말입니다. 설마 저에게 그 사람들 이름을 대라고 하진 않으시겠죠?"

"맙소사! 내 지인들도 이 건물 삼층에 살고 있소, 길가 쪽으로 창문이 난 집에 말이오. 장군 댁….."

"장군요?!"

"장군 말이오. 당신에게 어떤 장군인지 말해 드리지, 에, 그러니까, 폴로비친 장군이오."

"이런, 맙소사! 아닙니다, 그 사람들은 아닙니다! (아, 이런, 빌어먹을! 아, 제기랄!)"

"아니오?"

"아닙니다."

두 사람은 말없이 당황스러운 표정으로 서로를 바라보았다.

"그런데, 저를 왜 그렇게 처다보십니까?"

잠시 아무 생각 없이 서 있던 젊은이는 멍한 정신을 떨쳐내며 성난 목소리로 소리쳤다.

신사는 순간 당황했다.

"나, 나는, 솔직히 말해….."

"아니, 제발, 이젠 제발 좀 알아듣게 말씀해 주시지요. 우리 모두의 문제니까요. 저에게 설명해 주십시오….. 저기 선생님 지인 누가 살고 있습니까?"

"그러니까, 내 지인 말이오?"

"네, 지인요….."

"그럼 그렇지, 이것 봐, 이것 보라고! 당신 눈만 봐도 내 짐작이 맞다는 걸 알 수 있지!"

"제기랄! 그게 아니에요, 아니라니까요, 빌어먹을! 뭡니까, 안 보이십니까? 눈이 멀었어요? 저는 지금 그 여자와 함께 있는 게 아니라 당신 앞에 서 있잖아요. 아! 정말 미치겠군! 뭐, 어쨌거나, 상관없습니다, 무슨 말을 하시든!"

젊은이는 불같이 화를 내며 손을 내젓고는 뒤로 홱 돌아섰다.

"그게 말이오, 별 뜻 아니었소. 정말이오, 교양 있는 사람으로서, 당신에게 모든 걸 털어놓겠소. 처음에 아내는 이곳에 혼자 다녔소. 그 사람들은 아내의 친척이라오. 난 물론 의심하지 않았지. 그런데 어제 장군 각하를 만났는데, 그분 말씀이 벌써 삼 주 전에 다른 아파트로 이사를 했다는 거요. 그럼, 아내… 앗, 참, 그러니까 내 아내가 아니라, 다른 사람의 아내 말이오(보즈네센스키 다리에 있다는 그 사람의 아내). 그 부인은 사흘 전에도 그 장군 댁에, 그러니까 이 아파트에 다녀왔다고 했었단 말이오…. 그런데 하녀가 나에게 하는 말이 장군 댁 아파트를 보비니친이라는 젊은 사람이 세를 얻었다는 거요."

"아, 빌어먹을! 제기랄!"

"이보시오 젊은 양반, 난 지금 말할 수 없는 충격과 공포에 빠져 있소!"

"아, 젠장! 선생님이 충격과 공포에 빠진 게 나하고 무슨 상관입니까? 앗! 잠시만요, 저기, 저쪽에 누가 지나가는 것 같은데…."

"어, 어디? 어디 말이오? 당신은 그저 '이반 안드레예비치'라고만 크게 불러주시오, 그럼 내 달려가리다….."

"좋습니다, 그러죠. 아, 젠장, 빌어먹을! 저기요, 이반 안드레예비치!"

"그래, 여기 있소. 그 뭐요? 뭘 보기라도 했소? 어디요?"

이반 안드레예비치가 가쁜 숨을 몰아쉬며 돌아와 소리쳤다.

"그게 아니라, 저는 다만… 그 부인의 이름을 알고 싶어서요….."

"글라프….."

"글라피라?"

"아니, 글라피라는 절대 아니오….. 미안하오만, 내 당신에게 그 부인의 이름을 말해 줄 순 없겠소."

이렇게 말하는 존경스러운 신사의 얼굴이 백지장처럼 창백했다.

"네, 당연히, 글라피라는 아니시겠죠, 저도 글라피라가 아니라는 걸 알고 있습니다. 제 여자도 글라피라가 아니거든요. 그럼 대체 그녀는 누구와 함께 있을까요?"

"어디서 말이요?"

"저기서 말입니다! 아, 빌어먹을! 미치겠군!" (젊은이는 머리끝까지 화가 치밀어올라 참을 수가 없었다.)

"그런데 말인데, 이보시게! 자네는 그 여자 이름이 글라피라라는 걸 어찌 알았소?"

"아, 제발, 빌어먹을! 진짜! 또 짜증 나게 하시네! 아까 말씀하시지 않았습니까, 당신 부인 이름은 글라피라가 아니라고요!"

"이보시게, 젊은 양반, 말투가 그게 뭐요!"

"아, 젠장, 지금 말투가 어쩌니 따질 상황입니까! 그 여자 대체 누굽니까, 뭐, 선생 부인이라도 됩니까?"

"아니오, 그러니까 난 미혼이란 말이오…. 그런데 말인데, 나 같으면 불행에 처한 존경받는 사람에게, 뭐, 대단히 경의를 받아야 할 사람이라고까지는 내 입으로 얘기하지 않겠소만, 최소한 배울 만큼 배운 사람한테 말끝마다 '제기랄'이니 뭐니 하는 말은 하지 않을 텐데. 당신은 입만 열면 '제기랄! 빌어먹을!'이구면."

"네 그랬습니다, 제기랄! 그래서 불만 있으십니까?"

"당신 지금 화가 나서 눈에 뵈는 게 없나 보군. 뭐 내가 입을 다 물겠소. 이런, 맙소사, 저기 누구지?"

"어디요?"

시끌벅적 떠들고 웃는 소리가 들리더니 예쁘장한 아가씨 둘이 현관에서 나왔다. 두 남자는 그쪽으로 급히 달려갔다.

"어머, 이 사람들 누구야! 당신들 뭐예요?"

"대체 어딜 들이대는 거예요?"

"이 여자들은 아니야!"

"뭐야, 아무한테나 들이대잖아! 마부!"

"어디로 모실까요, 마드무아젤?"

"포크로프로 가요. 안누쉬카, 얼른 타, 내가 데려다줄게."

"그럼, 난 저쪽 문으로 탈게, 출발해! 저기, 좀 빨리 가 줘요…"

마차가 출발했다.

"저 여자들 어디서 나왔지?"

"이런, 맙소사, 거기 가 보지 않으시겠어요?"

"어딜 말이오?"

"보비니친 장군 댁요."

"아니, 그건 절대 안 되오…."

"어째서요?"

"나야, 물론 가 보고 싶지. 하지만 그랬다간 그 여자가 분명 딴 소리를 할 거요. 어떻게든 다른 핑계를 대고 빠져나갈 거란 말이요. 내 그 여자를 잘 알지! 그 여자는 내가 다른 여자와 있는 현장을 잡으려고 온 거라 둘러대면서 오히려 나를 곤경에 빠트릴 거요!"

"그래도 거기 부인이 있는지 알아야 하지 않습니까! 그런데 선생께서는, 대체 왜 그러시는지 모르겠습니다, 그 장군 댁에 가서…."

"하지만 그 장군은 이사 갔다지 않소!"

"어쨌거나 상관없죠, 무슨 말인지 아시겠습니까? 그 여자가 그 집에 갔다면, 당신도 가는 겁니다. 아시겠어요? 마치 장군이 이미 이사했는지 모른 채 부인을 데리러 장군 댁에 온 것처럼, 뭐 대충 그렇게 해 보세요."

"그다음에는?"

　웃음과 풍자 코드로 읽는 도스토옙스키 단편선

"뭐, 그다음엔 보비니친 장군 댁에 있는 남자를 덮치세요. 이건 뭐, 진짜 멍청하기 짝이 없…"

"그런데 말이오, 내가 누구를 덮치든 당신하고 무슨 상관인가? 이것 보게, 이거 보라니까…!"

"뭘요, 뭘 보란 말입니까, 어르신? 뭡니까? 다시 아까처럼 하시려는 겁니까? 아, 이 사람 정말, 이런, 맙소사! 진짜 웃기는 분이네, 멍청하기 짝이 없어, 부끄러우신 줄 아세요!"

"그런데, 당신 말이야, 대체 어째서 그렇게 이 일에 관심이 많은 거요? 뭐라도 알아내고 싶은 게 있는 건…"

"뭘 알아낸다고요? 뭘요? 와, 이거 정말 미치겠군, 이젠 선생님 일엔 신경 끄겠습니다! 이만 혼자 갈 테니 비켜 주세요. 물러나 주시죠. 선생님 혼자 지키시면서 사람들 나오면 뛰어다니기나 하십쇼!"

"이보시게, 젊은 양반. 지금 당신 이성을 잃었군!"

절망에 빠진 너구리 코트의 신사가 소리쳤다.

격분한 젊은이는 이를 악물고 너구리 코트의 신사에게 얼굴을 바짝 들이대며 말했다.

"아니, 뭐라고요? 대체 뭘, 내가 뭘 잃었다고요? 그래, 뭡니까? 누구 앞에서 뭘 잃었다는 겁니까?"

젊은이는 두 주먹을 불끈 쥐며 고래고래 소릴 질렀다.

"그, 그게 아니라, 젊은 양반, 부디…"

"그래, 선생은 대체 누구시기에, 누구 앞에서 제가 이성을 잃느니 뭐니 하는 겁니까! 이름이 뭡니까?"

"그, 그게, 뭐라 해야 할지 나도 모르겠소, 젊은 양반. 그런데 이름은 왜 물으시오…? 난 말해 줄 수 없소이다…. 내 당신과 같이 가는 게 좋겠소. 갑시다. 가시오, 바짝 따라갈 테니. 난 뭐든 준비가 되어 있소…. 하나, 분명 말하지만, 나는 좀 더 정중한 대우를 받아야 할 사람이오! 절대 이성을 잃지 마시오. 혹시나 무슨 일로 아무리 화가 났다 하더라도, 무슨 일인지 심작은 가시만, 어쨌거나 이성을 잃어서는 안 된다는 말이오. 당신은 아직 너무, 너무 젊은 사람이라…!"

"그게 나랑 무슨 상관인데요, 선생이 늙은 게 나하고 무슨 상관입니까? 그게 뭐 대단하다고! 저리 비키시죠. 왜 여기서 난리 법석 호들갑입니까?"

"아니, 어째서 나더러 늙었다는 거요? 대체 내가 무슨 늙은이라는 거냐고? 물론 사회적 지위로 보면 그렇게 볼 수 있겠지만, 그리고, 난 호들갑 떨지 않았소…."

"네 네, 그러시겠죠. 그러니, 이만 저리 좀 비켜나 주시죠…."

"아니, 난 당신하고 같이 가겠소! 날 막지 못할 거요. 나도 연관되어 있으니, 당신하고 같이 가겠소…."

"그럼, 제발 좀 조용히, 조용히 하시죠. 그 입 좀 다무세요!"

두 사람은 현관으로 들어가 계단을 따라 삼층으로 올라갔다. 그곳은 상당히 어두웠다.

"잠시만요! 성냥 있습니까?"

"성냥? 무슨 성냥 말이오?"

"담배 안 피우십니까?"

"아, 그렇군! 있지, 있어. 자, 여기 있네, 여기. 여기, 잠깐만….”

너구리 코트의 신사는 허둥지둥 주머니를 뒤지기 시작했다.

"아, 이런 멍청한… 제기랄! 여기가 문 같은데….”

"이게 – 이게 – 이게 – 이게 – 이게….”

"이게 – 이게 – 이게… 뭘 자꾸 떠들어대는 겁니까? 조용히요!"

"이보게, 젊은 양반, 내 꾹 참고 있는데 말이야…. 자네 아주 불손하기 짝이 없는 인간일세그려!"

갑자기 성냥불이 확 타올랐다.

"자, 그렇네요, 정말 있네요, 여기 황동 문패요! 여기 보비니친이라고, 보이시죠? 보 – 비 – 니 – 친….”

"보이네, 보여!"

"쉿! 뭐야, 불이 꺼졌어요?"

"꺼졌네."

"문을 두드려야 할까요?"

"그, 그래야지!"

너구리 코트의 신사가 호응했다.

"그럼, 두드리세요!"

"아니, 내가 왜? 자네가 두드리게, 자네가 두드려….”

"아, 겁쟁이!"

"자네야말로 겁쟁일세!"

"저리 좀 비-비켜- 보세요!"

"자네 같은 사람에게 비밀을 털어놓다니, 후회막급이군, 자네는….'

"저요? 아니, 제가 뭐 어때서요?"

"자네는 내가 혼란에 빠진 상태를 이용했어! 내가 기분이 상했다는 걸 뻔히 알면서….'

"하, 상관없어요! 웃기는. 이제 끝입니다!"

"그런데, 자네는 왜 여기 온 거지?"

"그러는 선생은 왜 오셨습니까?"

"이거, 이거, 어른한테 말하는 버르장머리하고는!"

너구리 모피 코트의 신사가 버럭 화를 내며 훈계했다.

"아니, 선생이 뭔데 저한테 버르장머리를 들먹이십니까? 그러는 당신은 뭔데요?"

"이것 보게, 이러니 버르장머리 없다는 거지!"

"뭐라고요?!!"

"그래, 자네는 배신당한 남편이면 다 멍청이로 보이나?"

"그럼, 설마 선생이 남편? 그 남편은 보즈네센스키 다리에 있다면서요? 대체 선생은 이 일에 무슨 상관입니까? 왜 이렇게 남의 일에 나서는 겁니까?"

"내 생각엔, 당신이 바로 그 정부 같소…!"

"이보세요, 만약 선생께서 계속 이런 식으로 나오신다면, 나도 선생이 멍청이라고 솔직히 털어놓을 수밖에 없습니다! 무슨 말인지 아시겠습니까?"

"그러니까 자네는 내가 남편이라고 말하고 싶은 거군!"

너구리 코트를 입은 신사는 마치 펄펄 끓는 물에 데기라도 한 듯 화들짝 뒷걸음치며 말했다.

"쉿! 조용히 하세요! 들립니까…?"

"그녀로군."

"아니요!"

"휴, 이거 너무 어두워서!"

사방이 조용해졌다. 보비니친 장군 집에서 소리가 들렸다.

"이보게, 대체 무엇 때문에 우리가 싸우는 거요?"

너구리 코트를 입은 신사가 소곤거렸다.

"그게 말입니다, 아, 제기랄, 선생께서 먼저 화를 내셨잖습니까!"

"하지만 참다 참다 뚜껑 열리게 만든 건 당신이잖소."

"조용히 좀 하세요!"

"당신은 아직 너무 젊은 사람이오, 그건 인정하겠지…."

"조-용-히 좀 하시라니까요!"

"물론, 그런 상황에 처한 남편이 멍청이라는 자네 생각에 나도 동의하는 바요."

"저기요, 그 입 안 다무실 겁니까? 아 진짜, 미치겠…!"

"하지만 불행한 남편이 분노하며 추적하는 이유가 무엇 때문이겠소?"

“그 여자예요!”

그러나 안에서 나던 소리는 이내 멈춰 버렸다.

“그 여자라고?”

“네, 그 여자요! 그녀요! 그녀라고요! 그런데 선생님, 선생님이 왜 이렇게 안달복달하십니까? 선생이 당한 불행이 아니잖아요!”

“이보시오, 젊은 양반!”

니구리 코트의 신사는 얼굴이 창백해지더니 흐느끼듯 중얼거렸다.

“내가 물론 정신이 혼란스럽긴 하지만… 자네는 내가 굽실거리는 모습을 충분히 보았잖소. 물론 지금은 밤이지만, 내일이면… 하지만 우리가 내일 만날 일은 결코 없을 것 같구려. 물론 당신을 만나는 게 두렵지는 않지만. 게다가, 이 일은 내 일이 아니라 보즈네센스키 다리에 있는 내 친구의 일이지. 정말로 그 친구의 일이오! 여자는 그의 아내요, 남의 아내란 말이요! 아, 불쌍한 친구! 정말이오. 나는 그 친구와 아주 가까운 사이라오. 허락한다면, 내 모든 걸 얘기하겠소. 알다시피 나는 그의 친구요. 그렇지 않다면야 내가 지금 그 사람 일로 이렇게 마음고생을 하지 않을 거요. 당신이 직접 보다시피 말이요. 내가 친구에게 여러 번 물어보았소. ‘이보게 친구, 자넨 왜 결혼을 했는가? 자네야말로 지위도 있겠다, 재력도 있겠다, 존경스러운 사람인데, 이 모든 것을 교태스러운 여자의 변덕과 바꾸려고 하니 말일세! 자네도 인정하겠지!’라고. 그러자, 그 친구가 하는 말이, ‘아니, 내가 결혼하는 이유는 가정의 행복 때문이라네⋯. 바로 가정의 행복을 위해서 말일세!' 한때는 그 친구가 남편 있는 유부녀들을 사귀고 다니더니, 이제는 그 친구가 인생의 쓴잔을 마시는 꼴이 되었소, 뭐 자업자득이지⋯. 얘기가 너무 길어졌소이다, 용서하시오. 하지만 이 얘기는 꼭 해야만 했소⋯! 내 친구는 불행한 사람이고, 게다가 지금 인생의 쓰디쓴 맛을 보고 있단 말이오. 그런 얘기였소!"

이 대목에서 너구리 코트를 입은 신사는 목이 메어 흐느꼈다.

"아 젠장, 빌어먹을! 이거 뭐 죄다 바보들 천지로군! 그렇다면 선생은 뭐 하시는 분입니까?"

젊은이는 열을 내며 이를 바드득 갈았다.

"아니, 이 정도 얘기했으면 알아들을 만도 할 텐데⋯. 나는 당신에게 솔직하고 점잖게 대했거늘⋯ 어찌 그런 말투를!"

"아, 죄송합니다, 용서하세요⋯. 그런데 선생님 성함이 어떻게 됩니까?"

"아니, 대체 이름은 왜 물으시오?"

"아!!"

"이름은 말해 줄 수 없소⋯."

"샤브린이라고 아십니까?"

젊은이가 대뜸 물었다.

"샤브린!!!"

"네, 샤브린 말입니다! 아!!! (이 말을 하면서 무스탕 코트의 젊은이는 너구리 외투를 입은 신사를 슬쩍 흉내 냈다.) 무슨 말인지 아시겠습니까?"

"아니, 샤브린은 무슨! 샤브린은 절대 아니오. 그는 존경스러운 사람이오! 당신의 무례함을 질투의 고통으로 용서하리다."

너구리 코트의 신사는 무척 당황하며 대답했다.

"그 사람 아주 비열한 사기꾼이죠. 돈밖에 모르는 인간이에요. 뇌물 수수에, 시기, 나랏돈까지 빼먹었어요! 미지않아 그 인간을 재판에 넘길 겁니다!"

너구리 코트를 입은 신사의 얼굴에 핏기가 싹 가셨다.

"실례지만, 당신은 그 사람을 모르는 것 같소. 분명, 당신은 그 사람을 모르는 것 같네그려."

"네, 안면은 모릅니다. 하지만 소식통 중에 그와 아주 가까운 사람들은 알지요."

"이보시게, 젊은 양반, 어떤 소식통을 말하는 거요? 보다시피, 내가 지금 좀 정신이 없어서…."

"바보죠! 아내도 제대로 건사하지 못하면서 질투에 눈이 먼 얼간이예요! 당신이 궁금해하시는 그자는 바로 그런 인간입니다!"

"미안하지만, 당신 뭔가 단단히 오해하고 있소이다, 젊은 이…."

"앗!"

"앗!"

보비니친 장군 집에서 소리가 들리더니 문이 열렸다. 사람들 목소리가 들려왔다.

"아, 그녀가 아니군, 그녀가 아니야! 그녀 목소리는 내가 들으면 알지. 이제 모든 것을 알았소, 이 여인은 그녀가 아니오!"

너구리 코트의 신사는 얼굴이 백지장처럼 창백해지더니 말했다.

"쉿, 조용히요!"

젊은이는 벽에 귀를 댔다.

"이보시게, 난 그만 가 보겠소. 그녀가 아니라서, 천만다행이군."

"네, 네! 그만 가 보시죠, 가 보세요!"

"그런데, 당신은 왜 계속 서 있소?"

"아니, 그게 선생과 무슨 상관입니까?"

문이 열렸다. 그러자 너구리 코트의 신사는 마지못해 황급히 계단을 내려갔다.

젊은이 옆으로 한 남자와 한 여자가 지나갔다. 그러자 그는 심장이 얼어붙고 말았다. 귀에 익은 여자의 목소리에 이어 허스키한 남자 목소리가 들렸다. 전혀 모르는 남자 목소리였다.

"괜찮소. 썰매를 준비하라고 이르겠소."

허스키한 목소리가 말했다.

"오! 네, 네, 좋아요, 그렇게 해 주세요….."

"곧 썰매를 내올 거요."

여인이 혼자 남았다.

"글라피라! 당신의 맹세는 어디 갔죠?"

무스탕 코트의 젊은이가 여인의 팔을 와락 움켜잡으며 외쳤다.

"어머나, 이게 누구야? 다, 당신이로군요, 트보로고프, 맞죠? 오, 맙소사! 당신 지금 뭐하는 거예요?"

"방금 여기 같이 있던 남자는 누구죠?"

"제 남편이에요. 가세요. 가요. 그 사람 곧 나올 거예요…, 폴로비친 댁에서요. 가세요, 제발, 어서요."

"폴로비친 가족은 삼 주 전에 이사했습니다! 다 알고 왔어요!"

"어머!"

여인이 현관으로 달려갔다. 젊은이가 그녀를 뒤따라가 붙잡았다.

"누가 그러든가요?"

여인이 물었다.

"당신 남편요, 이반 안드레예비치가 말해 주었죠, 부인. 그 사람 여기, 당신 앞에 있습니다…."

이반 안드레예비치는 정말로 현관 입구에 서 있었다.

"세상에, 당신이잖아?"

너구리 코트의 신사가 소리 질렀다.

"어머! C'est vous(당신이군요)?"

글라피라 페트로브나는 진심으로 반가워하며 남편에게 달려들며 소리쳤다.

"세상에나! 저에게 무슨 일이 있었는지 모르실 거예요! 제가 폴로비친 장군님 댁에 갔었거든요, 상상해 보세요…. 당신도 아시겠지만, 그 댁이 지금은 이즈마일로프스키 다리 쪽으로 이사했잖아요. 내가 당신에게 말했던 거, 기억나시죠? 제가 거기서 썰매를 빌렸답니다. 그런데 말들이 흥분해서 막 달리다가 그만 썰매가 부서져 버렸지 뭐예요. 그 바람에 저는 여기서 백 보가량 떨어진 곳에 떨어졌고, 마부만 썰매를 끌고 온 거예요. 전 의식을 잃고 말았죠. 다행히, 여기 트보로고프 씨가…."

"어떻게 했다고?"

젊은 청년 트보로고프는 완전히 돌덩이처럼 굳어 버렸다.

"트보로고프 씨가 여기서 저를 발견하고 데려다주겠다고 했거든요. 하지만 이젠 당신이 여기 계시니, 트보로고프 씨께 진심 어린 감사의 인사를 드려야겠네요. 이반 일리치 트보로고프 씨…."

부인은 악수 대신 멍하니 서 있는 젊은이, 이반 일리치 트보로고프를 꼬집듯이 잡았다.

"트보로고프 씨는 나의 지인이에요, 스코르루포프 댁 무도회에서 처음 뵀답니다. 여보, 내가 당신에게 얘기했던 것 같은데요? 설마 기억나지 않으세요, 꼬꼬?"

"아, 물론이지, 물론이야! 당연히 기억나지!"

꼬꼬라는 애칭으로 불린 너구리 코트의 신사가 입을 뗐다.

"만나서 반갑소이다. 대단히 반가워요."

신사는 젊은 트보로고프의 손을 뜨겁게 꼬옥 잡았다.

"누구랑 있소? 대체 무슨 일입니까? 지금 밖에서 기다리고 있는데…."

허스키한 목소리가 들려왔다.

키가 끝도 없이 커 보이는 신사가 사람들 앞에 섰다. 그는 오페라글라스를 꺼내 너구리 코트를 입은 신사를 세세히 살폈다.

"어머, 보비니친 씨! 어디서 오시는 길이세요? 어쩜 이렇게 만나다니! 세상에나 들어 보세요. 말들이 썰매를 마구 끌면서 달리는 바람에 제가 방금 떨어졌거든요…, 아 참, 여기는 제 남편, 장(Jean)이에요! 여기는 보비니친 씨고요, 카르포프 댁 무도회에서 만난 분이죠…."

부인은 쉴 새 없이 재잘거리며 안절부절못했다.

"아! 대단히, 대단히, 대단히 반갑소이다…! 그럼, 여보, 내가 지금 마차를 불러 오리다."

"그래요, 여보, 불러 주세요. 제가 어찌나 놀랐는지 아직도 온몸이 떨리네요. 더군다나 몸도 좋질 않아요…."

부인이 트보로고프에게 속삭였다.

"오늘 밤 가장무도회에서."

"잘 가세요, 안녕히. 보비니친 씨! 우린 어쩜 내일 카르포프 댁 무도회에서 만나게 되겠죠…."

"아니요, 죄송하지만, 전 내일 가지 않을 겁니다. 지금 같은 상황이라면, 내일 글쎄요…."

보비니친은 들리지 않게 입속으로 중얼거리더니 한쪽 부츠를 바닥에 탁 긁고는 썰매를 타고 떠나 버렸다.

마차가 다가왔다. 부인이 마차에 탔다. 너구리 코트의 신사가 멈춰 섰다. 그는 움직일 힘조차 없는 듯 멍하니 무스탕 코트를 입은 젊은 신사를 쳐다보았다. 무스탕 코트의 젊은이는 씁쓸한 미소만 짓고 있었다.

"이거 참, 뭐라고 해야 할지 모르겠소이다⋯."

"죄송합니다, 만나 뵙게 되어 대단히 기쁩니다."

젊은이는 의문에 찬 눈빛과 다소 겁먹은 표정으로 고개 숙여 인사하며 대답했다.

"대단히, 대단히 반가웠소⋯."

"그런데 선생님 덧신 한 짝이 없어진 것 같습니다⋯."

"내 덧신이? 아, 그렇군! 고맙네, 고맙소. 안 그래도 고무 덧신을 새로 장만하려던 참이었소⋯."

"고무 덧신을 신으시면 발에 땀이 찰 텐데요."

젊은이가 말했다. 꽤 걱정해 주는 말투였다.

"여보! 뭐 하세요? 금방 오시나요?"

"그렇겠군, 땀이 차겠군. 금방, 금방 가요, 여보, 지금 흥미로운 얘기를 하고 있어서! 그렇겠소, 당신이 지적한 대로 발에 땀이 차겠군⋯. 그런데, 용서하시오, 나는⋯."

"무슨 말씀을요."

"만나게 되어 대단히, 대단히, 대단히 반가웠소이다⋯."

너구리 코트의 신사가 마차에 올랐다. 마차가 출발했다. 젊은이는 망연자실한 눈으로 마차를 배웅하며 한참을 그 자리에 서 있었다.

2.

다음 날 저녁 이탈리아 오페라 극장에 공연이 있었다. 이반 안드레예비치는 폭발하는 폭탄처럼 공연상 문을 박차고 안으로 들어갔다. 지금과 같은 음악에 대한 격정적인 열정을 그에게서 아직 한 번도 본 적이 없었다. 오죽하면 이반 안드레예비치가 이탈리아 오페라 극장에서 한두 시간 눈을 붙이는 것을 상당히 좋아한다는 소문이 미담처럼 퍼질 정도였다. 더군다나 극장에서 한숨 자는 것이 참으로 즐겁고 달콤하다며 본인이 여러 번 떠들고 다녔다. '어째, 프리마 돈나가 하얀 새끼 고양이같이 야옹거리며 자장가를 불러주는 것 같단 말이야'라며 그는 친구들에게 떠벌리곤 했다. 그러나 이런 얘기를 하고 다닌 것도 한참 전인 지난 시즌이었다. 하지만 요즘은 글쎄! 이반 안드레예비치는 집에서 잠조차 제대로 이루지 못할 정도다. 그런데도 그가 입추의 여지 없이 꽉 들어찬 극장 안으로 폭탄처럼 뚫고 들어간 것이다. 극장 안내원조차 의심에 찬 눈빛으로 그가 혹시 칼 같은 것을 숨겨 들어온 건 아닌지, 칼 손잡이가 보이는지 잔뜩 촉각을 곤두세우며 그의 옆 호주머니를 곁눈질했다. 당시 오페라 극장에는 두 계파의 팬클럽이 있었다. 계파마다 지지하는 최정상급 오페라 여가 수가 있었다는 점을 언급할 필요가 있다. 한쪽은 ***지파, 다른 쪽은 ***니파라고 불렀다. 극장 안내원조차 두 계파의 오페라 가수들이 보여 주는 지극히 고상하고 아름다운 무대를 향한 극성 팬의 사랑이 과도하게 표출될까 걱정할 정도로 팬들의 열정은 대단했다. 그래서 백발의 나이 든 남자, 사실 완전 백발은 아니지만, 중후한 분위기를 풍기는 머리가 살짝 벗겨진 쉰 살 정도의 신사가 열정적인 청년처럼 극장 안으로 냅다 들어오는 모습을 보자 극장 안내원은 자기도 모르게 덴마크 왕자 햄릿의 아름다운 한 구절이 떠올랐다.

늙어서도 이처럼 끔찍하게 추락할진대,
젊은 시절은 어떠하리?

그러고는 앞서 말했듯이, 혹시 칼자루라도 눈에 띄지 않을까 신사의 연미복 옆 주머니를 힐끔힐끔 곁눈질했다. 그러나 그 안엔 지갑 말고 다른 건 없었다.

극장 안으로 뛰어든 이반 안드레예비치는 이층의 좌석들을 한눈에 훑어보았다. 그런데, 세상에 이런 끔찍한 일이! 그녀가 거기 있었던 것이다! 그는 심장이 얼어 버렸다. 그녀는 바로 이층 박스석에 앉아 있었다! 폴로비친 장군과 부인, 처제가 함께 있었고, 장군의 민첩하고 젊은 부관도 함께였다. 그리고 또 한 명의 문관이 있었는데… 이반 안드레예비치는 신경을 곤두세우고 예리한 시선으로 살펴보았다. 그런데, 이런! 문관은 부관 뒤에 은밀히 숨어 어둠 속에 모습을 감추고 있었다.

그녀가 여기 왔군, 그런데 그녀가 자기는 절대 여기 오지 않을 거라 하지 않았던가! 얼마 전부터 글라피라 페트로브나는 매번 이렇게 이중적인 행보를 보이며 이반 안드레예비치를 괴롭혔다. 바로 저 젊은 문관이 그를 완전히 절망에 빠뜨린 것이다. 그는 경악한 나머지 의자에 털썩 주지앉았다. 왜 경악했느냐고? 사실 이유는 아주 간단하다….

이반 안드레예비치의 좌석이 극장 일층 특별석 바로 옆이었기 때문이다. 사실 위치로는 문관이 은밀하게 앉아 있는 이층 박스석을 충분히 살필 수 있는 자리이지만, 하필이면 그의 자리가 이층 박스석 바로 밑에 있어서 정말 분통 터지게도 머리 위에서 무슨 일이 일어나는지 도무지 볼 수가 없었다. 그래서 그는 몹시 화가 나고 속이 부글부글 끓어 도저히 참을 수가 없었다. 1막이 진행되며 음악이 이어졌지만, 단 한 소절도 그의 귀에 들어오지 않았다. 사람들은 어떤 감정 상태에서 들어도 다 마음에 맞출 수 있어서 음악이 좋은 것이라고들 한다. 기뻐하는 사람이라면 선율 속에서 기쁨을 찾고, 슬픈 사람은 슬픔을 찾는다는 것이다. 그런데 지금 이반 안드레예비치의 귀에는 오로지 거세게 휘몰아치는 폭풍 소리만 들릴 뿐이었다. 게다가 앞, 뒤, 옆, 온 사방에서 미친 듯이 함성을 질러대는 바람에 이반 안드레예비치는 심장이 터질 것만 같아 더욱 짜증이 났다. 드디어 1막이 끝났다. 그런데 장막이 드리워진 바로 그 순간, 우리의 주인공에게 말로는 형용할 수 없는 사건이 벌어지고 말았다.

　극장에서 가끔 위층 박스석에서 공연 팸플릿이 흩날리며 떨어지는 경우가 있는데, 공연이 지루해서 아래층 관객이 하품을 하고 있을 때 이런 일이 벌어지면 이건 그야말로 대단한 사건이 되곤 한다. 관객들은 아주 얇은 종잇장이 극장 제일 위층에서 흩날리며 떨어지는 모습을 지극히 흥미롭게 지켜보다가 종이가 지그재그를 그리며 아래층 좌석에 앉아 있는 누군가의 머리 위에 영락없이 내려앉는 광경을 보면서 깔깔거리며 배꼽을 잡는다. 정말이지 아무것도 예상하지 못한 누군가의 머리에 종이가 내려앉을 때 그가 당황하는 모습을 지켜보는 것은 그야말로 놓치기 아까운 재밋거리다(왜냐하면, 백이면 백 너무 놀라 어찌할 바를 모르기 때문이다). 나 역시 가끔 박스석 난간에 놓여 있는 귀부인들의 오페라글라스를 볼 때마다 순간 아래층 좌석에 앉아 있는 누군가의 머리 위로 떨어질 것만 같은 생각이 들어 늘 두려움을 느끼곤 한다. 그러나 지금은 이런 비극적인 부연설명을 할 자리가 아니니 이 얘기는 사기나 비양심적인 행태를 뿌리 뽑고, 바퀴벌레를 어떻게 예방할지 등을 싣는 신문 칼럼에나 기고해야겠다. 혹시 여러분 집에 바퀴벌레가 있다면, 러시아 바퀴벌레뿐만 아니라 프러시아 바퀴벌레와 같은 외국 바퀴벌레를 포함하여 세상 온갖 바퀴벌레의 원수이자 천적으로 유명한 미스터 프린치프를 추천해 드린다.

자, 그런데 지금까지 어디에서도 언급된 적 없는 사건이 이반 안드레예비치에게 일어난 것이다. 앞서 얘기했듯이 다소 벗겨진 그의 머리 위로 극장 팸플릿이 아닌 무엇인가 떨어진 것이다. 솔직히 그의 머리 위로 무엇이 떨어졌는지 내 입으로 말하기는 아주 민망하다. 질투심에 온통 신경이 곤두선 존경스러운 이반 안드레예비치의 살짝 벗겨진 머리 부분에, 다시 말해 다소 휑한 그의 머리 위로 부도덕한 물체가, 그러니까 향수 냄새가 진동하는 연애편지가 떨어졌다고 밝히기가 참으로 낯부끄럽기 그지없다. 불쌍한 이반 안드레예비치는 이런 추악하고 예기치 않은 사태에 전혀 준비되지 않았기에 마치 자기 머리 위에 쥐나 다른 들짐승이 떨어지기라도 한 듯 깜짝 놀라 흠칫했다.

　편지가 사랑에 관한 내용을 담은 것에는 의심의 여지가 없었다. 소설에 나오는 연애편지처럼 향수를 뿌린 종이에 썼고, 부인용 장갑 속으로 숨길 수 있을 정도로 은밀하게 꼬깃꼬깃 접혀 있었다. 아마도 상대방에게 전해 주려고 건네는 순간 우연히 떨어진 것 같았다. 말하자면, 극장 팸플릿을 건네 달라고 부탁했는데, 그 안에 편지가 교묘히 끼워져 있다가 상대방의 손에 전달되려는 순간 부관이 실수로 툭 쳤을지도 모른다. 그러자 부관은 자신의 실수를 정중히 사과하였지만, 당황한 나머지 오들오들 떨리던 귀부인의 작은 손에서 편지가 미끄러졌고, 그 순간 젊은 문관이 얼른 한 손을 뻗었지만 편지가 아니라 팸플릿만 붙잡게 되어 어찌할 바를 몰랐을 것이다. 얼마나 난처하고 황당한 상황인가!

하지만 이반 안드레예비치에게는 당연히 황당함을 넘어 말할수 없이 불쾌한 일이었다.

"예정된 운명인가! Predestine!"

편지를 손에 쥐어 든 이반 안드레예비치는 식은땀을 비 오듯흘리며 중얼거렸다.

'운명이로구나! 총알이 죄인을 알아보고 맞춘다더니! 아니지, 그건 아니지! 내가 무슨 잘못을 했다고? 그게 아니라 이런 경우를 두고 하는 속담이 있는데, 뭐더라, 재수 없는 놈은 뒤로 자빠져도 어쩐다… 뭐 그건가.'

그는 속으로 중얼거렸다.

하지만 갑작스레 벌어진 사건으로 멍해진 그의 머리가 다시제대로 돌아가기나 하겠는가! 이반 안드레예비치는 죽었는지살았는지 모를 정도로 완전히 돌처럼 굳은 채 의자에 앉아 있었다. 바로 그때 극장 안은 앙코르를 외치는 소리로 북새통이 일었다. 그는 자기에게 일어난 사건을 주변 사람들이 다 보았을 것이라 확신했다. 그는 많은 사람이 모인 훌륭한 모임에서 자기에게예상치 못한 불미스러운 일이 일어나기라도 한 듯 얼굴을 붉히며 고개를 푹 숙인 채 어쩔 줄 모르고 앉아 있었다. 그러다 마침내 용기를 내어 고개를 들어 보기로 했다.

"멋진 공연이군요!"

그는 자기 왼쪽에 앉은 멋쟁이에게 말을 건넸다.

유난스레 발을 구르고 열광적으로 박수를 치던 멋쟁이는 무심한 표정으로 이반 안드레예비치를 대충 훑어보더니, 이내 소리가 잘 들리도록 두 손을 나팔 모양처럼 만들어 입에 대고 프리마돈나의 이름을 외쳐댔다. 아직 이렇게 큰 목청을 들어 본 적 없던 이반 안드레예비치는 말할 수 없이 기뻤다.

'아무것도 눈치채지 못했군!'

그는 이렇게 생각하며 뒤를 돌아보았다. 뒤에 앉은 뚱뚱한 신사는 뒤로 돌아 위쪽 박스석들을 살피고 있었다.

'이 사람 역시 괜찮아!'

이반 안드레예비치가 생각했다. 당연히 앞에 앉은 사람들은 아무것도 보지 못했다. 그는 들뜬 희망으로 자기 옆에 있는 특별석 쪽을 소심하게 곁눈질했다. 그러고는 극도로 불쾌한 감정에 휩싸여 몸서리를 쳤다. 그쪽엔 아름다운 부인이 앉아 있었는데 손수건으로 입을 가리고 의자 등받이에 기대어 미친 듯이 깔깔거리며 웃고 있었다.

'뭐야, 저 여자들이 설마!'

이반 안드레예비치는 속으로 중얼거리며 관중들의 발을 밟으며 허둥지둥 극장 출구 쪽으로 달려나갔다.

여기서 나는 독자 여러분들이 판단해 주시기를 제안하고자 한다. 즉 나와 이반 안드레예비치 중에 누가 옳은지 판단해 달라고 요청하는 것이다. 과연 그 순간 그의 생각이 옳았던 것일까? 다들 알다시피, 큰 극장은 이층에서 사층까지는 박스석이고 제일 꼭대기 오층은 일반석이다. 그런데 왜 그는 그 편지가 다른 층이 아닌 하필 자기가 앉은 바로 위 이층에서, 그것도 바로 그 박스석에서 떨어졌다고 생각하는 것일까? 귀부인들이 있는 오층에서도 떨어질 수 있지 않은가? 하지만 애정이란 일반적인 잣대로 설명할 수 없는 특이한 감정이며, 그중에도 질투는 세상에서 가장 특이한 애정이다.

이반 안드레예비치는 극장 로비로 뛰쳐나와, 전등 옆에 서서 봉인을 뜯고 편지를 읽어 내렸다.

'오늘, 공연 끝나고 바로, G** 거리, *** 골목 코너 K*** 건물 삼층, 계단 오른쪽. 정문 입구. 부디, 실수 없이, 거기서 봐요.'

이반 안드레예비치는 누구의 필적인지 알아볼 수 없었지만, 의심의 여지가 없었다. 밀회의 약속이었다.

'현장을 덮쳐서 불륜 행각을 애초에 차단해야겠어'라는 생각이 가장 먼저 이반 안드레예비치 머리에 떠올랐다. 지금 당장 여기에서 불륜을 폭로해 버릴까 하는 생각도 들었다. 그러려면 어떻게 해야 하지? 이반 안드레예비치는 극장 이층까지 뛰어갔다가 신중하게 상황 판단을 하고 다시 돌아왔다. 그는 어디로 가야 할지 몰랐다. 어쩔 수 없이 반대편 출입구로 달려가 다른 사람 박스석으로 열린 문을 통해 맞은편 자리를 바라보았다. 그래, 그랬군, 그랬어! 극장 이층부터 오층까지 수직으로 층마다 젊은 부인들과 젊은 남자들이 앉아 있었다. 이반 안드레예비치가 모든 층의 사람들이 자신을 두고 음모를 꾸민다고 의심했다면, 편지는 이층에서 오층까지 모든 층에서 떨어질 수 있었다. 무엇도 그에겐 위로가 되지 않았다, 전혀 도움이 되지 않았다. 2막 공연이 진행되는 내내 그는 극장 복도를 이리저리 뛰어다녔지만 어디에서도 마음의 안정을 찾을 수가 없었다. 그는 매표소로 달려가 이층부터 사층까지 박스석에 앉은 사람들의 명단을 알아내 볼까 했지만 매표소는 이미 문을 닫았다. 마침내 열광적인 환호와 박수갈채가 터져 나왔다. 공연이 끝난 것이다. 프리마 돈나를 부르는 환호가 시작되자 두 계파의 리더들의 목소리가 꼭대기 층에서 귀청이 터질 듯 울려 퍼졌다. 그러나 누굴 부르든 환호를 하든 말든 이반 안드레예비치와는 아무 상관 없었다. 그의 머릿속에는 앞으로 어떻게 해야 할지에 대한 생각이 초를 다투며 떠올랐다. 그는 무스탕 코트를 입고 G** 거리로 급히 달려갔다. 거기에서 불륜 남녀를 찾아내 현장을 덮치고 정체를 폭로하는 거다. 지난번보다 더욱 단호하게 행동하리라 마음먹었다. 그가 금세 편지 속 건물을 찾아 출입구로 들어섰을 때, 갑자기 외투 차림에 멋쟁이 남자가 그의 옆을 스치며 쏜살같이 들어와 삼층으로 뛰어올라갔다. 이반 안드레예비치는 이 남자가 아까 극장에 있던 그 멋쟁이인지는 확인하지 못했지만, 분명 그 멋쟁이 같았다. 심장이 멎는 듯했다. 멋쟁이는 이미 두 층이나 그를 앞질러 올라갔다. 마침내 삼층에서 문이 열리는 소리가 났다. 마치 올 사람을 기다리고 있었다는 듯 초인종을 누르지도 않았는데 문이 열렸다. 젊은이는 집 안으로 사라졌다. 이반 안드레예비치는 미처 문이 닫히기 전에 삼층에 다다랐다. 그는 잠시 문 앞에 서서 이제 어떻게 해야 할지 찬찬히 생각하고 나서 무슨 결정이든 단호하게 내리고 싶었다. 그런데 그때 마차가 요란한 소리를 내며 건물 입구로 다가왔다. 이어 시끄러운 소리가 들리더니 현관문이 열리며 누군가 끙끙 앓는 소리에 기침을 하면서 무거운 발걸음으로 계단을 올라왔다. 이반 안드레예비치는 어쩔 수 없이 더 이상 서 있지 못하고 얼른 문을 열어 배신당한 남편의 위풍당당한 태도를 보이며 집 안으로 들어섰다. 그가 들어서자 깜짝 놀란 하녀가 달려나왔고, 그 뒤로 또 다른 사람이 나타났다. 하지만 누구도 이반 안드레예비치를 막을 수 없었다. 그는 폭탄처럼 달려들어 어두컴컴한 두 개의 방을 지나 침실로 들어가 젊고 아름다운 부인 앞에 이르렀다. 부인은 두려움에 온몸을 바들바들 떨며 대체 자기에게 무슨 일이 벌어지고 있는지 전혀 모르는 듯 공포에 질린 눈빛으로 그를 쳐다보았다. 그 순간 옆방에서 침실로 다가오는 무거운 발걸음 소리가 들려왔다. 계단을 올라오던 아까 그 발걸음 소리였다.

"맙소사! 남편이에요!"

부인은 사색이 되더니 절망적으로 두 손을 모으며 외쳤다. 얼굴이 드레스 가운보다도 더 하얗게 질렸다.

이반 안드레예비치는 순간 잘못 들어왔다는 걸 눈치챘다. 자신이 몹시 유치하고 어리석은 실수를 저질렀으며, 충분히 생각하지 않고 행동했다는 걸, 계단에 있을 때 신중했어야 했음을 깨달았다. 그러나 어찌할 것인가. 방도가 없었다. 이미 문이 열리고 있었고, 무거운 발걸음 소리로 판단해 볼 때 몸이 무거운 남편이 방 안으로 들어오고 있었다…. 그 순간, 이반 안드레예비치는 대체 무슨 생각을 했는지 나도 모르겠다! 남편을 대면하고 실수로 난처한 상황에 빠졌다고 털어놓고 본의 아니게 무례하기 짝이 없는 행동을 했노라 고백하고 용서를 구한 다음 나갔으면 되었을 것을, 어째서 그렇게 하지 않았는지 나도 모르겠다. 물론 대단히 명예롭거나 영광스럽지는 않았겠지만, 적어도 솔직하고 신사답게 그곳을 떠날 수 있었을 것이다. 그러나 그러지 않았다. 이반 안드레예비치는 자기가 돈 후안이나 카사노바라고 착각했던 것인가…. 그는 또 어린아이처럼 행동하고 말았다. 처음에는 침대 옆 커튼 뒤로 숨었다가 나중엔 완전히 맥없이 희망을 잃고 바닥에 엎드려 아무 생각 없이 침대 밑으로 기어 들어갔다. 분별력보다 순간 놀란 마음이 더 강하게 작용한 데다, 이반 안드레예비치 본인 처지가 배신당한 남편이라고, 최소한 어쩌면 배신당했을지도 모른다고 생각했기에 다른 여자의 남편과 대면하는 상황을 견딜 수가 없었다. 어쩌면 자기가 그곳에 있다는 사실이 상대방에게 모욕감을 주게 될까 두려웠을지도 모른다. 어쨌거나 그는 나중 일은 전혀 생각하지 않고 일단 침대 밑으로 들어갔다. 그런데 정말 놀랍게도 부인이 그의 행동에 전혀 저항하지 않는 것이었다. 전혀 알지 못하는 중년의 신사가 자기 침실에서 숨을 곳을 찾는 모습을 보면서도 그녀는 한마디 비명도 지르지 않았다. 어쩌면 너무 놀라서 입안에 혀가 떨어지지 않은 게 틀림없다.

늙은 남편은 끙끙 앓는 소리를 내며 들어와 노인네처럼 말끝을 길게 늘이며 아내와 인사를 나누고는 장작을 한 짐 지고 오기라도 한 사람처럼 안락의자에 털썩 주저앉았다. 길게 이어지는 걸걸한 기침 소리가 들렸다. 사나운 호랑이에서 순한 양이 되어 버린 이반 안드레예비치는 고양이 앞의 생쥐처럼 조용히 숨어 너무 두려운 나머지 숨도 제대로 쉴 수 없었다. 물론 배반당한 남편이라고 해서 모두 다 물고 뜯지 않는다는 것은 자신의 경험으로 알고는 있지만, 너무 흥분해서 그랬는지, 아니면 미처 생각을 못 했는지 당시엔 그의 머리엔 다른 생각이 떠오르지 않았다. 그는 좀 편하게 누워 보려고 침대 밑을 조심스럽게 더듬기 시작했다. 그런데 이 무슨 까무러칠 일인가! 그가 손으로 바닥을 더듬고 있는데, 무언가가 자신의 손을 잡고 흔드는 것이 아닌가! 침대 밑에는 또 다른 사람이 있었던 것이다….

"당신 누구요?"

이반 안드레예비치가 낮은 소리로 물었다.

"뭐, 그런다고 제가 지금 선생께 누구라고 말하겠습니까!"

정체불명의 사나이가 속삭였다.

"곤경에 빠지셨다면 그냥 입 다물고 누워나 계시지요!"

"하지만 대체….."

"조용히 하세요!"

남자는 끼워 놓은 듯(침대 밑은 사람 하나 들어갈 정도였다) 누워 이반 안드레예비치 손을 잡고 주먹을 꽉 쥐었는데, 어찌나 아폰지 하마터면 꽥 소리를 지를 뻔했다.

"이것 좀 보시게나…."

"쉿!"

"그렇게 꽉 잡지 마시오. 계속 그러면 소릴 지르겠소."

"정 그러시면, 질러 보시죠! 어디 질러 보시라니까요!"

이반 안드레예비치는 수치심에 얼굴을 붉혔다. 낯선 신사는 쌀쌀맞았고 잔뜩 골이 나 있었다. 아마도 이 사람은 이런 운명의 박해뿐 아니라, 구석에 숨은 것도 한두 번이 아닌 것 같았다. 그러나 이반 안드레예비치는 이런 일이 처음이었고, 갑갑해서 숨이 막힐 지경이었다. 온몸의 피가 머리로 솟구쳤다. 하지만 어쩔 도리가 없었다. 납작 엎드려 있을 수밖에. 이반 안드레예비치는 체념하고 입을 다물었다.

"여보, 나는 오늘 파벨 이바니치 집에 다녀왔다오."

늙은 남편이 입을 열었다.

"우리는 다들 모여 앉아서 프레퍼런스 카드놀이를 했지. 그런데 말이야, 콜록―콜록―콜록(남편이 기침을 해댔다)! 그런데… 콜록! 그런데 등이… 콜록! 등이 말이야…! 콜록! 콜록! 콜록!"

늙은이가 계속 콜록거렸다.

"등이 말이야…."

늙은 남편은 두 눈에 눈물이 그렁그렁한 채 겨우 한마디 뱉었다.

"등이 아프기 시작한 거야… 그런데 저주받을 놈의 치질 때문에! 설 수도 없고, 앉을 수도 없고… 앉을 수가 없어서 말이야! 콜록 – 콜록 – 콜록!"

다시 시작한 기침 소리를 누군가 들었다면, 그 기침이 노인의 수명보다 훨씬 더 오래갈 것이라 생각했을 것이다. 노인은 중간에 뭐라고 중얼거렸지만 한마디도 알아들을 수가 없었다.

"이보시오, 신사 양반, 제발 좀 비켜 주시오!"

이반 안드레예비치가 괴롭게 속닥였다.

"어디로 비키라고요? 비킬 자리가 없습니다."

"이해하시오, 나로서는 이대로 버틸 수가 없소이다, 나는 이런 난감한 상황이 난생처음이라."

"저는 선생같이 난감한 이웃은 처음입니다."

"그런데 말인데, 젊은이…."

"입 좀 다무세요!"

"입을 다물라고? 그런데 말이오, 젊은이, 언행이 지극히 무례하기 짝이 없소이다…. 내 눈이 잘못되지 않았다면, 당신은 아직 한참 어린 것 같은데, 내가 당신보다 훨씬 나이를 많이 먹었을 거요."

"그 입 좀 다무세요!"

"이 사람이 정신을 못 차리는구먼, 당신 지금 누구하고 얘기하고 있는지 알기나 하는가!"

"침대 밑에 엎드린 신사하고 얘기 중입니다, 왜요…."

"하지만 말이오, 내가 여기 들어온 것은 진짜 우연이었소…, 실수란 말이오. 그러나 내가 잘못 판단한 게 아니라면 당신의 경우는 부도덕한 이유인듯싶소만."

"네, 잘못 판단한 게 맞습니다."

"당신보다 나이 많은 사람이 말하고 있는데…."

"이것 보십시오! 우리는 지금 한배를 탄 처지라는 걸 아셔야죠. 그리고 부탁인데, 제 얼굴 좀 누르지 마십시오!"

"이보시오! 당최 무슨 말을 하는 건지…. 미안하지만, 난 지금 꼼짝달싹할 수가 없소이다."

"그러기에, 어쩌자고 그렇게 뚱뚱해가지고는…."

"맙소사! 내 지금까지 이렇게 남한테 낮은 대우를 받은 적이 없소!"

"네, 그러시겠지요. 이보다 더 납작 엎드릴 수는 없을 테니까요."

"이보시오. 이것 보라니까! 나는 당신이 누군지도 모르고, 어떻게 이런 일이 벌어졌는지도 모르오. 나는 그저 실수로 여기 들어오게 된 것이오, 당신이 생각하는 그런 사람이 아니란 말이오…."

"저를 밀치지만 않으시면, 선생에 대해 어떤 생각도 하지 않겠습니다. 그리고 제발 그 입 좀 다무세요!"

"이보시오! 당신이 이렇게 딱 붙어 있으니, 답답해 까무러칠 지경이오. 내가 죽게 되면 당신이 책임지시오. 분명히 말해 두지만… 나는 존경받는 사람이자 한 집안의 가장이오. 이런 상황에 처할 사람이 아니란 말이오…!"

"선생께서 몸소 이 안으로 비집고 들어오셨잖아요. 자, 좀 움직여 보세요! 여기 자리를 내 드리지요, 더 이상은 안 됩니다!"

"거참 괜찮은 젊은이로구먼! 내 당신을 오해했소."

이반 안드레예비치는 자리를 양보받은 고마움에 기뻐하며 마비된 듯 저리는 팔다리를 쭉 펴면서 말했다.

"비좁은 곳에 끼어 있는 당신 처지도 충분히 이해하오. 하지만 어쩌겠소? 보아하니 당신이 나를 기분 나쁘게 여기는 것 같은데, 부디 좋게 봐 주시오. 다시 얘기하지만, 나는, 나는 본의 아니게 여기에 들어온 것이오, 분명히 얘기해서 난 당신이 생각하는 그런 사람이 아니오…. 난 지금 끔찍이도 두렵소이다."

"그런데요, 제발 그 입 좀 다물어 주시지 않겠습니까? 우리 말소리를 누가 듣기라도 하면, 상황이 더욱 나빠진다는 걸 모르십니까? 쉿, 남편이 말을 합니다."

그러고 보니 노인의 기침이 멎은 것 같았다.

"그래서 말이야, 여보. 그게 말이야, 여보, 콜록! 콜록! 아, 죽겠군!"

늙은 남편이 울렁이는 곡조의 소리로 읊조렸다.

"페도세이 이바노비치가 하는 말이 가새풀 약초를 끓여서 마셔 보라더군. 듣고 있지, 당신?"

"듣고 있어요, 여보."

"그리 권하더군. 가새풀 차를 한번 마셔 보라고 말이야. 그래서 내가 말했지. 내가 지금 거머리 치료를 받고 있다고. 그랬더니 그 사람이 '알렉산드르 데미야노비치, 가새풀 약초가 더 좋습니다, 가새풀 차가 기관지를 완화해 주거든요, 제가 알려 드리지요…' 라는 거야…. 콜록! 콜록! 아, 제기랄! 여보, 당신은 어떻게 생각하오? 콜록 – 콜록! 오, 주여! 콜록 – 콜록! 가새풀을 먹어 보는 게 좋을까…? 콜록 – 콜록 – 콜록! 아! 이거 참, 콜록…!"

"제 생각에는 그 약초를 한번 써 보는 것도 나쁘지 않을 것 같아요."

아내가 대답했다.

"그래, 나쁘지 않을 거야! 그러면서 그 사람이 '폐병이신 것 같은데요'라는 거야, 콜록콜록! 그래서 나는 통풍이나 위장병일 거라고 했지, 콜록콜록! 그런데 그 사람은 나에게 '폐병인 것 같습니다'라는 거야. 당신은 어떻게, 콜록콜록! 당신은 어떻게 생각하지, 여보? 정말 폐병일까?"

"어머, 맙소사! 그게 무슨 말씀이세요?"

"맞아, 폐병일 거야! 그런데, 여보, 이제 당신 옷을 갈아입고 잠자리에 들 시간이군, 콜록콜록! 그런데 난, 콜록! 오늘 감기에 걸렸어."

"아야! 제발, 좀 비켜 주시오!"

이반 안드레예비치가 몸을 움직였다.

"정말 대단하네요, 뭐 하시는 겁니까, 좀 가만히 있지 못하겠습니까…"

"젊은이, 왜 이리 짜증이오. 나를 막 대하는 거요? 이제 알겠군. 당신, 이제 보니 저 부인의 정부 아니오?"

"입 닥쳐요!"

"못 닥치겠소! 당신이 명령하도록 두지 않겠소! 그래, 당신 분명 정부가 맞지? 만약에 들키더라도, 나는 아무 잘못도 없소, 난 아무것도 모르거든."

"그 입 다물지 않으시면, 당신이 끌어들인 거라고 하겠습니다, 선생이 재산을 다 날려 먹은 내 삼촌이라고 할 거란 말입니다. 그러면 적어도 내가 저 부인의 정부라고 생각하지 못할 테니까요."

젊은이는 바득바득 이를 갈면서 말했다.

"이보시오! 지금 날 놀리나 본데. 자네 지금 내 인내심의 한계를 시험하는군."

"쉿! 계속 떠들면 그 입 딱 붙어 버리게 만들어 드리지요! 당신 정말 골칫거리군요! 어디 말해 보시죠, 무슨 일로 여기 왔습니까? 당신만 아니었으면, 난 어떻게든 내일 아침까지 여기 누워 있다가 나갔을 텐데."

"하지만 난 여기 아침까지 누워 있을 순 없소. 난 분별 있는 사람이오, 게다가, 내게는 가족도 있고…. 그래, 어떻게 생각하시오? 설마 저 사람이 여기서 잘 것 같소?"

"누구요?"

"저 노인 말이오…."

"물론, 그러겠죠. 모든 남편이 당신 같진 않거든요. 잠은 집에서 자겠죠."

"거참, 이보시오, 이보라고!"

이반 안드레예비치는 정색하며 창백해진 얼굴로 소리쳤다.

"내 분명 말하지만, 나 역시 잠은 집에서 잔다오. 이런 일은 이번이 처음이라니까! 맙소사, 당신도 날 알지 않소! 젊은이, 당신 대체 어떤 사람이오? 부탁인데, 솔직하게 순수한 우정에서 한번 말해 보시오, 당신 누구요?"

"똑똑히 들으시죠! 제가 완력을 쓸 수도 있습니다…."

"하지만, 이보시게, 부탁인데, 부탁하는데, 나에게 이 난감한 사태를 설명할 기회를 주시오…."

"어떤 설명도 듣지 않을 거고, 아무것도 알고 싶지 않습니다. 제발, 좀 조용히 하세요, 안 그러면…."

"하지만 난 도저히…."

침대 밑에서 잠시 가벼운 실랑이가 이어지다가 결국 이반 안드레예비치가 입을 다물었다.

"여보! 어디서 고양이가 쉿 – 쉿 하지 않소?"

"무슨 고양이요? 무슨 생각을 하시는 거예요?"

아내는 남편에게 뭐라고 말을 할지 몰라 분명 당황한 것 같았다. 그녀는 어찌나 놀랐는지 정신이 하나도 없었다. 하지만 이내 몸을 움찔하더니 귀를 곤두세웠다.

"무슨 고양이요?"

"고양이 말이야. 여보, 며칠 전에 내가 서재에 들어갔는데, 바시카 놈이 서재에 앉아서 쉬 – 쉿 – 그러고 있었거든. 그래서 '바시카, 뭐라고 하는 거니?'라고 했더니, 아 그 녀석이 소곤거리듯이 또 쉬 – 쉬 – 쉿! 하더군. 그러고 나서는 지금도 온 사방에서 쉬 – 쉬 하는 것 같단 말이야. 아, 하느님 아버지! 녀석이 나에게 곧 죽을 거라고 속삭이는 겁니까?"

"당신 오늘따라 왜 그런 어리석은 말씀을 하세요! 제발 부끄러운 줄 아세요."

"그냥 해 본 말이오. 여보, 화내지 마시오. 내가 죽는다는 소릴 하니까 당신 마음이 안 좋은가 보군, 화내지 마시오. 내가 그냥 해 본 말이오. 여보, 이제 당신 옷 갈아입고 잠자리에 들어야지. 당신이 잠자리에 들 때까지 난 여기 좀 앉아 있겠소."

"안 그러셔도 돼요, 다음에요…."

"자, 화내지 말고, 화내지 마시오! 그런데 정말 여기 쥐가 있나 본데."

"자꾸 그런 말씀을 하시네, 고양이라 했다가, 쥐라 했다가! 당신 왜 이러시는지, 정말 모르겠네요."

"아, 난 괜찮소, 난 그냥… 콜록! 나는 그냥, 콜록 – 콜록 – 콜록! 아, 빌어먹을 기침! 콜록!"

"들으셨습니까? 당신이 자꾸 시끄럽게 하니까, 노인네가 들었잖아요!"

젊은이가 속삭였다.

"내가 지금 어떤 상황인지 알기나 하고 하는 소리요! 난 지금

코피가 난단 말이오."

"코피야 나게 두시고, 조용히 좀 하세요! 노인네가 나갈 때까지 좀 기다리세요."

"젊은이, 한번 입장 바꿔 생각해 보시오. 난 지금 누군지도 모르는 사람하고 같이 누워 있소."

"그렇다고, 누구라는 걸 알면 뭐가 더 나아지기라도 한답니까? 난 당신 이름이 하나도 궁금하지 않은데요. 참, 그러시면, 선생님은 성함이 어떻게 되십니까?"

"아니, 그건 왜… 나는 다만 얼마나 말도 안 되는 상황인지 설명하려고 했을 뿐이오…."

"쉿… 노인네가 또 뭐라고 하잖아요."

"여보, 정말 쉬−쉬 소곤소곤거리는 소리가 나는데."

"어머, 아니에요. 당신 귀에 솜 마개를 잘못 끼웠나 봐요."

"아, 솜 마개란 말이지. 당신도 알까 몰라, 저기, 위층에 말이야…. 콜록, 콜록! 위층에, 콜록, 콜록, 콜록!"

"위층이라! 맙소사! 여기가 꼭대기 층인 줄 알았는데, 그럼 설마 여기가 이층?"

젊은이가 나직이 중얼거렸다.

"젊은이! 뭐라 그리 중얼거리는 거요? 도대체 여기가 몇 층인지 왜 그리 신경 쓰는 거요? 나도 여기가 꼭대기 층인 줄 알았는데, 맙소사, 설마 한 층이 더 있다는 건가?"

이반 안드레예비치가 몸서리를 치며 속삭였다.

"정말이지 뭔가 부스럭거리는 것 같은데."

드디어 기침이 멎은 노인이 말했다.

"쉿! 좀 들어 보세요!"

젊은이는 이반 안드레예비치의 두 손을 꼭 붙잡으며 소곤거렸다.

"이보시오! 당신 지금 내 손을 꽉 잡고 있소. 좀 놓으시오."

"쉿…."

가벼운 실랑이가 이어지다가 잠시 뒤 다시 침묵이 찾아왔다.

"그러니까 말이오, 내가 예쁘장한 여자를 만났거든…."

노인이 말을 시작했다.

"뭐라고요? 예쁘장한 여자라고요?"

아내가 중간에 끼어들었다.

"그래, 그게 말이야…, 내가 지난번에 말했잖소. 계단에서 예쁘장한 부인을 만났다고. 혹시, 내가 그 말을 깜빡했나? 당최 요즘 기억력이 약해져서 말이야. 성요한초 잎을… 콜록!"

"뭐라고요?"

"성요한초 잎을 끓여 마셔야 한다더군. 다들 그러면 좋아질 거라고 하던데… 콜록-콜록-콜록! 좋아질 거라고 말이야!"

"당신이 노인 말을 가로막았잖아요."

젊은이가 또 바드득 이를 갈며 말했다.

"당신 오늘 어떤 예쁘장한 부인을 만났다고 했죠?"

아내가 물었다.

"응?"

"그 여자를 만났어요?"

"누가 만났다고?"

"당신이요, 만났어요?"

"내가? 언제? 어, 가만있자…!"

"왜 이리 꾸물대는 거야? 이런 미라 같은 노인네 같으니! 어서 말해, 어서!"

젊은이는 자꾸만 깜빡깜빡하는 늙은이를 속으로 몰아치며 나직이 소곤거렸다.

"이보시오! 난 너무 무서워 벌벌 떨고 있소. 맙소사! 무슨 얘길 듣고 있는 거지? 어제하고 똑같잖아, 어제하고 완전 똑같군!"

"쉿!"

"그래, 그래, 그래! 생각났소. 정말 앙큼한 여자라니까! 그 눈빛 이며… 하늘색 모자를 쓰고 있었는데….

"하늘색 모자를 썼다고! 아, 제길!"

"그래, 그녀로군! 그녀에게 하늘색 모자가 있잖아. 하느님 맙 소사!"

이반 안드레예비치가 소리쳤다.

"그녀? 그녀가 누군데요?"

젊은이는 이반 안드레예비치의 손을 꽉 쥐면서 나직이 소곤거 렸다.

"쉿! 노인이 말하고 있잖소."

이번에는 이반 안드레예비치가 한마디 했다.

"아, 제길! 빌어먹을!"

"뭐, 사실 누구나 하늘색 모자 하나는 가지고 있지 않겠소···!"

"게다가 교활한 게 여우 같은 여자였지! 그 여자는 지인을 만나러 여기 오던데, 항상 눈웃음을 치거든. 그런데 그 지인에게는 다른 사람들도 찾아오던데···."

노인이 계속 말을 이었다.

"흥! 정말 따분한 얘기네요, 그런데, 당신은 뭐가 그리 흥미로운데요?"

부인이 얘기 중간에 끼어들었다.

"그래, 알았소, 알았소이다. 자! 화내지 마시오! 정 당신이 싫어하면, 그만 얘기하지. 당신 오늘 기분이 좀 별로인가 보구려···."

늙은이는 슬슬 비위를 맞추며 대답했다.

"그런데, 어떻게 해서 여기 들어오게 되었습니까?"

젊은이가 말을 꺼냈다.

"아, 이것 보게, 이것 봐! 당신 이제야 궁금한가 보군, 조금 전만 해도 들으려고 하지 않더니!"

"뭐, 저야 어쨌든 상관없습니다! 정 그러시면, 얘기하지 마세요! 아, 제기랄! 아 정말 이런 일이!"

"젊은이, 화내지 마시오. 나도 지금 무슨 말을 하는지 모르겠소. 다른 뜻이 아니라 그저 당신이 궁금해하는 데는 다 이유가 있는 게 아닌가 하는 말을 하려 했을 뿐이오···. 그런데 말이오, 젊은이, 당신은 누구시오? 나는 모르는 사람 같은데. 이보시오 젊은이, 처음 보는 양반 같은데, 당신 대체 누구요? 맙소사, 내가 지금 무슨 말을 하는 건지 모르겠군!"

"아 좀! 제발요. 그만 좀 하세요!"

젊은이는 곰곰이 생각하더니 말을 가로막았다.

"하지만 당신에게 모두 말하겠소, 모두 말이오. 어쩌면 당신에게 화가 나서 얘기하지 않는다고 생각하겠지만, 아니오! 여기 손을 걸고 맹세하겠소! 난 그저 기분이 우울할 뿐, 그 이상은 아니오. 그런데, 당신이 먼저 어떻게 여기 오게 되었는지 말해 주지 않겠소? 무슨 일로 왔소? 나로 말하자면…, 절대 화내지 않을 거요, 정말이오, 화내지 않겠소. 여기 내 손을 걸고 맹세하리다. 밑바닥이 온통 먼지투성이라, 손이 좀 더러워졌소만, 숭고한 감정을 위해서라면."

"아 좀, 그 손 좀 저리 치우세요! 몸도 옴짝달싹 못 하는데, 손을 들이대기는!"

"그런데, 이보시오! 당신 지금 나를 마치 낡아 빠진 헌신짝처럼 대하는데, 조금만, 조금만이라도 정중하게 대하도록 하시오, 그러면 모든 것을 얘기해 주겠소! 우리는 서로를 좋아하게 될 거요. 우리 집에 초대해서 식사도 함께할 마음이 있소. 사실, 솔직히 말해서, 우리는 이렇게 같이 누워 있어서는 안 되오. 젊은이, 당신은 잘못 생각하고 있어요! 당신은 잘 모르겠지만…."

이반 안드레예비치는 절망감에 애원하는 목소리로 말했다.

"그 사람이 언제 그녀를 만났을까? 어쩌면 그녀는 지금 나를 기다리고 있을지도 모르겠… 기필코 여기서 나가고 말겠어!"

젊은이는 극도로 흥분해서 중얼거렸다.

"그녀라고? 그녀가 누구요? 맙소사! 젊은이, 지금 누구 얘기를 하는 거지? 당신 지금, 저기, 위층 생각을…. 오 하느님, 맙소사! 저에게 왜 이런 형벌을 내리시는 겁니까?"

이반 안드레예비치는 절망의 표시로 똑바로 돌아누우려 했다.

"그런데, 뭐 하려고, 그녀가 누군지 알려는 겁니까? 아, 제기랄! 그녀가 있든, 없든, 난 이만 나가겠습니다…!"

"이보시오! 당신 지금 뭐 하는 거요? 그럼, 나, 나는 어쩌라고?"

이반 안드레예비치는 절망에 휩싸여 소곤거리며 옆 사람 연미복의 소맷자락을 붙잡았다.

"이거, 저한테 뭐 하시는 겁니까? 정 그러시면 혼자 남아 계세요. 싫으시면, 제가 이렇게 말하겠습니다. 당신은 재산을 다 날려 버린 제 삼촌이라고요. 그래야 노인네가 나를 자기 아내의 정부라고 생각하지 못할 테니까요."

"하지만, 젊은이, 말도 안 되오. 내가 삼촌이라니, 억지로 꾸며 낸 티가 너무 나지 않소. 아무도 당신 말을 안 믿을 거요. 어린아이도 믿지 않을 거란 말이요."

이반 안드레예비치는 절망에 빠져 중얼댔다.

"정말, 쓸데없는 소리 좀 그만 집어치우시고, 조용히 비에 젖은 낙엽처럼 바닥에 납작 엎드려 있기나 하시죠! 부디 여기서 하룻밤 잘 보내시고, 내일 어떻게든 잘 빠져나가시기 바랍니다. 아무도 알아채지 못할 겁니다. 제가 빠져나가고 나면, 설마 누가 또 있을 거라 아무도 생각 못 할 테니까요. 그것도 이렇게 빵빵한 몇 인분의 덩치가 들어와 있으리라고는 말이죠! 그러고 보니 선생님 한 사람만으로도 몇 사람 분량은 되겠습니다. 아, 좀 비키세요, 안 그러면 바로 나가겠습니다!"

"이 사람 정말. 젊은 사람이 나한테 쏘아붙이는 게 아주 독살스럽구먼…. 내가 기침이라도 하면, 그땐 어쩔 거요? 만일의 경우도 미리 대비해 두어야지!"

"쉿!"

"무슨 소리지? 위층에서 무슨 소리가 나는 것 같은데…."

그사이 졸던 늙은이가 깨면서 말했다.

"위층이라고?"

"그러게 말이오, 젊은이. 위층이라는데!"

"그러게요, 저도 들었어요!"

"이런, 세상에! 난 당장 나가야겠소."

"그럼, 저는 나가지 않겠습니다! 저야 뭐 어떻든 상관없으니까! 이왕 이렇게 된 거, 이젠 어찌 되든 다 상관없어요! 그런데 말이죠, 지금 제가 의심하는 게 있는데, 뭔지 아시겠습니까? 그건 바로, 당신이 배반당한 남편이 아닌가 하는 겁니다. 분명 맞을걸요!"

"세상에, 무슨 말버릇인가! 설마 자네 그걸 의심하는 건가? 그런데 왜 하필이면 남편이라고… 난 결혼도 하지 않았단 말이오.”

“결혼하지 않았다고요? 말도 안 돼요!”

“어쩌면, 내가 남의 여자의 정부일 수도 있지!”

“하, 참 좋은 정부시겠습니다!”

“이보시오, 이보라니까! 뭐, 좋소, 전부 다 얘기하리다. 나의 절망스러운 이야기를 좀 들어 보시오. 사실은 내 얘기가 아니오, 난 결혼하지 않았소. 나도 당신처럼 독신이오. 사실, 당사자는 내 친구, 어릴 적 친구이고… 나는 정부요…. 그 친구가 나에게 말하기를 ‘난 불행한 인간이야. 나는 지금 인생의 쓴잔을 마시고 있네, 난 아내를 의심하고 있단 말일세’라는 거요. 그래서 차분히 ‘무엇 때문에 아내를 의심하는 건가?’라고 물었지. 그런데 당신 지금 내 말을 안 듣고 있군. 한번 좀 들어 보시오, 들어 보라니까! 내가 ‘질투를 하다니 우습군, 질투는 죄악이네…!’라고 했지. 그랬더니 친구가 ‘아니, 난 불행한 인간이야! 난, 지금 인생의 쓴맛을… 그러니까 나는 의심하고 있네’라고 하더군. 그러면서 ‘이보게, 친구, 자네는 젖먹이 시절부터 내 친구지 않나. 우린 함께 행복의 꽃을 짓밟고, 푹신한 쾌락의 침대에 파묻혔었지’라고 했다네. 맙소사, 무슨 말을 하는 건지 모르겠군. 젊은이, 자네 계속 웃고 있구먼. 나를 미친 사람으로 보는군.”

“네, 당신은 지금 미쳤습니다…!”

“그러면, 그렇지, 내가 미친 사람이라는 말을 할 때 이미 자네가 그 소릴 할 거라 예감했지. 그래, 젊은이, 웃으시오, 맘껏 웃으라고! 나도 한창때는 인기도 있고 잘나갔지, 여자들을 유혹하기도 하고 말이야. 아! 뇌막염이 생길 것 같군!"

"여보, 무슨 소리지? 누가 재채기를 한 것 같은데? 여보, 당신이 한 거야?"

늙은이가 중얼거렸다.

"어머나, 맙소사!"

아내가 말했다.

"쉿!"

침대 밑에서 소리가 났다.

"틀림없이 위층에서 두드리는 소리일 거예요."

침대 밑에서 정말 시끄러운 소리가 나자 깜짝 놀란 아내가 말했다.

"그래, 위층이야! 위층이라고! 당신에게 말했잖소, 내가 멋쟁이를, 콜록, 콜록! 콧수염을 기른 멋쟁이를, 콜록, 콜록! 아, 이런, 등이…! 콧수염을 기른 멋쟁이를 만났다고!"

남편이 말했다.

"콧수염이라고! 맙소사! 그 사람은, 분명, 당신이군."

이반 안드레예비치가 속삭였다.

"아, 제기랄! 뭐 이런 사람이 다 있어! 보세요, 전 지금 당신과 여기 같이 누워 있잖아요! 그런데 어떻게 저 노인네가 저를 만날 수 있겠습니까? 그리고, 제 얼굴 좀 잡지 마세요!"

"세상에, 기절초풍할 지경이오."

그때 위층에서 정말로 큰 소리가 들렸다.

"위층에 무슨 일일까요?"

젊은이가 속삭였다.

"이보시오! 난 두렵소, 무서워. 날 좀 도와주시오."

"쉿!"

"여보, 정말이지 무슨 소리가 나는군, 한바탕 소란을 피우나 본데. 그것도 바로 당신 침실 위에서 말이야. 무슨 일인지 알아보러 사람을 보낼까…."

"어머, 글쎄요! 별생각 다 하시네요!"

"알았어, 관두겠소. 그런데 당신 오늘따라 기분이 너무 안 좋은 것 같군…!"

"어머, 아니에요! 당신은 그만 주무세요."

"리자! 당신은 날 전혀 사랑하지 않는군!"

"어머나, 당연히 사랑하죠! 다만, 지금은 너무 피곤해서요."

"그래, 그러지! 난 이만 가 보겠소."

"아, 아니, 아니에요! 가지 마세요. 아니, 가세요, 그만 가 보세요!"

아내가 소리쳤다.

"참, 그게 무슨 말이야! 가라는 건가, 가지 말라는 건가! 콜록, 콜록! 그런데 이젠 정말 자야겠군…. 콜록, 콜록! 파나피진 댁 딸들을… 콜록, 콜록! 딸들을… 콜록! 그 집 딸이 가지고 있는 뉘른 베르크 인형을 봤는데… 콜록, 콜록…."

"어머, 또 그 인형 얘기!"

"콜록, 콜록! 예쁜 인형이, 콜록, 콜록!"

"노인네가 가려고 인사를 합니다. 남편이 나가면, 우리도 바로 나가죠. 듣고 있죠? 이제 기뻐하셔야죠!"

젊은이가 말했다.

"오, 하느님, 제발, 하느님, 제발 그렇게 해 주십시오!"

"이번 일이 선생님에겐 교훈이….."

"젊은이! 무슨 교훈 말이오? 나 자신이 이미 느끼고 있소…. 그런데 한참 어린 당신이 나한테 교훈 따위를 언급한단 말이오."

"그래도 할 겁니다, 잠자코 들어나 보세요!"

"아, 이런! 재채기가 나올 것 같군!"

"쉿! 그놈의 재채기, 하기만 해 봐요."

"나더러 어쩌라는 거요? 여기엔 쥐 냄새가 너무 심해서 도대체 견딜 수가 없군. 부탁인데, 내 주머니에서 손수건 좀 꺼내 주시오. 난 꼼짝도 못 하니 자네가… 아, 세상에, 맙소사! 내가 무슨 죄를 지었기에 이런 벌을 받는 건지?"

"자, 여기 손수건요! 선생님이 무슨 죗값으로 벌을 받는 건지, 제가 말씀해 드리죠. 바로 당신의 질투심 때문입니다. 정확한 근거도 없이 미친 사람처럼 달려들고, 남의 집에 불쑥 들어와 소란을 피우고 있으니까요…."

"젊은이! 난 소란 같은 거 피우지 않았소."

"조용히 하세요!"

"젊은이, 당신이야말로 나에게 도덕이니 뭐니 운운할 자격이 없소. 왜냐, 내가 당신보다 훨씬 더 도덕적인 사람이니까."

"조용히 좀 하시라니까요!"

"아, 하느님 맙소사!"

"당신은 소란을 피웠고, 두려워서 어쩔 줄 모르는 마음 약한 젊은 부인을 놀라게 했습니다. 어쩌면, 부인은 병이 날지도 모르죠. 또 무엇보다 안정이 필요하고, 치질로 고생하는 존경스러운 노인네에게 걱정을 끼치고요. 이게 다 무엇 때문이겠습니까? 바로 당신의 터무니없는 생각 때문입니다. 당신은 터무니없는 생각에 사로잡혀 골목 구석구석 죄다 돌아다니고 있습니다. 선생님이 지금 얼마나 끔찍한 상황에 있는지 이젠 좀 아시겠습니까, 아시겠어요? 느껴집니까?"

"이보시오, 너무나 잘 알고, 너무나 잘 느끼고 있소! 당신이야말로 그런 말을 할 자격이 없지…."

"닥치세요! 지금 무슨 자격을 운운하십니까? 일이 비극적으로 끝날 수 있다는 사실을 알기나 하십니까? 아내를 사랑하는 저 노인네가 당신이 침대 밑에서 기어 나오는 꼴을 보면 미쳐 버릴 수도 있다는 걸 알기나 하냐고요? 하지만 아니죠, 당신은 상황을 비극적으로 만들 위인도 못 되거든요! 당신이 기어 나올 때 그 꼴을 보면 누구든 깔깔대며 웃음을 터트릴 테니까요. 전등 아래서 당신을 봐야 하는 건데, 분명 아주 우습게 보일 테니까요."

"그러는 당신은? 당신 역시 그런 상황이라면 우습게 보이기는 마찬가지야! 나 역시 당신의 그런 꼬락서니 좀 보고 싶군그래!"

"그럴 일은 절대 없을 겁니다!"

"젊은이, 당신에겐 분명 부도덕의 낙인이 찍혀 있을 거요!"

"하! 선생께서 도덕을 논하시는 겁니까! 내가 왜 여기 있는지 알기나 하십니까? 난 여기 실수로 온 겁니다. 층수를 착각한 거라고요. 대체 왜 나한테 문을 열어 주었는지, 그야 누가 알겠어요! 저 부인은 누군가를, 물론 당신은 아니겠지만, 분명 누군가를 기다리고 있었던 겁니다. 당신의 멍청하고 굼뜬 발소리가 들렸을 때 부인이 깜짝 놀라는 걸 보고 나는 침대 밑으로 숨었고요. 게다가 그땐 어두웠어요. 아, 그런데 왜 당신한테 변명을 하지? 당신은 질투심이 넘치는 우스운 노인네일 뿐이에요. 제가 왜 여기서 안 나가는지 아십니까? 혹시 나가는 게 두려워서 안 나간다고 생각하시나요? 천만의 말씀! 저는 이미 오래전에 나가고도 남았을 겁니다. 다만 당신이 불쌍해서 여기 죽치고 있는 거라고요. 내가 없으면 당신이 누굴 믿고 여기 남겠습니까? 그랬다간, 당신은 저 사람들 앞에서 꿀 먹은 벙어리 꼴을 하고 말뚝처럼 뻣뻣하게 서 있을걸요…."

"아니, 대체 어째서 말뚝 같다는 거요? 왜 하필 말뚝인가? 젊은이, 비교할 대상이 그것밖에 없는가? 또 왜 내가 꿀 먹은 벙어리란 말이오? 전혀, 난 그런 사람이 아니오."

"이런, 제길! 개가 짖어대는군!"

"쉿! 아, 그러니까… 자네가 계속 지껄여대니까 그런 거잖소.

자네가 개를 깨운 거요. 이제 우리 큰일 났소."

정말이었다. 지금까지 방구석에 놓인 쿠션 위에서 계속 자던 여주인의 강아지가 갑자기 잠에서 깨어 낯선 이들 냄새를 맡고는 왈왈 짖으며 침대 밑으로 달려들었다.

"이런, 하느님 맙소사! 아 멍청한 개새끼 같으니! 녀석 때문에 우리 정체가 탄로 나겠어. 다 들통나겠군. 이제 벌을 받게 되었군!"

이반 안드레예비치가 혼잣말로 중얼거렸다.

"이게 다, 선생이 하도 겁을 내니까, 이런 일이 벌어지잖아요."

"아미, 아미, 이리 와! 컴온, 컴온!"

여주인이 강아지를 불렀다.

그러나 강아지는 주인 말을 듣지 않고 곧장 이반 안드레예비치에게 달려들었다.

"여보, 왜 그래? 아미쉬카가 왜 계속 짖는 거지? 분명 저기 쥐나 바시카 녀석이 있나 보군. 어째 계속 재채기 소리가 들리더라니, 계속 재채기를 하더라니까…. 바시카 녀석이 오늘 감기에 걸렸나 봐."

노인네가 말했다.

"가만히 좀 계세요! 꼼지락거리지 마시라니까요! 강아지 녀석이 우릴 그냥 두고 갈 수도 있잖아요."

젊은이가 속삭였다.

"내 손 좀 놓으시오! 내 손은 왜 그렇게 잡고 있는 거요?"

"쉿! 조용히요!"

"젊은이, 강아지 녀석이 내 코를 물고 있소! 자네는 내 코가 없어지기라도 바라는 거요!"

말다툼이 이어졌다. 결국 이반 안드레예비치는 겨우 두 손을 빼냈다. 시끄럽게 왈왈 짖어대던 강아지가 갑자기 낑낑거리기 시작했다.

"어머나!"

부인이 소릴 질렀다.

"무지막지한 인간 같으니! 지금 뭐 하는 겁니까?"

젊은이가 속닥거렸다.

"당신 때문에 우리 둘 다 죽게 생겼어요! 강아지는 왜 잡는 겁니까? 맙소사, 강아지 목을 조르고 있잖아! 조르지 마세요. 놓아주라고요! 잔인한 인간 같으니! 당신 그러고도 여자의 마음을 안다고 할 수 있습니까! 당신이 강아지 숨통을 끊으면, 우리 둘 다 들통나고 말 겁니다."

그러나 이미 이반 안드레예비치 귀에는 아무 소리도 들리지 않았다. 그는 강아지를 붙잡는 데 성공했고, 자기 보호 본능 때문에 순간 이성을 잃고 강아지 목을 조르고 말았다. 강아지는 깨갱소리를 내다가 죽고 말았다.

"우린 끝장이군!"

젊은이가 중얼거렸다.

"아미쉬카, 아미쉬카! 하느님 맙소사, 저 사람들 우리 아미쉬카에게 무슨 짓을 하는 거야! 아미쉬카, 아미쉬카! 아미쉬카! 이리 온, 컴온! 이런, 악랄한 인간들! 야만인들! 맙소사, 아 쓰러질 것 같아!"

부인이 소리쳤다.

"무슨 일이오? 무슨 일인데 그래?"

노인이 안락의자에서 벌떡 일어나며 소리쳤다.

"여보, 왜 그래 당신? 아미쉬카는 여기 있잖아! 아미쉬카, 아미쉬카, 아미쉬카!"

늙은이는 손뼉을 치고 쯧쯧-쯧쯧- 혀를 차며 침대 밑으로 들어간 아미쉬카를 불렀다.

"아미쉬카! 이리 온, 컴온! 컴온! 설마, 바시카 녀석이 침대 밑에서 아미쉬카를 잡아먹기야 했겠어! 바시카 이 녀석 좀 맞아야겠군. 여보, 이 나쁜 놈이 한 달 내내 맞질 않았단 말이야. 당신 어떻게 생각하오? 내일 프라스코비야 자하리예브나와 상의해 보겠소. 그런데, 맙소사, 여보, 왜 이래 당신? 당신 너무 창백한데, 이런! 이런! 여봐라! 거기 아무도 없느냐!"

늙은이가 방 안을 뛰어다니기 시작했다.

"나쁜 놈들! 무지막지한 인간들!"

부인이 푹신한 소파로 쓰러지며 소리쳤다.

"누구? 누구 말인데? 그게 누구요?"

노인이 소리쳤다.

"저기에 사람들이 있어요. 모르는 사람들이에요! 저기, 침대 밑에! 오, 하느님 맙소사! 아미쉬카! 아미쉬카! 저 인간들이 너한 테 무슨 짓을 한 거니?"

"이런, 세상에! 무슨 사람들이 있다는 거야! 아미쉬카… 안 되 겠군, 여봐라, 여봐라, 어서 거기 아무도 없는가! 거기 누구요? 거 기 누구냔 말이오? 당신들 누구지? 여봐라, 아무도 없느냐…!"

노인이 촛불을 들고 침대 밑으로 몸을 숙이며 소리쳤다.

이반 안드레예비치는 숨이 끊어진 아미쉬카의 시체 옆에 초주 검이 되어 뻗어 있었다. 반면 젊은이는 노인의 움직임을 하나하 나 지켜보고 있었다. 노인이 갑자기 침대 반대편 벽 쪽으로 가서 몸을 숙였다. 젊은이는 늙은 남편이 부부 침대 저쪽 편으로 숨어 든 이들을 찾는 사이 순식간에 침대 밑에서 기어 나와 도망쳤다.

"맙소사! 당신은 대체 누구인가요? 난 당신이…."

부인이 젊은이를 보며 소곤거렸다.

"그 악한은 침대 밑에 있습니다. 그자가 아미쉬카를 죽인 범인 이에요!"

젊은이가 속삭였다.

"세상에 맙소사!"

부인이 외마디 비명을 질렀다.

그러나 이미 젊은이는 방에서 자취를 감춘 뒤였다.

"이런! 여기 누가 있군. 여기 부츠 한 짝이 있어!"

늙은 남편이 이반 안드레예비치의 발을 붙잡으며 소리쳤다.

"살인마! 살인마! 오, 아미쉬카! 아미쉬카!"

부인이 소리 질렀다.

"나오시오, 나와! 기어 나오란 말이오! 당신 대체 누구요? 당신 누군지 말하시오. 맙소사! 정말 이상한 사람 다 보겠군!"

노인은 카펫에 발을 구르며 소리쳤다.

"맞아요, 저자들 강도예요!"

"제발, 제, 제발!"

이반 안드레예비치가 기어 나오면서 소리쳤다.

"각하, 제발 하인들은 부르지 마십시오! 각하, 제발 부탁입니다. 전혀 그러실 필요가 없습니다. 각하께서는 저를 내쫓으실 수 없으십니다! 저는 그런 사람이 아니니까요! 저로 말씀드리면… 각하, 완전히 실수로 일어난 일입니다! 제가 지금 모든 걸 설명드리겠습니다, 각하."

이반 안드레예비치는 숨을 몰아쉬고 흐느끼면서 말을 이어 갔다.

"모든 것은 아내 때문입니다. 그러니까 제 아내가 아니라 다른 사람의 아내 말입니다. 저는 미혼이거든요, 그러니까… 다른 사람이란 제 친구, 제 죽마고우입니다…."

"무슨 얼어 죽을 죽마고우! 당신 도둑이지, 물건을 훔치러 왔잖아….어디서 죽마고우 같은 소릴…."

노인이 발을 구르면서 소리쳤다.

"아닙니다. 도둑 아닙니다, 각하. 정말 죽마고우가 맞습니다…. 그저 제가 어쩌다 실수하는 바람에 여기 잘못 들어온 겁니다."

"그래, 내 알지, 당신이 어느 구석에서 나왔는지 알 것 같군."

"각하! 저는 그런 인간이 아닙니다. 오해하시는 겁니다. 말씀 드리지만, 큰 오해를 하시는 겁니다, 각하. 저를 한 번만 보십시오, 제 용모를 보시면 제가 도둑일 리 없다는 것을 알게 되실 겁니다. 각하! 각하!"

이반 안드레예비치는 이번엔 두 손을 모아 부인 쪽으로 돌아보며 외쳤다.

"부인, 부디 저를 이해해 주십시오…. 아미쉬카를 죽인 건 접니다…. 그러나 제 잘못이 아니에요. 저는 정말로 죄가 없습니다…. 모든 것은 아내 잘못입니다. 저는 불행한 인간입니다. 지금 인생의 쓴맛을 보고 있습니다!"

"그만 됐소, 하지만 당신이 인생의 쓴맛을 보는 게 나와 무슨 상관이란 말이오! 보아하니 쓴맛을 한두 번 본 게 아닌 것 같군, 당신 처지를 보니, 뻔히 보이는구먼. 그런데 당신 여기는 어떻게 들어왔소?"

노인은 흥분한 나머지 온몸을 떨며 소리쳤다. 그러면서도 용모나 행동거지 등으로 보아 이반 안드레예비치는 도둑이 아니라는 걸 확신하게 되었다.

"당신에게 묻지 않소, 여기 어떻게 들어왔소? 당신 강도처럼…."

"강도가 아닙니다, 각하. 저는 다만 잘못 들어온 겁니다, 강도가 아닙니다! 이 모든 것은 제 질투로 인해 벌어진 일입니다. 각

하, 다 말씀드리겠습니다. 각하는 아버지라 여겨도 될 연배이시
니, 친아버지께 말씀드리듯, 솔직하게 다 털어놓겠습니다."

"내 나이가 어떻다고?"

"각하! 혹시나 제가 각하의 기분을 상하게 했는지요? 물론, 저
렇게 젊은 부인은… 각하의 연세와… 보기에 참 좋습니다, 각하,
정말이지 각하의 결혼 생활은 참으로 보기가 좋습니다…. 한창
좋으실 연세이십니다…. 하지만 하인은 부르지 마십시오…. 제
발, 하인들은 부르지 말아 주십시오…. 하인들의 비웃음만 살 뿐
이니까요…. 제가 하인들을 잘 알지요…. 그러니까, 이 말씀만은
드리고 싶지는 않지만, 저희 집에도 하인들이 있어서 제가 하인
들의 성향을 잘 알고 있다는 겁니다. 각하, 놈들은 항상 비웃습니
다…. 멍청이들이죠! 공작 폐하… 제가 실수한 게 아니라면, 공작
님이라고 부르겠습니다…."

"아니오, 난 공작이 아니오. 신사 양반, 나로 말하자면… 제발
나를 공작이라고 추켜세우지 마시오. 그런데, 당신은 어쩌다 여
기 오게 되었소? 어떻게 들어오게 되었소이까?"

"공작 폐하, 그러니까 각하… 아, 죄송합니다. 각하께서 공작이
라고 생각이 들어서. 제가 각하를 뵈니… 그런 생각이 들었습니
다. 있을 수 있는 일이지요. 사실 각하께서는 제 지인인 푸지레프
씨 댁에서 뵈었던 코로트코우호프 공작님과 너무 닮으셨습니
다…. 보시다시피, 저 또한 여러 공작님들과 친분이 있습니다. 제
지인 집에서 공작님 한 분을 뵈었지요. 각하께서는 아직도 저를

그런 인간으로 생각하시진 않으시겠지요. 저는 도둑이 아닙니다. 각하, 하인을 부르지 마십시오. 하인들을 부르신다면, 상황만 복잡해지지 않겠습니까?"

"그런데 대체 여긴 어떻게 들어오셨죠? 당신은 누구시죠?"

부인이 소리 질렀다.

"그래, 당신 누구요?"

남편이 맞장구를 쳤다.

"여보, 난 줄곧 우리 바시카가 침대 밑에서 재채기한다고만 생각했지 뭐요! 그런데 저자였군. 아, 자네 말이야, 아주 난봉꾼일세, 순 난봉꾼…! 당신 누구요? 어서 누군지 대시오!"

노인이 다시 카펫에 발을 굴렀다.

"각하, 말씀드릴 수가 없습니다. 저는 각하의 말씀이 끝나기를 기다리면서… 재치가 넘치는 각하의 유머를 경청하고 있었습니다. 제 얘기를 말씀드리자면, 정말 황당한 이야기입니다, 각하. 제가 각하께 모든 것을 말씀드리겠습니다. 길게 설명드리지 않겠습니다만, 그러니까 제가 말씀드리고 싶은 것은 하인을 부르지 말아 달라는 것입니다, 각하! 부디 저를 너그러이 대해 주십시오…. 제가 침대 밑에 있었던 일은, 별일이 아닙니다…. 저의 위신이 떨어질 만한 일이 아닙니다. 이번 일은 그야말로 우습기 짝이 없는 얘기입니다, 각하!"

이반 안드레예비치는 애원하는 얼굴로 부인을 돌아보며 소리쳤다.

"아마도 각하, 각하께서는 웃음을 터트리실 겁니다. 각하께서는 질투심에 불타는 한 여자의 남편의 모습을 보고 계십니다. 보다시피, 저는 자존심이고 뭐고 다 버렸습니다. 스스로 모욕을 감수하고 있습니다. 물론, 제가 아미쉬카를 죽였습니다. 하지만… 이런, 맙소사, 제가 지금 무슨 소리를 하는지 모르겠군요!"

"그래서, 어떻게, 당신은 여길 어떻게 들어온 거요?"

"한밤중 어둠을 틈타서요, 각하, 캄캄한 어둠을 틈탔습니다…. 죽을죄를 졌습니다! 용서해 주십시오, 각하! 머리를 조아려 용서를 빕니다! 저는 그저 배반당한 남편일 뿐, 그 이상 아무것도 아닙니다! 부디 제가 정부일 거라 생각하지 말아 주십시오, 각하. 저는 결코 정부가 아닙니다! 감히 제 생각을 말씀드리자면, 부인께서는 매우 정숙한 분이십니다. 순수하고 순결한 분이십니다!"

"뭐라고? 뭐라는 거요? 당신 감히 무슨 소릴 하는 거요? 정신 나간 것 아니오? 어떻게 감히 내 아내를 입에 올리는 거요?"

노인이 다시 발을 구르며 소리쳤다.

"그 사람 악한이에요, 아미쉬카를 죽인 살인마라고요! 게다가 감히 못 하는 소리가 없어!"

아내가 눈물을 쏟으며 소리쳤다.

"각하, 각하! 제가 그만 말실수를 했습니다."

이반 안드레예비치가 겁에 질려 소리쳤다.

"제가 말실수를 했습니다. 그 이상은 아닙니다! 제가 지금 제 정신이 아니라서요, 이해해 주십시오…. 부디 정신이 나가서 그런 것이라 생각해 주신다면… 제 명예를 걸고 맹세드리지만, 각하께서는 저에게 하해와 같은 은혜를 베풀어 주시는 겁니다. 각하께 악수라도 청하고 싶지만, 제가 어찌 감히…. 저는 혼자 있었던 게 아니었습니다, 제가 삼촌이고… 그러니까 저를 절대 정부라고 생각하실 수 없다는 말씀을 드리고 싶은 겁니다…. 맙소사! 또, 또 말실수를 했네요…. 부디 노여워 마십시오, 각하."

이반 안드레예비치는 다시 부인을 돌아보며 소리쳤다.

"부인, 부인께서는 사랑이 무엇인지 이해하시겠지요. 그것은 섬세한 감정입니다…. 그런데, 내가 무슨 말을 하는 거지? 또 실없는 소릴 하고 있군요…. 그러니까 저는 제가 나이를 먹어서, 그러니까 늙은 것은 아니지만 나이가 지긋한 중년이라 저는 부인의 정부가 될 수 없다는 말씀을 드리고 싶습니다. 정부라고 하면 리차드슨 정도 되어야, 그러니까 세기의 난봉꾼 말입니다…. 제가 또 쓸데없는 소릴 했습니다. 하지만 각하, 아실 겁니다. 저는 배운 사람이고, 문학도 아는 사람이라는 것을요. 각하, 웃으시는군요! 정말 기쁩니다, 제가 각하께 웃음을 자아내다니 기쁩니다. 오, 저로 인해 각하께서 웃음을 터트리시다니 어찌나 기쁜지요!"

"하느님 맙소사! 정말 우스운 사람 다 보겠어요!"

부인이 요란스레 웃음을 터트리며 소리쳤다.

"그래, 우스운 사람이군. 게다가 행색이 엉망이군그래. 하지만, 여보, 이 사람 도둑은 아닌 것 같소. 그런데 이자가 여길 어떻게 들어왔을까?"

아내가 웃음을 터트리자 노인이 기뻐하며 말했다.

"정말 이상한 일입니다. 정말 희한한 일이죠, 각하, 마치 소설 같은 일이에요! 왜냐고요? 오밤중에, 그것도 우리나라 수도에서 어떤 남자가 침대 밑에 들어가 있다니 말이 됩니까? 우습고 이상하기 짝이 없지요! 어떤 점에서는 리날도 리날디니 같기도 하고요. 하지만 아무것도 아닙니다. 이 모든 게 아무것도 아닙니다, 각하. 제가 각하께 모두 말씀드리겠습니다…. 아 참, 각하, 제가 각하께 새로 애완견 한 마리를 드리겠습니다…. 아주 멋진 애완견을요! 그러니까 털은 길고, 다리는 짧아서 두어 걸음도 걷지 못하는 녀석으로요. 좀 돌아다니려고 하면 자기 털에 걸려서 넘어지니까요. 녀석은 설탕 한 가지만 먹이십시오. 제가 그런 개로 한 마리 갖다 드리겠습니다, 각하. 제가 반드시 그런 녀석을 갖다 드리겠습니다."

"호, 호, 호, 호, 호! 맙소사, 정말 기가 막힐 지경이네요! 세상에, 정말 웃기는군요!"

부인은 웃음을 터트리며 소파 위로 데굴데굴 굴렀다.

"그래, 그렇군! 하, 하, 하! 콜록, 콜록, 콜록! 웃기는군, 꼴도 엉망이고 말이야, 콜록, 콜록, 콜록!"

"각하, 각하, 전 지금 말할 수 없이 행복합니다! 각하께 손이라도 내밀고 싶지만, 어찌 감히 그러겠습니까. 각하, 제가 잘못 생각한 것 같습니다. 이제야 눈을 뜨고 깨달았습니다. 제 아내는 순결하고 결백하다는 걸 이젠 믿습니다. 제가 쓸데없이 아내를 의심했습니다."

"아내라고요, 이 사람의 아내라니요!"

부인은 눈에 눈물이 맺힐 정도로 박장대소를 하며 소리쳤다.

"저 사람이 결혼을 했다니! 말도 안 돼! 그야말로 난 상상조차 못 할 일이군!"

노인이 맞장구를 쳤다.

"각하, 아내기요, 그녀에게 모든 잘못이 있습니다. 그러니까, 이건 제 잘못이지요, 제가 아내를 의심했으니까요, 저는 여기서 몰래 만나기로 했다고 알고 있었습니다. 여기서, 아니 위층에서요. 제가 중간에 편지를 가로챘지요, 그런데 그만 층수를 착각하여 이 집으로 잘못 들어와 침대 밑으로 기어 들어가게 된 것입니다…."

"호, 호, 호, 호!"

"하, 하, 하, 하!"

"헤, 헤, 헤, 헤!"

부인과 노인이 웃어대자, 이반 안드레예비치도 따라 웃음을 터뜨렸다.

"오, 얼마나 행복한지 모르겠습니다! 오, 우리 모두 같은 생각을 하고 있고, 우리 모두 이렇게 행복해하는 것을 보니 정말 감동입니다! 그리고 제 아내는 전혀 아무런 잘못이 없습니다! 저는 그렇게 거의 확신합니다. 각하, 분명 그러겠지요?"

"허, 허, 허! 콜록, 콜록! 여보, 당신은 그 여자가 누구인지 알겠소?"

노인은 겨우 웃음을 멈추고 마침내 입을 열었다.

"누구 말이에요? 호, 호, 호! 누구냐고요?"

"늘 눈웃음을 치면서 멋쟁이와 함께 다니던 그 예쁘장한 여자야. 바로 그 여자야! 그 여자가 이 사람 아내가 틀림없어!"

"아닙니다, 각하. 저는 그 여자는 제 아내가 아니라고 확신합니다. 틀림없이, 확신합니다."

"그렇다면 말이죠, 맙소사! 당신 지금 이렇게 시간 낭비하실 때가 아니에요. 어서 위층으로 올라가 보세요, 어서요. 어쩌면 그 두 사람을 현장에서 잡으실 수 있을지도 모르잖아요…."

부인이 웃음을 멈추며 말했다.

"정말 그렇겠군요. 각하, 그럼 얼른 가 보겠습니다. 하지만, 저는 그 누구도 잡지 않을 겁니다, 각하. 왜냐하면 그 여자는 제 아내가 아니라는 것을 이미 확신하고 있으니까요. 제 아내는 지금 집에 있습니다! 다만 제가 문제지요! 그저 질투에 사로잡혀서, 그뿐입니다…. 그런데 각하께서는 어떻게 생각하십니까? 제가 위층에서 그 둘을 현장에서 잡을 수 있겠습니까, 각하?"

"호, 호, 호!"

"히, 히, 히! 콜록, 콜록!"

"가 보세요, 어서 가 보시라고요! 그리고 집으로 가시는 길에 저희에게 들러서 얘기해 주세요. 아니, 차라리 내일 아침에 오시는 게 낫겠네요. 그땐 부인을 데리고 오세요. 서로 알고 지내면 좋겠어요."

부인이 소리쳤다.

"이만, 안녕히 계십시오, 각하, 안녕히 계십시오! 꼭 데리고 오
겠습니다. 이렇게나마 알게 되어 무척 반갑습니다. 모든 일이 예
상외로 이렇게 끝나고 좋게 마무리되어 행복하고 기쁠 따름입
니다."

"그리고 애완견요! 무엇보다 애완견은 절대 잊지 말고 꼭 데려
오세요!"

그 말에 이미 인사를 마치고 방을 나가던 이반 안드레예비치
가 다시 방 안으로 뛰어 들어오며 대답했다.

"그러겠습니다, 반드시 가져오겠습니다. 틀림없이 가져오지
요. 아주 예쁜 녀석으로요! 사탕으로 만든 것같이 아주 달콤한 녀
석으로 말이죠. 걸으면 제 털에 걸려서 넘어지는 그런 녀석으로,
진짜 애완견 말이죠. 사실 제가 아내에게 '여보, 이 녀석은 계속
넘어지는군' 하고 말하면, 아내는 '맞아요, 어쩜 정말 귀여워요'
라고 하거든요. 설탕으로 만든 것처럼, 각하, 정말이지 설탕으로
만든 것처럼 예쁜 녀석으로 가져오겠습니다! 그럼, 이만 안녕히
계십시오, 각하, 알게 되어 대단히, 대단히 반갑습니다. 뵙게 되
어 대단히 반가웠습니다!"

이반 안드레예비치는 꾸벅 인사를 하고 밖으로 나왔다.

"어이, 이보시오! 멈추시오, 다시 돌아오시오!"

나가는 이반 안드레예비치를 뒤따라오며 노인이 외쳤다.

이반 안드레예비치가 세 번째로 돌아왔다.

"내가 말이오, 바시카라고 고양이 한 마리를 아직 못 찾았는데, 당신 혹시 침대 밑에 있을 때 녀석을 보지 못했소?"

"아니요. 보지 못했습니다, 각하, 그렇지만 각하를 알게 되어 무척 기쁩니다. 저로서는 대단한 영광입니다…."

"그 녀석이 감기에 걸렸는지 계속 재채기를 하던데, 계속 재채기를 말이야! 이 녀석 좀 맞아야겠어!"

"맞습니다, 각하, 물론입니다. 애완동물의 행동은 엄하게 매로 다스려야 고쳐집니다."

"뭐라고?"

"저는 애완동물에게 복종심을 심어 주기 위해서는 훈육용 체벌이 필요하다는 말씀을 드린 겁니다."

"아…! 그래, 잘 가시게, 잘 가시오, 나도 같은 생각이오."

거리로 나온 이반 안드레예비치는 마치 뭔가 충격적인 한 방을 기다리는 표정으로 한참 동안 그대로 서 있었다. 그는 모자를 벗고 이마에 맺힌 식은땀을 닦더니 힘을 주고 눈을 가늘게 뜬 채 잠시 생각에 잠겼다가 집으로 향했다.

집에 돌아온 이반 안드레예비치는 놀랍게도 글라피라 페트로브나가 이미 오래전에 극장에서 돌아왔다는 걸 알게 되었다. 그녀는 치통이 너무 심해서 의사를 불러 치료를 받았고 거머리 치료도 받았으며, 침대에 누워 이반 안드레예비치를 기다리는 중이었다.

이반 안드레예비치는 자기 이마를 쳤다. 그러고는 하인에게 씻을 준비를 해 두고 옷을 챙겨 놓으라 일렀다. 그러고는 마침내 아내 방에 가 볼 용기를 냈다.

"당신 어디서 시간을 보내다 인제 오시는 거예요? 어머, 당신 몰골 좀 봐요. 얼굴이 왜 이렇게 상했어요! 대체 어디 있다가 오는 거예요? 이보세요, 마누라는 아파서 죽게 생겼는데, 당신은 온 시내를 다 뒤져도 찾을 수가 없었죠. 대체 어디 있었던 거예요? 설마 또 나를 잡으러 다닌 거예요? 나도 모르는 밀회 현장에서 절 급습하려 했나요? 제발 부끄러운 줄 아세요. 당신이 무슨 남편이에요! 사람들이 대놓고 손가락질할 거예요!"

"여보!"

이반 안드레예비치가 대답했다.

그러나 이 대목에서 그가 손수건을 꺼내려고 주머니에 손을 넣은 순간, 당황한 나머지 뭐라고 해야 할지 단 한마디도 생각나지 않았다…. 너무나 놀랍게도 그의 주머니에서 손수건과 함께 죽은 아미쉬카의 시체가 나오자 그는 경악과 공포에 사로잡혔다. 이반 안드레예비치는 침대 밑에서 밖으로 기어 나왔어야 했던 절망적인 순간에 끔찍한 공포에 사로잡혀 자기가 저지른 범행의 증거를 감추고 처벌을 피하려고 아미쉬카를 주머니에 집어넣었던 것이다.

"그게 뭐예요? 죽은 강아지잖아! 맙소사! 어디서… 대체 무슨 일이에요…? 당신 어디에 있었던 거예요? 당장 털어놓으세요,

당신 어디 있었어요?"

아내가 소리쳤다.

"여보!"

이반 안드레예비치는 아미쉬카보다 더 사색이 되어 대답했다.

"여보…."

그러나 여기서 우리는 우리의 주인공을 다음 이야기가 시작될 때까지 잠시 놓아 주기로 하자. 왜냐하면 여기서 아주 특이하고 새로운 사건이 시작되기 때문이다. 언젠가 우리는 이와 같은 운명의 고난과 압박에 대해 모두 얘기하게 될 것이다. 그러나 여러분도 인정할 것이다. 질투란 용서할 수 없는 애정이며, 심지어 불행이라는 것을!

아홉 통의 편지로 된 소설

1.

발신: 표트르 이바니치

수신: 이반 페트로비치

친애하는 나의 가장 소중한 벗, 이반 페트로비치!

긴급히 의논할 일이 있어 내 자네를 찾아다닌 지 오늘로 벌써 사흘째라오. 하지만 그 어디에서도 자네를 찾을 수가 없었네.

어제 세묜 알렉세이치 집에 갔을 때 내 아내가 지나가는 말로 자네 부부에 대해 슬쩍 농담을 했다네. 자네와 자네 부인 타티야나 페트로브나는 어찌나 엉덩이가 가벼운지, 결혼한 지 삼 개월도 안 되었는데 벌써 집안일 돌보는 건 뒷전이라고 말일세. 우린 한바탕 웃음을 터트렸지. 물론 어디까지나 자네 부부에 대한 진심 어린 호의에서 한 소리일세.

나의 소중한 친구 이반 페트로비치, 농담은 이 정도로 하고, 자네는 정말 나를 제대로 고생시켰지.

어제 세묜 알렉세이치 말이, 자네가 협회 클럽의 무도회에 갔을지도 모른다고 하더군. 그래서 나는 아내에겐 세묜 알렉세이치 부인과 있으라고 하고, 혼자 협회 클럽으로 달려갔지. 거참, 어찌나 웃기고 슬픈 상황이었는지!

내가 어땠을지 한번 생각해 보게. 내가 무도회에 간 거지. 그것도 혼자서, 아내도 없이 말이야! 이반 안드레이치가 저택 입구 수위실에서 나를 맞이하면서 나 혼자 온 걸 보더니 여지없이 내가

춤바람 난 거라고 단정해 버리지 뭔가(악당 같은 인간!). 그러고
는 내 옷소매를 잡곤 억지로 댄스 클래스에 끌고 가려 하지 뭔가.
그러면서 하는 말이 협회 클럽이 너무 비좁아 젊은 사람 몸 하나
뒤척일 자리도 없을 뿐만 아니라 향수 냄새가 진동해서 머리가
지끈거린다는 거였지. 어쨌든 그곳에서 난 자네도, 자네 부인 타
티야나 페트로브나도 찾을 수 없었지. 이반 안드레이치는 자네
가 틀림없이 〈지혜의 슬픔〉을 보러 알레산드르 극장에 갔을 거
라고 확신에 차서 말하더군.

　그래서 다시 알렉산드르 극장으로 달려갔지. 거기에도 자네는
없었네. 오늘 아침에 혹시나 치스토가노프 집에서 자네를 만날
수 있지 않을까 하는 생각으로 가 봤지만, 그곳에도 없었지. 치스
토가노프는 내게 페레팔킨 집에 가 보라더군. 하지만 역시나 없
었어. 그러다 나는 완전히 녹초가 되어 버렸지. 내가 얼마나 힘들
었을지 한번 상상해 보게나!

　결국 지금 나는 이렇게 자네에게 편지를 쓰고 있네(달리 방도
가 있어야 말이지!). 내가 의논할 일이라는 게 사실 전혀 글로 설
명할 사안이 아니라서(자네도 날 이해하겠지) 직접 만나 얼굴을
맞대고 얘기하는 게 좋겠는데, 가능한 빨리 말일세. 그래서 오늘
저녁에 자네 부인 타티야나 페트로브나와 함께 우리 집에 와서
차도 한 잔 마시고 담소도 나누자고 청하는 바이네. 자네 부부가
방문해 준다면 내 아내 안나 미하일로브나는 뛸 듯이 기뻐할 거
네. 진심으로 말일세, 요즘 유행하는 말로 무덤에 들어갈 때까지

잊지 않을 걸세.

소중한 나의 벗 이반 페트로비치, 일단 펜을 들었으니 할 말을 좀 해야겠네. 난 지금 자네의 행동을 꾸짖는다고나 할까, 단호히 나무라지 않을 수 없군. 얼핏 보기엔 전혀 악의 없는 장난 같지만 사실은 악의적으로 나를 엿 먹이려고 한 행동을 말이지. 자네는 그야말로 양심도 없는 사악한 인간일 뿐이야!

지난달 중순, 자네는 지인이라며 한 사람을 우리 집에 데리고 왔지. 바로 예브게니 니콜라이치 말이네. 자네는 그 사람을 내게 소개해 주었지. 자네의 진심 어린 우정에서 우러나온 고귀한 친분을 소개받으니 나로서는 기쁘기 그지없었고, 그 젊은이를 두 팔 벌려 맞아 주었지.

하지만 난 스스로 올가미에 걸려든 꼴이 되고 말았지. 올가미든 올가미가 아니든, 결과적으로 상황이 이상하게 되어 버렸네. 길게 설명하자니 시간도 없고, 글로 쓰자니 거북하군.

다만 사악한 친구, 자네에게 하잘것없는 부탁 하나만 하겠네. 자네가 그 젊은이에게 이 도시에는 우리 집 말고 다른 집도 많다고 슬쩍, 넌지시, 귓속말로, 비밀리에, 뭐 어떻게든 간에 귀띔 좀 해 주면 안 되겠는가. 난 더 이상 참을 수가 없다네! 그렇게만 해 주면 우리 친구 시모네비치가 늘 입버릇으로 말하듯 자네 발아래 넙죽 엎드리기라도 하겠네. 어쨌든 만나세, 만나서 자네에게 모든 걸 다 이야기해 주겠네.

난 지금 그 젊은이의 행동거지나 정신적인 면에 문제가 있다거나, 그 밖의 다른 면에서 결함이 있다는 의미로 말하는 게 아니네. 오히려 반대로, 그 친구는 아주 정중하고 상냥한 젊은이지. 하지만, 조만간 만나서 이야기하기로 하지. 어쨌든 그 젊은이를 만나게 되면, 부디 그 친구에게 슬쩍 귀띔 좀 해 주길 바라네. 물론 내가 직접 얘기할 수도 있지만 자네도 내 성격 알지 않는가? 난 정말 도저히 못한다네. 게다가 바로 자네가 그 친구를 소개해 준 사람이 아닌가. 아무튼 더 자세한 내용은 저녁에 만나서 설명하겠네. 그럼 또 보세. 이만 줄이겠네.

추신 ― 우리 집 아이가 일주일 전에 가벼운 병에 걸렸는데 날이 갈수록 점점 안 좋아지고 있네. 이가 나느라 괴로운지 힘들어한다네. 가여운 내 아내가 종일 아이를 돌보느라 아주 울적해하고 있지. 그러니 자네가 우리 집에 와 준다면 진심으로 기쁘겠네, 내 소중한 벗 이반 페트로비치.

2.
발신: 이반 페트로비치
수신: 표트르 이바니치

친애하는 표트르 이바니치!
어제 자네의 편지를 받아 읽고 어리둥절했다네. 자네는 말도 안 되는 엉뚱한 곳에서 날 찾아다녔더군. 난 집에 있었는데 말일세. 난 집에서 열 시까지 이반 이바니치 톨로코노프를 기다리다가 그 후에 아내를 데리고 삯마차를 불러 차비를 들여 가며 자네집으로 갔지. 그때 시각이 여섯 시 반쯤이었어. 자네는 집에 없고, 자네 부인이 우리를 맞더군. 우리는 열 시 반까지 자네를 기다렸지만 더 이상은 기다릴 수가 없었네.

나는 다시 돈을 들여 삯마차를 타고 아내를 집에 데려다주고 나서 혼자 페레팔킨 집으로 향했지. 거기서 자네를 만날 수 있지 않을까 생각한 거지. 하지만 내 예상은 또 빗나갔다네. 그러고는 집으로 돌아와 밤새 잠을 이루지 못하고 걱정하다가, 아침에 삯마차를 불러 9시, 10시, 11시 이렇게 세 번이나 차비를 들여 가며 자네 집에 찾아갔건만, 자네가 또 뒤통수를 쳤지.

그런데 지금 자네 편지를 읽으면서 깜짝 놀랐네. 자네는 편지에서 예브게니 니콜라이치에게 귀띔해 달라고 부탁하면서 이유는 단 한마디도 언급하지 않더군. 자네의 신중함을 높이 평가하지만, 편지도 편지 나름이지 내가 설마 양피지에 싸인 중요한 서류를 아내에게 보여 주겠는가?

결론적으로, 난 자네가 대체 무슨 생각으로 내게 그런 얘기를 썼는지 모르겠네. 대체 무엇 때문에 그런 일에 날 끌어들이려 한단 말인가? 어쨌든 나는 남의 일에 참견하길 좋아하는 사람이 아닐세. 거절하려면 자네가 직접 할 수 있을 것이네. 다만 자네와 만나 긴히 간략하고 단호하게 설명할 게 있는데 이렇게 시간만 흐르고 있군.

자네가 자꾸 날 회피하는 상황에서 우리가 합의한 사항을 등한시한다면 나도 어떻게 해야 할지 모르겠네. 여행을 떠날 날이 코앞에 닥친 데다 길을 나서면 얼마가 되었든 돈이 들 텐데, 요즘 아내마저 계속 우는소리라네. 유행하는 벨벳 부인복을 한 벌 맞춰 달라고 말일세.

예브게니 니콜라이치에 대해서는 내 자네에게 일러둘 말이 있네. 어제 파벨 세묘니치 페레팔킨 집에 들렀을 때 이때다 싶어 몇 가지를 최종적으로 알아보았지.

예브게니 니콜라이치는 야로슬라프 현에 오백 명이나 되는 농노가 있고, 또 조모로부터 삼백 명의 농노가 딸린 모스크바 근교의 영지도 상속받을 예정이라네. 돈이 얼마나 있는지는 나도 모르네. 아마 그건 자네가 더 잘 알고 있을 것 같군.

마지막으로 자네 쪽에서 만날 장소를 정해 주길 청하네. 자네는 어제 이반 안드레이치를 만났는데, 그가 자네에게 내가 아내와 함께 알렉산드르 극장에 갔을 거라고 얘기했다고 편지에 썼지. 내 분명히 밝히지만, 그가 거짓말을 한 거라네. 더군다나 그는 전혀 신뢰받을 수 없는 인물이지. 이반 안드레이치는 사흘 전에도 자기 할머니를 속여 팔백 루블이나 되는 지폐를 꿀꺽했거든. 그럼 차차 다시 연락하도록 하고, 이만 줄이겠네.

추신 — 아내가 임신을 했다네. 안 그래도 요즘 흠칫흠칫 잘 놀라고, 종종 우울한데 혹시나 극장 공연을 보러 가면 총을 쏘거나 기계적으로 만든 굉음에 아내가 놀라기라도 할까 봐 극장에 다니지 않는다네. 나도 극장에는 그리 취미가 없고 말일세.

3.

발신: 표트르 이바니치

수신: 이반 페트로비치

소중하고 소중한 나의 벗, 이반 페트로비치!

미안하네, 미안해, 정말 진심으로 미안하네. 다만 서둘러 해명을 좀 하겠네. 어제 여섯 시경 마침 우리가 진심 어린 마음으로 자네 부부를 생각하며 이야기꽃을 피울 때, 갑자기 스테판 알렉세이치 아저씨가 보낸 급사가 달려와 고모님이 위독하시다는 소식을 전하지 않겠나? 나는 아내가 놀랄까 봐 아무 말 하지 않고 그저 다른 볼일이 있다는 핑계를 대곤 마차를 타고 고모님 댁으로 달려갔네. 가서 보니 고모님은 간신히 숨이 붙어 있는 정도였지. 정각 다섯 시에 뇌졸중으로 쓰러지셨더군. 이 년 새 벌써 세 번째라네. 그 집 주치의 카를 표도리치는 고모님이 하룻밤을 넘기기 힘들지도 모른다고 하더군. 내 처지를 좀 생각해 보게나, 내 소중한 친구 이반 페트로비치.

나는 이런저런 걱정과 근심에 밤새 뜬눈으로 서성였지! 아침이 되어서야 진이 다 빠져 심신이 황폐해진 채로 그 집 소파에 누워 잠이 들었네. 몇 시에 깨워 달라는 말을 하는 것조차 잊고 말 일세. 눈을 떠 보니 열한 시 반이었지. 고모님은 한결 좋아지셨더군.

나는 마차를 타고 집으로 돌아왔네. 가련한 아내는 나를 기다리며 안절부절못하고 있었더군. 나는 아무 빵 조각이나 손에 잡히는 대로 먹어 치우고는 아이를 한번 안아 주고 걱정하는 아내를 풀어 준 다음 자네 집으로 출발했지. 자네는 집에 없더군. 그런데 자네 집에서 예브게니 니콜라이치를 보았네. 난 집으로 돌아와 펜을 들어 이렇듯 자네에게 편지를 쓰고 있다네.

나의 진정한 벗 이반 페트로비치, 나에게 불평하거나 화내지 말게. 차라리 나를 두들겨 패거나 죄 많은 머리를 베어 버릴지언정 자네의 호의만은 거두지 말아 주게. 자네 부인이 오늘 저녁 자네가 슬랴바노프 집에 있을 거라고 하더군. 나도 그리로 가도록 하겠네. 자네와의 만남을 학수고대하며, 이만 줄이겠네.

추신 ― 우리 집 아이가 아파서 우리 부부는 무척 힘든 시간을 보내고 있다네. 고모님 댁 주치의 카를 표도리치가 대황 약초 뿌리를 처방해 주었지. 아이는 앓는 소리를 하며 어제는 아무도 알아보질 못했다네. 오늘에야 겨우 사람을 알아보고, 아빠, 엄마, 부… 하고 옹알거리기 시작했지. 아내는 아침 내내 눈물만 흘리고 있다네.

4.

발신: 이반 페트로비치

수신: 표트르 이바니치

친애하는 표트르 이바니치!

자네 집, 자네 서재에 있는 자네 책상에 앉아 이렇게 편지를 쓰고 있네. 펜을 들기 전까지 이미 두 시간 반 넘게 자네를 기다렸지. 표트르 이바니치, 내 지금 자네에게 이 모든 불쾌한 상황에 대한 나의 의견을 허심탄회하고 단도직입적으로 말하겠네.

자네가 마지막으로 보낸 편지를 읽고 나서 난 이렇게 생각했네. 슬라뱌노프 집에서 사람들이 자네를 기다리고 있으며, 자네가 나를 그곳으로 오라고 부른 것이라고 말일세. 그래서 난 그곳으로 가서 다섯 시간이나 자넬 기다렸지. 하지만 자네는 오지 않았네. 대체 뭔가? 자네는 내가 사람들 웃음거리라도 되어야 한다는 생각인가?

친애하는 표트르 이바니치, 내 얘기 좀 들어 보게. 다음 날 아침 나는 자네 집으로 갔지. 집에서 만날 수밖에 없는 시간을 택해서 가면, 더 이상 엉뚱한 데서 허탕 치지 않고 자네를 만날 수 있으리라 기대하면서 말이지.

허나 집에는 자네 그림자조차 보이지 않았지. 내가 어떻게 마음을 가라앉히고 자네에게 모든 사실을 털어놓을 수 있을지 모르겠네. 다만 내가 보기에 자네는 우리가 합의한 사항을 이행하지 않고 뒤엎으려는 속셈인 거야. 이제서야 그 모든 것을 깨닫고, 자네의 영악하고 교활한 속셈에 경악과 감탄을 금할 수가 없네. 이제 비로소 자네가 이미 오래전부터 사악한 속셈을 품고 있었다는 걸 분명히 알게 되었네.

내가 이렇게 생각하는 데는 그만한 증거가 있지. 그 증거는 바로 지난주에 내 앞으로 보낸 편지를 자네가 결코 용납할 수 없는 방식으로 탈취했다는 사실이지. 약간 애매하고 분명하진 않지만, 우리가 합의한 사항을 자네가 직접 언급한 내용이 그 편지에 들어 있거든. 자네는 그 문서가 두려워 그걸 없애 버리고 나를 바보로 만들었지. 하지만 난 누가 나를 바보로 만들도록 가만히 있는 호락호락한 사람이 아니라네. 여태껏 누구도 나를 그렇게 여기지도 않았고, 지금 이 상황과 관련해서는 모든 게 나에게 유리하게 돌아가고 있지.

난 알게 되었네. 자네는 날 혼란스럽게 만들고, 예브게니 니콜라이치를 이용해 내 판단력을 흐리게 했지. 이번 달 7일자 자네 편지를 받고 도저히 이해가 되지 않아 자네를 직접 만나 설명을 들으려고 찾아다닐 때, 자네는 나에게 만나자고 약속해 놓고 정작 본인은 모습을 감추었지.

친애하는 벗, 표트르 이바니치, 설마 내가 이 모든 것을 눈치채지 못할 거라 생각하는 건 아니겠지? 자네는 다양한 인사들을 소개하는 등 수고한 대가를 나에게 보상하겠다고 약속해 놓고는, 도리어 교묘하게 상황을 만들어 상당한 금액의 돈을 차용증도 없이 빌려 갔지. 바로 지난주에 말야. 그러고는 돈을 가지고 행방을 감추어 버렸지. 게다가 예브게니 니콜라이치를 소개해 주면서 내가 자네에게 들인 수고를 인정하지 않고 있어.

자네는 내가 곧 심비르스크로 떠날 테니 문제를 처리할 시간이 없을 거라 계산하고 있는 듯한데, 내 자네에게 한 가지 엄중히 경고하고, 나아가 반드시 증명해 보이겠네. 만약 자네가 계속 이런 식으로 나온다면, 나는 앞으로 꼬박 두 달을 더 페테르부르크에서 머물 각오가 되어 있으며, 자네를 반드시 찾아내 문제를 해결하고 나의 목적을 달성하고야 말겠다고 말일세.

지렁이도 밟으면 꿈틀한다고, 나 같은 사람도 때로는 상대방을 공격할 줄 알거든. 내 마지막으로 경고하는데, 만약 자네가 나중에 직접 만나기로 하고 일단 오늘은 편지로라도 만족스러울 만큼 내게 설명을 하고, 그 편지에 우리 사이에 존재하는 중요한 합의 사항들을 모두 언급하지 않는다면, 또 예브게니 니콜라이치에 대한 자네 생각을 최종적으로 설명하지 않는다면, 나도 어쩔 수 없네. 자네에게 전혀 바람직하지 않을 뿐만 아니라, 나 자신도 그것만은 피하고 싶은 조치를 취할 수밖에 없을 것이네.

그럼 이만, 줄이겠네.

5.
발신: 표트르 이바니치

수신: 이반 페트로비치

11월 11일

존경하고 친애하는 나의 벗, 이반 페트로비치!

자네의 편지를 받고 마음 깊이 상처를 받았네. 친애하는, 하지만 공정하지 못한 나의 벗 이반 페트로비치, 자네에게 최선의 호의로 대하는 사람을 이렇게 취급하다니 자네는 정말 양심도 없는 인간이로군. 사건의 전말을 자세히 알아보지도 않고 성급하게 나서서 결국 치욕적인 혐의를 덮어씌워 나를 모욕하려 드는가?

어쨌든 자네가 비난하는 사안에 대해 서둘러 답을 하겠네. 이반 페트로비치! 어제 자네가 나를 만나지 못한 까닭은 내가 전혀 예상치 못하게 임종이 임박한 고모님의 병상에 갑자기 불려 갔기 때문일세. 예브피미야 니콜라예브나 고모님이 어젯밤 열한 시에 돌아가셨다네. 친척들이 만장일치로 나를 슬프고도 비통한 장례식의 상주로 지목했지. 상주가 신경 쓸 일이 어찌나 많은지 오늘 이른 아침에도 자네를 만날 겨를은커녕, 편지 한 줄이라도 써서 사정을 알릴 경황조차 없었네.

나는 우리 두 사람 사이에 오해가 생겨 진정 비통한 마음을 금할 길이 없다네. 예브게니 니콜라이치에 대해 내가 지나가는 농담처럼 슬쩍 했던 말들을 자네는 너무 심각하게 받아들여 모든 일에 나를 완전히 모욕하는 의미를 부여했더군. 자네는 돈을 언급하며 이 문제를 걱정하지. 하지만 나는 지체 없이 자네가 바라고 요구하는 모든 것을 충족시킬 준비가 되어 있다고 밝히는 바이네. 말이 나온 김에 하는 말이지만, 은화 삼백오십 루블은 지난주에 서로 합의한 사항에 대해 내가 자네로부터 받은 돈이지 빌려 간 것이 아니라는 점을 상기하지 않을 수가 없군. 만약 후자의 경우였다면 당연히 차용증을 써 주었겠지.

이 외에 자네가 편지에서 언급한 나머지 사항들에 대해서는 일일이 굴욕적으로 해명하지 않겠네. 이번 일이 오해이며, 그 배경에는 자네의 평소 성급하고 다혈질적이고 강한 성격이 한몫한다는 것을 말하고 싶을 뿐. 그러나 자네의 선량하고 호탕한 성격이 자네 가슴에 남아 있는 의심을 거두어 결국 자네가 먼저 나에게 손을 내밀게 될 것이라 믿는 바이네. 이반 페트로비치, 자네는 실수하는 거야, 정말로 실수를 하는 거라네!

비록 자네 편지가 내 마음에 상처를 주긴 했지만, 오늘이라도 당장 내가 먼저 자네를 찾아가 사과할 생각이네. 다만 어제 고모님 장례식을 치르느라 지금 완전히 녹초가 되어서 두 다리로 서 있기도 힘들 정도네. 엎친 데 덮친 격으로 아내까지 앓아 누웠다네. 혹시나 중병에 걸린 건 아닌지 걱정이야. 그나마 우리 아이는 천만다행으로 좀 나아졌네. 그럼, 이만 펜을 놓겠네…. 일들이 나를 부르는군. 해야 할 일이 산더미라서.

소중한 벗 이반 페트로비치, 양해 바라네. 그럼, 이만.

6.

발신: 이반 페트로비치

수신: 표트르 이바니치

11월 14일

친애하는 표트르 이바니치!

나는 꼬박 3일을 기다렸네. 그 기다림의 시간을 유익하게 보내려 애썼지. 최대한 정중함과 예의를 다하는 게 모든 인간의 제일가는 미덕의 본질이라 생각하며…. 나는 마지막으로 이달 십 일자 편지를 보낸 이후 자네에게 아무 말도 하지 않고, 어떤 일로도 나에 대해 상기시키지 않았네. 자네가 고모님에 대한 기독교인의 의무를 침착하게 수행할 수 있도록 배려한 거였지. 또 한편으론 우리가 논의 중인 사안에 대해 몇 가지 생각하고 알아보기 위한 시간이 필요했네. 그리고 이제야 비로소 서둘러 자네에게 최종적이며 결정적인 설명을 하고자 하네.

솔직히 고백하지만, 처음에 자네가 보낸 두 통의 편지를 읽고서 내가 원하는 게 무엇인지 자네는 전혀 이해하지 못하고 있단 확신이 들었지. 그런 이유로 자네를 만나 직접 얼굴을 맞대고 설명하려 그토록 찾아다녔지. 그러면서 어째서 나는 글쓰기를 두려워하고 내 생각을 글로 표현할 능력이 없는가, 스스로를 책망했다네.

자네도 알다시피 난 세련된 교양이나 예의범절을 갖추지 못한 데다 실속 없이 겉치레만 번지르르한 것을 멀리하는 사람이지. 겉모습이 때로는 얼마나 기만적일 수 있는지, 아름다운 꽃 아래 뱀이 숨어 있기 마련이라는 것을 스스로 쓰디쓴 경험을 통해 깨달았기 때문이야.

그런데 자네는 나를 잘 알면서도, 나에게 당연히 했어야 하는 답을 하지 않았지. 당연하겠지. 자네는 애초부터 자신의 명예를 걸고 한 약속과 우리의 교우 관계를 배신할 생각을 품고 있었으니까. 자네는 최근에 나에게 했던 비겁한 행동과 나의 이해관계에 파탄을 일으키는 행동으로 그 속마음을 완전히 입증해 보였지. 난 자네가 그러리라고는 전혀 예상하지 못했고 지금 이 순간까지도 전혀 믿고 싶지 않네. 우리가 처음 만났을 때 자네의 현명한 언행과 섬세한 매너, 만사에 대한 해박한 지식 그리고 자네와 친해져 뭔가 득을 볼 수 있겠다는 생각에 매혹된 나머지 나는 자네를 진정한 친구이자 단짝이며 동료라고 생각했고, 나에게 아낌없이 호의를 베풀어 주는 사람을 드디어 찾았다고 착각했지.

그러나 이제 명확해졌네. 세상에는 온갖 종류의 사람들이 있지. 달콤한 아부와 화려한 겉모습으로 본질을 가리고 가슴속에 독을 품은 사람, 가까운 사람을 기만과 함정에 빠트리기 위해 자신의 두뇌를 써먹는 사람, 그리고 펜과 종이를 두려워하며 자신의 글솜씨를 가까운 지인과 조국을 위해 쓰는 것이 아니라 이런저런 사업과 계약, 자신과 관계한 사람들의 이성을 마비시키고 현혹시키기 위해 이용하는 사람들이 많다는 것을 알게 되었네. 친애하는 표트르 이바니치, 나에 대한 자네의 배신은 다음과 같은 점에서 분명하게 알 수 있지.

첫째, 내가 편지에서 확실하게 내 입장을 자네에게 설명하고 동시에 내가 처음에 쓴 편지에서 특별히 예브게니 니콜라이치에 대한 자네의 의도와 의사를 물었을 때, 자네는 오히려 나를 의심하고 내게 혐의를 씌우며 분통 터지게 만들어 놓고 정작 그 문제에 침묵하려 애쓰면서 조용히 슬쩍 빠져 버렸지. 그다음 나에게 결코 예의바르다고 할 수 없는 행동들을 하면서 정작 자기가 슬프니, 가슴이 아프니 하는 내용의 편지를 쓰기 시작한 거지. 친애하는 친구, 자네 같으면 대체 이것을 뭐라 말하겠는가? 그러고는 일분일초가 소중한 때에 내가 자네를 찾아 온 도시를 쫓아다니게 만들어 놓고, 자네는 허울 좋은 우정이라는 명분을 내세우며 편지에는 정작 중요한 용건은 의도적으로 침묵하고 그야말로 별것도 아닌 부수적인 일들만 썼지. 존경해 마지않는 자네 부인이 병을 앓는다는 둥, 의사가 자네 아이에게 대황 약초를 처방했다는 둥, 그때 아이가 이가 나고 있었다는 둥 이런 얘기 말일세.

자네는 이 모든 얘기를 매 편지마다 정말 괴롭고 지겨울 정도로 한 번도 빼놓지 않고 써 보냈지. 물론, 자기 자식이 아프면 아버지로서 마음이 찢어진다는 건 나도 충분히 이해하는 바이네. 허나, 보다 더 중요하고 시급한 사안이 있는 상황에서 대체 무슨 이유로 그런 말을 주저리주저리 언급한단 말인가?

내 지금까지 아무 말 않고 참고 있었지. 하지만 이젠 모든 것을 명확히 해야 할 때가 되었네. 자네는 몇 번이나 거짓으로 만나자고 약속하며 나를 속이고 배신하다 못해, 나를 바보로, 웃음거리로 만들어 버렸지. 하지만 나는 결코 바보가 되어 줄 의향이 전혀 없다네. 그다음 자네는 나를 집으로 초대해서 여지없이 허탕치게 만들어 놓고, 뇌졸중으로 고모가 쓰러져서 불려 갔다고 변명했네. 그 시각이 정확히 다섯 시였다는 둥 참 치졸하게 구체적인 알리바이까지 대며 말일세.

그러나 친애하는 표트르 이바니치! 하지만 다행히도 나는 요 사흘 동안 그 진위를 자세하게 알아볼 수 있었다네. 그 결과 자네의 고모님이 뇌졸중으로 쓰러진 것은 8일이 되기 전날 밤이었다는 것을 알아냈지. 그래서 자네가 아무 상관도 없는 사람들을 속이기 위해 신성한 친척 관계를 이용했다는 걸 알게 되었지. 게다가 자네는 마지막 편지에서 하필이면 우리 사이의 일을 상의하려고 내가 자네 집에 방문하기로 했던 그 시각에 자네 고모님이 돌아가셨다고 썼지. 하지만 이 부분에서 자네의 파렴치한 계산과 거짓말은 모든 개연성을 초월하고 있었네. 운 좋은 기회에 연락이 닿은 가장 믿을 만한 정보통을 통해 알아보니 자네 고모님은 자네가 편지에 뻔뻔스럽게 언급한 사망 시간보다 정확히 스물네 시간 뒤에 돌아가셨다는 걸 알게 되었거든. 그뿐이 아니지. 자네가 나에게 저지른 배신행위에 대한 증거를 대자면 한도 끝도 없을 걸세.

자네는 편지마다 나를 진정한 벗이니, 온갖 듣기 좋은 호칭으로 부르지. 하지만 누구든 조금만 제대로 살펴보면 그게 다 나의 양심을 잠재우기 위한 수작에 불과하다는 걸 충분히 알 것이네.

지금부터 자네가 나에게 했던 기만과 배신의 실체를 본격적으로 언급하도록 하겠네. 먼저, 우리 공통의 이해관계와 관련된 모든 문제에 자네는 최근 계속해서 침묵하고 있다는 점, 둘째, 비록 분명하진 않지만 어쨌든 우리 양자 간 합의 사항과 조건들을 자네가 직접 설명한 편지를 뻔뻔하게 절취한 점, 셋째, 자네와 공동 소유권이 있는 나에게서 은화 삼백오십 루블을 차용증도 없이 야만적이고 강제적으로 갈취했다는 점, 마지막으로, 우리가 함께 알고 지내는 예브게니 니콜라이치를 파렴치하게 중상모략했다는 점이네.

이제야 나는 명확히 알게 되었네. 자네는 예브게니 니콜라이치를 언급하며 우유도 모피도 얻을 수 없는 수컷 산양 같은 존재이고, 물고기도 아니고 짐승도 아닌 이도 저도 아닌 사람이라고 비하하면서 이번 달 6일자 편지에서도 그를 비난하고 몰아세웠지. 하지만 나는 예브게니 니콜라이치가 겸손하고 품행이 바른 젊은이이며 바로 이런 면에서 사교계에서 인기와 관심을 얻고 존경을 받는 거라고 생각하네.

또한 나는 자네가 예브게니 니콜라이치를 상대로 카드 게임을 해서 2주 동안 매일 밤 은화를 수십 루블, 때로는 수백 루블씩 호주머니에 챙겼다는 것도 알고 있네. 그런데도 지금 자네는 이 모든 것을 부정하고, 나의 수고에 보답하기는커녕, 공동소유권자인 나를 사전에 현혹하고 내 몫으로 여러 이익금을 얻을 거라고 꾀어 놓고 내 돈을 영영 착복했지. 자네는 지금 나와 예브게니 니콜라이치의 돈을 아주 불법적인 방법으로 착복하고는 나에게 수고비를 주지 않으려고 내가 힘들게 자네 집으로 데려간 사람을 내 면전에서 무턱대고 깎아내리는 등 중상모략을 하는 거야.

그런데 주변 사람들 얘기를 듣자하니 자네는 지금까지 그 사람(예브게니 니콜라이치)과 입을 맞추기라도 한 듯 온 사교계에 그를 자신의 가장 가까운 친구라고 자처하고 다닌다더군. 물론 자네의 우정 어린 친분 관계가 사실상 무엇을 의미하는지, 자네의 모든 의도가 무엇을 지향하는지를 금세 알아차리지 못하는 바보는 사교계에 없지만 말이야. 그러나 자네의 그런 행동들은 사악하고 신에 대한 배반 행위이며, 인간의 예의와 권리에 대한 기만이자 배신이며 모욕이라고 나는 감히 말하겠네. 나 자신이 바로 그 사례의 당사자이자 증거라 할 수 있지. 내가 무엇으로 자네를 모욕했으며 자네는 대체 무엇을 위해 그리 파렴치한 방식으로 나를 취급했단 말인가?

편지를 마치도록 하겠네. 난 다 얘기했네. 이제 결론을 내리자면, 친애하는 표트르 이바니치 만약 자네가 이 편지를 받자마자 최대한 빠른 시일 내에 첫째, 내가 자네에게 준 은화 삼백오십 루블을, 둘째, 자네가 약속한 바에 따라 그 이후 나에게 오기로 한 금액 전체를 돌려주지 않는다면, 나는 공개적인 힘에 의지해서라도 자네가 반환하도록 강제하기 위해 가능한 모든 방법을 취할 것이며 법적 수단에 호소할 것이네.

마지막으로 자네에게 순종하는 하인이자 자네의 숭배자의 손에 들어 있는 증거, 온 세상이 보는 앞에서 자네의 명예를 망치고 훼손할 수 있는 모종의 증거를 내가 확보하고 있다고 밝히는 바이네.

그럼, 이만 줄이겠네.

7.

발신: 표트르 이바니치

수신: 이반 페트로비치

11월 15일

이반 페트로비치!

자네의 이상하면서도 무례하기 짝이 없는 서신을 받고, 처음엔 갈기갈기 찢어 버리고 싶었네. 하지만 이런 편지도 참 드물다는 생각으로 그냥 보관해 두었네.

어쨌든 우리 두 사람 사이에 생긴 오해와 불쾌한 일들에 대해서는 진심으로 유감이네. 자네에게 답장을 쓰기가 진정 내키지 않았지만 꼭 써야 할 필요가 있어서 어쩔 수 없이 쓰게 되었네.

다름이 아니라 앞으로 우리 집에서 자네를 보게 된다면 나뿐만 아니라 내 아내 역시 지극히 불쾌할 것이라고 이 글을 통해 경고해야 해서 말일세. 아내는 건강이 좋지 않아 타르 냄새를 맡게 된다면 몸에 해로워서 말일세.

내 아내는 자네 부인이 우리 집에 두고 간 책『라만차의 돈키호테』를 돌려보내며 감사하다는 인사를 전했다네. 그리고 자네가 지난번에 우리 집에 왔을 때 깜빡하고 놓고 간 자네 덧신은 유감스럽게도 집 안 어디에서도 찾을 수 없었음을 전하는 바이네. 계속 찾아보긴 하겠지만, 끝내 찾지 못한다면 자네에게 새 것을 사서 보내주겠네.

그럼, 이만 줄이네.

8.

11월 16일에 표트르 이바니치는 자기 앞으로 배달된 두 통의 편지를 받았다. 그는 첫 번째 편지를 뜯어 기묘하게 접혀 있는 연한 핑크빛 편지지를 꺼냈다. 자기 아내의 필체였다. 예브게니 니콜라예비치 앞으로 쓴 11월 2일자 편지였다. 봉투 속에는 그 외에 다른 것은 없었다. 표트르 이바니치는 편지를 읽었다.

사랑하는 예브게니! 어제는 정말 어쩔 수 없었답니다. 남편이 저녁 내내 집에 있었거든요. 대신 내일 열한 시 정각에 꼭 와 주세요. 열 시 반에 남편이 차르스코예로 떠났다가 자정에 돌아올 거예요. 저는 밤새 화가 나 있었답니다.

보내주신 소식과 편지들 감사드려요. 세상에 분량이 어찌나 많던지! 설마 그걸 전부 그 여자가 썼단 말인가요? 어쨌든 꽤 괜찮은 문구도 있긴 하네요. 고마워요. 이제 알겠어요, 당신이 날 사랑한다는 걸. 어제 일에 대해서는 화내지 말아요. 부디, 내일 와 주세요.

A(안나).

표트르 이바니치는 두 번째 편지를 뜯었다.

표트르 이바니치!

마침 그렇지 않아도 내 자네 집에 한 발짝도 들여놓지 않을 생각이었네. 자네는 그런 말을 쓰느라 쓸데없이 편지지만 낭비했군.

다음 주에 나는 심비르스크로 떠나네. 자네 곁에는 소중하고 친애하는 벗 예브게니 니콜라이치가 남겠지. 성공을 비네. 덧신에 대해서는 신경 쓰지 말게.

9.

11월 17일에 이반 페트로비치는 자기 앞으로 온 두 통의 편지를 받았다. 그는 첫 번째 편지 봉투를 뜯어 급하게 대충 갈겨쓴 편지를 꺼냈다. 자기 아내의 필체였다. 예브게니 니콜라이치 앞으로 쓴 8월 4일자 편지였다. 봉투 속에 그 외에 다른 것은 없었다. 이반 페트로비치는 그 편지를 읽었다.

영원히 안녕, 부디 안녕히, 예브게니 니콜라이치! 이렇게 된 것도 신의 은총이라 생각하세요. 행복하기를 빌어요, 비록 나에게는 가혹한 운명이지만, 너무나도 가혹한! 하지만 당신의 뜻이었잖아요. 고모님만 아니었다면, 난 그냥 당신에게 내 인생을 맡겼을 거예요. 하지만 고모님도 나도 비웃지는 말아요. 내일은 우리 결혼식이 있답니다. 고모님은 좋은 사람이 나타나서 지참금도 안 받고 나를 데려가 주어 무척 기뻐하신답니다. 난 오늘 처음으로 그 사람을 자세히 보았어요. 아주 좋은 사람 같았죠. 아, 옆에서 자꾸 재촉하네요. 이만 펜을 놓을게요. 부디 안녕히… 내 사랑!! 나를 언제까지나 기억해 줘요. 나 역시 절대 당신을 잊지 않을 거예요. 안녕히 가세요. 이 마지막 편지에도 나의 첫 편지처럼 서명을 할게요….기억하나요?

타티야나.

두 번째 편지는 다음과 같았다.

　이반 페트로비치! 내일 자네는 새 덧신을 받게 될 걸세. 나는 남의 호주머니에서 뭔가 도둑질하는 데 익숙하지 않거든. 게다가 길거리에서 온갖 잡다한 쪼가리들을 모으는 것도 좋아하질 않지.

　예브게니 니콜라이치는 조만간 자기 할아버지 일로 심비르스크로 떠날 예정인데 나더러 길동무를 좀 알아봐 달라고 부탁했다네. 혹시 자네 가고 싶은 생각이 없는가?

악어[01]

희한한 사건 또는 뜻밖의 장소에서 일어난 뜻밖의 사건

적당히 준수한 외모에 적당히 나이 든 신사가 상점가에서 악어에게 산 채로 흔적도 없이 완전히 삼켜지면서 벌어진 사건에 대한 실제 이야기

---

01 미완성 작품.

Ohe, Lambert! Ou est Lambert?

(오, 램버트! 램버트는 어디에 있습니까?)

As-tu vu Lambert?

(램버트를 보셨습니까?)

1.

1865년 1월 13일 오후 12시 30분경, 이반 마트베이치의 아내인 옐레나 이바노브나는 대형 상가에서 유료로 전시하고 있는 악어를 보러 가고 싶어 했다. 이반 마트베이치는 나의 먼 친척뻘 되는 교양 있는 친구이자 직장 동료이다.

이반 마트베이치는 회사에서 이미 해외여행 허가서를 받아 챙겨 놓았기에(요양 겸 외국에 한번 가 보고 싶은 호기심에 겸사겸사 떠나려 했다) 아직 날짜는 안 되었지만 업무상 이미 휴가 상태나 다름없었고, 더욱이 그날 아침엔 전혀 할 일이 없었기에 뿌리치기 힘든 아내의 부탁을 거절하지 않았다. 게다가 본인도 악어가 몹시나 궁금했다.

"좋은 생각이군! 악어를 보러 갑시다! 곧 유럽으로 떠날 텐데, 그 전에 유럽에서 온 이들을 미리 만나 보는 것도 나쁘지 않지."

그는 흔쾌히 이렇게 말하며 아내에게 팔을 내밀어 팔짱을 끼고 곧장 가게들이 즐비한 상점가로 향했다. 평소 이들 부부와 가족처럼 지내는 나도 함께 악어를 보러 갔다. 나는 지금까지 그날 아침처럼 기분이 좋은 이반 마트베이치의 모습을 본 적이 없었다. 도저히 잊을 수 없는 그날 아침, 진정 우리는 어떤 운명이 우리를 기다리고 있는지 아무것도 모르고 있었다. 양쪽에 아치 지붕으로 둘러싸인 상점들이 늘어선 거리에 들어서며 그는 휘황찬란한 상가 건물을 보며 탄복하기 시작했다. 그러고는 러시아 수도로 들여온 괴물을 전시하고 있는 가게로 가서는 본인이 이십오 코페이카짜리 내 입장료까지 내주려 하는 게 아닌가. 세상에, 지금까지 한 번도 없던 일이었다.

우리는 그리 크지 않은 홀로 들어갔다. 그곳에는 악어 말고도 이국적인 붉은 머리 앵무새들이 옆에 있었고, 구석에는 별도로 마련된 우리 안에 원숭이 한 무리가 보였다. 입구 바로 왼쪽 벽에 욕조처럼 생긴 커다란 양철통이 놓여 있었다. 그 통은 단단한 쇠창살로 덮였고, 바닥에는 일 인치 정도 물이 차 있었다. 그 얕은 물웅덩이 안에 거대한 악어 한 마리가 들어 있었다. 녀석은 통나무처럼 꼼짝도 않은 채 엎드려 있었다. 보아하니 외국에서 온 이들에게는 너무나도 혹독한 우리나라 기후에 적응이 안 되어 녀석이 부리는 재주를 잊은 것만 같았다. 이 괴물은 우리 중 누구의 흥미도 특별히 끌지 못했다.

옐레나 이바노브나가 약간 후회스러운 말투로 말꼬리를 길게 늘이며 말했다.

"아, 그러니까… 이게 바로 악어군요! 나는… 뭔가… 다를 거라 생각했었는데…!"

그녀는 악어가 무슨 다이아몬드로 만들어진 줄 알았던가 보다. 그때 독일인 악어 주인이 우리 쪽으로 걸어오더니 말할 수 없이 거만한 태도로 우리를 쳐다보았다.

이반 마트베이치가 나에게 속삭였다.

"저 사람 저렇게 거만할 만도 할 거야, 러시아 전역에서 지금 자기 혼자만 악어를 전시하고 있다는 걸 알고 있을 테니까 말이야."

평소 엄청나게 시샘이 많은 이반 마트베이치가 이런 말도 안 되는 소리를 하다니 지금 그가 너무 기분이 들떠서 그런 거라 나는 받아들였다.

독일인 악어 주인의 뻣뻣한 태도에 기분이 상한 엘레나 이바노브나는 상대의 무례한 태도를 누그러뜨리기 위해 여자들만이 취할 수 있는 무기인 우아한 미소를 지어 보이며 그를 돌아보고 말했다.

"악어가 살아 있는 것 같지 않아요."

그러자 주인이 서툰 러시아어로 대답했다.

"오, 아닙니다. 부인."

그러고는 바로 쇠창살을 반쯤 들어올리더니 막대기로 악어의 머리를 쿡쿡 찔러댔다.

그러자 음흉한 괴물은 자기가 살아 있다는 것을 보여 주려는 듯 네 발과 꼬리를 살짝 움직였고, 긴 주둥이를 치켜올려 씩 – 씩 콧바람 비슷한 걸 길게 내뿜었다.

독일인 주인은 보란 듯 의의양양한 표정을 짓고는 악어를 향해 다정하게 말했다.

"자, 화내지 마렴, 착하지, 카를헨."

옐레나 이바노브나는 수선스레 더욱 앙탈을 부리며 계속 중얼거렸다.

"어머, 이 악어 진짜 흉측하게 생겼네! 깜짝 놀랐잖아, 이젠 꿈에 나타날까 무섭네."

그 말에 독일인 주인이 정중하게 말을 받았다.

"그런다 해도 녀석이 꿈에서 부인을 물지는 않을 겁니다, 부인!"

그러고는 자기가 뱉은 멘트가 재치 있다고 생각되었는지 혼자 웃음을 터트렸다. 그러나 우리들 중 누구도 그에게 호응하지 않았다.

옐레나 이바노브나는 나를 돌아보며 말을 이었다.

"가요, 세묜 세묘노비치, 우리 이젠 원숭이를 보는 게 낫겠어요. 전 원숭이는 끔찍이도 좋아한답니다. 정말 깜찍하거든요…. 하지만 악어는… 너무 끔찍할 뿐이에요."

이반 마트베이치는 아내에게 용감한 척하며 우리 뒤에서 소리쳤다.

"오, 여보, 겁낼 것 없어. 파라오 왕국 시절부터 살아온 저 잠꾸러기는 우리에게 아무 짓도 못 할 거야."

그는 악어 전시관 옆에 남았다. 그러더니 심지어는 장갑 한 짝을 벗어 들어 악어의 코를 간지럽히기 시작했다. 나중에 그가 고백하기로는 녀석이 또다시 콧바람을 내뿜게 하려고 그랬다는 것이다. 반면 독일인 주인은 숙녀를 에스코트하기 위해 옐레나 이바노브나 뒤를 따라 원숭이 우리 쪽으로 왔다.

지금까진 모든 일이 순조로웠고, 별다른 조짐은 전혀 없었다. 옐레나 이바노브나는 유난스러울 정도로 원숭이를 보며 즐거워했고, 녀석들에게 완전히 마음을 빼앗긴 것 같았다. 그녀는 독일인 주인에게는 일말의 관심조차 주고 싶지 않다는 듯 줄곧 나만 쳐다보며 환호성을 지르고 즐거워했다. 그녀는 원숭이들을 가리키며 자기 가까운 지인이나 친구 중에 누구누구를 닮았다며 깔깔거리고 웃어 댔다. 그녀가 하는 얘기가 어찌나 딱 들어맞던지 나도 같이 웃음을 터트리며 즐거워했다. 한편 독일인 악어 주인은 우리가 자기를 보고 웃는 것인지 어쩐지 몰랐기에 나중엔 몹시 언짢았는지 얼굴을 찌푸렸다.

바로 그때였다. 끔찍한 비명이, 도저히 이 세상 인간이 내는 소리라고 할 수 없는 비명이 홀을 뒤흔들었다. 순간 나는 온몸이 얼어붙어 뭘 어떻게 해야 할지 아무 생각도 할 수가 없었다. 그러다 옐레나 이바노브나의 앙칼진 비명에 이내 정신을 차리고 얼른 돌아보았다. 세상에, 대체 내가 무엇을 본 것인가! 내가 본 것은 바로, 오 맙소사! 무시무시한 악어의 입에 물려 있는 이반 마트베이치였던 것이다. 악어는 불쌍한 그의 몸통 한 가운데를 덥석 물어 올리고 있었다. 허공에 붕 뜬 이반 마트베이치는 두 다리를 처절하게 버둥거렸다. 그러나 그것도 잠시, 그는 순식간에 사라져 버렸다.

　나는 당시 내 눈앞에서 벌어지고 있는 사태를 처음부터 끝까지 꼼짝 않고 서서 지켜보았기 때문에 그때의 상황을 상세하게 설명할 수 있다. 내 평생 그렇게 집중한 적이 있었나 싶을 정도로 나는 엄청난 놀라움과 호기심을 가지고 뚫어지게 바라보았다. 그런데 바로 그 절체절명의 순간 '만약 이반 마트베이치가 아니라 나에게 이런 일이 일어났다면, 어땠을까⋯ 얼마나 끔찍했을까!'라는 생각이 문득 내 머릿속을 스쳐 지나갔었다.

　아, 그럼 본론으로 돌아가 당시 상황을 얘기해 보도록 하겠다. 악어는 무시무시한 턱을 쩍 벌려 불쌍한 이반 마트베이치를 단번에 물어 올리더니 다리가 입 안으로 향하도록 먹잇감의 방향을 돌리기 시작했다. 처음에는 다리를 삼키기 시작했다. 그다음엔 두 팔로 전시관을 붙잡으며 빠져나오려 애쓰는 이반 마트베이치를 트림하듯 살짝 뱉었다가 이내 입을 더욱 크게 벌리더니 허리까지 삼켰다. 그다음 다시 조금 뱉었다가 또 삼키고, 다시 조금 뱉었다가 더 깊이 삼켰다. 이리하여 이반 마트베이치는 우리의 눈앞에서 점점 사라져 갔다. 마침내 악어가 꿀-꺽, 마지막 목넘김을 하자 교양 있는 나의 친구는 악어의 목구멍 속으로 흔적도 없이 사라져 버렸다. 악어의 배를 보니 이반 마트베이치의 형체가 그대로 드러나 있었다. 그러나 우리의 뒤통수를 때리는 운명의 장난이 시작된 순간 나는 또다시 비명을 지르지 않을 수 없었다. 너무 거대한 물체를 삼켜서 속이 거북했는지, 악어가 안간

힘을 쓰며 다시 그 끔찍한 아가리를 쩍 벌려 마지막 트림을 꺼-
억 내뱉었다. 바로 그 순간 녀석의 입 속에서 눈 깜짝할 사이에
필사적인 표정의 이반 마트베이치 얼굴이 불쑥 튀어나오는 게
아닌가. 그러다 그의 코에 걸쳐 있던 안경이 전시관 바닥으로 튕
겨 떨어졌다. 아마도 그때 튀어나온 그의 필사적인 얼굴은 세상
모든 것들을 마지막으로 한 번이라도 더 보고, 이승에서의 모든
즐거움에 마음으로나마 작별을 고하기 위함이었으리라. 그러나
그의 바람은 성공하지 못했다. 악어가 다시 있는 힘을 다해 꿀-
꺽 삼키자 그 얼굴은 순식간에 사라져 버렸고 이번엔 다시는 볼
수 없었다.

　아직 살아 있는 사람의 얼굴이 다시 나타났다 사라지는 모습
은 그야말로 끔찍했다. 하지만 그와 동시에 너무나 예기치 못한
순간 갑작스레 벌어진 광경과 코에서 안경이 떨어지는 장면이
황당하면서도 우스웠는지, 나도 모르게 그만 풉-하고 실소를 터
트리고 말았다. 그러고는 지금 이 상황에서 절친인 내가 웃음을
터트리다니 얼마나 어이없는 짓을 했는가 이내 깨닫고는 황급
히 옐레나 이바노브나 쪽을 돌아보며 동정 어린 표정으로 말을
건넸다.

　"이제 우리 이반 마트베이치가 최후를 맞았군요!"

　나는 당시 이 모든 과정이 벌어지는 동안 옐레나 이바노브나
가 얼마나 심하게 바들바들 떨고 있었는지 도저히 말로 설명할
엄두가 나지 않는다. 처음에 그녀는 꺅-비명을 지르더니 그 자

리에 얼어붙은 듯 꼼짝 않고 서서, 얼핏 보면 무심한 것 같았지만 사실은 너무나 놀란 나머지 두 눈을 휘둥그레 뜬 얼굴로 자기 앞에서 벌어지고 있는 끔찍한 사태를 뚫어져라 지켜보고 있었다. 그러고는 갑자기 목을 놓아 통곡하며 눈물을 쏟기 시작했다. 나는 그녀의 두 손을 잡아주었다.

그제서야 공포에 질려 어찌할 바를 모르고 있던 악어 주인도 갑자기 하늘을 올려다보며 소리치기 시작했다.

"아, 내 악어가, 오 세상에, 나의 가장 사랑하는 카를헨이! 어머니! 어머니! 어머니!"

그 소리에 뒷문이 열리더니 헝클어진 머리 위에 실내모를 쓴 불그스레한 얼굴의 나이 든 독일인 여자가 나타났다. 그녀는 날카로운 비명을 지르며 아들에게 달려왔다.

여기서부터 대소동이 벌어졌다. 옐레나 이바노브나는 정신이 나간 듯 비명을 지르며 이 말만 계속 되뇌었다.

"저놈의 배를 째요! 째!"

그러고는 완전히 넋이 나간 듯 독일인 주인과 그의 어머니에게 매달려 누구든 뭐라도 해서 녀석의 배를 째라고 애원했다. 그러나 악어 주인과 그의 어머니는 우리 중 그 누구에게도 신경 쓰지 않았다. 그들은 둘 다 전시관 옆에서 송아지처럼 울고만 있었다.

악어 주인이 소리쳤다.

"우리 악어는 죽었어, 이제 녀석은 터져 버릴 거야, 한 사람을 통째로 삼켰으니까!"

독일인 어머니도 애타게 울부짖었다.

"우리의 카를헨, 우리의 사랑하는 카를헨이 곧 죽게 되었구나."

그 말을 듣자 독일인 주인이 한탄했다.

"우리는 이제 오갈 데 없는 고아 신세 되었네, 먹을 빵도 없구나!"

옐레나 이바노브나는 독일인 악어 주인의 외투 자락에 매달리며 울부짖었다.

"녀석을 째요! 째, 녀석을 째라고요!"

독일인 주인이 뿌리치며 악을 썼다.

"당신 남편이 내 악어를 귀찮게 했잖아요! 당신 남편은 대체 왜 악어를 괴롭힌 거예요? 만약 카를헨이 배가 터져 죽게 되면 당신이 물어내야 될 거요. 녀석은 내 아들이라니까, 내 아들, 내 외아들이란 말이에요!"

솔직히 고백하지만, 나는 외국에서 온 독일인의 이기적인 행태와 헝클어진 행색의 그의 어머니가 보인 냉담한 태도에 참을 수 없는 분노가 치밀어 올랐다.

게다가 '째요, 째!'라는 옐레나 이바노브나의 소리는 자꾸만 나를 불안하게 만들었고 결국엔 놀랄 정도로 내 혼을 쏙 빼놓아 버렸다. 미리 얘기하지만 나는 그녀의 기괴한 외침을 완전히 잘못 이해하고 있었던 것이다. 당시 나는 옐레나 이바노브나가 순간 이성을 잃은 데다, 자기의 사랑하는 남편 이반 마트베이치 죽음에 복수하기 위하여, 자신의 분풀이를 위해 악어를 채찍으로 치라고 애원하는 거라 생각했다. 그러나 그녀는 전혀 다른 의미로 그 말을 하고 있었던 것이다.

나는 극도로 당황하여 문 쪽을 계속 돌아보며 옐레나 이바노브나를 달래고 진정시키려 애썼고, 무엇보다도 '째라'는 민감한 표현을 제발 쓰지 말라고 애원하기 시작했다. 왜냐하면 이곳 상점가 한복판, 교양 있는 도시의 중심지에서, 그것도 이 순간 라브로프 씨가 대중들에게 강의를 하고 있을지도 모르는 강연장이 엎어지면 코 닿을 곳에 있는 장소에서 그런 보수주의적이고 반동적인 명령어를 사용한다는 건 있을 수 없는 일일 뿐만 아니라 상상조차 할 수 없는 일이기 때문이었다. 게다가 어쩌면 그로 인해 우리가 교양인들의 비난과 조소를 받거나 스테파노프 씨 풍자 만화의 대상이 될 수도 있었다. 그러나 끔찍스럽게도 혹시나 했던 나의 걱정은 이내 현실이 되고 말았다. 입장료 이십오 코페이카를 받던 입구의 전실과 악어가 전시되어 있던 방을 구분해 놓았던 커튼이 갑자기 열리더니 콧수염과 턱수염을 기르고 손에 챙 달린 모자를 든 한 남자가 나타난 것이다. 그는 상체를 앞으로 한껏 내밀고는 혹시나 입장료를 내라고 할까 봐 최대한 두 발이 악어 전시실 문턱 안으로 들어오지 않도록 애를 쓰며 버티고 있었다.

"부인, 그런 반동적인 표현은 부인의 명예를 깎아내릴 뿐이며 부인의 두뇌에 무기질 인의 결핍으로 인한 신경학적 기능장애가 원인이라 할 수 있습니다. 오늘날 같은 진보 시대에 부인의 그런 발언은 풍자비평가들의 입에 올라 야유와 비난의 대상이 될 게 뻔합니다."

그러나 그는 말을 미처 끝내지 못했다. 정신을 차린 독일인 주인이 입장료도 내지 않고 악어가 전시된 방을 들여다보며 떠들어 대는 남자를 발견하고는 경악을 금치 못하며 낯선 진보주의자를 향해 맹렬하게 달려들어 두 주먹으로 상대의 멱살을 잡고 밀쳐 냈기 때문이다. 그 순간 둘은 커튼 뒤 우리의 시야 밖으로 사라졌다. 그제서야 나는 결국 이 소동이 별것도 아닌 일로 비롯되었음을 알게 되었다.

옐레나 이바노브나에게는 아무 죄가 없었다. 이미 내가 이미 앞에서 언급했듯이, 그녀는 채찍으로 악어에게 반동적이며 모욕적인 처벌을 내릴 생각이 전혀 없었다. 그저 악어의 배를 칼로 갈라서 녀석의 배 속에서 이반 마트베이치를 구해야겠다는 그 바람뿐이었던 것이다.

그러나 독일인 주인이 다시 뛰어 들어오며 괴성을 질렀다.

"뭐라고요! 당신들 지금 내 악어를 죽인다고요? Oh, no! 절대 안 돼요! 죽더라도 당신 남편이 먼저 죽으라지, 내 악어는 그다음이요! 내 아버지도 악어를 전시했고, 내 할아버지도 악어를 전시했소! 내 아들도 악어를 전시할 것이고, 나도 악어를 전시할 것이오! 모두가 악어를 전시할 거란 말이오! 나는 유럽에서 유명하지만, 당신들은 유럽에서 유명하지 않아요. 당신들, 나에게 보상을 해야 할 거요!"

인정머리 없는 독일인 어머니도 맞장구를 쳤다.

"그렇고 말고, 카를헨이 죽으면 우린 당신들 그냥 안 보낼 테니까!"

나는 가능한 한 빨리 옐레나 이바노브나를 여기서 벗어나 집으로 데려가고 싶이 조용히 덧붙였다.

"그래요, 배를 갈라 봤자 아무 소용없습니다. 그런다고 우리의 이반 마트베이치가 살아나는 건 아니니까요. 그는 지금쯤 천국 어딘가를 떠돌고 있을 겁니다."

"이보게, 친구"

바로 그때 이반 마트베이치의 목소리가 들렸다. 상상도 못 한 일이라 우리는 까무러칠 뻔했다.

"이보게, 친구! 내 생각엔 바로 경찰서를 통해 조치를 취해야 할 것 같아. 경찰의 도움 없이는 저 독일인이 해결하려고 들지 않을 걸세!"

그의 말은 무겁고 단호했다. 이런 상황에서도 평정심을 유지하고 있다니 정말 놀라울 따름이었다. 처음엔 우리는 너무 놀라 도저히 귀를 믿을 수가 없었다. 그러나 바로 악어 전시관으로 달려가 두려움만큼이나 혹시나 하는 간절한 심정으로 악어 배 속에 갇힌 불쌍한 그의 말에 귀를 기울였다. 그의 목소리는 둔탁했다. 우리에게서 아주 멀리 떨어진 곳에서 들려오는 듯 너무나 희미했고 가늘었다. 마치 장난치길 좋아하는 사람이 다른 방으로 가서 베개로 입을 막고 옆방에 있는 사람들에게 뭐라고 소리지를 때 나는 소리와 비슷했고, 농부 두 사람이 넓은 황야나 깊은 골짜기를 사이에 두고 양쪽 끝에서 서로에게 뭐라고 외칠 때 나는 소리 같기도 했다. 언젠가 나는 크리스마스 주간에 지인 집에서 이런 장난을 즐긴 적이 있었다.

옐레나 이바노브나는 더듬거리며 겨우 말을 꺼냈다.

"여, 여보, 이반 마트베이치! 그, 그럼, 당신 사-살아 있군요!"

이반 마트베이치가 대답했다.

"살아 있어, 그것도 무사히. 천만다행으로 몸에 상처 하나 없이 통째로 삼켜졌거든. 다만 한 가지 걱정되는 건 회사에서 이번 사건을 어떻게 볼까 그것뿐이야. 해외여행 허가를 받아 놓고는 악어 배 속으로 직행했으니, 뭐라고 생각하겠어⋯."

옐레나 이바노브나가 중간에 끼어들었다.

"하지만 여보, 그런 걱정은 할 필요 없어요. 무엇보다 급한 건 당신을 어떻게 해서라도 거기서 꺼내야 한다는 거예요."

그러자 독일인 주인이 고함을 질렀다.

"꺼내다니! 내 악어 배를 가르게 놔두진 않을 거요! 이제 곧 손님들이 아주 많이 몰려올 텐데, 그럼 입장료를 오십 코페이카로 올려 받을 거요. 절대 카를헨 배를 가르게 두지 않을 거요!"

주인 어머니도 맞장구를 쳤다.

"천만다행이지!"

이반 마트베이치가 조용히 말했다.

"저 사람들 말이 맞아. 경제 원칙은 모든 것에 우선하니까."

내가 소리쳤다.

"이보게! 지금 당장 관청으로 달려가서 청원하도록 하겠네, 아무래도 우리끼리 여차하다가는 이거 죽도 밥도 안 될 것 같은 예감이 드는군."

이반 마트베이치가 말을 받았다.

"나도 같은 생각이네. 하지만 상업이 위기를 겪고 있는 이때에 경제적 보상 없이 공짜로 악어의 배를 가르기란 어려울 걸세. 그럴 경우 회피할 수 없는 문제가 떠오르게 되지. 저 독일인 주인이 악어 몸값으로 얼마를 요구할 것인가? 그리고 또 하나는 누가 그 돈을 낼 것인가? 바로 이런 문제 말일세. 자네도 알다시피, 나에겐 돈이 없잖나."

"어쩌면 자네 월급으로."

내가 머뭇거리다 입을 열었다. 그러나 바로 그때 독일인 주인이 내 말을 가로챘다.

"난 악어를 팔지 않을 거요. 내가 악어를 삼천 루블에 팔겠소, 사천 루블에 팔겠소? 이제 손님들이 많이 찾아올 텐데, 오천 루블을 준다 해도 악어를 팔지 않을 거요."

한마디로 독일인 주인은 참을 수 없을 정도로 건방지게 굴었다. 추악한 탐욕과 욕심으로 눈동자가 번득이고 있었다.

나는 격분하여 소리쳤다.

"그만 가 보겠네!"

옐레나 이바노브나도 괴로워하며 말했다.

"저도요! 저도 가겠어요! 내가 안드레이 오시피치를 직접 찾아가 읍소라도 해서 그분의 마음을 풀어 볼게요."

"그러지 말아요, 여보."

이반 마트베이치가 황급히 그녀의 말을 끊었다. 그는 오래전부터 아내와 안드레이 오시피치와의 사이를 질투하고 있었던데다, 눈물을 흘리는 모습이 너무나 잘 어울리는 그녀는 그런 교양 있는 신사 앞이라면 기꺼이 달려가 눈물을 흘릴 것임을 잘 알고 있었기 때문이었다.

그는 나를 향해 말을 이었다.

"그리고 이보게, 자네도 아무 생각 없이 무턱대고 찾아갈 필요는 없다고 말해 주고 싶네. 이번 일이 어떻게 될지는 아직 모르니까. 대신 오늘은 지나가다 들른 척하며 티모페이 세묘니치를 찾아가 보는 게 좋겠네. 고리타분하고 옹졸한 사람이지만 믿음직하고, 무엇보다 솔직하거든. 그에게 내 인사를 대신 전해 주고 내가 처한 상황을 설명해 주게나. 그리고 내가 카드놀이를 하다가 그에게 칠 루블을 빚진 게 있는데, 이번에 가는 길에 그에게 그 돈을 좀 갚아 주게나. 그러면 그 완고한 노인도 조금은 누그러질걸세. 어쨌거나 그가 조언해 준다면 우리에게 지침이 될 수 있을거야. 자, 일단 옐레나 이바노브나를 데려다주게…. 여보, 당신도 진정해요."

그는 이어 아내에게 말했다.

"난 이제 비명, 여자애처럼 악쓰며 다투는 소리에 지쳤어. 이제 잠을 좀 자고 싶어. 비록 생각지도 못하게 들어온 은신처를 미처 둘러보진 못했지만, 어쨌든 이 안은 따뜻하고 부드럽군."

옐레나 이바노브나가 그 소리에 기뻐하며 큰 소리로 물었다.

"둘러본다니요! 여보 그 안은 어둡지 않나요?"

악어 배 속에 갇힌 우리의 불쌍한 친구가 대답했다.

"주위는 온통 끝도 없는 어둠뿐이야. 하지만 손으로 느낄 수는 있어. 말하자면 손으로 더듬어 살펴보는 거지…. 그만 가서 차분히 진정하고 기분전환 좀 하도록 해요. 그럼 내일 또 봅시다! 그리고 세묜 세묘노비치, 자네는 오늘 저녁 나에게 좀 와 주게나, 지금 정신이 없어서 잊을 수도 있으니, 명심하게나…."

이제서야 하는 말이지만, 나는 너무 피곤하기도 하고, 조금은 지겹기도 해서 그만 그곳을 떠나게 되어 기뻤다. 나는 근심에 잠긴 슬픈 표정이었지만 오히려 그로 인해 더욱 아름다워 보이는 옐레나 이바노브나에게 한 팔을 내밀어 팔짱을 끼도록 하고는 서둘러 그녀를 악어 전시실에서 데리고 나왔다.

악어 주인이 우리 뒤에서 소리쳤다.

"오늘 저녁에 다시 입장하려면 또 이십오 코페이카를 내야 합니다!"

"세상에 맙소사, 저 사람들 정말 탐욕스럽기 그지없네요!"

옐레나 이바노브나는 이렇게 중얼거리고 상점가 벽에 걸려 있는 거울들을 하나하나 쳐다보며 자기가 더 예뻐진 것을 확인하며 걸었다.

"경제 원칙이니까…."

나는 지나가는 사람들 속에서 내 곁에 있는 여인에 자부심을 느끼며, 살짝 상기된 목소리로 대답했다.

"경제 원칙이라… 난 이런 상황에서 이반 마트베이치가 그 역겨운 경제 원칙을 운운한다는 게 정말이지 이해가 되지 않아요."

그녀는 공감하는 목소리로 말꼬리를 늘이더니 말했다.

"내가 설명해 드리지요."

나는 이렇게 대답하고 오늘 아침에 《페테르부르크 통보》와 《볼로스》지에서 읽었던 내용인 외국 자본을 우리나라에 유치할 경우 어떤 긍정적인 효과가 있는지 그녀에게 천천히 이야기하기 시작했다.

그녀는 잠시 내 말을 듣다가 중간에 말을 끊었다.

"정말 이상하군요! 이제 그만하세요, 짜증 나요. 정말 말도 안 되는 소리를 하시는군요…. 말해 주세요, 지금 제 얼굴이 너무 빨개졌나요?"

"너무 빨간 게 아니라, 너무 아름답군요!"

나는 이때다 싶어 그녀에게 찬사를 보냈다.

"어머, 아부꾼!"

그녀는 만족스러워하며 중얼거렸다. 그러고는 잠시 뒤 요염하게 자그마한 얼굴을 어깨에 살짝 기대고 말을 이으며 괴로운 듯

소리를 높였다.

"불쌍한 이반 마트베이치. 사실, 그이가 너무 걱정이에요, 오세상에! 그이가 그 안에서 뭘 먹을 수나 있을까요? 그리고… 그리고… 만약 뭐라도 필요한 게 있으면 그땐 어떻게 하죠?"

"미처 예상치 못한 질문이군요."

나는 순간 당황하며 대답했다. 사실 나는 그 생각을 해 본 적이 없었다. 그러고 보면 여자들이 일상의 문제를 해결할 때는 우리 같은 남자보다 훨씬 더 현실적이다.

"불쌍한 사람! 대체 어쩌다 그에게 이런 일이 일어난 걸까요? 아무런 즐거움도 없는 어둠 속에서… 게다가 내게 남편의 사진 한 장 없다니 정말 슬프네요. 이제 나는 과부가 된 거나 다름없군요."

그녀는 이렇게 말하며 매혹적인 미소를 지어 보였다. 과부라는 자신의 새로운 처지에 흥미를 느낀 것이 분명했다.

"흠… 어쨌든 그이가 불쌍해요!"

이 말은 한마디로 호기심 많은 젊은 여자가 죽은 남편에 대해 가질 만한 충분히 이해되고 지극히 자연스러운 슬픔의 표현이었다. 마침내 나는 그녀를 집에 바래다주고, 그녀를 위로해 주었으며, 함께 저녁 식사를 하고 향 좋은 커피를 한 잔 마신 뒤, 여섯 시쯤 티모페이 세묘니치 집으로 출발했다. 이 시각이면 가정이 있는 사람들은 다들 업무를 마치고 집에 들어와 있을 거라고 생각했기 때문이었다.

나는 지금껏 1장에서는 이번 사건에 어울리는 문체로 썼다. 하지만 앞으로는 너무 고상한 문체 대신 좀 더 자연스러운 문체로 쓰려고 한다는 점을 독자들께 사전에 말씀드리는 바이다.

2.

티모페이 세묘니치는 약간 당황한 듯 어딘가 모르게 허둥지둥하며 나를 맞았다. 그는 나를 자신의 좁은 서재로 안내하고 문을 꼭 닫았다. 그러고는 예민한 모습을 보이며 말했다.

"아이들이 방해하지 못하게 하려고."

그리고 내가 책상 의자에 앉도록 권하고 본인은 안락의자에 앉아 솜을 넣어 누빈 낡은 실내복 가운 자락을 여몄다. 비록 그는 나의 상관도 이반 마트베이치의 상관도 아니었고, 그 역시도 지금까지 평범한 동료이자 친구라 생각했지만 만일의 경우를 대비해 상당히 업무적이고 심지어 엄격한 태도를 취했다.

그가 먼저 입을 열었다.

"무엇보다도 나는 상관도 아니고, 자네나 이반 마트베이치와 똑같이 하급관리일 뿐이라는 점을 명심해 주었으면 하네. 즉, 난 제3자일 뿐이지. 그래서 그 어떤 일에도 관여하고 싶은 생각이 없네."

나는 그가 오늘 일을 벌써 다 아는 것 같아 내심 놀랐다. 그런데도 그동안 일어난 일을 다시 그에게 상세히 들려주었다. 나는 그 순간 진정한 친구로서 임무를 이행해야 했기에, 흥분까지 하면서 이야기했다. 그러나 그는 특별히 놀라지도 않았고 오히려 의심 가득한 눈빛으로 듣고 있었다.

내 얘기를 다 듣고 나자 그가 입을 열었다.

"믿을지 모르겠지만, 평소에도 나는 그에게 이런 일이 일어날 거라 예상했었네."

"아니 어째서요, 티모페이 세묘니치? 이번 사건은 그야말로 정말 의외의 사고였어요⋯."

"그건 맞는 말이오, 하지만 평소에도 이반 마트베이치는 이런 사건에 잘 휘말리는 사람이었소. 진중하지 못하고 여기저기 들이대는 성격이었지. 소위 '진보적'이라는 사람들, 이런저런 주장을 하는 사람들이 그렇지. 그러니 이번 사태는 진보가 초래한 것이라 할 수 있지, 자업자득이야!"

"하지만 이번 일은 너무나 예외적인 경우예요. 그러니 모든 진보주의자들에게 공통적으로 나타나는 특징을 가지고 그를 규정해서는 안됩니다."

그는 불쾌한 듯 말을 덧붙였다.

"그래, 그럴 수도 있겠지. 하지만 자네도 알겠지만 분명 이번 사건은 아는 게 지나치게 많아서 발생한 사건이라 생각하네. 지나치게 아는 게 많은 사람들이 온 사방을 쑤시고 다니지, 특히나 아무도 오라는 데 없는 곳엘 말일세. 그건 자네가 더 잘 알고 있을지도 모르겠군. 나는 그다지 많이 배운 사람도 아니고 늙은이

일 뿐일세. 소년병으로 인생을 시작해서 올해로 공직에 복무한 지 오십 년이 되었네."

"오, 무슨 그런 말씀을, 티모페이 세묘니치, 전혀 아닙니다. 오히려 이반 마트베이치는 지금 당신의 충고를 바라고 있어요, 당신의 지침을 간절히 바라고 있습니다. 말하자면 심지어 눈물까지 흘리면서 갈구하고 있지요."

"말하자면 눈물까지라! 흠! 그런 눈물은 악어의 눈물일 뿐이지. 악어의 눈물은 믿을 수가 없거든. 자, 말해 보게, 그 친구는 왜 외국에 나가려 했나? 무슨 돈으로? 사실 그 친구 가진 돈도 없지 않은가!"

"그동안 받은 상여금에서 모아둔 돈으로요, 티모페이 세묘니치. 그는 지난번 상여금으로 받은 돈을 저축해 두었거든요. 다 해서 석 달 동안만 나갔다 오려고 했지요, 스위스로요…. 윌리엄 텔의 나라 말이죠."

나는 호소하듯 대답했다.

"윌리엄 텔이라고? 흠!"

"나폴리에서 봄을 맞고 싶어 했지요. 박물관도 둘러보고, 그 지역의 풍습이나 동물들도 보고요…."

"하! 동물까지? 나는 그런 게 바로 오만함에서 비롯되었다고 생각하네. 동물은 무슨, 대체 무슨 동물을 보겠다는 건가? 동물이나 박물관이야 우리나라에도 있네. 낙타도 있지. 페테르부르크 교외만 가도 곰들도 있지! 그뿐인가! 그 친구 여기 있으면서도 악어 배 속까지 들어가 앉았지 않은가."

"티모페이 세묘니치, 제발 부탁입니다. 불행에 빠진 사람이 친구이자 가까운 형님으로서 당신에게 조언을 청하고 있습니다. 그런데 당신은 비난만 하시는군요…. 부디 옐레나 이바노브나를 불쌍히 여겨 주시기 바랍니다!"

"지금 그의 부인 얘기를 하는 건가? 재미있는 부인이지. 날씬한 몸매에 통통한 작은 얼굴을 항상 한쪽으로 기울이고 있지, 한쪽으로…. 무척이나 기분이 좋거든. 안드레이 오시피치도 며칠 전에 그런 얘기를 했었지."

티모페이 세묘니치는 한결 기분이 누그러진 듯 담배를 맛있게 코로 빨아들이며 말했다.

"그런 얘기를 했었다니요?"

"그랬지, 아주 극찬하는 표현이었지. 그녀의 가슴, 시선, 헤어 스타일… 등을 말했지. 그냥 여인이 아니라 달콤한 사탕 같다고. 그리고 다 같이 웃음을 터뜨렸지. 뭐, 다들 아직 젊으니까. 게다가 그 친구는 아직 젊지만 나름 뭔가 출세 가도를…."

티모페이 세묘니치는 큰 소리로 코를 풀었다.

"비록 젊은 나이지만, 혼자 힘으로 나름 훌륭한 경력을 쌓아 가고 있지."

"하지만 그건 전혀 딴 얘기예요, 티모페이 세묘니치."

"물론, 물론이네!"

"그럼 이반 마트베이치는 어찌해야 할까요, 티모페이 세묘니치?"

"글쎄, 내가 뭘 할 수 있겠나?"

"경험 많은 인생 선배로서, 가까운 형님으로서 충고와 지침을 내려 주십시오. 어떻게 해야 할까요? 관청을 통해서 해결해야 할지…."

"관청을 통한다고? 그건 절대 안 되네!"

티모페이 세묘니치가 얼른 말을 받아 이었다.

"자네가 진정 내 충고를 바란다면 이번 일은 대충 무마해야 하네. 즉, 한 개인의 일로 돌려야 한다는 거지. 이번 일은 뭔가 미심쩍은 게 있는 사건인 데다, 전례가 없는 사건이지. 전례가 없단 말일세. 그러니 뭐라 조언하기도 어려워…. 그러니 무엇보다 신중해야 하네…. 당분간 그 친구를 그곳에 있도록 하게나. 일단 기다려야 하네, 기다려 보는 거야…."

"하지만 어떻게 그럽니까? 그 친구가 거기서 질식하기라도 하면요?"

나는 다시 모든 것을 설명했다. 티모페이 세묘니치는 잠시 생각에 잠겼다가 두 손으로 담뱃갑을 찌그러뜨리며 입을 열었다.

"흠! 내 생각에, 그 친구는 외국에 나가느니 당분간 그곳에 있는 게 더 나을 것 같네. 그곳에서 조용히 생각할 시간을 갖도록 하지, 질식해 죽지는 않을 걸세, 다만 건강을 유지하기 위해서 적절한 조치를 취해야 하겠지. 그 안에서 기침이 나거나 감기 같은 것에 걸리지 않도록 조심해야겠지…. 그리고 독일인 주인에 대해 말하자면, 내 개인적인 생각이지만 그도 나름의 권리가 있네. 게다가 오히려 우리보다 유리한 입장이라 할 수 있지. 이반 마트베이치가 물어보지도 않고 그의 악어 배 속으로 들어간 것이니까, 독일인이 허락도 없이 이반 마트베이치의 악어 배 속으로 들어간 상황이 아니란 말이지. 물론 그에겐 악어조차 없긴 하지만. 어쨌든 악어도 사유재산일세. 그러니, 보상도 해 주지 않고 녀석의 배를 가른다는 건 안 될 말이지.”

“사람을 구하기 위해서잖아요, 티모페이 세묘니치.”

“그건 경찰이 할 일이지. 그럼 그리로 찾아가 보도록 하게.”

“하지만 이반 마트베이치를 우리 관청에서 호출할 수도 있잖아요. 그 친구가 필요할 수도 있으니까요.”

“이반 마트베이치를 부른다고? 허 – 허! 안 그래도 그 친구 지금 휴가 중이지 않은가. 그러니 관청에서 호출해도 무시하면 되네. 그 친구가 유럽 여기저기 둘러보는 중이라고 하면 될 거야. 하지만 휴가가 끝난 뒤에도 나타나지 않는다면, 그건 다른 문제지. 그땐 사람들이 그를 찾고 조회하기 시작할 거야….”

“무려 석 달이나요! 티모페이 세묘니치, 그게 무슨 말씀입니까!”

“본인 잘못이지. 누가 그 친구를 그리 밀어 넣기라도 했나? 그랬다면 국가에서 그를 보살필 돌보미를 붙여 줘야겠지, 비록 규정상 그런 조항이 없긴 하지만 말일세. 그런데 중요한 것은 악어가 사유재산이라는 걸세. 그러니 이번 일에는 소위 경제 원칙이 작용해. 게다가 경제 원칙은 모든 것에 우선하네. 며칠 전 루카 안드레이치 집에서 모임이 있었는데, 이그나티 프로코페이치가 이런 말을 하더군. 이그나티 프로코페이치라고 자네도 알지? 자본가 말야. 여러 가지 사업을 하고 있지. 그는 참 논리 정연하게 말을 잘하더군. 그 사람이 이렇게 말했지. '우리에게는 산업이 필요합니다. 우리나라 산업은 규모가 너무 작습니다. 그러니 산업을 키워야 합니다. 자본을 일으켜야 합니다. 부르주아라고 하는 중산층을 키워야 합니다. 하지만 우리에게는 자본이 없기 때문에 외국에서 자본을 끌어와야 합니다. 먼저 외국 회사들이 우리나라 토지를 사들일 수 있도록 길을 열어 줘야 합니다. 이미 외국은 이런 제도를 거의 다 시행하고 있죠. 공유재산은 그야말로 독이에요, 파멸입니다!' 짐작하다시피 굉장히 열을 내며 말했지. 뭐, 물론 그들로서야 당연하지, 자본가들…, 공직자도 아니니까. 그러면서 이렇게 말했지. '공유재산으로는 산업도 농업도 일으킬 수 없습니다. 외국 기업들이 우리나라 땅 전체를 부분별로 살 수 있도록 땅을 가능한 작은 단위로 나누어야 해요.' 그러면서 '분 – 할'이라는 단어를 유난히 단호하게 발음하더군. '그런 다음 땅을 분할해서 사유재산으로 팔아야 합니다. 사실 팔지 않고 임대만 줘도 되지요. 그렇게 해서 모든 땅이 국내 들어온 외국 기업의 수중에 들어가게 되면, 그건 임대료를 그들 마음대로 책정할 수 있다는 걸 의미합니다. 그렇게 되면 농민은 일용할 양식을 똑같이 먹고 세 배는 더 열심히 일하게 되겠지만, 그럼에도 언제

든지 쫓겨날 수 있게 되지요. 그러면 농민은 깨닫는 바가 있을 것이고, 고분고분해지고 더 부지런해져서, 똑같은 돈을 받고도 세배는 더 많은 일을 할 것입니다. 하지만 지금과 같은 공유재산 제도에서는 농민에게 뭘 바라겠습니까? 굶어 죽는 일이 없으니 게으름도 피우고 술도 흥청망청 마시는 겁니다. 하지만 우리나라로 돈을 끌어온다면 자본이 돌게 될 것이고, 부르주아도 생길 것입니다. 영국의 시사 잡지《타임즈》도 최근 우리나라의 재정 상태를 분석하면서 러시아엔 중산층도 없고, 큰 손도 없고, 고분고분한 프롤레타리아도 없어서 경제가 발전하지 않는다고 논평한 적이 있습니다.' 그가 이렇게 말했어. 이그나티 프로코피이치는 정말 말을 잘해. 대단한 웅변가야. 그 사람 본인이 직접 관청에 이런 의견을 제출하고, 그다음엔《이즈베스티야》신문에 기사도 신고 싶어 한다네. 이반 마트베이치와 전혀 다른 방식으로 말이지."

"대체 이반 마트베이치가 어떻길래요?"

나는 노인이 혼자 떠들도록 내버려 두다가 마침내 한마디 끼어들었다. 티모페이 세묘니치는 가끔 혼자 이렇게 떠들어 대며 자신이 결코 시대에 뒤떨어진 사람이 아니라는 듯 아는 체하는 것을 즐겼다.

"이반 마트베이치가 어떠냐고? 안 그래도 이제 그 얘기를 하려던 참이었지. 지금 우리는 한발 앞서 외국 자본을 유치하려 애쓰고 있다네. 그런데 한번 판단해 보게. 악어를 소유한 한 외국인으로부터 유치한 자본이 이반 마트베이치를 통해 두 배로 뛰었네. 그런데 우리가 그 외국인 악어 주인을 보호해 주기는커녕 오히려 주요 자본이라 할 수 있는 악어의 배를 가르려 한다면, 과연 그게 적절한 행동이겠는가? 내 생각에 이반 마트베이치는 조국의 진정한 아들로서 자기로 인해 외국에서 들어온 악어의 가치가 두 배, 아니 세 배가 되었다는 사실에 기뻐하고 자부심을 가져야 할 걸세. 외국 자본 유치를 위해서는 그래야 하니까. 자 보게, 한 사람이 우리나라에 들어와서 성공하게 되면 다른 사람도 악어를 끌고 들어올걸세. 그러면 세 번째 사람은 한번에 두세 마리를 끌고 오겠지. 그러면 그 주변으로 자본이 모이게 되고, 바로 그게 부르주아라네. 그러니 장려해야 마땅하지."

나는 버럭 언성을 높였다.

"대체 무슨 말씀이십니까, 티모페이 세묘니치! 당신은 불쌍한 이반 마트베이치에게 거의 말도 안 되는 자기희생을 강요하고 있군요."

"나는 아무것도 강요하지 않네. 무엇보다 자네에게 부탁하겠네, 이미 아까도 말했지만, 나는 상관이 아니네, 그러니 누구에게 그 어떤 것도 이래라 저래라 강요할 입장이 아니라는 점을 명심하길 바라네. 다만 조국의 아들로서 말하건대 즉,《조국의 아들》⁰² 언론사를 대표해서가 아니라, 평범한 이 나라의 아들로서 말하는 걸세. 다시 묻지, 누가 그에게 악어 배 속으로 들어가라고

---

02 19세기 초 상트페테르부르크에서 발행된 대외 정치 관련 시사 잡지.

시켰나? 그 친구 나름 착실한 사람이고, 명망 있는 관직에 있는 사람이고, 결혼까지 한 사람이 왜 갑자기 그런 짓을 했단 말인가! 말이 된다고 생각하는가?"

"하지만 이번 일은 불의의 사고였어요."

"허나 누가 그를 알겠나? 게다가 무슨 돈으로 악어 주인에게 보상해 줄 텐가? 말해 보게나."

"그의 봉급으로 해야 되지 않을까요, 티모페이 세묘니치?"

"과연 충분할까?"

나는 침울한 목소리로 대답했다.

"충분하지 않겠죠. 악어 주인은 처음에 악어가 터지기라도 할까 봐 놀라더군요. 하지만 괜찮을 걸 알고는 우쭐대면서 입장료를 두 배로 올릴 수 있다며 기뻐했지요."

"세 배, 네 배 그뿐이겠는가! 이제 관객들이 몰려들 텐데. 악어 주인들은 약삭빠른 사람들이야. 게다가 아직 사순절이 시작되기 전 육식 기간이라 사람들은 즐길 거리를 찾아다니려고 하겠지. 그러니 다시 한 번 말하지만, 이반 마트베이치가 익명으로 사태를 지켜보도록 하게, 절대 서두르지 않도록 해야 하네. 물론 모든 사람이 그가 악어 배 속에 있다는 것은 알도록 하되, 공식적으로는 알아선 안 되네. 이반 마트베이치가 해외에 있는 것으로 되어 있어서 그나마 다행스러운 상황이라고 할 수 있지. 만약 관청 사람들이 그가 악어 배 속에 있다고 하면, 우리는 그런 말을 믿지 않으면 되네. 일단 그렇게 상황을 끌고 갈 수 있을 걸세. 중요한 것은 그가 끝까지 기다리는 걸세, 그 친구 지금 어디 서둘러 갈 데가 있겠는가?"

"그러다, 만약에…."

"걱정 말게. 그 친구 신체 하나는 튼튼하니까."

"그러면, 다 기다리고 난 다음에는요?"

"글쎄, 솔직히 이번 사건이 몹시 복잡하다는 사실을 자네에게 감추지 않겠네. 어떻게 해야 할지 도저히 모르겠어. 중요한 것은 지금까지 이와 비슷한 선례도 없다는 것이네. 선례라도 있으면 어떻게든 지침이 될 수 있을 텐데. 도대체 어떻게 해결하겠나? 방법을 찾아보긴 하겠지만, 어쨌든 시간이 걸릴 걸세."

갑자기 좋은 생각이 내 머리에 얼핏 떠올랐다.

"이렇게 하면 어떨까요? 만약 그 친구가 괴물의 배 속에 계속 있어야 한다면, 그리고 악어의 배를 그대로 두어야 하는 게 신의 뜻이라면, 그가 근무 중인 것으로 해 달라고 청원을 해 보면 어떨 까요?"

"흠… 설마 무급으로 휴가 중인 것처럼 말인가…."

"아니요. 유급으로 하면 안 될까요?"

"대체 무슨 근거로?"

"출장 형식으로요."

"무슨 출장? 게다가 어디로 말인가?"

"아, 그러니까, 배 속이죠. 악어의 배 속으로요… 말하자면, 자료 조사를 위해서, 팩트(fact)를 조사하기 위해 현장으로 출장을 간 거죠. 이것이야말로 새롭고 진보적인 것이며 동시에 계몽에 대한 갈망을 보여 주는 기회가 될 수도 있을 겁니다."

티모페이 세묘니치는 잠시 생각에 잠겼다가 입을 열었다.

"특별 임무를 위해 관청 관리를 악어 배 속으로 출장 보낸다는 건 내 개인적인 생각으론 말도 안 되는 소리야. 규정에도 맞지 않네. 게다가 거기서 무슨 임무를 맡을 게 있겠는가?"

"그러니까 말하자면… 현장에서, 살아 있는 생물의 내부에서 자연을 과학적으로 연구하는 임무지요. 요즘은 자연과학, 식물학을 선호하니까…. 그가 그곳에서 살면서 보고하는 거죠. 그러니까, 그곳의 소화작용이나 동물의 습성에 대해서 말입니다. 이를테면 팩트 자료를 축적하는 임무죠."

"즉, 통계학의 일부가 되겠군. 하지만 나는 그쪽 분야엔 약하다네. 게다가 철학자도 아니야. 자네는 '팩트'라는 말을 했지. 사실 우리는 그것 말고도 팩트에 파묻혀 살아가고 있으며, 그 팩트들을 어떻게 해야 할지 모르고 있지. 게다가 통계라는 게 사실 위험하거든…."

"대체 어떤 점에서요?"

"위험하다네. 더군다나 자네도 인정하겠지만, 그 친구가 옆으로 누워서 실제 상황을 보고하게 되겠지. 그런데 옆으로 누워서 근무할 수 있겠는가? 이 역시 새로운 혁신이고 동시에 위험천만한 짓이야. 선례가 없다네. 혹시 조금이라도 비슷한 선례가 있다면 내 생각엔 어쩌면 출장 보낸다는 게 가능할 수도 있을 걸세."

"하지만 지금까지 살아 있는 악어를 들여온 적이 없지 않습니까, 티모페이 세묘니치."

그가 다시 생각에 잠겼다.

"흠, 그건 그래… 자네의 반박이 맞네. 그리고 원한다면 앞으로 이런 일이 생길 경우 근거가 될 수 있을 걸세. 하지만 한 번 더 생각해 보게나, 살아 있는 악어들이 나타나면서 관리들이 사라지기 시작하는 거네, 그러고는 나중에 하는 말이 악어 배 속이 따뜻하고 편안하니까 그곳으로 출장을 보내 달라고 요구하는 거지, 그다음에는 옆으로 누워서…. 자네도 동의하겠지만 안 좋은 선례가 될 걸세. 만약 그게 허용된다면, 다들 악어 배 속으로 기어들어가서 하는 일 없이 월급이나 받아먹으려고 할 걸세."

"제발 그의 부탁을 저버리지 말아 주십시오, 티모페이 세묘니치. 아 참, 이반 마트베이치가 당신에게 카드 게임에서 빚진 칠 루블을 전해 드리라고 하더군요."

"아, 그렇지! 며칠 전 니키포르 니키포리치 집에서 카드 게임을 했는데 졌지. 기억나는군. 그 친구 그때 정말 쾌활하고 재밌었는데, 그런 사람이 지금!"

노인은 진심으로 감동받은 것 같았다.

"그를 좀 도와주십시오, 티모페이 세묘니치."

"백방으로 알아보겠네. 내 이름을 걸고 약속하지. 개인적으로 알아보는 거라 말하겠네. 그러는 동안 자네 쪽에서는 악어 주인이 악어 몸값으로 얼마면 타협할지 비공식적으로 슬쩍 알아봐 주겠나?"

티모페이 세묘니치는 눈에 띄게 우호적으로 말했다. 내가 대답했다.

"물론이죠. 알아내는 즉시 보고 드리러 오겠습니다."

"그런데 부인은… 지금 혼자 있는가? 외로워하지?"

"한번 찾아가 보시죠, 티모페이 세묘니치."

"그래야겠군. 예전부터 그럴 생각이었는데 마침 적당한 기회이니…. 그런데 그는 대체 무엇 때문에 악어를 구경하러 갔단 말인가! 하긴, 나라도 직접 가서 보고 싶었겠지."

"불쌍한 친구도 한번 찾아가 주시죠. 티모페이 세묘니치."

"그래야지. 그렇다고 내가 찾아가서 뭔가 희망을 주고 싶지는 않네. 그냥 개인적으로 찾아갈 걸세…. 그럼 이만 돌아가 보게. 참 나는 다시 니키포르 니키포리치 집에 가 보려고 하는데, 자네도 함께 가겠나?"

"아닙니다, 저는 갇혀 있는 친구에게 가야 해서요."

"아, 그렇지, 갇혀 있는 친구에게 가야겠지! 거 참 경솔하게 행동하기는!"

나는 노인과 헤어졌다. 온갖 생각이 내 머릿속을 맴돌았다. 하지만 티모페이 세묘니치는 선량하고 무척이나 정직한 사람이다. 그의 집을 나오면서, 나는 그가 공직 생활을 한 지 벌써 50년이 되었으며, 우리 사회에 티모페이 세묘니치 같은 사람이 드물다는 생각에 마음이 기뻤다.

당연히 나는 그 길로 곧장 상가로 달려갔다. 불쌍한 이반 마트 베이치에게 그와 나눈 얘기를 빨리 알려 주고 싶기도 했지만 동시에 그가 악어 배 속에서 어떻게 지내고 있는지, 악어 배 속에서 사는 것이 과연 가능한지 몹시도 궁금했기 때문이었다. 과연 악어 배 속에서 산다는 것이 가능하긴 한 걸까? 사실 가끔 나는 이 모든 일들이 끔찍한 악몽처럼, 더욱이 괴물이 등장하는 악몽인 것 같았다.

3.

그러나 그것은 꿈이 아니라 현실이었다. 의심의 여지가 없는 사실인 것이다. 그렇지 않았다면 내가 이 이야기를 시작했겠는가! 하지만 계속하겠다….

내가 상가에 도착했을 때는 이미 늦어져 저녁 9시경이었다. 나는 뒷문을 통해서 악어가 있는 전시실로 들어가야 했다. 독일인 주인이 그날따라 평소보다 일찍 가게 문을 닫은 모양이었다. 그는 기름때가 반지르르한 낡은 프록코트를 입은 채 빈둥거리며 집 안에서 서성이고 있었다. 그날 아침보다 세 배는 더 기분이 만족스러운 듯 보였다. 더 이상 아무것도 두렵지 않은 듯 보였고, 분명 '관객들도 많이 다녀간 듯' 보였다. 그의 어머니는 조금 뒤에 왔는데, 보아하니 나를 감시하려는 속셈인 게 분명했다. 독일인은 자기 어머니와 수시로 뭐라고 소곤거리며 얘기를 주고받

왔다. 이미 가게 문을 닫았는데도 나에게 입장료로 이십오 코페이카를 받아내다니, 지극히 계산적인 인간들이다!

"당신도 매번 돈을 내야 합니다. 다른 손님들은 일 루블을 내지만, 당신한텐 그냥 이십오 코페이카만 받을게요. 왜냐하면 당신은 당신의 좋은 친구의 좋은 친구이니까요. 나도 당신 친구를 존경합니다…."

"아직 살아 있나? 살아 있어? 내 교양 있는 친구여!"

나는 악어 쪽으로 다가가며 내 말이 저 멀리 이반 마트베이치에게 닿아 그의 자존심을 치켜세우길 바라며 크게 외쳤다.

그가 대답했다. 내가 바로 옆에 서 있는데도 그의 목소리는 멀리서 또는 침대 밑에서 들리는 것 같았다.

"그래 살아 있어, 무사히 잘 있다고. 하지만 내 얘기는 나중에 하고… 일은 어떻게 되었나?"

나는 일부러 그의 질문을 못 들은 척하고 동정 어린 목소리로 조급하게 그가 어떻게 지내는지, 무엇을 하고 있는지, 악어 배 속 상황은 어떤지, 그 안은 어떻게 생겼는지 이것저것 묻기 시작했다. 이는 친구로서의 우정과 예의상 필요한 것이었다. 그런데 그가 변덕스레 화를 버럭 내며 내 말을 중간에 잘랐다.

"어떻게 되었냐니까?"

그는 날카로운 목소리로 버럭 소릴 질렀다. 늘 그렇듯이 명령조에 이번엔 특히 무척 불쾌한 말투였다.

나는 티모페이 세묘니치와 나누었던 대화를 하나도 빠짐없이 상세히 들려주었다. 그와 동시에 내 말투에 살짝 기분이 상했다는 티를 내려고 노력하면서.

그러나 이반 마트베이치는 평소 나와 대화할 때 늘 그렇듯 딱 잘라 말했다.

"노인 말이 맞아. 나는 현실적인 사람을 좋아하지. 알랑거리며 얼버무리는 인간들은 참을 수가 없거든. 하지만 출장에 관한 자네 생각이 완전히 터무니없는 건 아니라고 인정하네. 사실 나는 과학적인 측면뿐만 아니라 윤리적 측면에서도 많은 것을 보고할 수 있을 거야. 하지만 이제 이 모든 것이 전혀 새롭고 예상하지 못한 양상을 띠고 있어서 봉급 하나 때문에 너무 애쓸 필요 없어. 주의해서 들어 보게. 자네 지금 앉아 있나?"

"아니, 서 있네."

"어디라도 좀 앉아. 하다못해 바닥에라도. 그리고 잘 들어 보라고."

나는 부아가 치밀어 올라 의자를 끌고 와서는 바닥에 쾅 하고 내려놓았다.

그는 명령조로 말하기 시작했다.

"잘 들어 봐, 오늘 관객들이 끝없이 몰려왔어. 저녁에는 발 디딜 틈조차 없어서 질서 유지를 위해 경찰까지 왔었다니까. 그래서 악어 주인은 평소보다 일찍 여덟 시에 가게 문을 닫고 전시를 끝내는 게 좋겠다고 생각했지, 그래야 오늘 벌어들인 돈도 세고, 좀 한가로이 내일 일도 준비할 수 있으니까. 내일은 엄청나게 많

은 사람들이 물밀듯이 몰려들 거야. 이런 식이면 우리나라 수도
에 사는 지식인들, 상류층 귀부인들, 외국의 대사들, 변호사들 등
등해서 다들 여기 다녀갈 거라 볼 수 있지. 게다가 광활하고 호기
심 많은 우리 러시아 제국 각지에서도 몰려오기 시작하겠지. 결
과적으로 내가 비록 악어 배 속에 있긴 하지만 어쨌든 모든 사람
들에게 보여질 테고 최고가 되는 거지. 그러면 게으른 대중들에
게 가르침을 줄 거야. 운명 앞에 순종하는 위대한 본보기가 무엇
인지 나의 경험을 통해 교훈을 보여 주는 거지. 말하자면 인류에
게 가르침을 주는 설교자가 되는 거야. 심지어 내가 지금 살고 있
는 괴물에 대해 알려 줄 수 있는 자연과학적 지식만 해도 그 가치
는 어마어마하거든. 때문에 내게 닥친 이번 사건에 대해 투덜대
며 불평하기보다는 오히려 이번 사건이 내 인생 가장 빛나는 전
화위복이 되길 바라네."

"너무 지루하지 않을까?"

나는 악의적으로 물었다.

무엇보다 나를 화나게 만든 것은 이 친구가 언제부터인가 나
에게 아예 호칭조차 쓰지 않고 있다는 사실이었다. 그 정도로 우
쭐대고 있었다. 어쨌거나 나는 듣는 내내 황당했다. 그러다 뿌드
득 이를 갈며 속으로 생각했다.

'경솔하기 짝이 없는 이 골통이 대체 뭘 믿고 이렇게 허세를 부
리는 거지? 지금 이렇게 허세를 부릴 때가 아니라 울며불며 애원
해야 되는 거 아냐?'

그는 지루하지 않겠느냐는 내 말에 딱 잘라 대답했다.

"아니! 난 지금 위대한 생각들로 가득하니까. 이제서야 비로소 전 인류의 운명을 어떻게 개선할지 여유를 두고 꿈꿀 수 있게 되었어. 악어 배 속에서 이제 진리와 빛이 쏟아질 거야. 나는 틀림없이 고유하고 새로운 경제 관계 이론을 창안해 내서 자랑할 거야. 지금까지는 공무에 종사하느라, 세상의 하잘것없는 오락 거리를 즐기느라 겨를이 없었지. 이제 모든 것을 하나하나 반박해 보고 새로운 러시아의 푸리에[03]가 될 거야. 참, 그건 그렇고 티모페이 세묘니치에게 칠 루블을 갚아 주었나?"

"그래, 내 돈으로."

나는 내 돈으로 갚았다는 말을 애써 힘주어 말했다.

그가 거만하게 대답했다.

"나중에 계산하지. 분명 내 봉급이 오를 거라 기대하네. 나 아니면 누구 봉급을 올려 주겠나? 나야말로 반드시 필요한 인재거든. 참, 그런데 아내는 좀 어떤가?"

"자네 지금 옐레나 이바노브나에 대해 묻는 거 맞지?"

"아내는 어떠냐니깐?!"

이번엔 더욱 날카롭게 외쳤다.

어쩔 수 없지! 나는 또다시 이를 갈면서도 순순히 옐레나 이바

---

03   프랑스의 사상가(1772~1837). 공상적 사회주의자로 자본주의 사회의 모순을 날카롭게 지적하고, 자유로운 생산자의 협동조합인 팔랑지(phalanxes)를 실현할 것을 주장하였다.

노브나를 집에 데려다주고 온 얘기를 해 주었다. 그는 심지어 내 말을 끝까지 듣지도 않고는 초조해하며 말하기 시작했다.

"나는 아내를 위해 특별히 염두에 둔 것들이 있지. 내가 여기에서 유명해진다면, 그녀는 그곳에서 유명해지면 좋겠어. 학자들, 시인들, 철학자, 해외에서 온 광물학자, 정부 관료들이 아침에는 나와 담화를 나누고, 저녁에는 아내의 살롱을 찾아가는 거지. 다음 주부터 아내는 매일 저녁 살롱을 열어야 할 거야. 내 봉급이 두 배가 되면 손님을 접대할 자금을 댈 수 있을 거야, 접대는 차하나만으로 제한하고, 하인들만 고용하면 되니까. 그러면 끝이지. 여기서도 저기서도 다들 내 얘기를 할 거야. 나는 오래전부터 모두가 나에 대해 얘기하는 날을 고대했었지. 하지만 낮은 관직에 별 볼 일 없는 하급 관리라 그런 꿈을 이룰 수가 없었지. 그런데 이제 악어에게 꿀꺽 삼켜지면서 이 모든 것을 이루게 되었지. 내 말 한마디 한마디에 귀를 기울일 것이고, 내가 하는 금언들은 하나하나 곱씹으며 전파하고 출판하게 될 거야. 그렇게 나는 나 자신을 알리게 되겠지! 결국 얼마나 뛰어난 인재가 괴물의 배속으로 사라지게 되었는지 비로소 깨닫게 되겠지. 어떤 사람들은 이렇게 말하겠지. '이 사람은 외무장관이 되거나 왕국을 다스릴 수 있었을 텐데.' 또 다른 사람들은 말하겠지. '이 사람은 외국의 왕국을 다스리지 않았소.' 하지만 내가 가르니에 파제시슈카보다 뭐가 못하단 말인가? 내 아내는 나의 훌륭한 반쪽이 되어야해, 나에게는 두뇌가 있고, 아내에게는 미모와 매력이 있지. 어떤 사람들은 말할 거야. '저 여자는 아름다워. 그러니까 그의 아내가 된 거지.' 다른 사람들은 이렇게 바로잡겠지. '저 여자는 그의 아내이기 때문에 아름다운 거야.' 어쨌든 만일을 대비해 옐레나 이바노브나가 그 모든 주제에 대해서 대화를 나눌 수 있도록 내일이라도 당장 안드레이 크라예브스키가 편집하여 출판한 백과사전을 사라고 하게. 그리고 가능하다면 자주 《페테르부르크 소식》지의 프리미어 – 정치면을 매일 《볼로스》지와 비교하면서 읽으라고 해 주게. 악어 주인이 가끔 악어와 함께 나를 내 아내의 눈부신 살롱 모임에 데리고 가는 데 동의하리라 생각하네. 그럼 나는 화려한 응접실 한가운데에 놓인 전시관에서 아침부터 모아둔 재치 있는 입담을 쏟아 낼 거야. 관료에게는 내 계획을 알려 주고, 시인에게는 운을 맞춰 이야기하고, 귀부인들과는 도덕적으로 즐겁고 행복한 시간을 보낼 거야. 왜냐하면 악어 배 속에 있는 내가 그녀들의 남편들에겐 전혀 위험한 상대가 되지 않을 테니까! 그 외에 모든 사람들에게는 운명과 하늘의 섭리에 순응하는 본보기를 보여 줄 거야. 내 아내는 문학적 소양으로 눈부시게 빛나는 숙녀로 만들 거야. 나는 그녀를 전면에 내세워 그녀를 세상 사람들에게 알릴 거야. 내 아내로서 그녀는 가장 위대한 성품과 소양으로 가득해야 하고, 만약 안드레이 알렉산드로비치를 러시아의 알프레드 뮈세라 할 수 있다면, 내 아내는 러시아의 예브게니아 투르라 해도 마땅할 걸세."

고백건대, 이런 터무니없는 헛소리는 평소 이반 마트베이치의 모습과 어느 정도 맞아떨어지긴 했지만, 지금 그가 열병이 나서 헛소리를 한다는 생각이 내 머릿속에 떠올랐다. 물론 이 모든 것이 평소 정상적인 이반 마트베이치의 모습과 다를 바 없었지만, 그래도 스무 배로 확대한 거울로 보는 것 같았다.

내가 그에게 물었다.

"이보게, 친구. 자네 혹시 거기서 천년만년 살고 싶은 건 아니지? 어디 한번 말해 보게. 자네 건강은 한 건가? 음식은 어떻게 먹고, 잠은 어떻게 자고, 숨은 어떻게 쉬는가? 나는 자네 친구야. 자네도 동감하겠지만, 이번 경우는 그야말로 초자연적인 일이니 내가 궁금한 것도 지극히 당연한 일이 아니겠나."

그는 훈계하듯 대답했다.

"쓸데없는 호기심일 뿐 그 이상도 이하도 아니야. 하지만 자네도 궁금한 건 해소해야겠지. 내가 괴물 배 속에서 어떻게 지내느냐고 물었지? 첫째, 나도 놀랄 정도로, 악어 배 속은 완전히 텅 비어 있다네. 녀석의 내부는 텅 빈 커다란 고무 자루로 된 것 같아. 우리나라의 고로호바야 거리나 모르스카야 거리 그리고 내 기억이 맞다면, 보즈네센스키 대로에서 유행하는 고무 제품 말이야, 그런 걸로 만들어진 것 같아. 그렇지 않다면 내가 이 안에 들어와 있을 수나 있겠는가?"

"그게 가능이나 한가? 설마 악어 배 속이 완전히 비어 있다고?"

나는 이해가 된다 싶으면서도 깜짝 놀라 꽥 소릴 질렀다.

이반 마트베이치는 엄격하고 당당하게 확인해 주었다.

"완전히. 그리고 분명 이 녀석은 자연의 법칙에 따라 이렇게 만들어졌을 거야. 악어는 날카로운 이빨이 달린 무시무시한 턱밖에 가진 게 없어. 턱하고 또 엄청나게 긴 꼬리가 있긴 하지. 사실상 이게 다야. 턱과 꼬리 사이에는 텅 빈 공간이 있을 뿐이야. 흡사 생고무 같은, 아니 진짜 고무로 되어 있는 텅 빈 공간 말이야."

"그럼, 갈비뼈랑 위, 창자, 간이랑, 심장은?"

나는 화가 나서 중간에 끼어들었다.

"없어, 그런 건 아무것도 없어. 아예 처음부터 없었던 것 같아. 그런 것들은 모두 경솔한 여행가들이 만든 쓸데없는 허구일 뿐이야. 치질의 치핵을 부풀리는 것처럼 악어를 부풀려 놓은 셈이지. 녀석은 믿기지 않을 정도로 탄력이 있어. 심지어 자네도 너그러운 마음만 있다면, 집안 친구로서 나와 함께할 수 있다면, 이 안에 같이 있을 수 있을 정도야. 심지어 최악의 경우에 옐레나 이바노브나를 여기 오라고 할 생각도 하고 있어. 게다가 악어의 이런 텅 빈 공간은 자연과학과도 완전히 일치하거든. 예를 들어 보지. 만약 자네가 새로운 악어를 만들게 되었다면, 자네에겐 당연히 한 가지 질문이 생기겠지. 즉, 악어의 기본적인 속성은 무엇인가? 대답은 명확해. 사람을 삼키는 거지. 그럼, 악어가 사람을 삼키려면 악어를 어떻게 만들어야 할까? 대답은 더욱 명확하지. 녀석의 배 속을 텅 비게 만드는 거야. 하지만 자연은 비어 있는 것을 싫어한다는 사실은 이미 오래전 물리학에서 입증되었지. 이에 따라 악어의 내부도 비어 있어야 하지만 비어 있는 상태를 견딜 수 없기 때문에, 끊임없이 무엇이든 닥치는 대로 삼켜서 배 속을 채우려고 하는 거지. 바로 이것이 모든 악어가 우리 형체를 삼키는 유일하고 합리적인 이유인 거야. 인간의 구조는 이렇지 않지. 예를 들어 인간의 머리는 비어 있으면 비어 있을수록 채우려는 욕망을 점점 느끼지 못하지. 이건 공통적인 법칙에서 벗어나는 유일한 예외라네. 이 모든 생각이 지금 내겐 대낮처럼 명확하고, 이 모든 생각이 말하자면 자연의 깊은 심연 속, 자연의 혈관 속에서 자연의 맥박이 뛰는 소리에 귀를 기울이며 내 자신의 두뇌와 경험으로 이루어 낸 것이라네. 어원학조차 나의 생각과 일치하는 것을 알 수 있지. 악어를 뜻하는 '크로커다일'이라는 단어가 '폭식'을 의미하거든. 이 단어는 이탈리아어로 '크로코딜로(crocodillo)'라고 하는데, 고대 이집트의 파라오 시대에서 기원했을지도 몰라. 게다가 '먹다', '먹어 치우다'란 의미로 음식에 사용하는 '크로케'라는 프랑스어 어원에서 기원한 단어야. 나를 전시관이나 옐레나 이바노브나의 살롱에 데려다주면 그곳에 모여든 청중들에게 첫 강의 주제로 이 얘기를 할 생각이야."

"이보게 친구, 자네 지금 해열제라도 먹어야 하지 않을까?"

나는 나도 모르게 소리쳤다. 그리고 두려움에 사로잡혀 속으로 중얼거렸다.

"이 친구 열병인가 봐! 열병, 열병이 난 거야."

그가 경멸하는 투로 대답했다.

"말 같지도 않은 소리! 게다가 지금 상황에서 그랬다간 훨씬 더 불편해질 거야. 다만 자네가 해열제 얘기를 하는 이유는 어느 정도 알겠네."

"이보게, 그런데 어떻게… 자네 지금 음식은 어떻게 섭취하고 있나? 오늘 식사를 하기나 했나?"

"아니, 그런데 배가 불러. 무엇보다 분명한 건 이제 더 이상 음식을 먹지 않아도 될 것 같아. 이런 현상도 충분히 이해할 만하지. 내가 나 자신으로 악어의 배 속을 가득 채워서 녀석이 영원히 포만감을 느끼게 하고 있잖아. 이제 녀석에게 앞으로 몇 년 동안 먹이를 주지 않아도 될 거야. 다른 한편으론 나를 삼켜서 배를 불렸으니 당연히 녀석이 자기 몸에서 생명의 영양분을 나에게 전해 주겠지. 마치 요부들이 밤새 온몸을 날고기로 감싸 두었다가 다음날 아침에 목욕을 하고 나면 몸이 싱싱하고 부드럽고 촉촉하니 매력적으로 되는 것과 같은 이치겠지. 이런 식으로 나는 악어에게 먹이를 공급해 주고, 악어로부터 영양분을 공급받는 거지. 결국, 우리는 서로에게 먹을 것을 주고 있는 거라네. 하지만 아무리 악어라 해도 나 같은 사람을 통째로 소화시키기는 힘들어. 당연히 이런 상태에서 녀석이 실제로는 위가 없긴 하지만 마치 위 속에 뭔가 묵직한 것이 들어 있는 느낌을 받을 거야. 그래서 괴물에게 쓸데없이 고통을 주지 않으려고 나는 최대한 몸을 뒤척이지 않는다네. 비록 몸을 뒤척거릴 수는 있지만 인도주의적 차원에서 그렇게 하지 않는 것이지. 이것이 현재 내가 처한 상황의 유일한 단점이라 할 수 있다네. 티포페이 세묘니치가 비유적인 의미에서 나를 빈둥거리는 뒹굴이라고 한 건 옳았어. 하지만 난 이렇게 누워서 뒹굴거리면서도, 오히려 이렇게 누워서 뒹굴거려야 인류의 운명을 바꿔 놓을 수 있다는 것을 증명해 보일 걸세. 우리나라 신문과 잡지들이 표방하는 모든 위대한 사상이나 경향 들도 분명 빈둥거리는 뒹굴이들에 의해 만들어진 것들이지. 바로 이 때문에 사람들은 그런 사상들을 탁상공론이라고 하는 걸세. 하지만 그렇게 부르는 자들에겐 침을 뱉어야 하네! 나는 지금 완벽한 사회 체제를 구상 중이네, 이게 얼마나 쉬운지 자네는 믿지 못할 거야! 어디든 멀리 떨어진 외진 구석에 은거하거나 악어 배 속에 들어가서 눈을 감고 있기만 하면 되지. 그러면 이내 전 인류를 위한 완벽한 낙원을 구상하게 될 거야. 아까 자네가 떠났을 때 나는 바로 구상 작업에 착수해서 벌써 사회 체계를 세 개나 구상해 냈고, 지금은 네 번째를 생각하는 중이야. 사실 처음에는 모든 것을 반박해야 하지. 그런데 악어 배 속에서는 그렇게 하기가 무척 쉽거든. 게다가 악어 배 속에서 보면 그런 것들이 더욱 잘 보이는 것만 같아…. 물론 이 상황에서 사소하긴 하지만 불편한 점도 있지. 그건 바로 악어 배 속이 축축한 데다가 끈적끈적한 것으로 덮인 것 같다는 거지. 게다가 고무 냄새 같은 게 약간 풍겨. 내 고무 덧신 냄새와 완전 똑같아. 뭐 그게 다야. 그 외에 다른 불편한 점은 없어."

내가 중간에 말을 끊었다.

"이반 마트베이치, 그건 정말 기적 같은 소리군, 나는 도저히 믿을 수가 없어. 그리고 설마, 설마 자네 정말로 평생 굶을 작정 인가?"

"자넨 무슨 그런 쓸데없는 걱정을 하고 있나! 대체 머리는 뒀다 어디에 쓰려는 건가? 나는 자네에게 위대한 사상에 대해 이야기하고 있는데, 자네는 기껏 한다는 말이…. 난 이미 나를 둘러싸고 있는 어둠을 밝혀 준 위대한 사상 그것만으로도 충분히 배가 부르다는 것을 좀 알게. 게다가 좀 전에 마음씨 착한 악어 주인이 마음 좋은 자기 어머니와 상의해서 매일 아침마다 악어 입 안으로 피리처럼 생긴 구부러진 쇠파이프를 넣어 주기로 결정했다네. 그걸 통해서 나는 커피도 마시고 흰 빵을 잘게 부숴 넣은 불리온도 먹을 수 있을 거야. 그 파이프는 이미 이웃에 주문해 두었다네. 하지만 내 생각에 이건 지나친 호사지. 만약 악어가 천 년이나 사는 동물이 맞다면, 나는 적어도 천 년은 살고 싶네. 아, 다행히 마침 생각났군, 악어가 얼마나 오래 사는지에 대해 자네가 내일 자연사 관련 아무 책이나 찾아보고 나에게 알려 주게. 혹시나 내가 악어를 다른 고대 화석 동물하고 혼동해서 실수할 수도 있으니까. 그리고 한 가지 조금 걱정되는 게 있는데, 내가 지금 두꺼운 모직 코트에 부츠를 신고 있어서 악어 녀석이 나를 소화시키지 못하고 있는 게 분명해. 게다가 나 자신의 의지로 녀석이 나를 소화시키지 못하게 버티고 있어서 살아 있는 거지. 이해하겠지만 내가 다른 음식처럼 소화되어 버린다면 너무나 치욕스러울 텐데 절대 그렇게 되고 싶지 않거든. 그런데 한 가지 걱정

되는 게 있어. 내 외투 모직이 불행히도 러시아 제품이라 천 년의 세월 동안 부식될 수도 있고, 그러면 나는 옷 하나 걸치지 않은 상태가 되겠지. 그럼 아무리 내가 분노하더라도 어쩔 수 없이 소화되기 시작하겠지. 낮에는 어떻게든 그렇게 되는 것을 내버려 두지도 허용하지도 않겠지만, 밤에 잠이 들어 인간의 의지력이 날아가 버리면 감자나 팬케이크 같은, 블린이나 송아지 고기와 같은 굴욕적인 운명이 나를 덮칠 수도 있을 거야. 이런 생각만 하면 나는 미쳐 버릴 것만 같네. 이미 이런 이유 하나만으로도 국산보다 더 튼튼한 영국산 모직의 수입을 장려하고 관세를 조정해야만 해. 그래야 악어 배 속에 들어가더라도 훨씬 더 오래 소화되지 않고 버틸 수 있을 테니까. 제일 먼저 나의 생각을 정부 관료들에게 전할 생각이야. 또 동시에 우리 페테르부르크 일간지의 정치 평론가들에게도 알려야지. 그들이 세상에 널리 알리도록 할 거야. 그들이 이런 생각 하나 말고도 나에게서 더 얻어 간다면 좋겠네. 매일 아침 그런 사람들이 편집용 이십오 코페이카로 무장하고 떼로 몰려와서 전날 전보에 대한 나의 생각을 알아내려고 나를 빽빽하게 둘러싼 모습이 그려지는군. 한마디로 내 앞에 장밋빛 미래가 펼쳐지고 있어."

나는 속으로 중얼거렸다.

'이거, 심각하군, 열병이야, 열에 들떠 헛소리하는 거야!'

나는 그의 생각을 확실하게 알고 싶어서 물었다.

"이보게 친구, 그럼 자유는? 사람이라면 자유를 누려야 할 시기에 자네는 어둠 속에 갇혀 있지 않은가!"

그가 대답했다.

"자네 참 어리석군. 야만인들은 남의 간섭 없이 사는 것을 좋아하지만 지혜로운 사람들은 질서를 사랑하지. 하지만 거기는 질서가 없지 않은가…."

"이반 마트베이치, 제발 좀 그만하게!"

내가 그의 말을 끊자 화가 난 그가 고함을 질렀다.

"입 다물고 들어 보게! 난 지금까지 단 한 번도 지금처럼 정신적으로 고양되고 충만한 적이 없었네. 이 좁은 은신처에서 내가 두려운 것은 단 하나, 바로 두툼한 시사 잡지의 문학 비평과 우리나라 풍자 신문의 비웃음이야. 난 경솔한 방문객들, 어리석은 자들, 남 잘되는 꼴 못 보는 자들, 허무주의자들 이런 인간들이 나를 웃음거리로 만들까 봐 그게 두려울 뿐이야. 하지만 나도 대책을 취할 거야. 내일 보도될 대중들의 반응을, 무엇보다 신문사들의 의견을 애타게 기다리고 있네. 신문 기사에 대해서는 내일 꼭 알려 주게."

"좋네. 내일 아예 신문을 한 보따리 싸 들고 오겠네."

"내일 당장 신문사의 반응을 기대하는 건 너무 이를 수도 있어. 공지 사항은 나흘째 되는 날에만 인쇄되니까. 하지만 이제부터는 매일 저녁 마당에서 내부 통로로 찾아오게. 자네를 나의 비서로 쓸 생각이야. 자네가 나에게 신문과 잡지를 읽어 주면, 나는 자네에게 내 생각을 받아쓰도록 말해 주고 임무를 주도록 하겠네. 특히 전보도 잊지 말게. 매일 유럽에서 들어오는 전보는 모두 여기에 있도록 말일세. 그럼 이 정도로 하지. 자네도 지금쯤 자고 싶을 테니, 그만 집에 가 보게나. 그리고 내가 방금 비평에 대해 했던 얘기는 신경 쓰지 말게. 난 이제 비평 같은 건 두렵지 않아, 사실 비평 자체도 위기 상황에 처해 있거든. 오직 지혜롭고 덕망 있는 사람이 되기만 하면 되는 거야, 반드시 높은 곳에 오를 테니까. 소크라테스는 아니더라도 디오게네스나 아니면 다른 존재가 될 수 있을 거야, 바로 그것이 인류를 위한 앞으로의 내 역할이 아니겠나."

이반 마트베이치는 마치 속담에 나오는, 비밀을 지키지 못하는 심약한 여편네들처럼 내 앞에서 경박하고 끈질기게 떠들어 대며 부산을 떨었다. 게다가 그가 악어에 대해 알려 준 얘기는 전부 의심스럽기 짝이 없었다. 대체 어떻게 악어 배 속이 완전히 비어 있을 수 있다는 말인가? 어쩌면 그중에는 그가 허풍을 떠느라 부풀린 부분도 있고, 또 일부는 날 우습게 보고 한 얘기도 있을 게 분명하다. 사실 그는 몸이 안 좋으니, 아픈 사람은 잘 대해 줘야겠지. 하지만 솔직히 터놓고 고백하면, 나는 언제나 이반 마트베이치가 견디기 힘들었다. 나는 아주 어린 시절부터 시작해서 평생 동안 그의 그늘에서 벗어나고 싶었지만, 그럴 수가 없었다. 나는 수천 번 그와 완전히 인연을 끊고 싶었지만, 그때마다 마치 뭐라도 증명하거나 무언가에 대해 복수하고 싶기라도 한 듯 다시 그에게 다시 끌려들곤 했다. 이 우정이란 정말로 이상한 것이

었다! 좋게 말하자면 내가 그와 쌓은 우정의 구 할은 미운 정으로
이루어졌다고 할 수 있다. 이번에도 우리는 감정이 쌓인 채 작별
인사를 나눴다.

독일인이 나를 배웅하러 나오며 낮은 목소리로 말했다.

"당신 친구는 아주 스마트한 사람이에요!"

우리의 대화를 줄곧 다 듣고 있었던 모양이었다.

내가 말했다.

"그런데 말입니다, 깜빡할까 봐 물어 보는 건데, 만약 당신 악
어를 사려 한다면, 얼마면 팔겠습니까?"

내 질문을 들은 이반 마트베이치가 궁금했는지 대답을 기다리
는 것 같았다. 내가 질문할 때 그의 목구멍에서 꼴-깍 소리가 났
던 것으로 보아, 분명 독일인이 적은 금액을 받지 않기를 바라는
게 틀림없었다. 처음에 독일인은 내 말을 들으려 하지도 않았고
심지어 화까지 냈다. 얼굴이 삶은 가재처럼 시뻘게져서는 불같
이 화를 내며 소리를 질렀다.

"누구도 감히 내 악어를 살 순 없어요! 나는 악어를 팔 마음이
없소! 난 악어는 팔고 싶지 않소. 은화 백만 닢을 준다 해도 안 받
을 거요. 오늘 관람객에게서 은화를 백삼십 닢이나 벌었소. 내일
이면 은화 만 닢은 벌 테고, 그다음엔 매일 은화 십만 닢을 벌 거
요. 절대 팔지 않을 거요!"

이반 마트베이치는 만족스러운 듯 히히거리기까지 하며 웃기
시작했다.

나는 진정한 친구로서의 의무를 수행 중이었기 때문에 최대한 냉철하고 이성적으로 평정심을 유지하려 노력하며 미처 날뛰는 독일인에게 그의 계산이 전혀 옳지 않음을 넌지시 알려 주었다. 즉, 그가 만약 매일 십만 은화씩 벌어들인다면 나흘이면 페테르부르크 사람들 전체가 그의 전시를 다녀가게 되어 더 이상 입장료를 낼 사람이 없을 거라고 말이다. 또한 악어 배 속에서 죽음의 신이 자유롭게 놀아다니다 악어가 어쩌다 배가 터질 수도 있고, 아니면 이반 마트베이치가 병이 나서 죽을 수도 있다는 등등을 슬쩍 암시해 주었다.

그러자 독일인이 생각에 잠겼다. 그리고 한참을 고민하더니 입을 열었다.

"내가 약국에서 물약을 사다가 그에게 주겠소. 그러면 당신 친구는 죽지 않을 거요."

내가 대답했다.

"물약도 물약이지만, 이 문제가 법적 분쟁으로 비화될 수도 있다는 점을 염두에 두시오. 이반 마트베이치의 아내가 자신의 법적 배우자를 요구할 수도 있으니까요. 당신은 이렇게 부자가 되고 싶은 마음이 있는데, 설마 옐레나 이바노브나에게 단 얼마라도 연금까지 주려는 생각은 아니겠지요?"

독일인이 단호하게 딱 잘라 말했다.

"아니, 전혀 없어요."

독일인 어머니도 적대감까지 드러내며 맞장구를 쳤다.

"아니, 그럴 생각 전혀 없어요."

"그러시다면, 어떻게 될지 모르는 상황에 처하게 되는 것보다는 적당하게 확실하고 분명한 금액을 받는 것이 더 낫지 않겠습니까? 내가 지금 그저 할 일 없이 호기심만으로 물어보는 게 아니라는 말을 덧붙여야 하겠군요."

독일인은 상의하기 위해 어머니를 데리고 가장 크고 가장 못생긴 원숭이가 있는 우리 구석으로 갔다.

이반 마트베이치가 내게 말했다.

"이제 곧 알게 될 걸세!"

당시 나에 대해 말하자면, 그 순간 나는 첫째로 독일인을 흠씬 때려 주고, 그다음엔 그의 어머니를 더욱 아프게 때려 주고, 마지막으로는 끝도 없는 자기애에 넘치는 이반 마트베이치를 그 누구보다 훨씬 더 아프게 때려 주고 싶은 욕망으로 불타오르고 있었다. 그러나 이 모든 욕망은 탐욕스러운 독일인이 한 대답에 비하면 새 발의 피만도 못한 것이었다.

독일인은 자기 어머니와 상의를 하고 나더니 악어 몸값으로 최근 발행한 오만 루블짜리 국내 채권과 고로호바야 거리에 있는 벽돌집 한 채와 거기에 딸린 개인 약국, 그에 덧붙여 러시아 육군 대령 계급까지 요구했다.

이반 마트베이치가 의기양양하게 소리쳤다.

"거봐! 내가 자네에게 말했잖아! 마지막으로 대령 계급을 달라는 어리석은 요구만 제외하면 저 사람 말이 전적으로 맞아. 자기가 전시하고 있는 괴물의 현재 가치를 제대로 이해하고 있는 거지. 무엇보다 경제 원칙이 우선이니까!"

나는 불같이 화를 내며 독일인에게 고함을 질렀다.

"말도 안 되는 소리! 대체 무슨 대가로 당신에게 대령 계급을 줘야 하는데? 무슨 공이라도 세웠소? 아니면 공직에 종사하기라도 했소? 무슨 전쟁에서 명성을 얻기라도 했단 말이오? 아주 미쳤어, 당신이 미친 게 아니면 뭐겠소!"

독일인도 화를 내며 소릴 질렀다.

"미쳤다니! 아니, 난 아주 똑똑한 사람이오. 당신이야말로 참으로 어리석소! 내가 악어를 전시하고, 그 배 속에 살아 있는 관리가 앉았으니, 당연히 대령 자격이 있지. 내가 아니면 러시아인 중에 배 속에 살아 있는 관리가 든 악어를 누가 보여 줄 수 있단 말이오! 내가 이 정도로 영리한 사람이니 더욱 대령이 되고 싶은 거요!"

나는 미친 듯이 몸을 부들부들 떨며 소리를 질렀다.

"그럼 잘 있게, 이반 마트베이치!"

그리고 거의 도망치다시피 악어 전시실을 뛰쳐나왔다. 나는 단 1분도 더 이상은 나 자신을 책임질 수 없을 것 같은 생각이 들었다. 이 두 얼간이의 억지에 가까운 헛된 망상은 더 이상 감내할 수 없었다.

차가운 공기가 내 기분을 상쾌하게 해 주고 끓어올랐던 분노를 조금 식혀 주었다. 마침내 나는 양쪽 길바닥에 침을 열댓 번

힘껏 퉤퉤 뱉고는 삯 마차를 잡아 타고 집으로 돌아와, 겉옷을 벗어 던지고는 침대로 뛰어들었다. 무엇보다 나를 더욱 화나게 한 것은 내가 그의 비서로 전락했다는 사실이었다. 이제 나는 진정한 친구로서의 의무를 이행하느라 매일 저녁 그곳에서 지루해 죽어 가리라! 나는 이런 상황에 빠진 나 자신을 때려 주고 싶어 이미 촛불을 끄고 이불을 뒤집어쓴 상태에서 정말로 내 머리와 몸 여기저기를 주먹으로 몇 대 때렸다. 그렇게 하자 어느 정도 마음이 누그러졌고 너무 피곤하기도 해서 마침내 깊이 잠이 들었다. 밤새 원숭이들 꿈만 꾸었는데, 아침이 다 되어서는 옐레나 이바노브나 꿈을 꾸었다.

4.

가만히 생각해 보니 원숭이 꿈을 꾸었던 것 같다. 악어 주인의 우리 안에 갇혀 있었으니까. 하지만 옐레나 이바노브나 꿈은 특별한 꿈이었다.

미리 얘기하지만, 나는 그 여인을 사랑했다. 하지만 서둘러, 급히 단서를 붙이자면, 나는 그녀를 아버지와 같은 마음으로 사랑했다. 그 이상도 이하도 아니었다. 지금까지 나에게 여러 번 그녀의 머리나 장밋빛 뺨에 입을 맞추고 싶은 참을 수 없는 충동이 일곤 했기에 그렇게 생각하는 것이다. 내 비록 그런 충동을 한 번도 행동에 옮겨 본 적은 없었지만 입술에 입을 맞출 기회가 있었더라면 거절하지 않았을 것이다. 입술만이 아니라, 그녀가 웃을 때마다 가지런히 배열된 하얗고 아름다운 진주알처럼 매혹적으로 드러나는 그녀의 치아에도 입을 맞추었을 것이다. 그녀는 놀라울 정도로 자주 웃었다. 이반 마트베이치는 사랑스러운 모습을 볼 때면 그녀를 자신의 '사랑스러운 백치미'라고 부르곤 했다. 너무나 적절하고 딱 어울리는 호칭이었다. 그녀는 사탕과 같은 여인이었다. 그 이상은 아니었다. 때문에 지금 이반 마트베이치가 어째서 자기 아내를 러시아의 예브게니아 투르로 만들겠다는 생각을 하는지 난 전혀 이해할 수 없다.

여하튼 내 꿈은 원숭이 나오는 부분만 빼면 너무나 행복한 느낌을 안겨 주어, 아침에 차 한잔을 마시는 동안 어제 일어났던 모든 일들을 머리에 떠올리며 당장 출근하는 길에 옐레나 이바노브나에게 들러야겠다고 결심했다. 집안 친구로서 당연히 해야 할 도리이기도 했다.

옐레나 이바노브나는 침실 앞에 있는 아주 작은 방에 앉아 있었다. 그들 부부에겐 큰 거실이라고 부르는, 역시 자그마한 방이 있었는데 그들은 이 방을 작은 거실이라고 불렀다. 그녀는 속이 살짝 비치는 실내복 상의를 입고 작은 티 테이블 앞에 아담하지만 화려한 소파에 앉아 바삭한 러스크 조각을 적시며 앙증맞은 잔에 담긴 커피를 마시고 있었다. 그녀는 매혹적일 정도로 아름다웠고, 뭔가 생각에 잠긴 듯했다.

그녀는 멍한 표정으로 미소를 지으며 나를 맞았다.

"어머, 당신이군요! 우리 아부꾼, 앉으세요. 뭐가 그리 바쁘셨나요, 바람둥이님. 커피 좀 드세요. 그런데 어젠 뭘 하셨나요? 가면무도회에 갔었나요?"

"설마 당신이 거기 간 건 아니겠죠? 난 그런 데는 가지 않아요….게다가 어제는 우리의 죄수를 만나고 오느라…."

나는 한숨을 내쉬고는 커피를 받으며 엄숙한 표정을 지었다.

"누구요? 죄수가 누군데요? 아, 맞다! 불쌍한 그이! 참, 그이는 어떤가요? 지루해하나요? 그런데 짐작하시겠지만… 제가 당신께 물어 보고 싶은게 있어요….혹시 제가 지금 이혼을 요구해도 될까요?"

"이혼?"

나는 격분해서 소리를 버럭 지르다 커피를 쏟을 뻔했다.

'이건 검은 머리 그놈 짓이야!'

나는 너무나 화가 나서 속으로 생각했다.

건설 파트에 종사하는 검은 머리에 콧수염을 기른 한 사내가 있었는데, 지나칠 정도로 자주 이들 부부 집에 드나들었고, 특히나 옐레나 이바노브나를 웃기는 재주가 있었다. 고백하지만 나는 그 사내를 증오했다. 분명 그는 어제 가면무도회에서나, 아니면 어쩌면 이곳에서 옐레나 이바노브나를 만났을 것이고 그녀에게 온갖 헛소리를 나불댄 것이 틀림없었다.

옐레나 이바노브나는 누가 시키기라도 한 듯 갑자기 서두르며 말하기 시작했다.

악어 169

"그게 말이죠, 남편이 계속 악어 배 속에 앉아서, 어쩜 평생 돌아오지 않을 거예요. 그래도 나는 여기서 그 사람을 끝까지 기다리라는 건가요? 남편이라면 악어 배 속이 아니라 집에서 살아야죠…."

"하지만 이번 경우는 전혀 예상치 못했던 일이잖소."

나도 흥분한 감정을 대놓고 드러내며 받아쳤다. 그러자 그녀는 갑자기 화를 내며 소리 지르기 시작했다.

"아, 아뇨, 그런 말씀 마세요. 듣고 싶지 않아요, 듣고 싶지 않다고요. 당신은 언제나 내 생각에 반대하시는군요. 정말 쓸모없는 사람이에요!. 당신과는 아무 일도 안 할 테니, 충고 따윈 하지 마세요. 남들이 저에게 하는 말이, 이반 마트베이치가 더 이상 봉급을 받을 수 없을 테니, 나와 이혼을 해 줄 거라고 했어요."

나는 애절하게 소리치며 말하기 시작했다.

"옐레나 이바노브나! 내가 지금 당신이 하는 말을 듣고 있는 게 맞습니까? 대체 어떤 사악한 인간이 당신에게 그런 헛소리를 했을까요! 더군다나 봉급 같은 피상적인 이유로는 이혼이 절대 불가능하니까요. 게다가 불쌍한, 그 불쌍한 이반 마트베이치는 심지어 괴물의 배 속에서조차 당신을 향한 사랑으로 활활 타오르고 있어요. 그뿐만 아니라 사랑으로 설탕 덩어리처럼 녹아내리고 있다고요. 어젯밤 당신이 가면무도회에서 즐거운 시간을 보내는 동안에도, 그는 최악의 경우 법적 배우자인 당신을 자기가 있는 악어 배 속으로 오라는 서류를 작성해야 할지도 모르겠다면서, 심지어 악어 배 속이 두 사람만 아니라, 세 사람도 들어 갈 정도로 대단히 넓은 것처럼 얘기했답니다…."

그리고 나는 바로 이어서 어제 이반 마트베이치와 나눈 대화 중에 흥미로운 부분을 그녀에게 들려 주었다. 그녀는 놀라 앙칼지게 소리쳤다.

"어떻게, 어떻게 그런! 당신도 내가 이반 마트베이치가 있는 악어 배 속으로 들어가길 바라시나요? 기껏 한다는 생각하고는! 이렇게 모자를 쓰고 속치마까지 입었는데 어떻게 들어가겠어요? 맙소사, 어쩜 그리도 어리석은지! 게다가 그 안에 기어들어 갈 때 내 꼴이 어떻게 되겠어요? 누구든 내 모습을 보게 될 텐데… 그것 참 우습군요! 그리고 난 거기서 뭘 먹고 살죠…? 그리고… 그리고 제가 거기서 어떻게… 세상에 맙소사, 생각한다는 거하고는…! 그리고 거기에 무슨 즐길 거리가 있겠어요…? 당신도 말씀하셨잖아요, 거기서 생고무 냄새가 난다고요. 그리고 우리가 거기서 부부 싸움이라도 한다면 대체 나는 어떻게 해야 하나요? 그래도 계속 옆에 누워 있어야 하나요? 휴, 정말 끔찍해요!"

나는 그녀의 말을 끊으며 진실이 자기편임을 느낄 때 갖는 확고한 열정을 가지고 말하려 애썼다.

"동의합니다, 친애하는 옐레나 이바노브나. 나도 그 모든 생각에 전적으로 동의해요. 하지만 당신은 그중에 한 가지를 간과하고 있어요. 즉, 당신을 그곳으로 불렀다는 것은 곧 그가 당신 없이는 살 수 없기 때문이라는 걸 당신은 미처 생각하지 못한 겁니다. 즉, 그의 사랑은 열정적이고, 충실하며, 갈망하는 사랑인 거죠…. 당신은 그 사랑을, 그 사랑의 가치를 인정하지 않은 겁니다, 친애하는 옐레나 이바노브나!"

그녀는 작고 예쁜 한 손을 신경질적으로 흔들었다. 방금 닦아내고 말끔하게 솔로 다듬은 분홍빛 손톱들이 반짝거렸다.

"싫어요, 싫어. 아무것도 듣고 싶지 않아요! 정말 끔찍해요! 당신은 끝내 제가 눈물을 쏟게 만드시는군요. 그게 그리도 좋으시다면 당신이 직접 들어가세요. 더군다나 당신은 친구잖아요. 거기서 나란히 누워 우정을 나누며 그이랑 평생 온갖 따분한 학문에 대해 논쟁이나 하며 지내시라고요."

나는 엄숙한 태도로 경박한 여인의 말을 제지시켰다.

"당신은 공연히 그의 제안을 비웃고 있군요. 그러잖아도 이반 마트베이치는 나도 악어 배 속으로 오라고 했어요. 물론 당신을 그리로 이끄는 것은 의무감이겠지만, 나를 이끄는 것은 관대한 마음입니다. 이반 마트베이치는 어제 악어의 놀라운 신축성에 대해 얘기하면서, 악어 배 속이 당신들 둘뿐만 아니라, 특히 원한다면 나도 집안 친구로서 당신들과 함께 셋이서 들어갈 수 있을 거라고 너무나 명백하게 시사했지요. 왜냐하면…."

옐레나 이바노브나는 소스라치게 놀라 나를 쳐다보며 소리쳤다.

"뭐라고요? 셋이서요? 대체 어떻게 우리… 우리 셋이 거기에서 함께 있을 수 있다는 거죠? 하-하-하! 정말 기가 막혀서, 당신들 둘 다 정말 멍청하군요! 하-하-하! 그럼 내가 거기서 당신을 계속 꼬집을 거예요, 당신 정말 성겁기 짝이 없군요, 하-하-하!"

그러고는 소파 등받이에 기대어 눈물이 날 정도로 깔깔거리며 웃음을 터트렸다. 눈물도, 웃음도 그 모든 것이 너무나 매혹적이어서 나는 참지 못하고 그녀에게 달려들어 손에 열정적으로 입을 맞추었다. 그녀는 거부하지 않았지만 화해의 표시로 내 귀를 살짝 잡아당겼다.

이후 우리 둘 다 기분이 유쾌해지자 나는 그녀에게 이반 마트베이치가 어제 얘기한 계획을 상세하게 들려주었다. 야회와 누구에게나 열린 살롱에 대한 생각은 그녀의 마음에 쏙 들었다. 그 얘기를 듣고 그녀가 말했다.

"하지만 새 드레스가 무척 많이 필요하겠어요. 그러니까 이반 마트베이치가 가능한 한 빨리 그리고 많이 나에게 봉급을 보내 줘야 해요…. 다만… 다만 걱정되는 건….″

그녀는 잠시 주저하더니 덧붙였다.

"대체 어떻게 그이를 상자에 넣어서 여기로 옮겨 올까요? 너무 웃기잖아요. 나는 내 남편을 상자에 넣어 옮기는 것을 바라지 않아요. 손님들 앞에서 난 정말 창피할 거예요…. 난 그러고 싶지 않아요. 싫어요, 싫다고요."

"아 참, 깜빡할 뻔했군요, 혹시 어제 저녁에 티모페이 세묘니치가 여기 왔었나요?"

"아, 왔었어요. 나를 위로해 주러 오셨더군요. 한번 상상해 보세요, 제가 그분이랑 내내 카드놀이를 했답니다. 그분은 사탕을 걸었고요, 만약 제가 지면, 그분이 제 손에 입을 맞추기로 했답니다. 정말 응큼한 분이에요, 생각해 보세요, 저랑 무도회에 가려고 했다니까요, 정말로요!"

"반한 거예요! 사실 누가 당신처럼 매력적인 여인에게 반하지 않을 수 있겠습니까!"

내가 말을 받았다.

"어머, 당신 벌써 아부를 하시는군요! 잠깐 계세요, 당신이 떠나기 전에 꼬집어 주겠어요. 내가 꼬집는 기술을 지금이라도 배워 두길 정말 잘했군요. 아 참, 당신, 이반 마트베이치가 어제 내 이야기를 많이 했다고 하셨나요?"

"아, 아닙니다, 그렇게 많이는 아니고… 솔직히 말해, 그는 전 인류의 운명에 대해 더 많이 생각하고 있고, 그가 원하는 것은…"

"아 그냥 내버려 두세요! 다 얘기하실 필요 없어요! 분명 끔찍하게 지루했을 거예요. 어쨌든 그이에게 가 볼 거예요. 내일은 꼭 갈 거예요, 다만 오늘은 안 돼요. 머리가 아파서요, 게다가 그곳에 사람들이 너무 많을 거예요…. 아마 사람들이 '저 여자가 그 사람 마누라야'라면서 창피하게 만들 거예요…. 그만 가세요. 당신 저녁에… 거기 가실 거죠…?"

"그 친구한테, 그 친구한테요. 신문을 가지고 오라고 시켰거든요."

"그것 참 잘되었네요. 그이에게 가서 신문을 읽어 주세요. 하지만 저에게 오늘은 들르지 마세요. 몸이 좋지 않은 데다, 어쩌면 외출할지도 모르거든요. 그럼, 안녕히 가세요, 아부꾼님."

'그 검은 머리 녀석이 저녁에 찾아올 모양이군.'

나는 속으로 생각했다.

사무실에서 나는 당연히 걱정을 하거나 분주한 듯한 기색을 조금도 보이지 않았다. 그러나 우리나라의 가장 진보적인 신문들 몇몇이 오늘 아침 나의 동료들 손에서 손으로 돌아다니고 있었고, 신문을 읽어 내려가는 동료들의 얼굴 표정이 상당히 심각하다는 것을 나는 이내 알아챘다. 첫 번째로 건네받은 신문은 《리스톡》으로, 특별한 이념적 경향을 띠지 않고 보편적으로 인도주의를 표방하는 신문이었다. 하지만 바로 이런 성향 때문에 특히나 우리는 그 신문을 읽으면서도 경멸하고 있었다. 나는 그 신문에서 다음의 기사를 읽고 놀라지 않을 수가 없었다.

어제 으리으리한 건물들이 화려하게 들어선 드넓은 우리나라 수도에 예사롭지 않은 소문이 퍼졌다. 상류 계급 출신의 미식가로 유명한 N모 씨가 보렐 식당이나 OO클럽에도 싫증이 났는지 상가로 가서 바로 얼마 전에 우리나라 수도로 들여온 거대한 악어가 전시되고 있는 곳을 찾아갔다. 그러고는 악어를 식사로 요리해 달라고 요구했다. 그는 악어 주인과 흥정을 끝내자마자 당장에 녀석을 게걸스레 먹어 치우기 시작했다(여기서 녀석이란, 너무나 순하고 꼼꼼한 성향의 독일인 주인이 아니라 그의 악어를 말한다). 그는 아직 살아 있는 악어를 주머니칼로 잘게 썰어서 피가 뚝뚝 흐르는 살점을 순식간에 삼켰다. 이렇게 악어 전체가 조금씩 조금씩 그의 피둥피둥 살찐 배 속으로 사라졌고, 그러다 그는 심지어 악어와 항상 붙어 지내던 몽구스까지 삼아먹으려 했다. 몽구스도 악어만큼이나 맛있을 거라 생각했던 모양이다. 우리는 외국의 미식가들에게는 이미 오래전부터 유명한 이 새로운 음식에 전혀 반대하지 않는다. 오히려 우리는 이미 이를 예견하고 있었다. 영국의 귀족들과 여행가들은 이집트에서 악어를 무리지어 사냥하여 그 괴물의 등살을 겨자, 양파, 감자를 곁들여 비프스테이크처럼 요리해서 먹는다. 레셉스[04]와 함께 왔던 프랑스 사람들은 뜨거운 재에 넣어 구운 악어 발 요리를 선호하는데, 사실은 자기들을 조롱하는 영국인들을 괴롭히기 위한 것이다. 어쩌면 우리나라에서는 두 가지 모두 인정할지도 모른다. 우리 입장에서는 다양성을 추구하는 강한 우리 조국에 무엇보다 필요한 새로운 산업 분야가 생긴다면 기쁠 것이다. 또한 페테르부르크 미식가의 배 속으로 사라진 첫 번째 악어의 뒤를 이어 분명

---

04   페르디낭 마리 드 레셉스(1805~1894). 프랑스의 외교관 및 기술자. 수에즈 운하를 계획하고 1859년부터 1869년까지 10년에 걸쳐 완성하였다.

1년도 지나기 전에 상인들이 수백 마리의 악어를 끌고 우리 나라로 몰려올 것이다. 그렇다면 우리 러시아에서도 악어를 양식하지 못할 이유가 없지 않겠는가? 만약 네바강의 물이 이 흥미로운 이국의 동물에게 너무 차갑다면, 수도에는 연못들도 있고 교외로 나가면 자그마한 강과 호수도 있다. 예를 들어 페테르부르크 인근에 위치한 파르골로보나 파블롭스크 아니면 모스크바 인근에 있는 프레스넨스키 연못이나 사모텍에서 악어를 키우지 못할 이유가 없지 않는가? 악어는 우리의 섬세한 미식가들에게 맛있고 건강에 좋은 식품을 제공하는 동시에, 연못을 산책하는 사람들에게 볼거리를 제공하고 아이들에게는 자연의 역사를 가르쳐 줄 수 있을 것이다. 또한 악어가죽으로 케이스나, 여행 가방, 담뱃갑, 지갑 등을 만들 수도 있을 것이다. 그렇게 되면 상인들이 특히 선호하는 기름때 묻은 러시아 천 루블짜리 지폐들도 악어가죽 속에 가지런히 들어 있게 될 것이다. 이 흥미로운 주제에 대해 앞으로도 후속 기사를 전하게 되길 바란다.

내 비록 이런 류의 사태가 벌어지리라 예감하긴 했지만, 그럼에도 불구하고 경솔하기 짝이 없는 이 기사는 나를 몹시도 당혹스럽게 만들었다. 이런 기분을 함께 나눌 사람을 찾을 수 없었던 나는 맞은편에 앉아 있던 프로호르 사브비치 쪽으로 돌아보다가 그가 이미 한참 전부터 나를 지켜보고 있었다는 사실을 깨달 있다. 손에《볼로스》신문을 들고 나에게 건네주려던 것 같았다. 그는 아무 말도 없이 나에게서《리스톡》신문을 넘겨 받고《볼로스》를 건네주며 분명 내가 관심 있게 읽기를 바라는 듯 기사 하나를 손톱으로 꾹 짚으며 줄을 그었다. 프로호르 사브비치는 우리 사무실에서 특이한 사람이었다. 말수가 적은 나이 많은 독신으로 우리 중 그 누구와도 친분을 맺지 않았고, 사무실에서 그 누구와도 거의 말을 하지 않았다. 그는 항상 모든 일에 대해 자기 혼자만의 생각을 가지고 있었지만 누구에게 자신의 생각을 드러내는 것을 견디지 못했다. 그는 혼자 살았고, 우리 중 거의 누구도 그의 집에 가 본 사람이 없었다.

다음은《볼로스》신문에서 그가 가리켰던 부분에서 내가 읽은 내용이다.

우리는 진보적이고 인도주의적인 면에서 유럽을 따라잡길 바란다는 사실은 모두가 알고 있다. 그러나 그동안 우리가 그토록 애써 왔고 우리 신문이 노력했는데도 불구하고, 이미 우리가 예견해 왔던 바이자 어제 상점가에서 일어난 충격적인 사건으로 입증할 수 있듯이 우리 사회는 아직도 '성숙했다'고 하기엔 멀었다고 하겠다.

그 사건이란 다음과 같다. 한 외국인 악어 주인이 악어를 데리고 우리나라 수도로 들어와, 대형 상가에서 대중들에게 전시하기 시작했다. 우리는 다양성을 추구하는 강한 우리 조국에 필요한 새롭고 유용한 산업 분야를 즉시 서둘러 환영했다. 그런데 갑자기 어제 오후 4시 반 경 놀라울 정도로 뚱뚱한 OO씨가 술에 취한 모습으로 외국인 악어 주인의 전시장에 나타나 입장료를 지불하고는 그 즉시 아무런 예고도 없이 곧장 악어의 입 속으로 뛰어들었다. 당연히 악어는 자기 보호 본능 차원에서 숨이 막혀 죽지 않기 위해 그를 삼킬 수밖에 없었다. 악어의 배 속으로 굴러떨어진 정체불명의 OO씨는 이내 잠이 들고 말았다. 외국인 악어 주인의 비명도, 놀란 그의 가족의 절규도, 경찰을 부르겠다는 위협도 전혀 영향을 끼치지 못했다. 악어 배 속에서는 그저 실없는 웃음소리만 들려왔고, 그의 부인은 악어를 회초리로 치라고 부르짖을 뿐이었다. 그러나 그렇게 거대한 덩어리를 통째로 삼켜야만 했던 불쌍한 포유류[05]는 헛되이 눈물만 흘리고 있다. 초대받지 않은 손님은 타타르인보다 못하다는 말도 있는데, 이런 속담에도 불구하고 이 뻔뻔스러운 방문객은 끝내 악어 몸에서 나오려고 하질 않고 있다. 대체 우리의 미숙함을 증명하고 외국인들이 보는 앞에서 우리 러시아의 얼굴에 먹칠을 하는 이와 같은 야만적인 사건들을 어떻게 설명해야 할지 모르겠다. 제멋대로인 러시아인의 기질이 그에 꼭 맞는 결과를 낳은 것이다. 물어 보고 싶다, 과연 그 초대받

---

05   러시아어 원문에 포유류라고 쓰여 있으나, 도스토옙스키가 파충류를 잘못 쓴 것으로 생각된다.

지 않은 방문객은 무엇을 원했던 것인가? 따뜻하고 안락한 장소를 원했던 것일까? 하지만 우리나라 수도에는 네바 강물을 끌어다 쓰고, 가스 조명이 밝은 계단이 있는 값싸고 너무나 안락한 셋방을 제공하는 멋진 집들이 많이 있다. 그중에는 집주인이 경비를 붙여 주는 경우도 드물지 않다.

여기서 우리는 가축을 너무나 야만스럽게 다루는 행태에 독자들의 관심을 돌리고자 한다. 물론 외국에서 늘어온 악어가 그처럼 거대한 덩어리를 한 번에 소화시키기란 어려운 일이기 때문에 녀석은 지금 배가 산더미처럼 불어난 채 견디기 힘든 고통 속에서 죽음을 기다리고 있다. 유럽에서는 이미 오래전부터 가축으로 키우는 동물들을 비인간적으로 다루는 사람들을 재판에 넘겼다. 그러나 우리는 유럽식으로 조명을 달고, 유럽식으로 보도를 깔고, 유럽식으로 집을 지으면서, 아직도 예로부터 내려오는 낡은 편견들은 오랫동안 떨쳐 버리지 못하고 있다.

'집은 새집인데 편견은 케케묵었다'라는 말이 있다. 그런데 새집은 아니지만, 적어도 계단이 썩으면 큰 문제다. 우리는 페테르부르크에 사는 루키야노프라는 상인의 집에 나무 계단이 썩어서 내려앉아, 그 집에서 시중을 드는 아피미야 스카피다로바가 이미 오래전부터 위험할 수 있다고 이미 여러 차례 문제를 제기한 바 있다. 군인의 아내인 그녀는 물이나 땔감을 한 아름 안고 계단을 자주 올라야 하기 때문이다.

> 결국 우리의 예언은 적중하고 말았다. 어제저녁 8시 30분경 아피미야 스카피다로바가 수프 그릇을 들고 가다가 계단에서 굴러 다리가 부러지고 만 것이다. 이제 과연 루키야노프가 자기 집 계단을 수리할지, 모른다. 러시아인들은 늘 사후 약방문이다. 하지만 이미 한 사람의 러시아 희생자는 다리가 부러져 병원에 실려간 뒤인 것이다.
>
> 우리는 또한 비고르스카야 거리의 목재를 깔아 놓은 인도의 진흙을 청소하는 청소부들이 행인들의 발을 더럽혀서는 안 되고 구두를 닦을 때 유럽에서 하듯이 먼지를 한곳에 쌓아 놓아야 한다는 등등의 문제를 지속해서 제기할 것이다.

나는 잠시 머뭇거리다 프로호르 사브비치를 바라보며 물었다.

"이게 대체 뭡니까? 대체 이게 뭐냐구요?"

"뭐겠는가?"

"이런 세상에, 이반 마트베이치를 동정하기보다는 오히려 악어를 동정하고 있군요."

"대체 그게 어때서? 짐승마저도, 포유류마저도 동정하고 있지. 그러나 그런 게 바로 유럽 아닌가? 유럽에서는 악어들조차 무척이나 불쌍히 여기니까. 히―히―히!"

괴짜인 프로호르 사브비치는 이렇게 말하고 나서 자신의 서류 업무에 파묻혀, 더 이상 한마디도 하지 않았다.

나는 《볼로스》와 《리스톡》을 주머니 안에 감추고, 그 외에도 이반 마트베이치가 저녁에 소일거리 삼아 읽도록 날짜가 지난 《볼로스》와 《이즈베스티야》 신문들을 있는 대로 찾아 모았다. 저녁때가 되려면 아직 멀었지만, 이번엔 이반 마트베이치가 있는 상가에 가기 위해 좀 더 일찍 사무실에서 빠져나왔다. 미리 가서 멀리서나마 그곳에서 무슨 일이 벌어지는지 좀 살펴보고 사람들의 다양한 의견을 듣고 여론의 흐름을 살펴볼 생각이었다. 나는 그곳에 사람들이 몰려들어 완전히 북새통을 이루고 있으리라 예감하고 만일을 대비해 코트 깃을 바싹 올려 얼굴을 감쌌다. 사실 우리는 사람이 많은 곳이 무척 익숙하지 않았기에 나로서는 왠지 좀 부끄러웠다. 그러나 나는 전례를 찾아볼 수 없는 이 놀라운 사건에 대해 나 자신이 느낀 무미건조한 감정을 다른 사람에게 전할 권리가 없다고 생각한다.

끔찍한 일화[01]

---

01 러시아 개혁 시대 관료에 대한 엄중한 풍자로 1862년 11월《시대》
지에 처음 발표되었다. 본 작품의 러시아어 원문은 1865~1866년에 표도
르 스텔로프스키가 출판한 도스토옙스키 작품집에 수록된 것이다.

이 '끔찍한 일화'는 바야흐로 사랑하는 우리 조국의 새로운 운명과 부흥, 희망을 바라는 러시아의 용맹한 건아들의 열망이 감동적인 충동과 더는 참을 수 없는 힘으로 분출되기 시작한 시대에 일어난 일이다.

날씨는 맑았지만 몹시도 추운 어느 겨울밤이었다. 어느새 열한 시가 넘은 시각, 상트페테르부르크 근교에 위치한 아름다운 이층 저택의 안락하면서도 고급스러운 가구로 꾸며진 방에 대단히 존경받는 세 명의 신사가 둘러앉아 어떤 흥미로운 주제에 대해 진지하고 깊이 있는 대화를 나누고 있었다.

신사들은 모두 직위가 아주 높은 관리들이었다. 이들은 자그마한 라운드 테이블을 앞에 두고 각자 푹신하고 우아한 안락의자에 기대어 앉아, 조용히 대화를 나누며 고상하게 샴페인을 한 모금씩 홀짝였다.

샴페인은 얼음으로 채워진 은제 버킷에 담겨 테이블 위에 놓여 있었다.

오늘의 이야기는 이렇다. 이 집 주인은 추밀 고문관 스테판 니키포로비치 니키포로프로 예순다섯 살의 나이 많은 독신남이었다. 그는 얼마 전에 새로 저택을 구입하여 이사를 왔고, 그동안 한 번도 챙겨 보지 못했지만 때마침 자신의 생일도 되었기에 이사하자마자 생일 파티 겸 집들이를 위해 손님을 초대하였다. 그러나 축하 파티는 거창한 명분에 비해 너무나 소박했다. 우리가 이미 알고 있듯이 손님은 단 두 사람뿐이었다. 둘 다

니키포로프의 예전 동료이자 부하 직원이었다. 그 중 한 사람은 현재 사등 고문관으로 재임 중인 세몬 이바노비치 쉬풀렌코였고, 다른 사람 역시 사등 고문관으로 재임 중인 이반 일리치 프랄린스키였다. 이들은 아홉 시쯤 와서 차를 마신 다음 와인을 마셨고, 정확히 열한 시 반에는 집으로 돌아가야 한다는 것을 알고 있었다. 이 집 주인은 평생 규칙적인 생활을 벗어나지 않는 사람이었기 때문이다.

잠시 집주인을 간략히 소개해 보겠다. 그는 별 볼 일 없는 하급 관리로 사회생활을 시작하여 지난 사십오여 년간 단조로운 업무를 묵묵히 수행해 왔으며, 자신이 어느 지위까지 오를 수 있을지, 벌써 별을 두 개나 달았지만 더 이상 별을 달려는 야심은 가질 수 없다는 것도 너무나 잘 알고 있었다. 또한 어떠한 문제든 자신의 개인적인 의견을 드러내는 것을 무척이나 싫어했다. 또한 그는 정직했다. 다시 말해 그가 부정직하거나 불명예스러운 일을 하는 경우는 결코 없었다. 그는 자기 중심적인 에고이스트였기에 평생 독신으로 살았다. 전혀 어리석은 사람은 아니었지만, 자신의 식견을 드러내는 행동을 못 견뎠다. 특히나 방종과 열정을 좋아하지 않았고, 그런 행동을 정신적 경솔함이라 여겼다. 인생의 말년에 이르러서는 달콤하고 나른한 안락함과 스스로 만든 고독에 빠져 지냈다. 비록 자신은 가끔 자기보다 지위가 높은 사람의 집에 찾아가긴 하지만, 워낙 젊은 시절부터 자기 집에 누군가 찾아오는 것은 견디지 못하는 사람이었다. 때문에 최근에는 혼자서 솔리테르 카드 점을 치거나, 아니면 탁상시계들을 모아 놓고 저녁 내내 안락의자에 앉아 졸면서 벽난로 위에 놓인 탁상시계가 유리 케이스 안에서 째깍거리는 소리를 싫증 내지도 않고 들으며 시간을 보내곤 했다. 외모를 보면 그는 언제나 말끔히 면도를 하고 매우 단정하게 다녔다. 건강 관리를 잘해서 나이보다 젊어 보였으며, 건강하게 오래 살 것 같았고, 언제나 신사의 품위와 매너를 엄격하게 지켰다. 그의 직무는 꽤 편한 자리였다. 그저 어딘가에서 회의를 하고 무언가에 서명만 하면 되는 자리였다. 그리고 사람들은 그를 매우 훌륭한 사람으로 여겼다. 다만 그에게는 하나 열망하는 것이 있었다. 좀 더 정확히 말하자면, 열렬히 바라는 소원이 하나 있었던 것이다. 그것은 바로 자기 소유의 집을 갖는 것이었다. 그냥 비싼 집이 아니라 기품 있고 고풍스러운 귀족풍의 집을 갖고자 했다. 마침내 그의 소원이 이루어졌다. 그가 상트페테르부르크 근교에 봐 두었던 집을 구입한 것이다. 사실 그 집은 꽤 멀리 있긴 했지만 그래도 정원이 있었고 우아한 저택이었다. 새 주인이 된 그는 자신의 집이 더 멀리 있었으면 더 좋았겠다고 생각했다. 원래 자기 집에 손님을 들이는 것을 좋아하지 않는 데다, 출퇴근하거나 누군가를 만나러 나갈 때는 자신이 타고 다니는 초콜릿색이 근사한 이인승 마차와 마부 미헤이에, 체구는 작지만 강하고 아름다운 말 두 필이 있었기 때문이다. 이 모든 것이 지난 사십여 년간 피땀 어린 근검절약을 통해 스스로의 힘으로 이루어 낸 것이었기에 그는 말할 수 없이 기뻤다. 바로 이런 이유로 스테판 니키포로비치는 집을 장만해서 이사하고 나자 고요한 마음에 차오르는 흡족함을 느꼈고, 그동안 가장 가까운 이들에게조차 철저하게 함구한 자신의 생일이었지만 이번에는 모처럼 손님까지 초대한 것이었다. 사실 그는 초대한 손님 중 한 사람에게 특별히 염두에 둔 용건이 있었다. 즉, 새로 이사 온 집에서 그는 위층을 사용하고 있었는데, 위층과 똑같은 구조의 아래층에 세입자가 필요했던 것이다. 스테판 니키포로비치는 그 세입자로 세묜 이바노비치 쉬풀렌코를 염두에 두었고, 그날 저녁 대화 중간에 이 사안을 두 번이나 언급했지만, 세묜 이바노비치는 이에 대해 묵묵부답 별말이 없었다.

세묜 이바노비차라는 인물 역시 오랜 세월 한 계단 한 계단 자신의 길을 개척해 온 인물로, 검은 머리에 구렛나룻이 있는 얼굴에 늘 잔뜩 화가 난 듯 찌푸린 인상이었다. 그는 결혼을 했는데, 늘 침울하게 집에 틀어박혀 있으면서 온 집안을 공포로 몰아넣었다. 반면 밖에서는 자신감을 가지고 일했으며, 자신이 어디까지 오를 수 있을지 잘 알고 있었고, 자신이 결코 오를 수 없는 자리에 대해서는 더더욱 잘 알았다. 그도 좋은 자리에서 일했고, 입지도 탄탄했다. 비록 최근에 러시아에서 일어나고 있는 개혁을 못마땅한 시선으로 바라보기는 했지만, 그렇다고 특별히 불안해하거나 동요하진 않았다. 그는 자기 주관이 너무나 강해서, 이반 일리치 프랄린스키가 새로운 주제에 대해 열을 올리며 설명하는 내용을 악의적 조소를 슬쩍 띠며 들었다. 이들 세 명의 신사는 모두 어느 정도 얼큰하니 취해 있었기에 과묵한 집주인 스테판 니키포로비치도 프랄린스키와 어울려 새로운 제도에 대한 가벼운 논쟁에 끼어들었다. 여기서 우리는 프랄린스키 각하라는 인물에 대해 알아볼 필요가 있다. 바로 이 사람이 앞으로 전개될 이야기의 주인공이기 때문이다.

현새 4등 고문관으로 재임 중인 이반 일리치 프랄린스키는 '각하'라고 불린 지 고작 4개월 밖에 되지 않은 신참 고관이었다. 그는 나이도 아직 젊었다. 많아 봐야 한 마흔셋 정도, 그 이상으로 보이진 않았다. 외관상으로도 젊어 보였으며, 나이보다 젊어 보이는 것을 좋아했다. 그는 잘생긴 얼굴에, 키도 크고, 옷도 잘 입어서 늘 세련된 양복으로 멋을 냈고, 목에 빛나는 훈장을 멋지게 달고 다닐 줄도 알았다. 그는 어린 시절부터 상류사회의 행동양식을 습득할 줄 알았으며 아직 미혼으로, 돈이 많으면서도 상류층 집안 출신의 신붓감을 꿈꿨다. 그는 전혀 어리석은 사람이 아니었지만, 훨씬 더 많은 것을 꿈꿨다. 가끔 지나치게 말이 많았고, 심지어 의원이라도 되는 양 행동했다. 그는 좋은 집안 출신이었다. 고위 관료의 아들이었고 손에 물 한번 묻혀 본 적 없이 고생을 모르고 자랐다. 유복했던 어린 시절 그는 벨벳과 고급 리넨으로 된 옷을 입었고, 귀족학교에서 교육을 받았으며, 비록 그곳에서 많은 지식을 얻지는 않았지만 어쨌거나 운 좋게 공직을 얻었고, 나름 꾸준히 승진하여 고위 관리직에까지 올랐다. 관청에서는 그를 유능한 사람이라 여겼고 심지어 그에게 큰 기대를 걸었다. 반면 스테판 니키포로비치는 이반 일리치가 관직을 시작할 때부터 고위직에 오를 때까지 그의 상관이었지만 한 번도 그를 실력 있는 인물이라 여긴 적이 없었고, 어떠한 기대도 하지 않았다. 스테판 니키포로비치는 다만 그가 좋은 집안 출신이라는 점, 재산, 그러니까 관리인 딸린 고가의 대저택이 있다는 점, 무엇보다도 부유한 사람들에게 배어 있는 그 위풍당당한 태도가 마음에 들긴 했다. 하지만 다른 한편으로는 그가 지나치게 기지가 넘치고 경솔하다고 비난했다. 이반 일리치 본인도 가끔은 자기가 너무 자기애가 강하고 예민한 편이라고 느끼곤 했다. 그런데 이상한 일은 병적인 양심의 가책이나 어떤 일에 대한 후회가 그에게 종종 발작처럼 찾아온다는 것이다. 이따금 그는 속으로 자기가 생각하는 만큼 잘나가지는 못한다는 사실을 인정했고, 그 때문에 씁쓸했으며, 아무도 모르는 마음의 가시가 그의 마음을 찔렀다. 그럴 때마다 그는 우울한 기분에 빠졌다. 특히 치질 증세까지 심해지기라도 하면 자신의 인생을 '실패한 존재(une existence manquée)'[02]라고 칭하며(물론 속으로만 그러기는 했지만) 스스로를 달변가, 미사여구의 대가라 부르던 사람이 더 이상 자신의 그런 능력을 믿지 않았다. 이런 겸손한 순간이 그를 디욱 명예롭게 만들어 주는 약이 되긴 했지만 그리 오래가지는 않았다. 채 삼십 분도 안 되어 그는 또다시 고개를 치켜들고 전보다

---

02   перестал верить, разумеется про себя, даже в свои парламентские способности, называя себя парлером:

더욱 당당하고 거만하게 자신은 곧 세상에 이름을 날리게 될 것이며, 고관 대작이 될 뿐만 아니라 러시아가 오랫동안 기억할 큰 인물이 될 거라며 스스로를 격려하고 당차게 확신했다. 이로 알 수 있듯이, 이반 일리치는 높은 곳을 지향하고 있었고, 두려운 마음이 전혀 없진 않지만 가슴 깊은 곳에는 막연한 꿈과 희망을 간직하고 었었다. 한마디로 그는 선한 사람이었고, 마음만은 시인이었다. 최근 몇 년 동안에는 병적인 환멸의 순간이 점점 더 자주 그를 찾아오기 시작했다. 웬일인지 툭하면 짜증이나 화를 냈고, 의심이 많아졌으며, 자기 의견에 반박하면 무조건 자신에 대한 모욕으로 받아들였다. 그런데 러시아에 불기 시작한 개혁의 바람이 그에게 불현듯 커다란 희망을 안겨 주었다. 고위직으로 승진하면서 그의 희망이 달성된 것이다. 그는 활기를 되찾았다. 다시 고개를 쳐들고, 지나치게 빠르고 예상하지 못했던 새로운 주제를 맹렬히 터득한 다음 그 내용을 사람들 앞에서 화려한 언변으로 토해 내기 시작했다. 그는 말할 기회를 찾아 시내를 돌아다녔다. 여기저기에서 필사적인 자유주의자로 명성을 얻는 데 성공했고, 이는 그를 으쓱하게 만들었다. 그날 저녁에도 샴페인을 넉 잔이나 마시더니 유난히 흥에 겨워 떠들어 댔다. 그는 예전부터 늘 존경해 왔고 조언을 따랐던 상관이었지만 오랫동안 만나지 못한 스테판 니키포로비치를 모든 점에서 설복시키고 싶었다. 무슨 이유에서인지 그는 스테판 니키포로비치를 역사의 진보에 반대하며 구체제를 지지하는 반동주의자라 여겼고, 그래서 더욱 열을 올리며 그에게 덤벼들었다. 스테판 니키포로비치는 별다른 반박을 하지 않았다. 흥미로운 주제이긴 했지만 그저 능청스레 듣고만 있었다. 이반 일리치는 흥분하여 열을 올렸고, 혼자만의 논쟁에 취해 평소보다 자주 술잔에 입을 댔다. 그럴 때면 스테판 니키포로비치는 술병을 들어 바로바로 그의 잔을 채워 주었는데, 이 또한 알 수 없는 이유로 이반 일리치의 기분을 상하게 했다. 세나가 냉소적이고 악의적인 성격 때문에 특히나 경멸하면서도 동시에 두려워하는 세몬 이바노비치 쉬풀렌코가 바로 옆에서 위태롭게 침묵을 지키며 쓸데없이 너무 자주 미소를 짓고 있어서 더 기분이 나빴다.

'이 사람들, 지금 나를 철부지 취급하는 거야 뭐야.' 이런 생각이 이반 일리치의 머릿속을 스쳤다. 하지만 그는 열을 올리며 하던 말을 계속했다.

"아닙니다, 이미 오래전에 시기가 되었습니다. 너무 늦었지요. 그리고 제 생각엔 무엇보다 휴머니즘이 가장 중요다고 생각합니다. 아랫사람들도 인간이라는 것을 명심하고 휴머니즘으로 대해야 합니다. 휴머니즘이야말로 모든 것을 구하고 모든 문제를 해결할 수 있을 것입니다…."

"히-히-히-히!"

웃음소리가 세몬 이바노비치 쪽에서 들려왔다.

"그렇다 합시다. 그런데 말이오, 자네가 우리를 이렇게 책망하듯 말하는데, 이반 일리치, 솔직히 말해서, 나는 자네가 설명하려는 내용이 이해가 되질 않는군. 자네는 휴머니즘을 내세우고 있는데, 그럼, 그것이 인류애를 의미하는 것인가?"

마침내 스테판 니키포로비치가 친절한 미소를 지으며 이의를 제기했다.

"네, 뭐, 그런 거겠지요. 인류애라 해도 되겠죠. 저는….”

"미안하네만. 내 생각에 문제는 그 한 가지만이 아닐세. 인류애야 항상 나오는 얘기지. 하지만 개혁이란 그것으로 다 되는 것이 아니네. 농민 문제, 사법 문제, 경제 문제, 독점 문제, 도덕 문제 등등 여러 문제가 제기되었지. 게다가 이런 문제들은 끝도 없고, 모두 한꺼번에 터지면 더 큰 문제를, 그러니까 대격변을 일으킬 수도 있네. 우리는 바로 이 점을 걱정하는 것이네, 그저 휴머니즘 하나만이 아니라….”

"맞습니다, 문제는 훨씬 더 심오하니까요.”

세몬 이바노비치가 맞장구를 쳤다.

"아, 무슨 말씀이신지 이해는 합니다만, 세몬 이바노비치, 제가 귀하보다 문제를 깊이 이해하지 못했다는 데에는 결코 동의할 수 없다고 감히 말씀드리고 싶습니다. 그리고 스테판 니키포로비치, 귀하 역시 제 말을 전혀 이해하지 못하셨다고 감히 말씀드립니다."

이반 일리치는 지나치게 날카롭고 독설적으로 받아쳤다.

"맞소, 이해하지 못했소.”

"제가 늘 견지하고 어디에서나 제시하는 사상이 바로 휴머니즘이지요. 즉 관료에서 말단 서기에 이르기까지, 서기에서 집안의 하인에 이르기까지, 하인에서 농부에 이르기까지 각 계층의 아랫사람에 대한 휴머니즘이야말로 제가 말하는, 소위 다가올 개혁의 초석이 되고 모든 것을 혁신할 수 있을 것입니다. 왜냐고요? 왜냐하면 말이죠. 삼단논법으로 설명해 보겠습니다. 저는 인간적입니다. 그래서 사람들이 저를 좋아하지요. 사람들은 저를 좋아하면, 저에게 신뢰를 느끼게 됩니다. 신뢰를 느낀다는 것은 곧 믿는다는 것입니다. 믿는다는 것은 곧 사랑한다는 것이지요. 아니, 그러니까, 제가 하고 싶은 말은, 만약 사람들이 믿는다면, 사람들은 개혁도 믿게 될 것이며, 소위 문제의 가장 핵심을 이해하게 될 것입니다. 즉, 도덕적으로 서로를 포용하고, 근본적으로 모든 문제를 우호적인 방식으로 해결하게 되는 거지요. 그런데 세묜 이바노비치, 뭐가 그리 우스운 겁니까, 이해가 안 되십니까?"

스테판 니키포로비치는 아무 말 없이 눈썹을 치켜올렸다. 놀란 모양이었다.

"아무래도 제가 지나치게 많이 마셨는지 머리가 잘 안 돌아가나 봅니다. 정신이 흐리멍텅한 게 말입니다."

세묜 이바노비치는 웃으며 대답했지만 말 속에 가시가 있었다.

이반 일리치는 움찔했다.

"견딜 수 없을 걸세."

스테판 니키포로비치가 잠시 생각에 잠겼다가 불쑥 말했다.

"견딜 수 없다니요, 그게 무슨 말씀입니까?"

이반 일리치는 스테판 니키포로비치의 갑작스럽고도 뜬금없
는 언급에 놀라 물었다.

"말 그대로야, 견딜 수 없을 걸세."

스테판 니키포로비치는 더 이상 자세히 언급하고 싶지 않은
게 분명했다.

"설마 새 술은 새 부대에 담아야 한다는 뭐, 그런 말씀을 하시
는 건 아니지요? 뭐, 어쨌거나 저야 저에 대해서는 책임을 집니
다만."

이반 일리치가 슬쩍 비꼬듯 말했다.

그 순간 괘종시계가 열한 시 반을 알렸다.

"앉아서 얘기하다 보니, 시간이 벌써 이렇게 되었네요. 이제 슬
슬 가죠."

세묜 이바노비치가 자리에서 일어설 준비를 하며 말했다. 하
지만 이반 일리치가 그보다 더 빨리 자리에서 일어나 벽난로 위
에서 자신의 흑담비 털모자를 집어 들었다. 그는 화난 사람처럼
쳐다보았다.

"그래 어떻소, 세묜 이바노비치, 생각 좀 해 보시겠소?"

스테판 니키포로비치가 손님들을 배웅하며 물었다.

"아, 집 임대 문제 말씀이지요? 생각 좀 해 보겠습니다."

"충분히 생각해 보고, 최대한 빨리 알려 주게나."

"여전히 사업 얘기 중이십니까?"

이반 일리치 프랄린스키가 모자를 만지작거리며 슬쩍 아부하

듯 싹싹한 어조로 말을 건넸다. 하지만 상대들은 이미 그를 잊은 것만 같았다.

스테판 니키포로비치는 눈썹을 치켜올리고 손님들을 붙잡지 않겠다는 신호로 아무 말도 하지 않았다. 세묜 이바노비치는 서둘러 고개를 숙여 작별 인사를 했다.

'뭐… 나중에야 하고 싶은 대로 하시고, 정중함을 받아들이지 못하신다면…' 프랄린스키는 속으로 결심하고 자기 멋대로 스테판 니키포로비치에게 한 손을 내밀어 악수를 청했다.

현관 로비에서 이반 일리치는 세묜 이바노비치의 닳아 빠진 너구리 모피 코트에 눈길을 주지 않으려 애쓰면서 자신의 가볍고 값비싼 모피 코트를 걸쳐 입었다. 그러고 나서 두 사람은 계단을 내려가기 시작했다.

"우리 영감께서 기분이 상하셨나 봅니다."

이반 일리치가 말없이 있던 이바노비치에게 말했다.

"아닌데, 대체 왜 그러시겠소?"

세묜 이바노비치는 차분하면서도 싸늘하게 대답했다.

'농노 같으니!' 이반 일리치는 속으로 생각했다.

두 사람이 현관 계단으로 내려오자, 세묜 이바노비치 앞으로 볼품없는 회색 종마가 끄는 썰매를 대령했다.

"제기랄! 트리폰 녀석은 내 마차를 대체 어디다 둔 거야!"

자신의 마차가 보이지 않자 이반 일리치가 소리쳤다.

여기에도 저기에도 마차는 보이지 않았다. 집주인 스테판 니키포로비치의 하인은 그의 마차에 대해 전혀 모르고 있었다. 그래서 세묜 이바노비치의 마부 바를람에게 물어보니, 그의 마차가 줄곧 여기 세워져 있었는데, 이제와서 안 보인다는 대답만 했다.

"난감한 상황이로군! 원한다면, 내가 태워다 주겠소."

쉬풀렌코가 말을 뱉었다.

"비열한 녀석 같으니!"

프랄린스키는 미친듯이 화를 내며 소리쳤다.

"그 빌어먹을 자식이, 여기 페테르부르크 교외에서 결혼식이 있는데 보내 달라고 부탁을 하더군요. 친척 아주머닌지 누군지, 그 딸이 시집을 간다고요. 내가 그놈에게 절대 자릴 비워서는 안 된다고, 단단히 일러 두었거늘. 이놈이 그 결혼식에 간 게 분명합니다!"

"네, 맞습니다, 나리. 잠깐만 다녀오겠다고, 시간에 맞춰 제때 오겠노라고 약속하고 갔습죠."

바를람이 말했다.

"그럼 그렇지! 내 이럴 줄 알았어! 돌아오기만 해 봐라, 내 이놈을!"

"그자를 채찍으로 갈기갈기 찢어지도록 호되게 후려치게나. 그러면 다음부턴 시키는 대로 일을 잘할 거요."

세묜 이바노비치가 썰매 마차에 올라 무릎 담요를 덮으며 말했다.

"그 걱정은 마시기 바랍니다, 세묜 이바노비치."

"자, 그럼 내가 모셔다 드릴까?"

"괜찮습니다, 조심히 가시지요, 메르시."

세묜 이바노비치가 떠나자, 이반 일리치는 거세게 치밀어오르는 분노를 삭이며 목조 보도블록을 따라 걸어갔다.

*

'이 자식, 어디 돌아오기만 해 봐라, 사기꾼 같은 놈! 네 녀석이 놀라 기겁을 하도록 내 일부러 걸어갈 테다! 돌아와서 네 주인이 걸어서 갔다는 얘기를 들으면 놀라 자빠지겠지….이 망할 자식!'

이반 일리치는 지금껏 한 번도 이렇게 심한 욕을 해 본 적이 없었다. 그러나 지금 그는 머리끝까지 화가 났고, 게다가 술에 취해 머릿속이 윙윙거렸다. 그는 평소에 술을 잘 마시지 않았기 때문에 샴페인 대여섯 잔에 금세 취기가 돌았던 것이다. 그런데 그날 밤은 황홀할 정도로 아름다웠다. 영하의 몹시 추운 날씨였지만, 놀라울 정도로 바람 한 점 없이 고요했다. 맑게 갠 밤하늘엔 별들이 빛났다. 보름달은 은은한 은빛으로 온 세상을 가득 비추고 있었다. 날씨가 너무 좋아서 오십 걸음 정도 걷고 나니 이반 일리치는 방금 전 자신에게 있었던 기분 나쁜 일을 거의 다 잊어 버렸다. 웬일인지 기분이 몹시 좋아지기 시작했다. 술에 취해서인지 기분이 빨리 바뀌었다. 심지어 황량한 거리의 초라한 목조 가옥들조차 그의 마음에 들기 시작했다. 그는 생각했다.

'어쨌거나 이렇게 걸어오길 정말 잘했어. 트리폰에게도 교훈이 되고, 나 역시 기분이 좋아졌으니까. 정말이지 가능하면 좀 더 자주 걸어야겠어. 이왕 이렇게 된 거 어쩌겠어? 볼쇼이 대로에 다다르면 바로 마차꾼을 불러 마차를 타고 가야지. 정말 아름다운 밤이야! 아 여기 초라한 집들 좀 봐! 분명 별 볼 일 없는 사람들이 살겠지. 관료들… 상인들… 어쩌면… 스테판 니키포로비치 같은 사람들 말야! 다들 반동주의자들이지, 늙어 빠진 멍청이들! 맞아, 멍청이들이야, 그 말 한번 딱이군(c'est le mot). 그래도 스테판 니키포로비치는 지혜로운 사람이야. 제대로 된 상식(bon sense)이 있지. 사물을 냉철하고 현실적으로 이해하지. 하지만 늙었어, 늙은이야! 그걸론 안돼…, 어떻게 그를 이길까! 뭐가 부족하단 말야… 견딜 수 없을 걸세! 대체 뭘 말하고 싶은 거야? 심지어 말을 하면서도 생각을 한단 말이야. 그는 내 말을 전혀 이해하지 못했어. 대체 왜 이해를 못 했을까? 내 말은 이해하는 것보다 이해 못 하는 게 더 힘들 텐데 말야. 하지만 중요한 것은 내가 확신하고 있다는 거야, 내 마음속 깊이 확신하고 있다는 거지. 휴머니즘… 인류애. 인간을 인간으로 되돌린다… 인간의 존엄성을 부활시킨다, 그리고… 모든 게 준비되면, 행동에 착수하는 거야. 명쾌하잖아! 그렇고말고! 귀하, 잠시 실례하겠습니다, 제가 삼단논법으로 설명해 드리지요. 예를 들어 말입니다, 우리가 어떤 관료를, 즉 가난하고 혹사당하는 관료를 만난다고 해 보죠.

〈자, 그대는 누구인가?〉

'관리입니다'라고 대답했습니다.

관리라, 좋군요, 계속해 보지요.

〈그래 자네는 어떤 관리인가?〉

그러면, 이런 저런 관리라고 대답하겠죠.

〈지금 현직에 있나?〉

〈현직에 있습니다!〉

〈행복하고 싶은가?〉

〈네, 행복하고 싶습니다.〉

〈행복하려면 무엇이 필요할까?〉

이러저런 것들이라고 대답하겠죠.

〈왜 그런가?〉

'왜냐하면…'이라면서 대답할 겁니다. 그리고 그 사람은 단 두어 마디로 나를 이해하죠. 왜냐하면 소위 그물에 낚인, 나의 사람이니까. 나는 그의 행복을 위해 내가 해 주고 싶은 것은 뭐든지 그와 함께할 겁니다. 그런데 세묜 이바노비치는 정말 진절머리 나는 사람이야! 게다가 그 낯짝은 어찌나 꼴 보기 싫은지! '채찍으로 후려치게나' 이건 분명 의도를 가지고 한 말이야. 아니, 채찍질은 당신이나 하라고, 난 그런 짓은 안 한다고! 난 트리폰을 말로 다스릴 테니. 녀석이 뼈저리게 깨달을 때까지 귀에 인이 박일 때까지 두고두고 혼쭐을 내 줄 테니. 채찍이라… 흠… 일단 그

문제는 좀 더 생각해 보기로 하고… 흠… 에메랑스 댁에나 가 볼까.'

그때 그가 갑자기 발을 헛디디며 소리쳤다.

"아얏, 이런 제기랄, 엉망으로 깔아 놓은 보도블록 같으니! 여긴 한 나라의 수도잖아! 계몽의 중심이라고! 아, 이거 발목 부러지겠는걸. 흠. 어쨌거나 세묜 이바노비치는 정말 증오스럽단 말야. 그 역겨운 낯짝하며. 그자는 좀 전에 내가 도덕적으로 서로를 포옹한다고 말했을 때 나를 보고 히히거렸지. 포옹한다는데, 그게 그 인간이랑 무슨 상관인데? 난 네놈 같은 인간은 절대 포옹 같은 건 하지 않을 거다. 차라리 길 가는 농부를 껴안고 말지…, 농부를 만나서 농부랑 얘기하는 게 낫지. 하긴, 사실 나도 취하긴 했지. 그래도 그렇게 티 나진 않았을 거야. 지금도 그렇게 취해 보이진 않겠지. 흠. 다시는 술을 마시지 말아야겠군. 저녁부터 쓸데없이 말을 너무 많이 하면, 꼭 다음 날 후회하게 된다니까. 어쨌거나, 지금은 비틀거리지 않고 제대로 걷고 있잖아… 암튼 그자들 전부 사기꾼이야!"

이반 일리치는 두서없이 머리에 떠오르는 이런저런 생각을 쫓으며 보도를 따라 계속 걸었다. 신선한 공기가 그에게 영향을 미쳤다, 아니, 그를 흔들어 깨웠다. 오 분 정도 지나자 그는 마음이 차분해지는 것 같더니 서서히 잠이 밀려왔다. 그런데 볼쇼이 대로에서 두어 걸음 벗어나자 갑자기 음악 소리가 들려왔다. 주위를 둘러보았다. 길 반대편에 있는 기다란 일층짜리 낡은 목조 주택에서 연회가 열리고 있었다. 바이올린이 깽깽거리고, 콘트라베이스가 웅웅거리며, 플루트가 삑삑 소리를 내며 꽤 흥겨운 카드리유[03] 춤곡을 연주하고 있었다. 창밖에는 동네 사람들이 몰려들어 덧창 틈새로 안을 들여다보려고 애를 쓰며 기웃거렸다. 대부분 솜으로 누빈 겉옷을 입고 머리에는 스카프를 두른 여자들이었다. 다들 즐거워 보였다. 춤추는 사람들의 스텝 밟는 소리가길 반대편까지 들렸다. 이반 일리치는 근처에 순경이 서 있는 걸보고 그에게 다가갔다.

"이보시오, 순경 양반, 여기가 누구의 집이오?"

그는 목에 걸린 훈장을 순경이 알아볼 수 있도록 자신의 비싼모피 코트를 슬쩍 열어젖히며 물었다.

"등록관, 프셀도니모프 관리의 집입니다."

순경은 순간 훈장을 알아보고 자세를 바로잡으며 대답했다.

"프셀도니모프의 집? 참나! 프셀도니모프라…! 대체 무슨 일인데? 결혼이라도 하나?"

"네, 각하, 명예 고문관의 딸과 결혼한답니다, 플레코피타예프명예 고문관으로… 한때 시청에서 근무했었습니다. 이 집은 신부가 혼수로 가져온 것이랍니다."

"그럼 이제는 플레코피타예프의 집이 아니고 프셀도니모프의집이라 이건가?"

"네 그렇습니다, 각하. 플레코피타예프의 집이었으나, 이제는

---

03   네 사람이 한 조가 되어 서로 마주 보며 추는 프랑스 춤.

프셀도니모프의 집이지요."

"흠. 내가 왜 순경, 자네에게 물어보는가 하면, 내가 프셀도니모프가 근무하는 부처의 직속 상관일세."

"아, 그러시군요, 각하."

순경은 몸을 차렷 자세로 똑바로 했다. 이반 일리치는 잠시 생각에 잠기는 듯했다. 그는 그 자리에 선 채 생각에 잠겼다….

그랬다, 실제로 프셀도니모프는 그의 부처 소속이었고, 직속 부하 직원이라는 사실을 이반 일리치는 떠올렸다. 프셀도니모프는 한 달에 십 루블밖에 안 되는 봉급을 받는 하급 관리였다. 프랄린스키는 최근에 지금의 부서를 인수인계받았기 때문에 모든 부하 직원들을 다 세세히 기억하지는 못했지만, 프셀도니모프라는 성을 들으니 기억이 났다. 프셀도니모프라는 성은 보자마자 그의 눈에 들어왔다. 그래서 그때부터 그 성을 가진 사람이 누구인지 호기심을 가지고 더 주의 깊게 살폈었다. 이제 기억이 났다. 긴 매부리코에 푸석푸석하고 희끗한 잿빛 머리카락, 영양실조라도 걸린 듯 깡마른 체구에 닳아 빠진 제복을 걸친 입에 담기도 민망할 정도로 꼴사납게 생긴 용모의 한 젊은이가 떠올랐다. 당시 그는 이 가난한 직원에게 맛있는 거나 좀 해 먹으라고 명절 보너스로 십 루블을 포상으로 주면 어떨까, 하는 생각을 잠시나마 했던 기억이 떠올랐다. 그러나 그 가난뱅이의 너무나 야윈 얼굴과 지극히 비호감에다 혐오감마저 불러일으키는 눈초리를 보는 순간, 잠시나마 가졌던 선의는 어느새 증발해 버렸고, 결

국 프셀도니모프는 포상을 받지 못했다. 무엇보다 그런 프셀도
니모프가 일주일쯤 전에 청혼을 했다는 사실이 그를 더욱 놀라
게 했다. 이반 일리치 기억에 그는 결혼 문제에 세세하게 매달릴
시간이 없었기 때문에 대충 서둘러 결혼을 결정했었다. 그런데
도 불구하고 프셀도니모프가 신부의 혼수로 목조 주택과 현금
사백 루블을 받게 되었다는 사실을 이반 일리치는 정화하게 기
억하고 있었다. 당시 상황은 그를 상당히 놀라게 했다. 그는 심지
어 프셀도니모프와 플레코피타예바라는 성의 결합에 대해 슬쩍
농담까지 했던 일도 떠올렸다. 그는 이 모든 것을 명확하게 기억
하고 있었다.

그는 이런 기억들을 떠올리며 점점 더 깊은 생각에 빠져들었
다. 가끔은 일련의 생각들이 인간의 언어, 글로 표현할 수 있는
형태가 아니라 일종의 느낌이라는 형태로 한순간 우리 머릿속
을 스쳐 가기 마련이다. 하지만 우리는 우리의 주인공이 경험하
는 이 모든 느낌을 언어로 풀어내고 그가 느끼는 감각의 핵심을,
즉 그의 마음속에 가장 필수적이고 가장 진실이라 할 수 있는 것
만이라도 독자에게 전달하고자 노력할 것이다. 왜냐하면 결국
우리의 느낌 대부분이 일반적인 언어로 옮기다 보면 전혀 사실
이 아닌 것 같기 때문이다. 그렇기 때문에 느낌이란 결코 세상에
드러나진 않지만, 분명 모든 사람들에게 있다. 물론, 이반 일리치
의 생각과 느낌은 좀 일관성이 없기도 했다. 그러나 당신은 그 이
유를 알고 있을 것이다.

'어쩐다!'

그의 머릿속에 이런 생각이 스쳐 갔다.

'우리는 늘 말은 잘하지. 하지만 정작 진짜 행동에 옮겨야 할 때, 제대로 못한단 말씀이야. 지금 프셀도니모프의 경우만 해도 그렇지. 이 친구가 방금 혼례를 마치고 돌아왔어. 사랑의 열매를 맛볼 순간을 고대하며 희망과 흥분에 취해서 말이야…. 이런 날이야말로 그의 인생에서 가장 축복받은 하루지…. 이제 그는 손님들을 맞이하고, 피로연을 열고 있어…. 소박하고, 차린 것은 없지만 즐겁고 기쁘고, 손님들이 진심으로 축하해 주는 결혼식 피로연 말이지…. 그런데 바로 이런 순간에 내가, 그의 상관인 내가, 그의 최고참 상관인 내가 이렇게 자기 집 앞에 서서 음악을 듣고 있다는 걸 알면 과연 어떨까! 과연 그는 실제로 어떤 반응을 보일까? 아니, 만약 내가 지금 불쑥 들어간다면, 그는 어떨까? 흠… 물론, 처음에는 놀라겠지, 당황해서 쩔쩔맬 수도 있어. 어쩜 내가 그에게 방해가 될지도 모르지, 기분을 망칠 수도 있겠지. 아마, 그럴지도…. 그래, 하지만 그건 내가 아니라 누구든, 자기 제일 높은 상관이 들어간다면 마찬가지일 거야…. 여기서 중요한 건 꼭 나라서가 아니라 누가 들어가든 마찬가지라는 거지. 그래, 스테판 니키포로비치! 당신은 좀 전에 나를 이해하지 못했지만, 바로 지금 당신에게 보여 줄 사례가 여기 있습니다. 그래, 맞습니다. 우리는 모두 휴머니즘을 외치지만 영웅적인 일, 대단한 업적을 행동에 옮기지는 못하지요. 어떤 영웅주의냐고? 바로 이런 거지. 자 한번 생각해 봅시다. 모든 사회 구성원들의 현재와 같은 업무 체계에서 밤 열두 시가 넘은 시간에 내가 나의 부하 직원, 그러니까, 십 루블짜리 봉급을 받는 등록관의 결혼식 피로연에 간다면, 그거야말로 당혹스럽겠지. 대혼란, 폼페이 최후의 날, 난리법석 그 자체겠지요! 누구도 이해하지 못할 겁니다. 스테판 니키포로비치는 죽어도 이해 못 할걸. 심지어 본인 입으로 말하기까지 했잖아요, 견딜 수 없을 거라고. 그래, 하지만 그건 당신들, 늙은이들, 모든 게 마비되고 둔해 빠진 보수주의자들 얘기지요, 하지만 나는 견– 뎌– 낼– 겁– 니– 다! 내가 폼페이 최후의 날을 나의 부하 직원에게 세상 가장 달콤한 날로 만들어 줄 거라고요, 미개한 행동을 정상적이고, 가부장적이고, 고상하면서도 도덕적인 행동으로 만들어 줄 겁니다. 어떻게? 바로 이렇게요. 한번 들어 보시지요…. 에… 그러니까, 내가 들어간다고 가정해 봅시다. 사람들이 놀라서, 춤을 추다가 멈추고, 어리둥절 쳐다보며 뒷걸음질 치겠죠. 그러면, 내가 이렇게 말하는 겁니다. 놀라서 서 있는 프셀도니모프 앞으로 곧장 다가가서 세상 가장 부드러운 미소를 지으며 아주 간단하게 몇 마디만 하는 거죠.'

〈에, 그러니까, 스테판 니키포로비치 고위 관리 댁에 다녀오는 길이라네. 자네도 알지, 그분 댁이 이 근처거든….〉

'자, 여기서 슬쩍, 유머러스하게 트리폰 사건을 얘기하는 겁니다. 트리폰 때문에 걸어서 오게 된 사연을 말이죠.'

〈그런데, 음악 소리가 들려서 순경에게 물어봤더니, 자네가 결혼한다는 게 아닌가. 그 얘길 들으니 부하 직원 결혼식에 들러서 내 부하 직원들이 어떻게 결혼하고 축하하는지… 잠깐 가 봐야겠다는 생각이 들었지. 설마 자네가 날 쫓아내기야 하겠나 싶었거든!)

'쫓아내다니! 부하 직원에게 그런 말이 어디 있겠어! 어떻게 쫓아낸단 말인가! 아마도 오히려 그 친구가 미칠 듯이 기뻐하면서, 단숨에 달려와 나를 안락의자에 앉히려고 할 겁니다. 감격에 겨워 몸이 떨리기 시작하고 심지어 처음엔 꿈인지 생시인지 몰라 얼떨떨해 하겠지요! 보세요, 그 어떤 행동이 이보다 더 순수하고 우아할 수 있겠는가 말입니까! 내가 왜 들어가느냐? 그건 별개의 문제죠! 이건 소위 문제의 도덕적 측면이라 할 수 있는 겁니다. 이게 바로 엑기스지요! 흠… 근데 내가 어디까지 생각했더라? 그렇지! 그러니까 뭐, 사람들은 당연히 나를 가장 중요한 손님 자리에, 그러니까 명예직을 두고 있는 친척이나 코가 불그스레한 퇴역 대위 같은 사람들과 나란히 앉히겠지…. 이런 류의 사람들은 고골이 소설 속에서 정말 세밀하게 묘사하고 있지. 그럼 나는 당연히 새 신부와 인사를 나누고, 신부를 칭찬해 주고, 손님들을 격려하는 거야. 그리고는 사람들에게 어려워하지 말고 편하게 즐기시라고, 계속해서 춤을 추라고 권할 거야, 농담도 하고, 웃고, 한마디로 나는 친절하고 상냥한 사람인 거지. 나는 스스로 만족할 때면 언제나 친절하고 상냥하지…. 흠… 그리고, 나는 아직, 아무래도, 조금은 그런 것 같기도 한데… 하지만, 난 취하지 않았어, 그냥 약간…. 물론, 나는 신사로서 그들과 눈높이를 맞추면서 절대 그 어떤 특별 대우도 요구하지 않을 거야…. 하지만 도덕적으로, 도덕적으로는 또 다른 문제지. 사람들은 나를 이해하면서 대단히 높이 평가하겠지…. 나의 행동은 그들 내면에 격조 높은 감동을 불러일으킬 거야…. 뭐 그렇게 삼십 분에서 한 시간 정도 잠깐 앉아 있는 거야…. 한 시간 정도 뭐. 그러고는 당연히, 식사 시간 전에 자릴 뜨는 거지. 사람들이 분주하게 이리저리 움직이며, 굽고 튀기고 음식을 준비하다가, 허리 굽신거리며 절하겠지, 하지만 나는 딱 술 한잔만 마시고 축하해 주고, 저녁 식사는 거절할 거야. 일이 있다고 말하는 거지. 일이 있다, 라고 말하는 순간, 모든 사람들의 얼굴이 완전히 정중해지겠지. 그렇게 함으로써 그들과 내가 다르다는 것을 미묘하게 상기시킬 거야. 하늘과 땅만큼 다르다는 것을. 내가 굳이 대놓고 나의 지위를 언급하고 싶지는 않지만, 그래도 필요하긴 하지…. 이러니저러니 해도 도덕적으로 당연히 필요하니까. 그러면 나는 일단 미소를 짓고, 심지어 호탕하게 웃어 줄 거야. 그래야 다들 긴장을 풀 수 있을 테니까. 그러고는 다시 한번 새 신부에게 슬쩍 농담을 건네고, 흠… 심지어는 이렇게 말하는 거야. 구 개월 후에 대부의 자격으로 다시 오겠노라 넌즈시 암시하는거지, 헤- 헤! 그래 신부는 분명 그 때쯤이면 아이를 낳겠지. 이런 사람들은 토끼처럼 자식들을 많이 낳거든. 그럼 모든 사람들이 하하- 호호 웃음을 터트릴 테고, 새 신부는 얼굴을 붉히겠지. 나는 다정하게 그녀의 이마에 입을 맞추고, 축복해 주는 거야···. 그리고 나서 다음 날 사무실에 출근하면 나의 업적은 널리 알려졌겠지. 하지만 다음 날 나는 다시 엄격한 사람, 엄하고, 심지어 완고한 사람으로 돌아가 있겠지만, 직원들은 모두 실제로는 내가 어떤 사람인지 알게 되겠지. 사람들은 비로소 나의 마음을 알고, 나의 본질을 알게 될 거야.'

〈저분은 상관으로서는 엄격하지만, 인간적으로는 천사 같은 분이야!〉

'바로 이렇게 나는 승리할 겁니다. 당신 같으면 생각도 못 하는 작은 행동 하나로 나는 승리를 쟁취한 겁니다. 그들은 이미 나의 사람이지요. 나는 그들의 아버지이고, 그들은 나의 자식이 되는 겁니다···. 자, 스테판 니키포로비치 각하, 당신께서도 한번 나처럼 해 보시지요···. 그래, 당신은 과연 프셀도니모프가 나중에 자식들에게 자기 결혼식에 고관 대작이 직접 찾아와서 연회를 즐기고 술까지 마셨다는 얘기를 두고두고 할 것이라는 사실을 알기나 하십니까! 그러면 그의 자식들은 또 자기의 자식들, 손자들에게 옛날 한 고관 대작이, 아주 높은 고위 관리께서(뭐, 나야 그때 즈음이면 희망한 그 모든 것을 이루게 되겠지만) 자기 집안 행사에 찾아와 자리를 빛내 주었다는 이야기를 아주 거룩한 일화처럼 두고두고 전할 테니까요. 그리고 나 역시 멸시받는 사람을 도덕적으로 일으켜 주고, 그를 본연의 자신으로 돌아가도록 해 주는 겁니다. 비록 그 사람은 봉급으로 한 달에 몇 루블밖에 받지 못하지만 말이죠···! 그리고 내가 이와 같은 행동을 다섯 번, 열

번을 반복해서 하다 보면 나는 여기저기에서 인기를 얻게 되겠지요…. 모든 사람들의 마음에 깊은 감동을 주고 그러다 보면 그런 인기가 나중에 어떤 결과를 거두게 될지는 뭐 아무도 모르는 거니까요…!'

이반 일리치는 대충 이런 생각들을 했다(독자 여러분, 사람들 중에는 속으로 별의별 생각을 다 하는 사람도 있습니다, 더군다나 다소 중심에서 벗어난 상태에서는 더욱 그렇지요). 이 모든 생각들은 단 삼십 초 사이에 번득이며 그의 머리를 스쳐 지나갔다. 그가 이 모든 것을 마음속으로 스테판 니키포로비치를 비난하면서 생각만 하는 데 그쳤더라면, 당연히 그는 마음 편히 집으로 돌아가서 잠을 이뤘을 것이다. 그랬더라면 정말 좋았을 것이다! 하지만 모든 불행은 그때 중심을 잡지 못한 데서 시작되었다. 그가 조용히 생각의 나래를 펼치던 그 순간 의도적이기라도 한 듯 불쑥 스테판 니키포로비치와 세몬 이바노비치의 자만에 찬 얼굴이 떠올랐다.

"견딜 수 없을 거야!"

스테판 니키포로비치가 멸시하듯 미소를 지으며 또 말했다.

"히-히-히!"

세몬 이바노비치가 특유의 천박한 미소를 지으며 웃음소리를 냈다.

"그래, 어디 한번 견딜 수 있나, 없나 봅시다!"

이반 일리치가 단호하게 말을 뱉는 순간 그의 얼굴에 열띤 홍

조가 퍼졌다. 그는 인도의 보도블록에서 내려와 단호한 걸음으로 길 건너편에 있는 자신의 부하 직원, 등록관 프셀도니모프의 집을 향해 곧바로 걸어갔다.

*

하늘의 별이 그를 이끌었다. 그는 힘차게 빗장이 풀려 있는 쪽문으로 들어가, 특별히 어떤 의도가 있어서라기보다는 예의상 자기를 향해 달려와 발밑에서 쉰 소리로 짖어 대는 털이 덥수룩한 스피츠 종의 개를 경멸하듯 발로 걷어차 버렸다. 그는 나무 데크를 따라 안뜰로 이어지는 계단까지 걸어가 아주 작은 현관으로 통하는 삐걱거리는 나무 계단을 세 계단 올라갔다. 현관 한쪽 구석 어딘가에 양초나 등화용 램프가 켜져 있긴 했지만, 이반 일리치는 식히려고 내놓은 갤런틴[04]을 그만 왼쪽 고무 부츠로 밟아 버리고 말았다. 이반 일리치는 몸을 수그려 대체 밑에 뭐가 있는지 살펴보았다. 거기에는 국물이 있는 음식 두 가지가 놓여 있었고, 또 두 개의 용기에는 블라망제[05]가 놓여 있었다. 으깨져 버린 갤런틴 때문에 당황한 그는 당장 도망쳐 버릴까 하는 생각이 들었다. 하지만 그런 행동이 자신의 체신을 깎아내릴 것 같다는 생각을 했다. 그는 누구도 자기를 보지 못했으며 아무도 자신이 밟

---

04   육류나 어류를 고깃살만 삶아서 차게 굳힌 음식.

05   전분, 우유, 설탕과 바닐라 향, 아몬드를 첨가한 희고 부드러운 푸딩.

왔다고는 의심하지 않을 것이라 판단하고, 모든 흔적을 없애기 위해 얼른 고무 부츠를 바닥에 슥슥 문지르고는, 손을 더듬어 가죽 커버를 씌운 문을 찾아 열어제꼈다. 그곳은 아주 작은 현관 로비였다. 그곳의 한쪽은 두꺼운 모직 외투, 가죽 외투, 여성용 망토, 털모자, 숄과 고무 부츠 들로 가득했다. 다른 한편에는 악기 연주자들이 자리하고 있었다. 바이올린 두 대, 플루트와 콘트라베이스, 거리에서 늘었던 그 네 명의 연주자인 것 같았다. 그들은 칠이 되지 않은 나무 테이블에 둘러앉아, 양초 하나로 불을 밝힌 채 카드리유의 마지막 소절을 열심히 연주하고 있었다. 홀을 향해 열려 있는 문을 통해 뿌연 먼지와 담배 연기, 그 속에서 춤추는 사람들이 보였고, 어쨌거나 다들 흥겹고 즐거워 보였다. 웃음을 터트리는 소리, 고함 소리, 부인들의 까르르대는 소리가 들려왔다. 춤을 추는 신사들은 기마대처럼 발을 굴러 댔다. 왁자지껄 난리법석 속에서 댄스 지휘자의 구령 소리가 들렸다. 보아하니 그는 무척이나 스스럼없고 심지어 격식을 차리지 않는 사람 같았다.

"남자 파트너들 앞으로, 셴 드 담[06], 발랑세!" 등, 등.

이반 일리치는 살짝 흥분된 기분으로 모피 코트와 고무 부츠를 벗어던지고 모자는 손에 든 채 방으로 들어갔다. 그는 더 이상 아무 생각도 하지 않았다.

---

06 chaîne de dames. 카드리유에서 숙녀가 오른손은 앞으로, 왼손은 마주 보는 남자 파트너에게 내밀며 앞으로 걸어 나오는 행동.

처음에는 아무도 그를 알아채지 못했다. 다들 거의 끝나 가는 춤에 열중하고 있었다. 이반 일리치는 멍하니 서 있었고 어수선한 혼란 속에서 아무것도 자세히 볼 수 없었다. 여자들의 나풀대는 드레스 자락과 입에 궐련을 문 남자들만 어른어른 보일 뿐이었다…. 어느 부인의 연한 하늘색 스카프가 그의 코끝을 스치며 하늘거렸다. 그녀의 뒤를 따라 한 의대생이 머리카락을 흩날리며 불타오르는 열정으로 급히 쫓아가다 그를 거칠게 밀쳤다. 또 그 앞에는 이곳에서 일 킬로미터 정도 거리에 위치한 어느 부대의 소속 장교가 얼씬거렸다.

"어-어-이, 새 신랑 프셀도니모프!"

누군가 부자연스레 울리는 목소리로 외쳤다. 그러고는 다른 사람들과 함께 발을 구르며 빠르게 달려갔다. 이반 일리치는 발밑이 끈적거렸다. 마루에 왁스칠을 한 것이 분명했다. 방이 아주 좁지는 않았지만 그 안엔 거의 서른 명의 손님이 있었다.

잠시 후 카드리유가 끝났다. 바로 그 순간 이반 일리치가 보도 위에서 상상했던 것과 똑같은 상황이 벌어졌다. 아직 숨을 몰아쉬며 얼굴에 흐르는 땀을 닦느라 바쁜 손님들과 춤추는 사람들 사이로 뭔가 수군거리는 소리, 속삭이는 소리가 들렸다. 모든 눈과 얼굴이 일시에 방금 들어온 손님에게 쏠리기 시작했다. 그들은 한 걸음씩 물러나며 뒷걸음질치기 시작했다. 사람들은 아직 눈치채지 못한 다른 이들의 옷자락을 잡아당기며 눈치를 주었다. 그러자 나머지 사람들도 주위를 둘러보더니 이내 다른 이들과 함께 뒤로 물러났다. 이반 일리치는 여전히 문가에 꼼짝 않고 서 있었다. 손님들과 그 사이에 공간이 넓어지자 수없이 많은 사탕 껍질, 카드 패들, 담배 꽁초가 널브러진 바닥이 드러났다…. 바로 그때 연미복 차림에 잿빛 곱슬머리를 한 매부리코 청년이 쭈뼛거리며 앞으로 걸어 나왔다. 그는 구부정한 몸으로 앞으로 나와, 주인이 발길질하려고 부른 개가 주인을 바라볼 때와 똑같은 표정을 지으며 예기치 못한 손님을 쳐다보고 있었다.

"안녕하신가, 프셀도니모프, 날 알아보겠는가…?"

이반 일리치가 말했다. 그러고는 순간 너무 어색하게 말했다고 느꼈다. 또한 어쩌면 이 순간 너무나도 어리석은 짓을 하고 있는 것 같다는 느낌도 들었다.

"가-가-각하…!"

프셀도니모프가 입속에서 중얼거렸다.

"음, 그래 그래. 자네, 나는 정말로 우연히 들른 거라네, 아마 자네도 그렇게 생각하겠지만 말야…."

그러나 프셀도니모프는 아무 생각도 없는 게 분명했다. 그는 극도로 당황하여 눈을 부릅뜬 채 서 있기만 했다.

"설마 자네가 나를 쫓아내지야 않겠지…. 반갑던 반갑지 않던, 찾아온 손님을 반갑게 맞으시게나…!"

이반 일리치는 무례할 정도로 어쩔 줄 모른 채 서 있기만 한 상대를 보자 당황하며 말을 이었다. 상대가 좀 웃어 주길 바랐지만 스테판 니키포로비치와 트리폰에 대한 이야기가 유머러스하게 들릴 분위기가 전혀 아니라는 생각이 들었다. 게다가 프셀도니모프는 일부러 그러기라도 한 듯 여전히 멍하니 박아 놓은 말뚝처럼 서서 완전히 바보 같은 표정으로 바라만 보고 있었다. 이반 일리치가 얼굴을 찡그렸다. 조금만 더 이러면 상황이 매우 곤혹스럽게 돌아가겠구나 하고 느꼈다.

"내가 방해한 건 아닌가 싶군….이만 가 보겠네!"

그는 간신히 말을 뱉었다. 순간 그의 오른쪽 입술 가장자리가 파르르 떨렸다….

마침내 프셀도니모프가 정신을 차렸다….

"각하, 자−자비를… 토−통… 통촉하십시오….부디… 아−앉으시지요….

프셀도니모프는 허둥대며 머리를 조아리면서 웅얼거렸다. 그러고는 정신을 차리고 춤추기 위해 테이블을 빼놓은 소파를 두 손으로 가리켰다.

이반 일리치는 긴장을 풀고 소파에 털썩 앉았다. 바로 그때 누군가 달려가 테이블을 끌고 왔다. 그는 슬쩍 둘러보았다. 자기 혼자만 앉아 있고 다른 모든 사람들, 심지어 부인들까지 서 있다는 것을 알아챘다. 좋지 않은 징조다. 그러나 아직은 자기가 누구인지 밝히고 사람들을 격려할 때는 아니었다. 손님들은 다들 여전히 뒤로 물러나 있었고, 앞에는 프셀도니모프 혼자 여전히 웃음기 하나 없는 얼굴로 사태 파악을 못 한 채 꾸부정하게 서 있을 뿐이었다. 정말 최악이었다. 한마디로 이 순간 우리의 주인공이 이렇게도 난감한 상황을 이겨냄으로써, 그가 갑작스럽게 부하를 방문한 일이 진정 자신의 원칙을 입증하기 위하여 부하의 집에 들이닥친 하룬 알라시드[07]의 업적에 버금간다고 보아도 될 정도였다. 그때 갑자기 어떤 사람이 프셀도니모프 옆으로 다가오더니 굽실거리며 인사했다. 그 순간 이반 일리치는 그 사람이 자신의 사무실 소속 7등 문관인 아킴 페트로비치 주비코프라는 것을 알아보고 말할 수 없이 반가웠다. 물론 그와 잘 아는 사이는 아니었지만, 평소 그가 유능하고 과묵한 관료라는 것쯤은 알고 있었다. 그는 얼른 일어나 아킴 페트로비치에게 한 손이 아닌 두 손을 모두 내밀었다. 주비코프 역시 양손으로 깊은 존경심을 표하며 이반 일리치의 손을 맞잡았다. 그는 득의양양해졌다. 이제 모든 상황이 풀렸다.

이리하여 프셀도니모프는 이제 자신의 결혼식에서 더 이상 2인자도 아닌 3인자가 되어 버렸다. 이반 일리치는 트리폰에 대한 이야기를 바로 이 7등 문관에게 할 수 있게 되었고, 아무래도 그를 좀 친밀하고 대화하기 편한 상대로 삼게 되면서 프셀도니모프는 점점 더 아무 말도 못 하고 두려움에 떨 수밖에 없었다.

이리하여 체면은 지킬 수 있었다. 그래도 일종의 해명은 필요했다. 이반 일리치는 그렇게 느꼈다. 그는 손님들이 모두 무언가를 기다리고 있으며, 양쪽 문간에는 온 집안 식구들이 뭐라도 주워들으려고 슬금슬금 몰려드는 것이 보였다. 7등 문관이 바보같

---

07 이란 아바스 왕조의 제5대 칼리프. 『천일야화』의 주인공으로 유명하다.

이 앉지 않고 계속 서 있은 것이 불쾌했다.

"뭐 하나, 좀 앉게나!"

이반 일리치가 어색하게 소파의 자신의 옆자리를 가리키며 말했다.

"무슨 말씀을….저는 그냥 여기 이 의자에….'

꼼짝 않고 한곳에 그대로 서 있던 프셀도니모프가 얼른 의자를 내밀어 주자 아킴 페트로비치가 재빨리 앉았다.

"무슨 일이 있었는지 상상할 수나 있겠나."

이반 일리치가 아킴 페트로비치에게만 시선을 주며 다소 떨리긴 했지만 이미 스스럼없는 목소리로 말하기 시작했다. 심지어 그는 단어의 음절을 늘리고 나누며, 음절마다 강세를 두어 '아'를 '에'로 발음하기 시작했다. 한마디로 스스로도 잘난 체한다는 걸 느끼고 알았지만, 이미 자제할 수 없었다. 그 어떤 외부의 힘이 작용하고 있었다. 그는 이 순간 끔찍이도 많은 것을 고통스럽게 인식했다.

"한번 상상해 보게나, 스테판 니키포로비치 니키포로프라고, 들어 봤겠지, 추밀 고문관이셨던 분 말이야, 내가 방금 그분 댁에서 오는 길이라네.그러니까… 그 특별 위원회에서…….'

아킴 페트로비치는 정중하게 온몸을 앞으로 기울이며 생각했다.

'분명, 들어본 것 같긴 한데.'

"그분이 이제 자네의 이웃이 되시겠군."

이반 일리치가 말을 이었다. 그는 순간 배려하는 차원에서 프셀도니모프 쪽을 슬쩍 돌아보며 말을 건넸다가, 본인하고는 전혀 상관없다는 듯한 프셀도니모프의 눈빛을 읽고는 얼른 다시 얼굴을 돌려 버렸다.

"알다시피, 그 분은 평생 집 장만하는 게 꿈이었지…. 뭐 그러고는 결국 사셨어. 그것도 상당히 훌륭한 저택을 말일세. 게다가 마침 오늘이 그분 생일이었지. 그분은 지금까지 한 번도 생일 파티를 한 적이 없었다네. 심지어 우리에게조차 알리지 않으셨지. 너무 구두쇠라서 안 한 거야, 헤-헤! 하지만 이젠 새집도 장만하셨겠다 기쁜 일이 있으니 나와 세묜 이바노비치를 초대하셨지. 자네들도 알겠지, 세묜 이바노비치 쉬풀렌코 말일세."

아킴 페트로비치는 다시 한번 몸을 기울였다. 진심으로 기울였다! 그런 모습이 이반 일리치에겐 다소 위안이 되었다. 하지만 그와 동시에 이 7등 문관이 어쩌면 지금 본인이 각하 자리에 오르기 위해 필요한 교두보쯤으로 자신을 여기는 건 아닌가 하는 생각이 이반 일리치의 머릿속을 스쳤다. 그렇다면 정말 말할 수 없이 가증스러운 일일 것이다.

"그렇게, 셋이 함께 모여 앉았지. 그분이 우리에게 샴페인을 대접했고, 우리는 일에 대해 이야기를 나누었다네…, 뭐, 이런저런… 여러 문-제-들-에 대해 이야기하고… 심지어 논-쟁-도 좀 했지…. 헤-헤!"

아킴 페트로비치는 정중하게 눈썹을 치켜올렸다.

"여기까지는 전혀 문제가 없었네. 나는 마침내 그분께 작별 인사를 했어. 그분은 아주 규칙적인 노인네라 일찍 잠자리에 들거든, 자네들도 알잖나, 나이가 들면 다 그렇다는 걸. 그러고는 밖으로 나왔지…. 그런데 내 시종 트리폰이 안 보이는 거야! 걱정이 되어 '트리폰이 마차를 어디에 두었지?' 하고 물어봤지. 알고 보니 트리폰은 내가 밤늦게까지 있을 줄 알고 자기 친척 아주머니네 딸 결혼식에 갔던 거야. 정확하게 어딘지는 모르네. 여기 페테르부르크 근방 어디라고만 하더군. 그런데 트리폰이 마차도 가져갔더군."

고위 관리는 또다시 예의상 프셀도니모프에게 슬쩍 시선을 주었다. 미묘하게 반응이 있긴 했지만, 그가 기대했던 만큼은 아니었다.

'이 친구 이거, 공감 능력이라곤 쥐꼬리만큼도 없군.'

이런 생각의 그의 머릿속에 스쳤다.

"아 그래서 어떻게 되었습니까?"

이야기에 심취한 아킴 페트로비치가 물었다. 군중들 사이에 놀라움의 작은 웅성거림이 퍼졌다.

"내 입장이 어땠을지 한번 생각해 보게나…(이반 일리치는 슬쩍 사람들을 둘러봤다). 할 수 있는 게 없었지, 결국 걷기로 했다네. 볼쇼이 대로까지 걸어오면 삯마차를 부를 수 있으리라 생각한 거지… 헤-헤!"

"하-하-하!"

아킴 페트로비치가 정중하게 맞장구를 쳤다. 다시 군중들 사이로 아까보다는 더 큰 소리로 유쾌한 웅성거림이 일었다. 그때 벽면에 달린 램프의 유리가 툭 하고 깨졌다. 누군가 램프를 고치러 열띠게 달려갔다. 프셀도니모프는 정신을 차리고 굳은 표정으로 램프를 쳐다보았지만, 고위 관리가 그쪽으로는 일체 관심조차 기울이지 않자 다른 사람들도 모두 조용해졌다.

"그렇게 길을 걸었다네…. 밤은 참 아름답고 고요했지. 그런데 갑자기 음악 소리와 발 구르는 소리, 춤추는 소리가 들렸다네. 궁금해서 순경에게 물어보았지. 프셀도니모프가 결혼을 한다는 거야. 그래, 자네가 페테르부르크에서 피로연 무도회를 열고 있다는 게 아닌가? 하-하."

그는 다시 프셀도니모프를 돌아보았다.

"헤-헤-헤! 그렇네요…."

아킴 페트로비치가 호응했다. 손님들도 또다시 살짝 웅성거렸다. 하지만 프셀도니모프는 살짝 고개를 숙여 인사를 하긴 했지만, 너무나 한심스럽게도 웃지도 않고 나무토막처럼 서 있었다.

이반 일리치는 생각했다.

'정말, 이 친구 바보야 뭐야? 이 친구 말야, 아까 그 포인트에서는 웃었어야지, 멍청이 같으니라고, 그랬더라면 분위기가 바로 좋아졌을 텐데 말야.'

그의 마음속에 분노와 짜증이 솟구쳤다.

"그때 부하 직원에게 들러 인사라도 해야겠다고 생각했지. 설마 나를 쫓아내기야 하겠나 싶었거든…. 반갑건 반갑지 않건, 찾아온 손님은 반갑게 맞아 주는 게 세상의 도리 아닌가. 어쨌거나, 미안하게 되었네. 내가 조금이나마 방해가 되었다면, 그만 가 보겠네…. 나는 그저 잠깐 둘러보려고 들른 것뿐이니까…."

그러나 어느새 전체적으로 조금씩 움직임이 일기 시작했다. 아킴 페트로비치는 마치 '각하, 방해라니요, 어떻게 그런 말씀을…'이라고 하는 듯 유난히 부드러운 표정을 지으며 바라보았다. 모든 손님들이 조금씩 움직였고 다들 긴장을 푼 듯한 징후를 보였다. 부인들 대부분이 어느새 다들 앉아 있었다. 우호적이고 긍정적인 징조다. 좀 더 대담한 이들은 손수건으로 부채질을 하고 있었다. 그들 중에 낡은 벨벳 드레스를 입은 한 부인은 들으라는 듯 일부러 큰 소리로 뭐라고 말하고 있었다. 그녀가 말을 건넨 장교 역시 더 큰 소리로 대답하고 싶었지만 큰 소리를 내는 사람이 둘밖에 없었으므로 용기를 내지 못하고 이내 조용해졌다. 남자들은 대부분 사무직 관료들이었고, 두세 명은 대학생이었는데 서로 밀치고 눈치를 주고받으면서 헛기침을 하며 서로 다른 방향으로 두 걸음씩 옮겼다. 그러나 아무도 특별히 겁을 내진 않았다. 그저 다들 낯설었을 뿐이고, 자신들의 즐거움을 방해하려고 불쑥 찾아온 사람에게 마음속으로는 적대감을 가지고 있던 것이다. 장교는 자신의 소심함을 부끄러워하며 테이블 쪽으로 조금씩 다가오기 시작했다.

"자, 들어 보게나, 이보게, 자네 이름과 부칭이 어떻게 되는지 물어도 되겠는가?"

이반 일리치가 프셀도니모프에게 물었다.

"포르피리 페트로브입니다, 각하."

프셀도니모프가 부릅뜬 눈으로 똑바로 쳐다보며 대답했다.

"포르피리 페트로비치, 나를 자네 새 신부에게 인사시켜 주게나. 나를 안내해 주게…. 내가……."

그러고는 자리에서 일어나고 싶다는 의사를 표시했다. 그러나 프셀도니모프는 이미 전속력으로 거실 쪽으로 달려 나가고 없었다. 사실 새 신부는 문간 바로 앞에 서 있다가, 자기 얘기를 하는 걸 듣고는 얼른 숨어 버렸다. 잠시 후 프셀도니모프가 새 신부의 손을 이끌고 나왔다. 사람들이 그들이 지나갈 수 있도록 길을 내주며 물러섰다. 이반 일리치는 의기양양하게 자리에서 일어나 세상 다정한 미소를 지으며 그녀에게 말했다.

"이렇게 인사 드리게 되어 매우, 매우 반갑습니다, 더구나 이렇게 좋은 날에…."

그는 가장 고상한 상류사회 예법으로 살짝 상체를 숙이고 인사하며 능글맞은 미소를 지었다. 부인들은 그런 모습이 멋져 보였는지 술렁이기 시작했다.

"어머, 멋져."

벨벳 드레스를 입은 부인이 들릴락 말락 말했다.

새 신부는 프셀도니모프와 잘 어울렸다. 그녀는 얼굴이 아주 작고 코가 오똑한 열일곱 살 정도밖에 안 되어 보이는 가냘픈 여인이었다. 그녀의 작고 빠르고 민첩한 눈은 전혀 당황스러워하지 않았고, 오히려 적의를 품은 듯 상대를 뚫어지게 쏘아보았다. 프셀도니모프가 미모에 반해 그녀와 결혼하는 것이 아닌 건 분명했다. 그녀는 흰색 모슬린 드레스에 분홍색 볼레로를 걸치고 있었다. 그녀의 목은 너무나 가늘었고, 병아리 같은 몸은 뼈가 앙상하게 드러나 있었다. 고위 관리의 인사에 그녀는 아무런 대답도 하지 못했다.

"자네 신부가 아주 미인이시군."

그는 프셀도니모프 쪽을 돌아보며 그에게만 말하는 듯했지만 의도적으로 새 신부가 들을 수 있을 정도의 목소리로 속삭였다. 하지만 프셀도니모프 역시 이 말에 아무런 대답도 하지 않았고, 이번에는 몸을 떨지도 않았다. 이반 일리치가 보기에 프셀도니모프의 눈에는 무언가 차갑고 비밀스러운, 심지어 뭔가 특별한 악감정 같은 것이 도사리고 있는 것 같았다. 하지만 그럼에도 불구하고 그는 상관으로서 이 부하 직원의 감동을 끌어내야 한다. 사실 그가 여기 온 것도 그것 때문이니까 말이다. 그는 생각했다.

'어쨌거나 어울리는 한쌍이군…!'

그는 소파의 자기 옆자리에 앉아 있는 새 신부에게 재차 말을 걸었지만 두세 번의 질문에 '네', '아니오'라는 대답만 들었을 뿐이고, 신부는 그 외에 아무 말도 하지 않았다. 그는 속으로 생각했다.

'뭐, 신부가 당황해서 그럴지도 모르지…. 그럼 내가 농담을 시

작해 봐야겠군. 그렇지 않으면 상황이 절망적이겠는걸.'

아킴 페트로비치 역시 일부러 그러기라도 하는 듯 계속 침묵을 지켰다. 아무리 어리석어서 그랬겠거니 해도 용서가 되지 않았다.

"여러분! 제가 여러분의 즐거운 시간을 방해한 건 아닌지 모르겠습니다…."

그가 사람들에게 말했다. 심지어 손바닥에서 진땀이 나는 것을 느꼈다.

"아닙니다… 걱정하지 마십시요, 각하, 곧 계속 즐길 겁니다. 지금은 잠깐 쉬고 있는 겁니다."

장교가 대답했다. 새 신부는 좋아하는 눈빛으로 장교를 바라보았다. 장교는 나이가 아직 많지 않아 보였고, 어떤 부대의 제복을 입고 있었다. 프셀도니모프는 앞으로 조금 움직여 다시 그 자리에 섰는데, 아까보다도 그의 매부리코가 더욱 도드러져 보이는 것 같았다. 그는 팔에 모피 코트를 들고 나리들의 작별 인사가 끝나기를 기다리는 시종처럼 가만히 귀를 기울이며 바라만 보고 있었다. 이런 비유는 이반 일리치 자신이 생각해 낸 것이다. 그는 당황했고, 어색하다고 느꼈으며, 자신이 서 있는 기반이 흔들리고, 암흑 속에 들어갔다가 빠져나올 수 없는 것 같은 끔찍한 기분을 느꼈다.

*

갑자기 모든 사람들이 옆으로 비켜나더니, 자그마한 키에 통통한 체구의 나이 지긋한 부인이 나타났다. 어깨에 두른 커다란 숄을 목에 핀을 꽂아 고정했고, 익숙하지 않은 듯한 보닛 모자를 쓴 평범하지만 최선을 다해 차려입은 모습이었다. 부인은 양손에 이미 마개를 딴 샴페인 한 병과 두 개의 잔이 놓인 자그마한 둥근 쟁반을 들고 있었다. 그게 다였다. 그러니까 그 술병은 단 두 사람의 손님을 위해 내온 것이 분명했다.

부인은 고위 관료를 향해 곧바로 다가오더니 말했다.

"각하, 저희를 무시하지 않으신다면, 저희 아들 결혼식에 오시는 은혜를 베풀어 주셨으니, 부디 신랑 신부를 위하여 한잔해 주시기를 간청드립니다. 부디 거절하지 마시고 저희에게 영광을 베풀어 주십시오."

이반 일리치는 그녀가 구원자라도 된 듯 붙잡았다. 그녀는 나이가 그리 많아 보이지는 않았다. 기껏해야 마흔대여섯 정도, 그 이상으로 보이진 않았다. 부인은 무척 선량하고 솔직해 보이는 인상에 장밋빛 혈색이 도는 둥그런 러시아 여인의 얼굴을 하고 있었고, 상냥한 미소를 지으며 공손하게 고개를 숙여 인사했다. 이반 일리치는 그녀로 인해 편안함과 위안을 느꼈다.

"그러면 부-인께서는 신-랑-의 모-친-되-십-니-까?"

그가 소파에서 일어서며 물었다.

"저의 어머니십니다, 각하."

프셀도니모프가 긴 목을 늘리고 또다시 매부리코를 내밀며 우물거렸다.

"아! 만나서 아─주 아주 반갑습니다!"

"부디 사양하지 말아 주세요, 각하."

"기꺼이 기쁘게 받겠습니다."

쟁반을 두고 가자, 프셀도니모프가 얼른 자리에서 일어나 술을 따랐다. 이반 일리치는 계속 서서 술을 받았다. 그러고는 말을 시작했다.

"제가 이 자리에서 이 결혼의 증인이 되어 매우 기쁘게 생각합니다. 한마디로, 직장 상관으로서…, 여러분에게 새 신부와(그는 새 신부를 돌아보며 말했다) 그리고 새 신랑 포르피리가 온전하고 무탈하고 오래오래 행복하게 살기를 바라는 바입니다."

그리하여 그는 그날 저녁 일곱 번째 술잔을 모든 감정을 담아 들이켰다. 프셀도니모프는 심각한 표정으로 심지어 음울한 표정으로 그를 쳐다보았다. 고위 관리는 프셀도니모프가 끔찍할 정도로 증오스럽기 시작했다.

'아, 이 껑다리(그는 장교를 쳐다봤다)가 왜 자꾸 얼씬거리는 거야. 뭐, 이 자는 만세! 하고 소리라도 질러 줘야 가 버릴 텐가 보다. 그만 저리 꺼져 주시지….'

"자, 그럼 이번엔, 아킴 페트로비치, 당신도 한잔 마시고 축하해 주세요. 당신도 제 아들의 상관이시고, 제 아들은 당신의 부하 직원이니까요. 내가 어미로서, 우리 아들 좀 잘 부탁드릴게요. 그리고 앞으로 우리를 잊지 말아 주세요, 우리의 아킴 페트로비치,

당신은 정말 좋은 분이랍니다."

이반 일리치는 생각했다.

'아, 러시아의 어머니는 얼마나 대단한가! 모든 사람들의 기를 살려 주는 구나. 난 언제나 우리 민족을 사랑했지….'

그때 테이블로 또 쟁반 하나가 왔다. 페티코트로 치마를 부풀린 요란한 꽃무늬 드레스를 입은 젊은 여자가 쟁반을 들고 있었다. 쟁반이 너무 커서 두 손으로 겨우 붙잡고 있었다. 쟁반에는 사과, 사탕, 과일 과자, 마멀레이드, 호두 등이 담긴 접시가 수없이 놓여 있었다. 디저트 쟁반은 모든 손님들, 특히 부인들을 대접하기 위해 응접실에 놓아 두는데, 이번에는 고위 관리 앞으로 내온 것이다.

"각하, 보잘것없지만 저희 음식을 사양하지 마시기 바랍니다. 부디 많이 드세요."

나이 든 부인이 계속 고개를 숙여 인사하며 말했다.

"아닙니다, 괜찮습니다."

이반 일리치는 이렇게 말하며 손가락으로 호두 한 알을 잡아 부수었다. 그는 끝까지 인기를 누리기로 결심했다.

그런데 갑자기 새 신부가 킥킥거렸다.

"무슨 일입니까?"

이반 일리치는 새 신부가 기분이 좋아졌나 싶어 기쁜 마음에 미소를 지으며 물었다.

"아, 그게요, 여기 이반 코스텐키니치가 우스운 얘기를 해서요."

새 신부는 고개를 숙이며 대답했다.

고위 관리는 프셀도니모프의 신부에게 무언가 속삭이던 꽤 잘생긴 금발의 한 청년을 알아보았다. 소파 반대편에 놓인 의자에 앉아 있어 잘 보이지 않았던 것이다. 청년이 자리에서 일어났다. 수줍음이 많고 아주 어려 보였다.

"저는 숙녀분들께 '꿈풀이 책'에 대해 얘기하고 있었습니다, 각하."

청년이 용서를 구하듯 중얼거렸다.

"어떤 꿈풀이 책에 대해서 말인가?"

이반 일리치가 관대하게 물었다.

"새로운 꿈풀이 책인데요, 문학적인 책이죠. 만약 꿈에서 파나예프 씨를 본다면, 그건 셔츠 앞섶에 커피를 쏟게 된다는 뜻이라고 부인들께 말했습니다."

'이런 순진하기는.'

이반 일리치는 화가 차올랐다. 청년은 얼굴이 빨개졌지만, 자기가 파나예프에 대해 이야기했다는 사실이 믿어지지 않을 정도로 기뻤다.

"아, 그렇군, 그래, 나도 들었네…."

각하가 호응해 주었다. 그때 이반 일리치 옆에서 또 다른 목소리가 들려왔다.

"사실, 훨씬 더 좋은 소식이 있습니다. 새로운 사전이 출판될 겁니다, 그리고 크라예프스키 씨가 기사를 쓰고, 알페라키 선생은… '퐁로 문학'을 쓸 것이라고들 하던데요."

어느 젊은이의 목소리였다. 하지만 더 이상 수줍음이라곤 찾아볼 수 없는 다분히 거침없는 목소리였다. 흰색 조끼를 입고 장갑을 낀 손에는 모자를 들고 있었다. 그 젊은이는 《불씨》라는 풍자 잡지사 직원이었는데 춤도 추지 않고 거만하게 바라만 보고 있었다. 프셸도니모프와는 이미 작년부터 말을 놓는 사이였는데 독일인 여 주인집 구석진 셋방에서 함께 궁핍한 생활을 했던 이로, 프셸도니모프가 귀빈으로 초대하여 우연히 결혼식에 참석한 참이었다. 잡지사 직원은 보드카를 마셨고 이미 여러 차례 모두가 다 아는 뒷방으로 여러 차례 왔다 갔다 했다. 고위 관리는 그 젊은이가 끔찍이도 마음에 들지 않았다.

"그게 그래서 웃긴 겁니다. 왜냐하면요, 각하, 크라예프스키 씨가 철자법을 몰라서 '폭로 문학'을 '퐁로 문학'이라고 쓴 거라고 작가들이 생각하니까요…."

셔츠 앞섶을 얘기했던 금발의 청년이 즐거운 듯 중간에 불쑥 말을 끊었다. 그러자 흰 조끼를 입은 잡지사 직원이 증오하는 눈빛으로 그를 바라보았다.

불쌍한 청년은 겨우 말을 마쳤다. 그의 눈에는 고위 관리가 이미 오래전에 이 내용을 알고 있는 것 같았고, 그래서 고위 관리도 당황하는 것처럼 보였기 때문이었다. 금발의 청년은 말할 수 없이 창피했다. 어디론가 슬그머니 자취를 감추더니 이후 내내 우울한 기분으로 있었다. 반면《불씨》잡지사의 건방진 직원은 근처 어딘가에 앉으려 했는지 훨씬 더 가까이 다가왔다. 그의 이런 뻔뻔스러운 모습은 이반 일리치에게 다소 맹랑하게 느껴졌다.

이반 일리치가 무슨 말을 시작하려 했다.

"자! 말해 보게나, 포르피리, 자네에게 개인적으로 묻고 싶었네. 자네는 자신의 성을 왜 프세브도니모프라고 하지 않고 프셀도니모프라고 하는 건가? 사실 자네의 성은 프세브도니모프이지 않은가, 안 그런가?"

"잘 모르겠습니다, 각하."

프셀도니모프가 대답했다.

"그건, 분명, 이 친구 부친이 사회생활을 시작했을 때 서류 작성을 잘못해서 벌어진 일일 것입니다. 그래서 아직도 이 친구 성이 프셀도니모프라고 되어 있는 거지요. 흔히 있는 일입니다."

아킴 페트로비치가 호응했다.

"분-명 그-래-서-일-거-야. 그-게 틀-림-없-어. 그러니 프세브도니모프, 자네가 직접 판단해 보게. 자네의 원래 성은 '필명'이라는 뜻의 '프세브도님'이라는 문학적인 단어에서 유래한 것인 반면 프셀도니모프라는 성은 아무런 의미도 없지 않은가 말야."

"그게 어리석어서 그런 겁니다."

아킴 페트로비치가 덧붙였다.

"뭐가 어리석다는 거지?"

"러시아 사람들은 말입니다. 어리석어서 종종 철자를 바꿔 쓰고 어떤 때는 자기들 멋대로 발음하기도 하지요. 예를 들어, 장애인이라고 말해야 하는 것을 자애인이라고 하는 것처럼 말이죠."

"아 그래… 자애인, 장애인이 자애로운 인간이 되어 버렸군 그래… 헤−헤−헤…."

"남바라는 말도 있습니다. 각하."

어떻게든 눈에 띄려고 오랫동안 입이 근질거렸던 키 큰 장교가 불쑥 끼어들었다.

"남바는 또 무슨 말인가?"

"숫자를 말하는 넘버를 남바라고 말하는 겁니다, 각하."

"아하, 남바… 넘버 대신 남바라니…. 그래, 그래… 헤−헤, 헤…!"

이반 일리치는 장교를 위해서라도 히히거리며 웃어 줄 수밖에 없었다.

장교는 넥타이를 매만졌다.

"또 핵교라고도 말하는 사람도 있습니다."

《불씨》잡지사 직원도 거들었다. 하지만 각하는 그의 말은 못 들은 척했다. 모두를 위해 웃어 줄 수는 없으니까.

"학교 대신 핵교요."

《불씨》잡지사 직원이 눈에 띄게 초조한 기색을 보이며 성가시게 들이댔다.

이반 일리치는 근엄한 표정을 지으며 그를 쳐다보았다.

프셸도니모프가 잡지사 직원에게 속삭였다.

"이봐, 자꾸 끼어드는 거야?"

"끼어들다니, 난 말을 하고 있는 거야. 말하는 것도 안 되는 거야."

잡지사 직원은 속삭이며 따져 물었지만, 이내 말을 거두고 속으로 분노를 삭이며 방을 나가 버렸다.

잡지사 직원은 곧장 춤추는 신사들을 위해 마련해 놓은 근사한 뒷방으로 슬그머니 들어갔다. 그곳에는 초저녁부터 야로슬라블 식탁보를 씌운 둥근 테이블에 두 종류의 보드카와 청어, 작은 조각으로 올려놓은 캐비어, 그리고 일반 평민들이 즐겨 마시는 독한 셰리주 한 병이 놓여 있었다. 직원은 속으로 화를 삭이며 혼자 보드카를 따라 들이키려 했다. 그때 이 집 무도회에서 첫 왈츠에 춤을 췄던 헝클어진 머리의 의대생이 갑자기 뛰어들어 왔다. 그는 허둥지둥 다가와 유리잔에 술을 가득 따랐다. 그러고는 급하게 지시하듯 말했다.

"이제 시작할 거야! 와서 보라고. 내가 저녁 식사 후에 다리를 위로 들고 물고기 춤을 출 테니. 결혼식에도 어울릴 거야. 그게, 그러니까, 프셸도니모프에게 보내는 우정의 표시라 할 수 있지…. 클레오파트라 세묘노브나는 정말 멋진 댄스 파트너야, 그녀와 함께라면 무슨 춤이든 출 수 있거든."

"저 사람 반동주의자야."

잡지사 직원이 술잔을 비우며 음울하게 말했다.

"누가 반동주의자라는 거야?"

"바로 저기, 앞에 과일 안주가 놓여 있는 양반 말야. 반동주의자! 내가 자네에게 말해 주지."

"아, 무슨 소리 하는거야!"

대학생은 중얼거리다가, 카드리유의 반주가 들리자 곧장 춤을 추러 방을 나갔다.

혼자 남은 잡지사 직원은 더 큰 배짱과 독립심을 채우기 위해 술을 따라 마시고 또 마셨다. 현직 4등 고문관인 이반 일리치는 아직까지 단 한 번도 보드카 두 잔을 마신 뒤 방치된《불씨》잡지사 직원처럼 분노로 타오르는 적을, 이보다 가차 없이 복수에 불타는 상대를 만나 본 적이 없었다. 이런! 이반 일리치는 이런 류의 인간에 대해 별다른 의심도 하지 않았다. 그는 향후 전개될 자신과 손님들과의 상호 관계에 영향을 미치는 아주 결정적인 상황에 대해 일말의 의심도 하지 않았던 것이다. 문제는 그가 부하 직원의 결혼식에 어떻게 참석하게 되었는지 예의 바르고 심지어 상세하게 설명했음에도 불구하고, 그 설명이 사실 누구도 만족시키지 못했으며 손님들은 여전히 당혹해했다는 것이었다. 그런데 모든 것이 순식간에 마법처럼 바뀌었다. 마치 예상치 못한 손님이 이젠 방안에 존재하지 않는 것처럼 모든 사람들이 마음의 안정을 되찾고 즐거워하며, 웃고, 떠들고, 춤출 준비가 된 것이었다. 알고 보니 새로 오신 손님이 취하신 것 같다는 소문이 하객들 사이에 속닥속닥 귓속말로 급속히 퍼진 것이었다. 게다가 문제는 그 말이 언뜻 듣기엔 끔찍한 중상모략처럼 들렸지만, 시간이 갈수록 점차 맞는 얘기처럼 보였기에 갑자기 모든 것이 명확해졌다. 방의 분위기는 갑자기 이상스러울 정도로 풀어졌다. 그리고 바로 아까 의대생이 언급했던 저녁 만찬 전 마지막 카드리유가 바로 시작되었다.

그런데 이반 일리치가 다시 새 신부를 돌아보고 막 농담을 건네려고 하는데, 갑자기 그녀 쪽으로 키 큰 장교가 뛰어오더니 한쪽 무릎을 꿇는 것이었다. 그녀는 즉시 소파에서 일어나 카드리유 댄스 대열에 합류하기 위해 장교와 함께 휙 자리를 떠 버렸다. 장교는 실례한다는 말조차 하지 않았고, 새 신부 역시 마치 그 자리에서 벗어나기를 기다렸다는 듯 고위 관리에게 눈길 한번 주지 않고 가 버렸다.

'뭐, 사실, 그녀야 그럴 수도 있지. 하지만, 아무리 그래도 그렇지 이 사람들 예의범절을 너무 모르는군.'

이반 일리치가 생각했다. 그러고는 프셀도니모프를 돌아보며 말했다.

"음… 이보게, 포르피리, 너무 격식을 차리지 않아도 되네, 아마 자네도 할 일이 있을 텐데…. 이런저런 지시를 할 것도 있을 테고…. 일이 있을 테니, 가서 자네 일 보게나."

'이 친구는 어째서 계속 내 옆에 붙어 있는 거야?'

그는 속으로 덧붙였다.

그는 프셀도니모프의 긴 목과 자신을 뚫어지게 쳐다보는 그

눈길을 참을 수가 없었다. 한마디로 이 모든 것이 이반 일리치가 원했던 것과는 완전히 반대였지만, 그는 아직도 그 사실을 인정하고 싶지 않았다.

*

카드리유가 시작되었다.

"한잔하시겠습니까, 각하?"

아킴 페트로비치가 정중하게 술병을 들고 자신의 각하에게 술을 따를 자세를 취하며 물었다.

"나는… 난, 정말로, 모르겠네, 만일….."

하지만 아킴 페트로비치는 이미 경의에 가득찬 얼굴로 샴페인을 한 잔 가득 따랐다. 그리고 그는 마치 도둑질하듯 슬며시, 몸을 수그린 채 자신의 잔을 채웠다. 다만 각하에 대한 존경을 표하기 위해 본인 잔은 손가락 한 마디만큼 적게 채웠다. 그는 산기가 있는 여인처럼 자신의 직속 상관 옆에 앉아 있었다. 사실 무슨 말을 할 것인가? 아킴 페트로비치는 상관과 함께 있는 영광을 누리고 있었기 때문에 그의 의무는 각하의 기분을 즐겁게 해 드려야 하는 것이었다. 이럴 때 샴페인은 아주 훌륭한 해결사였다. 아킴 페트로비치가 샴페인을 따라 주자 각하도 기분이 유쾌해졌다. 미적지근한 데다 끔찍할 정도로 저급인 샴페인 때문이 아니라 도덕적, 정신적으로 유쾌했기 때문이었다.

이반 일리치는 생각했다.

'이 친구 한잔하고 싶은가 보군. 하지만 내가 없으면 감히 마시질 못할 테니… 붙잡아 두질 않을 테니까. 하기야, 우리 사이에 술병이 덩그러니 놓여 있는 것도 웃길 거야.'

그는 한 모금씩 홀짝였고, 그냥 덩그러니 앉아 있는 것보다는 술이라도 마시는 게 나아 보였다.

그는 적당히 간격을 두고 어절에 강세를 주며 말하기 시작했다.

"사실 내가 여기에 온 것은, 그러니까, 나는 여기 우연히 온 거라네, 물론 다른 사람들은, 그러니까, 어쩌면, 내가 이런 자리에 와 있는 것이 부-적-절-하-다-고 생각할 수도 있겠지."

아킴 페트로비치는 아무 말 없이 호기심 가득한 눈빛으로 소심하게 경청했다.

"하지만 내가 어째서 여기 왔는지 자네만큼은 이해해 주길 바라는 바이네. 설마 내가 술을 마시러 왔다고 생각하지는 않겠지. 헤-헤!"

아킴 페트로비치는 각하의 말에 맞장구를 치며 헤헤거리고 싶었지만, 어쩐지 중간에 말이 끊겨서 뭐라고 조금이나마 위안이 되는 말을 하지 못했다.

"내가 여기에 있는 건 말일세… 그러니까, 축하하고 격려하기 위해서라네….다시 말해 도덕적인 목적으로 있는 거야."

이반 일리치는 아킴 페트로비치의 아둔함에 화가 났지만 말을 이었다. 그러나 이내 입을 다물었다. 그의 눈에 불쌍한 아킴 페트로비치가 무슨 잘못이라도 한 듯 눈을 아래로 떨구고 있는 게 보였다. 고위 관리는 다소 혼란스러워 다시 한번 서둘러 잔을 들이켰고, 아킴 페트로비치는 마치 그 안에 구세주라도 있는 양 다시금 술병을 들어 잔을 채웠다.

'자네는 참으로 수완이 없군.'

이반 일리치는 불쌍한 아킴 페트로비치를 근엄하게 바라보며 속으로 생각했다. 아킴 페트로비치 역시 자신을 바라보는 고위 관리의 이 근엄한 시선을 감지하며, 완전히 입을 다물고 더 이상 눈을 들지 않기로 결심했다. 그렇게 그들은 한 이 분 동안 서로를 마주 보고 앉아 있었다. 아킴 페트로비치에게 그야말로 고통스러운 이 분이었다.

여기서 아킴 페트로비치에 대해 간략하게 소개하겠다. 그는 암탉처럼 유순한 사람으로 구시대적인 사고방식을 가진 인물이었다. 비굴할 정도로 자신을 낮출 수 있었지만, 동시에 선량하고 심지어 고상하기까지 한 사람이었다. 그는 페테르부르크 토박이였다. 그의 아버지도, 아버지의 아버지도 페테르부르크에서 태어나, 자라고, 직장에 근무했으며 평생 한 번도 페테르부르크를 떠나 본 적이 없었다. 이런 사람들은 러시아인들 중에 매우 특별한 유형에 든다. 이들은 러시아에 대해 최소한의 이해조차 없었으며, 그런 것에 별로 신경 쓰지도 않는다. 그들의 관심사는 오로지 페테르부르크일 뿐이다. 왜냐하면 이곳이 그들이 일하는 근무지니까. 그들의 관심과 걱정은 온통 몇 푼을 걸고 즐기는 카드 도박, 거리의 상점들, 그리고 매달 받는 봉급에 집중되어 있었다. 그들은 러시아의 풍습도 모르고, 핸들을 돌려서 작동하는 휴대용 배럴 오르간으로 연주하는 〈루치누쉬카〉라는 노래 말고는 아는 러시아 노래가 하나도 없었다.

진짜 러시아인과 페테르부르크 러시아인을 바로 구별할 수 있는 본질적이고 확실한 두 가지 특징이 있다. 첫 번째 특징은 페테르부르크 러시아인은 모두가 예외 없이 절대 '페테르부르크 통보'라고 하지 않고, 언제나 '아카데미 통보'라고 부른다. 두 번째 역시 중요한 특징인데, 페테르부르크 러시아인은 절대 '아침 식사'라고 하지 않고 '브렉퍼스트'라고 하며, 특히나 '브렉 – '이라는 발음을 힘주어 한다. 이 두 가지 본질적이고 명확한 특징을 통해 언제나 그들을 구별할 수 있다. 한마디로, 이들은 지난 삼십오 년 동안 완전히 굳어진 유순한 유형의 사람들이다.

그러나 아킴 페트로비치는 결코 바보가 아니었다. 고위 관리가 그에게 뭐라고 적절한 질문을 건넸더라면, 그는 질문에 대답도 하면서 대화를 이어 나갔을 것이다. 그렇지 않았기 때문에 부하로서 그런 질문에 자기가 답하는 것은 적절하기 않다고 생각했던 것이다. 물론 아킴 페트로비치는 각하의 진정한 의도를 좀 더 자세히 알고 싶은 마음이야 굴뚝같았지만 말이다.

한편 이반 일리치는 점점 더 사색에 빠졌고, 머릿속에서 온갖 생각이 소용돌이치기 시작했다. 그는 자신도 모르게 끊임없이 한 모금씩 술잔을 홀짝였다. 아킴 페트로비치는 더욱 정성을 다해 바로바로 그의 잔에 술을 채웠다. 둘 다 아무 말도 하지 않았다. 이반 일리치는 춤추는 사람들을 구경하기 시작했고, 금세 흥미를 느꼈다. 그런데 갑자기 한 가지 상황이 그를 놀라게 만들었다.

춤은 진정 흥겨웠다. 특히나 이곳에서는 다들 아무 생각 없이 그저 즐기고 심지어는 날뛰듯 춤을 추었다. 춤추는 사람들 중에 제대로 잘 추는 이는 거의 없었다. 하지만 비록 잘 못 추더라도 힘차게 발을 굴렀고, 그러면 어쩐지 잘 추는 것처럼 여겨지기도 했다. 특히나 장교가 눈에 띄었다. 특히 그는 혼자 추는 파트를 좋아했다. 그 부분에서 놀라울 정도로 몸을 잘 비틀었고, 마치 막대기처럼 몸을 한쪽으로 굽혀 금방이라도 쓰러질 듯 보이다가, 다음 스텝에선 갑자기 반대쪽으로 마룻바닥에 예각으로 비스듬히 몸을 기울였다. 장교는 사람들이 진지한 표정으로 자신을 바라보며 놀라워할 거라고 확신하면서 춤을 추었다. 카드리유가 시작될 때까지 술에 절어 있던 어떤 남자는 두 번째 소절부터 자기 여인 옆에서 잠이 들어 버려 결국 그 숙녀는 홀로 춤을 춰야만 했다. 하늘색 스카프를 두른 숙녀와 춤을 추던 젊은 등록관은 그날 저녁 선보인 모든 종류의 춤과 다섯 개의 카드리유를 조합해 재미있는 동작을 하나 만들었다. 남자가 여성 파트너를 바로 뒤에서 보고 지나칠 때 아주 재빨리 그녀의 스카프 끝자락을 낚아채어, 스카프 자락에 스무 번 입을 맞추는 것이다. 숙녀는 아무것도 눈치채지 못한 것처럼 파트너의 앞으로 움직였다. 의대생은 양다리를 번갈아 위로 올려 차며 솔로 댄스를 췄고 열광적인 환호와 만족스러운 함성을 지르며 발을 굴렀다. 격의라곤 찾아볼 수 없는 모습이었다. 술을 마셔 취기가 돌기 시작한 이반 일리치는 미소를 지어 보였지만, 이내 자기도 모르게 뭔가 씁쓸한 의구심이 마음속에 떠올랐다. 물론, 그는 허심탄회하고 격식이 없는 것을 매우 좋아했다. 사람들이 모두 뒷걸음질 칠 때 그는 사람들이 이처럼 대담하게 행동해 주길 바랐고, 심지어 마음속으로 애원하기도 했다. 그러나 대담함은 이제 선을 넘어서기 시작했다. 예를 들어, 벌써 네 번이나 주인이 바뀐 닳아 빠진 푸른색 벨벳 중고 드레스를 입은 한 숙녀는 여섯 번째 댄스를 출 때 자기 원피스에 옷핀을 꽂아 마치 바지를 입은 것처럼 보이게 만들었다. 그녀가 바로 클레오파트라 세묘노브나로, 상대 파트너인 의대생의 표현에 따르면 그녀는 어떤 춤이라도 출 수 있는 여인이었다. 의대생에 대해서는 그가 포킨이라는 것 외에는 특별히 할 말이 없다. 그런데 어떻게 이럴 수 있단 말인가? 방금 전까지만 해도 뒷걸음질 치던 사람들이었는데, 갑자기 급격히 고삐가 풀려 버린 것이다! 별거 아니라고도 생각할 수 있지만, 이상할 정도로 분위기가 급격히 바뀌어 버렸다. 그는 무언가를 예감했다. 그들은 이반 일리치가 이 세상에 존재한다는 것을 완전히 잊기라도 한 것 같았다. 물론, 그도 처음에는 화통하게 허허 웃어넘기기도 하고 심지어 가끔 박수까지 쳐 주었다. 아킴 페트로비치는 각하가 이미 속으로 뭔가 새로운 의심을 품고 있다는 것을 눈치채지 못한 채, 각하와 장단을 맞추어 함께 즐거워하며, 그래도 정중함은 지키면서, 즐거운 듯 헤헤거리며 웃었다.

"훌륭해, 젊은이, 아주 잘 추는군."

카드리유가 막 끝나자 자기 옆을 지나가는 대학생에게 이반 일리치가 말을 건넸다.

대학생은 그가 있는 쪽으로 획 몸을 돌리더니 자신의 얼굴을 각하에게 무례할 정도로 바짝 들이대고 표정을 찡그리고는 목청을 다해 수탉 소리를 질러 댔다. 이건 이미 도가 지나쳤다. 이반 일리치는 테이블에서 일어났다. 수탉 소리는 놀랍게도 진짜 닭 우는 소리 같은 데다, 찡그린 얼굴 표정이 매우 과장되었기에 다들 참지 못하고 폭소를 터트렸다. 이반 일리치가 당황하여 서 있는데, 프셀도니모프가 갑자기 나타나 고개를 조아리며 저녁 식사를 하시자고 청했다. 그 뒤를 따라 그의 어머니도 나타났다.

"각하 나리, 저희가 차린 것은 없지만, 부디 사양하지 마시기 바랍니다."

신랑 어머니가 머리를 조아리며 말했다.

"아, 그… 글쎄요, 잘 모르겠습니다만… 제가 사실 그것 때문에 온 것이 아니라서요…. 저는 이제 그만 가 보려고 했습니다…."

이반 일리치가 말을 꺼냈다. 실제로 그는 두 손에 모자를 들고 있었다. 이미 그 순간 그는 어떠한 일이 있어도 반드시 떠나겠노라, 절대 여기 머물지 않겠노라 다짐을 한 터였다…. 그러나 가지 않았다. 잠시 후 그는 테이블로 향하는 대열을 이끌었다. 프셀도 니모프와 그의 어머니가 앞에서 걸어가며 그에게 길을 터 주었다. 그들은 그를 가장 중요한 귀빈석에 앉혔고, 새로 내온 샴페인이 또 그의 앞에 놓였다. 각종 안주와 보드카에 청어도 놓여 있었다. 그는 한 손을 뻗어, 커다란 잔에 보드카를 손수 따라 마셨다. 그는 보드카를 한 번도 마셔 본 적이 없었다. 보드카 한 잔을 마시자 마치 산에서 구르고, 날고, 날고, 또 날아가는 것만 같아서 뭔가 붙잡고, 어딘가에 매달려야 할 것 같았지만, 그럴 수가 없었다.

*

불 보듯 뻔하게 그의 상태는 점점 심각해졌다. 그뿐만이 아니었다. 이건 마치 운명이 그를 비웃는 것만 같았다. 그 이후 한 시간 동안 그에게는 상상도 할 수 없는 일들이 벌어졌다. 이를테면 그가 방에 들어섰을 때, 그는 팔을 뻗어 모든 사람을, 자신의 모든 부하 직원들을 포옹하려고 했다. 그러다가 잠시 후엔 또 그가 프셀도니모프를 너무나 증오하고 새 신부와 이 결혼식을 저주한다는 생각이 들었다. 뿐만 아니었다. 얼굴과 눈빛만으로도 프셀도니모프 역시 자기를 증오한다는 것을 알 수 있었고, 마치 "지옥으로 꺼져 버려, 지긋지긋한 놈! 진드기처럼 목덜미에 달라붙어 있는 놈!"이라고 말하는 것처럼 느꼈다. 그는 진작부터 이 모든 것을 프셀도니모프의 시선에서 읽고 있었다.

물론 이반 일리치는 식탁에 앉아 있는 지금 이 순간에도 모든 것을 솔직히 털어놓고 인정하느니 차라리 자기 손을 자르려 할 것이다. 다시 말해서 그는 솔직히 드러내어 인정하는 것은 물론이고, 자신의 내면으로도 도저히 인정할 수 없었다. 아직 마지막 순간이 오진 않았지만, 지금도 여전히 도덕적으로는 어떤 균형을 유지하고 있었다. 하지만 마음, 마음은… 마음은 고통스러웠다! 마음은 자유와, 공기, 그리고 휴식을 애원하고 있었다. 사실 이반 일리치는 너무나 선한 사람이었다.

사실 그는 이미 오래전에 여기를 떠났어야 했다는 것을 알고 있었고, 떠나야 했을 뿐만 아니라 도망이라도 갔어야 한다는 것을 알고 있었다. 당연하다. 모든 일들이 그가 보도블록에 서서 꿈꾼 것과는 전혀 다른 방향으로 흘러가고 있었으니까.

'대체 내가 여길 왜 온 거지? 설마 먹고 마시려고 온 건 아니잖아?'

그는 청어를 씹으며 자신에게 물었다. 그는 심지어 현실을 부인하기에 이르렀다. 자신의 업적에 대한 아이러니가 순간순간 떠올랐다. 그는 자기가 왜 여기에 왔는지 스스로도 이해하지 못하는 지경에 이르렀다.

하지만 어떻게 자리를 뜬단 말인가? 끝맺음을 하지 않고 그냥 떠날 수는 없었다. '뭐라고들 하겠어? 내가 여기저기 돌아다니며 들쑤신다고 할 거야. 마무리를 잘하지 않으면, 정말 그런 소문이 날 거야. 예를 들어, 당장 내일(온 사방에 소문이 퍼질 것이기 때문에) 스테판 니키포로비치, 세묜 이바노니치, 사무실, 솀벨 집안, 슈빈 집안에서 뭐라고들 하겠어? 그건 안 되지, 내가 왜 여길 왔는지 모두가 알 수 있도록 도덕적인 목적을 보여 주고 떠나야 해⋯.그런데 감동적인 순간은 결코 오지 않았잖아. 이 사람들은 나를 존중하지도 않잖아. 대체 이 사람들은 뭐가 웃긴거지? 이 사람들은 마치 무감각한 듯 너무나 스스럼없구나⋯. 그래, 나는 한동안 젊은 세대는 모두 무감각하다고 의심해 왔지! 어떠한 일이 있어도 끝까지 남아야 한다⋯! 이제 춤도 추었으니, 곧 식탁으로 모여들겠지⋯.그럼 나는 여러 이슈들, 개혁 문제, 러시아의 위대함에 대해 이야기할 거야⋯ 나는 사람들의 관심을 집중시킬 거야! 그래! 어쩌면, 아직은 일말의 희망이 있을지도 몰라⋯. 이 사람들을 집중시키려면 뭐부터 시작해야 할까? 뭐가 좋을까? 아 모르겠다, 정말 모르겠어⋯, 이 사람들에게 무엇이 필요한지, 그들은 무엇을 원하는지 모르겠어⋯. 사람들이 저기에서 웃고 있는 게 보이는군⋯. 오, 주여, 설마 저를 비웃는 건 아니기를! 대체 난 뭘 해야 하지, 나는 왜 여기 있는가, 왜 떠나지 않고 있는 걸까, 과연 내가 이루려고 하는 게 뭘까⋯?'

이런 생각을 하자 어떤 수치심, 마음속 깊은 곳에서 참을 수 없는 수치심이 그를 콕콕 찔러 댔다.

*

그러나 모든 것이 역시나 한 치 어긋남 없이 일어나고 말았다.

그가 식탁에 앉은 지 꼬박 이 분 지났을 때 끔찍한 기분이 그를 사로잡았다. 그는 자신이 술에 잔뜩 취했다는 걸 느꼈고, 그건 지금까지 한 번도 경험하지 못한 취기였다. 샴페인을 들이켠 상태에서 마신 보드카 한 잔 때문이었다. 보드카는 즉각적인 효력을 미쳤다. 그는 자신이 말할 수 없이 약해지는 것을 온몸으로 듣고, 느꼈다. 물론 배짱과 허세는 더욱 늘었다. 의식은 그를 내버려 두지 않고 소리쳤다.

'좋지 않아, 아주 좋지 않아, 하물며 예의라곤 전혀 찾아볼 수 없다고!'

물론, 술에 취해 변덕스러운 생각이 드는 것을 한순간에 멈출 수 없었다. 그때 갑자기 그에게 너무나 확연히 다른 두 갈래 생각이 떠올랐다. 한쪽에서는 자신이 난관을 극복하고 목표에 도달할 것이라는 필사적인 확신과 함께 허세와 승부욕이 생겼다. 다른 한편에는 정신적 고통과 괴로움에 마음에 상처를 입고 이런 생각을 했다. '사람들이 뭐라고 할까? 이 일은 어떻게 끝이 날까? 내일은 어떨까, 내일, 내일은!'

이미 아까부터 그는 손님들 사이에 자신의 적이 있다는 것을 막연하게나마 예감하고 있었다.

'아마 내가 취해서 그런 거겠지.' 의심에 괴로워하며 그는 생각했다. 그러나 지금은 의심의 여지가 없는 여러 징후들을 통해, 자신의 적들이 식탁에 앉아 있으며, 더 이상 그 사실을 의심할 여지가 없다는 확신이 들자 그는 경악스러울 지경이었다.

'대체 왜! 대체 왜!'

그는 계속 생각했다.

그 식탁에는 삼십여 명의 손님들이 자리를 잡았고, 그 중 몇몇은 이미 완전히 식사 준비가 되어 있었다. 다른 사람들은 부주의하고 악의적이고 제멋대로 행동하면서 고함을 지르거나 모두에게 다 들리도록 큰 소리로 말하고, 차례가 오지도 않았는데 불쑥 건배를 제안하거나, 숙녀들에게 빵을 덩어리째 던지기도 했다. 기름때 묻은 프록코트를 입은 볼품없는 행색의 한 남자는 식탁에 앉자마자 의자에서 넘어지더니 저녁 식사가 끝날 때까지도 그대로 누워 있었다. 어떤 사람은 무턱대고 탁자 위에 올라가 건배사를 하려 했는데, 장교가 코트 자락을 잡으며 행동을 제지했다.

저녁 식사는 어느 고위 관리 댁 농노 요리사가 준비했다고 하는데 온갖 계급이 뒤섞인 차림이었다. 고기를 삶아 식힌 갤런틴, 감자 밑에 혀 고기를 넣은 요리, 완두콩을 곁들인 커틀릿과 거위 요리가 있었다. 이어서 디저트로 푸딩과 비슷한 블라망제가 나왔다. 술은 맥주, 보드카와 셰리주가 나왔다. 감히 저녁 식사를 주도적으로 이끌지 못하고 있던 아킴 페트로비치가 따라 주도록 고위 관리 한 사람 앞에만 샴페인 한 병이 놓였다. 일반 손님들에게는 건배용으로 이 고장에서 난 것 같은 싸구려 술이 제공되었다.

식탁은 여러 개의 테이블을 붙여서 이어 놓았고 그 중에는 카드놀이용 테이블도 있었다. 테이블보도 여러 가지가 덮여 있었는데, 야로슬라블 전통 색상의 식탁보도 있었다. 남자 손님과 여자 손님이 한 명씩 번갈아 앉았다. 프셀도니모프의 어머니는 식탁에 앉을 겨를이 없었다. 그녀는 집 안을 돌아다니며 이것저것 시키고 챙기느라 분주했다. 드디어 그녀 대신 지금까지 모습을 드러내지 않았던 붉은색 실크 드레스를 입고 양볼에 높은 보닛 실내모 끈을 묶은, 한눈에 봐도 인상 사악한 부인이 나타났다. 알고 보니 지금껏 내내 뒷방에 있다가 마침내 저녁 식사 자리에 나온 신부의 어머니였다. 그녀는 도저히 타협이 불가능한, 프셀도니모프의 어머니를 향한 적대감 때문에 지금껏 등장하지 않은 것이었다. 이에 대해서는 조금 뒤에 언급하겠다. 이 부인은 고위 관리를 악의적인 눈빛으로 심지어 조롱하듯 쳐다보았고, 분명 자신이 그에게 소개되기를 원하지 않는 것 같았다. 이반 일리치는 이 인물이 극도로 의심스러웠다. 그러나 그녀 외에 다른 사람들도 의심스러웠으며, 그에게 뭐라 말할 수 없는 두려움과 불안감을 심어 주었다. 심지어 그들 사이에 모종의 음모가 있는 것만 같았고, 특히 이반 일리치에 대한 음모가 있는 것 같았다. 적어도 그에겐 그렇게 느껴졌다. 저녁 식사를 하는 동안 그는 점점 더 이를 확신하게 되었다. 그 중에서도 턱수염을 기른 자유분방한 화가는 특히나 악질이었다. 그는 보란 듯이 이반 일리치를 몇 번이나 쳐다보며 옆사람에게 몸을 돌려 뭐라고 귓속말을 속닥거렸다. 학생들 중 한 녀석은 벌써 완전히 취했지만 몇 가지 징후로 살펴보아 충분히 의심스러웠다. 의대생 역시 느낌이 불길했다. 또한 장교도 완전히 신뢰할 수는 없었다. 그러나 그들 중에서도 《불씨》잡지사 직원은 더욱 눈에 띄게 증오심과 적개심을 드러냈다. 잡지사 직원은 의자에 몸을 쭉 뻗고 앉아, 거만하고 오만방자하게 쳐다보며 제멋대로 콧방귀를 뀌어 댔다! 그렇지만 다른 손님들은《불씨》잡지에 달랑 네 편의 글을 쓰고 자유주의가 된 이자에게 별다른 관심을 기울이지 않았고, 어쩌면 그를 좋아하지 않는 것처럼 보였다. 그러니 이반 일리치를 겨냥한 것이 분명한 빵 덩어리가 별안간 이반 일리치 옆에 떨어졌을 때, 빵을 던진 범인이《불씨》잡지사의 직원이라는 것은 더 말할 나위 없었다.

물론, 이 모든 것은 그에게 비참함을 주었다.

또 한 가지 불쾌한 것은 이반 일리치가 말을 할 때면 발음이 자꾸 꼬이고, 말하는 것 자체가 몹시 힘들어졌다는 사실이었다. 그는 말을 많이 하고 싶었지만 더 이상 혀가 움직이지 않는다는 걸 결국 인정해야 했다. 그런데 이반 일리치가 불시에 정신이 나가기라도 한 듯, 전혀 웃긴 일이 없는데 뜬금없이 코웃음을 치고 웃기 시작했다. 이런 상태는 이반 일리치 본인이 따라 놓기는 했지만 딱히 마시고 싶지는 않았던 샴페인 한 잔을 갑자기, 어쩌다, 완전히 무심결에 마셔 버린 이후에 찾아왔다. 그 한 잔을 마시고 나자 그는 갑자기 울고 싶어졌다. 그는 자신이 완전히 이성을 잃은 상태에 빠졌음을 느꼈다. 그리고 다시 모든 사람을, 심지어 프셀도니모프와《불씨》잡지사 직원까지도 사랑의 눈길로 바라보았다. 그는 갑자기 그 직원을 비롯해 모든 사람들을 포용하고 싶어졌다. 다 잊고 화해하고 싶었다. 뿐만 아니라 그들에게 모든 것을 솔직하게, 그러니까 모든 것이라 함은, 자신이 얼마나 선량하고 명망이 높은 사람이며, 누구보다 뛰어난 능력을 가진 사람인지를 말하는 것이었는데, 이 모든 것에 대해 얘기하고 싶었다. 또한 자신이 얼마나 이 나라에 필요한 사람인지, 어떻게 여성들을 웃길 수 있는지, 그리고 무엇보다 중요한 점인, 자신이 얼마나 진보적이며, 자신이 모든 사람에게, 지위가 가장 낮은 사람들에게까지 얼마나 인간적으로 대할 수 있는지, 바로 그런 성품 때문에 프셀도니모프의 결혼식에 나타난 것이며, 새 신랑의 집에서 샴페인 두 병을 마셨고, 초대받지 않은 자신이 참석해 줌으로써 프셀도니모프를 축복하려 한 것이라고, 그것이 바로 자신이 여기 오게 된 이유라고 얘기하고 싶었다.

'진실, 신성한 진실과 솔직함이야말로 무엇보다 중요하지! 나는 솔직함으로 저들을 사로잡을 테니까. 저들은 나를 믿을 거야. 분명히 보여, 저들은 지금 나를 적대적으로 보고 있지만, 내가 저들을 솔직하게 대하면, 나는 그들을 완전히 정복하게 될 거라는 것을. 저들은 술잔을 가득 채우고 나의 건강을 위하여! 이렇게 외치겠지. 장교는 분명 자신이 마신 잔을 구두 뒤축으로 밟아[08] 깨

---

08   러시아에는 행운을 비는 행위로 건배하고 나서 술잔을 바닥에 던지거나 발로 밟아 깨는 풍습이 있다.

트릴 거야. 심지어 만세를 외칠지도 모르지. 한술 더 떠서 헹가래를 치고 싶어한다면, 굳이 말리지 않을 거야, 오히려 아주 좋을 것 같군. 나는 사랑스러운 새 신부의 이마에 입을 맞추어 줄 거야. 아킴 페트로비치도 아주 좋은 사람이지. 프셀도니모프도 물론, 차차 좋아지겠지. 그에게는 그러니까, 상류층다운 외관이 부족해. 물론 모든 신세대에게 이런 타고난 섬세함이 없다 할지라도… 그래도, 그럼에도 나는 그들에게 여러 유럽 열강들 사이에 현재 러시아가 어떤 위치에 있는지 얘기해 줄 거야. 농민 문제에 대해서도 언급하고, 그리고… 그러면 저들은 모두 나를 사랑하게 되겠지, 그렇게 한 다음 영광스럽게 떠나는 거야…!'

물론 이런 공상들은 꽤 유쾌하긴 했지만, 이런 장밋빛 희망들 가운데 이반 일리치에게 또 다른 예기치 못한 능력이 있음을 발견하게 된 것은 그리 유쾌하지만은 않았다. 그것은 바로 말할 때 침을 튀기는 습관이다. 안타깝게도 침은 그의 의지와는 완전히 별개로 갑자기 입에서 튀어나왔다. 볼에 그의 침이 튀었는데도 각하에 대한 예의상 바로 얼굴을 닦지 못하고 있는 아킴 페트로비치를 보고서 이 사실을 알게 되었다. 이반 일리치는 손수 냅킨을 들고 부하의 볼을 닦아 주었다. 하지만 이는 얼마 전까지만 해도 모든 상식을 넘어서는, 말도 안 되는 행동이라 여겼기에 그 자신도 놀라 이내 입을 다물었다. 아킴 페트로비치는 술도 많이 마셨거니와 완전히 지쳐 꼼짝 않고 앉아만 있었다. 이반 일리치는 장장 십오 분이나 부하를 붙들고 흥미 넘치는 주제로 열을 올렸

웃음과 풍자 코드로 읽는 도스토옙스키 단편선

지만, 막상 아킴 페트로비치는 상관의 이야기에 어쩔 줄 몰라 할 뿐만 아니라 심지어 뭔가 두려워한다는 것을 그제야 알아차렸다. 의자 하나 건너 앉아 있던 프셸도니모프도 목을 길게 뻗어 머리를 한쪽으로 기울인 채 세상 가장 불쾌한 표정을 지으며 이야기를 듣고 있었다. 그는 정말로 이반 일리치를 감시하는 것만 같았다. 이반 일리치는 손님들을 둘러보며 많은 사람들이 자신을 똑바로 쳐다보고 키득거리는 것을 보았다. 그러나 무엇보다 이상한 것은 그런 상황에 자신이 전혀 당황하기는커녕, 오히려 술잔을 들어 다시 술을 들이켜고는 갑자기 모두에게 들리도록 말했다는 사실이었다. 그는 되도록 큰 소리로 말했다.

"제가 이미 말했습니다만, 여러분, 저는 이미, 아킴 페트로비치에게 얘기했지만, 바로 러시아는… 특히 러시아가… 한마디로, 제가 말-하-고-자 하는 것을 이해하시겠습니까…. 러시아는, 저의… 너무나 깊이 확신하고 싶습니다만, 휴-휴머니즘의 변화를 겪고 있습니다…."

"휴-휴머니즘!"

테이블의 반대편 끝에서 소리가 났다.

"휴-휴!"

"쯧-쯧!"

이반 일리치는 말을 멈췄다. 프셸도니모프가 자리에서 일어나 누가 그런 소리를 냈는지 둘러보기 시작했다. 아킴 페트로비치는 손님들에게 그러면 안 된다는 표시로 슬며시 고개를 저어 보였다. 이반 일리치도 그걸 눈치챘지만, 괴로움에 아무 말도 하지 않았다. 그러고는 다시 집요하게 말을 이어 갔다.

"휴머니즘 말입니다! 지난 저녁 저는 스테판 니키 – 키 – 포로비치에게 말했지요…. 그러… 그래… 소위, 그러니까, 소위, 모든 것을 새롭게 바꾸는 것이라 할 수 있습니다…."

"각하!"

테이블 반대편 끝에서 큰 목소리가 울려 퍼졌다.

"뭔가요?"

중간에 말이 끊긴 이반 일리치는 누가 자기에게 소리쳤는지 보려고 살피며 대답했다.

"아무것도 아닙니다, 각하, 듣고 있습니다, 계속하시죠! 계 – 속 하세요!"

또다시 목소리가 들렸다. 이반 일리치는 얼굴을 찡그렸다.

"말하자면, 이런 것들을 개혁하는 겁니다…."

"각하!"

또다시 누군가의 목소리가 외쳤다.

"뭡니까?"

"안녕하신가 해서요!"

이번에는 이반 일리치도 참지 않았다. 그는 하던 얘기를 중단하고 무뢰한이자 질서의 파괴자 쪽을 향해 몸을 돌렸다. 무뢰한은 또 다른 아주 어린 학생이었는데, 심하게 취한 상태였고, 상당히 의심스러운 구석이 있었다. 목소리의 주인공은 이미 아까부터 큰소리를 치고 심지어 잔이며 접시 두 개를 깨부수며, 마치 결혼식이라면 이래야 한다는 듯 행패를 부리고 있었다. 이반 일리치가 학생 쪽으로 돌아선 순간, 장교가 나서서 소리친 자를 엄하게 혼냈다.

"너, 이 자식, 뭐야, 소리는 왜 질러? 쫓아 버려야겠군, 당장 나가!"

"각하, 각하께 그런 것이 아닙니다, 각하, 각하께 한 것이 아닙니다! 계속하십시요! 계속하세요, 저는 듣고 있습니다, 아주, 아 -주, 아 -주 만족합니다. 훌 -륭해요, 훌 -륭 -해!"

의자에 몸을 쓰러뜨리며 눈이 게슴츠레 풀린 학생이 소리쳤다.

"어린 녀석이 너무 취했네요."

프셀도니모프가 귓속말을 했다.

"취한 건 나도 알지만…."

장교가 말을 꺼냈다.

"각하, 제가 재밌는 일화를 하나 이야기해 드리겠습니다! 우리 부대의 어느 중위 이야기인데요, 그는 상관하고 얘기할 때 항상 입버릇으로 하는 말이 있었습니다. 저 학생은 지금 그 사람 흉내를 내고 있는 겁니다. 그 중위는 상관에게 말할 때 말끝마다 항상 '훌 -륭해요, 훌 -륭 -해'라고 붙였지요. 그 때문에 그는 벌써 십 년 전에 직무에서 배제되어 쫓겨났습니다."

"그 중위가 대체 누구인가?"

"저희 부대 사람이었습니다 각하, 아부하느라 정신이 나갔지요. 처음에는 가벼운 조치로 권고를 받았다가, 나중에는 체포되었습니다…. 상관이 부모처럼 잘 타일러 주었지만, 또 그 말에 대해 중위가 '훌-륭해요, 훌-륭-해' 하고 꼬리를 달았지요. 그런데 이상한 것은 중위는 구 베르쇼크[09] 정도 되는 키에 대단히 용감한 장교였다는 겁니다. 그들은 중위를 재판에 넘기려고 했지만, 얼마 안 가 그가 미쳤다는 사실을 알게 되었습니다."

"그러니까…. 아직 고등학생이니. 학교 다니는 학생을 너무 엄하게 대할 수도 없으니…. 나는, 내 쪽에서는 용서할 용의가 있소."

"의학적으로 증명되었습니다, 각하."

"어떻게 말인가! 해부라도 했단 말인가?"

"아, 그건 아닙니다, 그 친구 멀쩡히 살아 있었습니다."

점잖게 앉아 있던 손님들 사이에서 일제히 파안대소가 터져나왔다. 이반 일리치는 버럭 화를 냈다.

"신사 여러분, 신사 여러분!"

그는 처음으로 거의 말을 더듬지 않고 외쳤다.

"살아 있는 사람을 해부할 수 없다는 것쯤이야 분별할 수 있습니다. 다만, 제가 말하려고 한 것은 그가 광기로 인해 더 이상 살

---

09   러시아의 길이 단위, 약 4,445cm이다. 9베르쇼크라고 하면 약 40cm밖에 되지 않으므로 정확한 수치로보다는 키가 아주 작다는 의미로 이해하면 될 듯싶다.

아도 살아 있는 게 아니라는 겁니다…. 다시 말해, 죽은 거나 마찬가지다…. 다시 말해, 제가 하고 싶은 말은… 당신들은 나를 좋아하지 않는다는 겁니다…. 그렇지만 나는 여러분 모두를 좋아합니다…. 그래요, 그리고 포르… 포르피리도 사랑합니다…. 나는 이런 말을 함으로써 저 스스로를 낮추고 있습니다….”

그 순간 이반 일리치의 입에서 엄청나게 큰 타액이 튀어나와 식탁보 위 가장 잘 보이는 위치로 떨어졌다. 프셀도니모프는 냅킨으로 닦으러 얼른 몸을 던졌다. 이 마지막 실수가 결정적으로 그의 체면을 구겼다.

“여러분, 이건 너무하잖소!”

그가 거의 절규하다시피 말했다.

“술 취한 놈일 뿐입니다, 각하.”

프셀도니모프가 다시 속삭였다.

“포르피리! 나는 자네가… 자네들 모두가…. 그래, 나는 다 알아! 나는 바라건대…. 그래, 여러분 모두에게 촉구합니다, 여러분들이 보기에 내가 그렇게 만만하게 보입니까?”

이반 일리치는 거의 울다시피 말했다.

“각하, 부디 자비를 베푸소서!”

“포르피리, 자네에게 묻겠네…. 말해 보게, 만약 만약 내가 이 결혼식에 왔다면, 그래, 그건 목적이 있었기 때문이야. 나는 도덕적으로 높여 주고 싶었어. 나는 사람들이 그걸 느끼길 바랐지. 자이제 모두에게 묻겠소. 그대들이 보기에 내가 그렇게 만만하게 보입니까?"

죽음과도 같은 침묵이 이어졌다. 문제는 죽음과 같은 침묵이 심지어 그 단정적인 질문에 대한 답이었다는 것이다.

'이런, 지금 이 순간 사람들이 차라리 소리라도 지른다면, 차라리 그런다면!'

이런 생각이 각하의 머리를 스쳤다. 그러나 손님들은 그저 서로 얼굴만 바라볼 뿐이었다. 아킴 페트로비치는 거의 초죽음이 되어 앉아 있었고, 프셀도니모프는 공포에 질려 입이 얼어붙어 아무 말도 못 하고, 아까부터 떠오른 끔찍한 생각을 속으로 계속 되뇌고 있었다.

'오늘 일 때문에 내일이면 난 끝이다!'

그때 갑자기 이미 거나하게 취했지만 지금까진 우울하게 침묵을 지키며 앉아 있던 《불씨》 잡지사 직원이 이반 일리치 쪽으로 몸을 돌리더니 눈을 번득이며 전체 청중을 대표하여 대답하기 시작했다.

"네! 당신은 스스로를 깎아내렸습니다. 네, 맞아요, 당신은 반동주의자예요…. 반-동-주-의-자!"

그는 천둥 같은 목소리로 고래고래 소리 질렀다.

"젊은이, 나이도 어린 사람이, 정신 차리게! 감히 누구 앞에서 그따위 소리를 하는 건가?"

이반 일리치가 불같이 화를 내며 자리에서 다시 벌떡 일어나 소리쳤다.

"당신 앞이지요. 그리고 둘째로, 저는 젊은이가 아닙니다…. 당신은 거드름이나 피우고 인기를 얻어 보려고 여기 온 겁니다."

"프셀도니모프, 이건 뭔가!"

이반 일리치가 고함을 쳤다.

프셀도니모프는 벌떡 일어서긴 했지만 너무나 공포에 질린 나머지 말뚝처럼 얼어붙어 어쩔 줄 몰라 하고 있었다. 손님들 역시 굳은 채 저마다의 자리에 앉아 있었다. 화가와 고등학생이 박수를 치며 "브라보, 브라보!" 소리쳤다.

잡지사 직원은 분노를 억누르지 못하고 계속해서 소리쳤다.

"네, 당신은 그 휴머니즘을 자랑하려고 온 겁니다! 당신은 모든 사람들의 즐거움을 방해했습니다. 당신은 샴페인을 마시면서도, 그게 십 루블짜리 월급쟁이 관료에게 너무나 비싼 술이라는 것은 눈치채지 못했습니다. 저는 당신이 자신의 부하 직원의 어린 부인까지 탐내는 그런 상관들 중 한 명이 아닌가 의심스럽기까지 합니다! 뿐만 아니라, 당신은 독점을 지지한다고 확신합니다…. 예, 예, 그래요!"

"프셀도니모프, 프셀도니모프!"

이반 일리치가 프셀도니모프에게 손을 뻗으며 소리쳤다. 그는 잡지사 직원의 말 하나하나가 심장에 날카로운 비수가 되어 꽂히는 것처럼 느꼈다.

"지금… 각하, 걱정하지 마십시오!"

프셀도니모프가 힘차게 외치더니, 잡지사 직원을 덮쳐, 목덜미를 움켜쥐고는 식탁에서 끌어냈다. 약골로 보이던 프셀도니모프가 그런 완력을 발휘할 줄이야, 전혀 기대하지 못한 일이었다. 사실 잡지사 직원은 만취해 있었던 반면, 프셀도니모프는 완전히 멀쩡했기 때문이었을지도 모른다. 그런 다음 프셀도니모프는 잡지사 직원의 등짝에 주먹을 몇 번 날리고는 문밖으로 내팽겨쳤다.

"당신들 모두 비열한 인간이야! 나는 내일《불씨》잡지에 당신들 캐리커처를 제대로 낼 테다!"

잡지사 직원이 소리쳤다

모두들 황급히 자리에서 일어났다.

"각하, 각하! 각하, 진정하시지요!"

프셀도니모프와 그의 어머니, 그리고 몇몇 손님들이 고위 관리 주위로 무리 지어 모여들며 외쳤다.

"아니, 아니오. 나는 완전히 끝났소…. 내가 여기 온 것은… 그저 축복해 주려고 한 것인데, 이게 다 뭐야, 뭐냐고!"

고위 관리가 절규했다.

그러고는 의식을 잃은 듯 의자에 털썩 주저앉더니 양손을 테이블 위에 올리곤 블라망제가 담긴 접시 위로 머리를 박았다. 모두들 극도의 공포에 떨었다. 잠시 후, 그는 자리에서 일어나 분명히 떠나고자 하는 의사를 표했다. 그러다 결국엔 몸을 비틀거리다가 의자 다리에 발이 걸려 헛다리를 짚으면서 바닥으로 고꾸라져서는 그대로 코를 골기 시작했다….

이런 일은 술을 안 마시는 사람이 우연찮게 술을 많이 마셨을 때 종종 일어나는 일이다. 그런 사람들은 마지막 순간까지 정신 줄을 붙잡고 있다가, 어느 순간 갑자기 낫으로 베이기라도 한 듯 툭 고꾸라져 버린다. 이반 일리치는 완전히 의식을 잃고 바닥에 뻗어 버렸다. 프셀도니모프는 머리카락을 움켜쥔 채 그대로 얼어 버렸다. 손님들은 자기 나름대로 벌어진 사태에 대해 수군대며 서둘러 돌아가기 시작했다. 그때가 벌써 새벽 3시경이었다.

*

안타까운 일은 이제까지의 상황도 전혀 좋을 게 없었지만 프셀도니모프의 상황은 상상 이상으로 훨씬 더 나빴다는 것이다. 이반 일리치가 바닥에 뻗어 버리자 프셀도니모프는 머리카락을 쥐어 뜯으며 절망에 빠진 채 자신의 상관을 내려다보며 서 있었다. 이 장면에서 이야기를 잠시 중단하고 포르피리 페트로비치 프셀도니모프에 대해 간단히 언급해 보자.

그는 결혼 한 달 전까지만 해도 거의 처참하고 절망적인 삶을 살아가고 있었다. 그는 자신의 아버지가 한때 복무했었고 재판을 받다가 죽은 어느 현에서 페테르부르크로 건너왔다. 결혼하기 한 다섯 달 전, 페테르부르크로 온 뒤 일 년 동안 죽을 듯이 일만 하던 프셀도니모프가 월급 십 루블짜리 일자리를 얻게 되자, 몸도 마음도 살아나는 것 같았지만 현실에 다시 절망했다. 프셀도니모프 가문에는 이제 단 두 사람만 남았다. 프셀도니모프, 그리고 남편이 죽자 살던 지역을 떠나온 그의 어머니였다. 어머니와 아들은 엄동설한의 추위에 떨며 간신히 살아남았고, 도저히 먹을 수 있을까 의심스러운 음식으로 연명하며 겨우 살아갔다. 프셀도니모프는 목이 말라 물을 마시러 컵을 들고 폰탄카강으로 가기도 했다. 일자리를 얻고 나자 그는 남의 집에 방 한 칸을 빌려 어머니와 정착했다. 어머니는 사람들의 옷을 빨래해 주는 일을 시작했고, 그는 어떻게든 부츠와 제복 외투를 장만하려고 넉 달가량 부지런히 돈을 모았다. 하지만 사무실에서 그는 말할 수 없는 고초를 견뎌야만 했다. 상관이 그에게 다가와서 '목욕은 언제 했어?'라고 물어보질 않나, 그의 제복 옷깃 아래 빈대가 둥지를 틀었다는 둥 숙덕숙덕 그에 대한 소문도 돌았다. 하지만 프셀도니모프는 굳건한 성격의 소유자였다. 겉으로 보기에 그는 유순하고 조용해 보였다. 그는 가방끈이 짧았고, 사람들은 그가 말하는 것을 거의 들어 본 적이 없을 정도로 말이 없었다. 뭐 긍정적으로 볼 만한 게 뭐가 있는지 모르겠다. 과연 그가 생각을 하고, 계획을 세우고, 무언가에 대해 꿈을 꾸기라도 하는지 모르겠다. 그러나 대신 그에게는 어려운 처지에서 벗어나 길을 개척하고자 하는 뭔가 직감적이고 견실하며 본능적인 결단력이 있었다. 그에게는 개미와 같은 근성이 있었다. 누군가 개미집을 파괴하면, 개미들은 바로 다시 집을 짓기 시작할 것이고, 다시 부숴 버리면, 또 짓기 시작할 것이고, 또 부수면, 또 지을 것이다…. 개미들은 지칠 줄 모른다. 개미들은 건설적이고 억척스러운 살림 꾼이라 할 수 있는 생명체다. 프셀도니모프 역시 더 나은 삶을 위해 길을 찾고, 둥지를 짓고, 억척스럽게 모아 두는 사람이라고 이마에 새겨진 사람이다. 그리고 그의 어머니만큼은 세상 누구보다 그를 사랑했고, 모든 것을 다 바쳐 아들을 아꼈다. 그의 어머니는 굳세고, 지칠 줄 모르는 부지런한 여인이었고, 또한 선량한 사람이었다. 만약 이들이 예전에 살던 현에서 회계원으로 근무하다가 은퇴한 플레코피타예프라는 명예 고문관을 만나지 못했더라면 프셀도니모프와 그의 어머니는 앞으로도 오륙 년은 더 남의 집 셋방 신세를 면할 수는 없었으리라. 플레코피타예프 역시 최근에 가족들을 데리고 페테르부르크로 이사 와서 정착해 살고 있었다. 플레코피타예프는 예전에 프셀도니모프 아버지에게 신세를 진 적이 있어서 그를 알고 있었다. 명예 고문관에겐 많진 않았지만 어쨌든 돈이 있었다. 실제로 명예 고문관에게 돈이 얼마나 있는지는 그의 아내도, 그의 큰 딸도, 일가친척 누구도 몰랐다. 그에게는 딸이 둘 있었다. 그는 지독한 술꾼에다 집안의 폭군이었다. 게다가 지병으로 고생하고 있었기에 어느 날 갑자기 딸 하나를 프셀도니모프에게 보내 버려야겠다는 생각을 하게 되었다.

'나는 그 친구를 알지. 그 친구 아버지가 좋은 사람이었으니, 아들도 분명 좋은 사람일 거야'.

플레코피타예프는 자기가 원하면 그렇게 했다. 즉, 그는 한번 말하면 실행하는 사람이었다. 그는 집안에서 정말 끔찍한 폭군이었다. 어떤 병으로 다리를 쓰지 못하면서 대부분의 시간을 안락의자에 앉아서 보냈지만, 그렇다고 그의 건강이 보드카를 마시는 데는 전혀 방해가 되진 않았다. 그는 하루 종일 술을 마시고 욕을 해댔다. 그는 정말 악독한 사람이었다. 끊임없이 누군가를 무턱대고 괴롭혀야만 하는 사람이었다. 이 때문에 그는 자기 집에 친척 몇 사람을 데리고 있었다. 병들고 괴팍스러운 자신의 여동생과 역시나 사악하고 잔소리 많은 처제 두 명, 그다음은 무슨 일로 갈비뼈 하나가 부러진 그의 나이 많은 고모가 그들이었다. 또 한 사람 더 있었는데 '천일야화'를 재미있게 이야기할 줄 아는 재주 덕에 그의 집에 얹혀 사는, 어느덧 러시아 사람이 다 된 독일인 여자였다. 그가 사는 낙이라면 이 불쌍한 식객들에게 잔소리하고, 쉴 새 없이 욕을 퍼붓고, 야단치는 것이었고, 심지어 치통을 앓고 있는 자기 아내도 예외는 아니었다. 그 누구도 그 앞에서는 찍소리도 낼 수 없었다. 그는 식구들이 서로 싸우도록 만들었다. 서로에 대해 유언비어를 만들고 갈등을 조장했으며, 그런 다음 식구들이 서로 치고 박고 싸우는 모습을 보면서 낄낄거리고 즐거워했다. 그는 어느 장교하고 결혼하여 지난 십여 년간 가난하게 살아온 큰 딸이 결국 과부가 되어 병든 어린아이 셋을 데리고 집으로 돌아오자 무척이나 기뻐했다. 그는 딸의 자식들은 말할 수 없이 미워했지만, 괴롭힐 대상이 늘어났기에 노인은 무척이나 만족스러웠다. 한 무리의 사악한 여자들과 병든 아이들은 자신들을 괴롭히는 노인과 함께 페테르부르크의 비좁은 목조 저택에서 아옹다옹 부대끼며 살았다. 노인은 보드카에는 돈을 아끼지 않았지만, 식구들에게는 인색하여 생활비를 조금밖에 주지 않았기에 그들은 늘 굶주렸다. 노인은 불면증에 시달려 잠을 자지 않고 남을 괴롭히는 유희를 원했기 때문에, 식구들 역시 잠을 제대로 자지 못했다. 한마디로, 이 가족은 가난하게 살았고 자신들의 운명을 저주했다. 바로 그 시기에 플레코피타예프가 프셀도니모프를 만난 것이었다. 그는 프셀도니모프의 긴 코와 유순한 외모를 보고 깜짝 놀랐다. 그의 허약하고 빈약한 작은 딸은 그때 갓 열일곱이 되었다. 그녀는 한때 독일인 학교를 다니긴 했지만, 알파벳 말고는 거의 배운 것이 없었다. 이후 그녀는 다리를 못 쓰는 술꾼 아버지 밑에서 집안의 유언비어와 고자질, 중상모략이 난무하는 아비규환에 시달리며 신경질적이고 깡마르게 자라났다. 그녀에겐 평생 친구라곤 없었고, 지혜도 역시 없었다. 그녀는 이미 오래전부터 시집을 가고 싶었다. 사람들 앞에서는 말이 없었지만, 집에서는 엄마와 더부살이하는 집안 여자들 앞에서는 송곳처럼 표독하게 콕콕 쏘아 댔다. 그녀는 특히 언니의 아이들을 꼬집고 때렸고, 아이들이 설탕과 빵에 몰래 손대면 그걸 고자질하길 좋아했다. 그녀와 언니 사이에는 도저히 끝날 것 같지 않은 싸움이 끊임없이 이어졌다. 노인은 직접 프셀도니모프에게 작은딸과의 결혼을 제안했다. 프셀도니모프는 궁핍한 생활에 시달리긴 했지만, 그래도 생각할 시간을 달라고 청했다. 그는 오랫동안 어머니와 고심했다. 그런데 혼수로 집 한 채를 신부 명의로 해 준다고 했다. 비록 일층짜리에 형편없이 낡은 목조 가옥이긴 했지만, 상당히 가치 있는 집이었다. 거기다가 현금 사백 루블도 준다는 것이다. 그 큰돈을 어느 세월에 저축하겠는가!

술주정뱅이 폭군이 소리쳤다.

"내가 말이야, 어째서 이 친구를 들이는지 알아? 첫째, 온통 집 안에 여편네들뿐이기 때문이야, 여편네들한테 질렸거든. 게다가 나는 이 친구에게 신세를 졌기 때문에 이번엔 내가 갚고 싶거든. 둘째, 너희들 모두 반대하고 원하지 않기 때문에 내가 하려는 거야. 바로 그거야, 너희들이 싫어하니까, 내가 하는 거지. 나는 한다고 하면 하는 사람이야! 그리고, 이보게 포르피리, 자네 말이야, 마누라를 들이게 되면, 무조건 때리게. 저 애 속에는 태어날 때부터 악령이 일곱이나 들어 있거든. 내가 회초리를 만들어 줄 테니 마구 때려서 전부 내쫓아 버리게…."

프셀도니모프는 아무 말도 하지 않았지만 이미 결정은 내려졌다. 결혼식을 올리기도 전에 그와 그의 어머니는 신부 집으로 들어갔고, 거기서 씻기고, 옷과 신발을 챙겨 주고, 결혼식 준비를 하라고 돈도 주었다. 노인은 이 모자를 후원했는데, 그건 아마도 자기 식구들이 모두 프셀도니모프를 싫어했기 때문이었을 것이다. 심지어 노인은 프셀도니모프의 나이 많은 어머니가 맘에 들었다. 그는 그녀에게만은 성질을 부리지도 잔소리도 하지 않았다. 그러나 프셸도니모프에게는 결혼식 일주일 전에 자기 앞에서 카자크 춤을 춰 보라고 시켰다. 그러고는 춤이 끝나 가자 그가 말했다.

"그래, 충분해, 나는 자네가 내 앞에서 정신을 차릴 수 있는지 확인하고 싶었거든."

그는 결혼식에 쓸 돈을 딱 필요한 만큼 내주고 자신의 친척들과 지인들을 모두 불렀다. 프셸도니모프 쪽에서는 《불씨》 잡지사 직원과 아킴 페트로비치가 귀빈으로 초대되었다.

프셸도니모프는 신부가 자신을 혐오하고 있으며, 자기가 아닌 장교와 결혼하길 간절히 원했다는 것을 잘 알고 있었다. 그러나 그는 이 모든 것을 이겨 내었고, 어머니와 약속한 게 있었다. 결혼식 당일 낮과 저녁 내내 노인은 추악한 말로 욕을 하고 화를 내며 술을 진탕 퍼마셨다. 가족들은 모두 결혼식을 맞아 뒷방에 조용히 들어앉아 냄새 나고 비좁은 데서 숨죽이고 있었다. 집 앞쪽에 위치한 방들은 무도회와 저녁 식사를 위해 마련해 두었다. 마침내 밤 열한 시가 되어 거나하게 술이 취한 노인이 곯아떨어지자 그날 프셸도니모프의 어머니에게 잔뜩 골이 나 있던 신부의 어머니는 분노를 누르고 자비를 베풀기로 결심하고 무도회와 저녁 식사 자리에 모습을 드러내기로 했다.

이반 일리치의 등장은 모든 것을 뒤죽박죽으로 만들어 놓았다. 신부의 어머니 플레코피타예바는 당황하고 화가 나서 신랑의 어머니에게 왜 고위 관리를 불렀다고 미리 귀띔하지 않았느냐며 욕을 퍼붓기 시작했다. 사람들이 고위 관리는 초대받은 게 아니라 스스로 찾아온 것이라며 그녀를 설득했지만, 그녀는 도통 남의 말에 귀를 기울일 줄 모르는 사람이었으므로 믿으려 하지 않았다.

샴페인이 필요했다. 프셀도니모프의 어머니 수중엔 돈이라곤 고작 일 루블뿐이었고, 프셀도니모프는 땡전 한 푼 없었다. 연로한 신랑의 어머니는 표독스러운 사돈인 믈레코피타예바에게 머리를 조아리며 고위 관리에게 대접할 샴페인 한 병을 사기 위해 돈을 빌려야 했고, 또 한 병을 더 사기 위해 다시금 돈을 구걸해야 했다. 신부의 어머니에겐 그렇게 대접해야 앞으로 사위의 직장 생활과 앞날에 좋을 거라는 말로 설득했다. 신부의 어머니는 결국 돈을 내주긴 했지만, 프셀도니모프는 장모의 독설로 채워진 쓰디쓴 잔소리를 한 사발 받아야 했다. 때문에 그는 벌써 수도 없이 신혼 방으로 달려가 자신의 머리카락을 쥐어뜯으며 저항할 수 없는 사악함에 온몸을 떨며, 첫날밤의 달콤한 쾌락을 위해 준비해 놓은 침대 위로 쓰러졌다. 그렇다! 이반 일리치는 그날 밤 자기가 마신 샴페인 두 병의 가치를 알지 못했다. 이반 일리치의 사태가 이처럼 예기치 못한 방식으로 끝나자, 프셀도니모프가는 공포뿐만 아니라, 우울을 넘어 절망에 사로잡혔다. 또다시 걱정거리가 생겼고, 아마도 밤새도록 변덕스러운 새 신부의 울음 소리와 눈물, 도저히 말이 통하지 않는 신부 일가의 비난이 쏟아질 것이 분명했다. 그는 그게 아니어도 이미 머리가 아팠고, 눈앞이 캄캄하고 정신이 혼미했다. 더군다나 이반 일리치를 그대로 둘 수 없었다. 새벽 3시에 의사를 부르거나, 그를 집으로 데려다 줄 귀족용 마차를 찾아야 했다. 무엇보다 반드시 귀족용 마차가 필요했다. 이런 인물을 이런 행색으로 일반 마차에 태워 보낼 수는 없었다. 하지만 값비싼 귀족용 마차를 부르려면 그 돈은 어디서 구할 것인가?

신부 어머니 플레코피타예바는 고위 관리가 자기와는 단 한마디도 하지 않았고, 심지어는 저녁 식사를 하는 내내 자기에게 눈길 한번 주지 않은 것에 격분하여 자기에겐 단돈 일 코페이카도 없다고 선언했다. 어쩌면 정말 한 푼도 없었을지도 모른다. 그렇다면… 어디서 돈을 구한다? 어떻게 해야 하지? 그렇다, 이런저런 고민으로 그는 머리카락을 쥐어뜯지 않을 수 없었던 것이다.

*

그러는 사이 이반 일리치를 식당에 있는 작은 가죽 소파로 옮겨 눕혔다. 테이블을 치우고 정리하는 동안 프셀도니모프는 모든 하객들에게 돈을 빌리려 했고, 심지어는 하인에게까지 빌리려 했지만 그 누구에게도 돈은 없는 것 같았다. 결국 그는 다른 그 누구보다 오래 남아 있던 아킴 페트로비치에게 돈을 좀 빌려 달라고 부탁했다. 그러나 그가 아무리 좋은 사람이라 할지라도, 돈 얘기를 듣는 순간 당혹감과 놀라운 표정을 감추지 못했고, 뜬

금없이 다른 얘기로 말을 돌렸다.

"다음에는 기꺼이 빌려줄 수 있을 텐데 말일세, 오늘은…, 정말 미안하네…."

그가 우물거리며 말했다.

그러고는 모자를 집어 들어, 최대한 재빨리 집을 빠져나갔다. 꿈풀이에 대해 이야기하던 선량한 청년 한 명만이 뭐라도 도움이 될까 싶어 아직 남아 있었다. 어쩌다 보니 이 청년이 프셸도니모프의 불행에 진심으로 걱정하여 다른 사람들보다 오래 남아 있었다. 그리하여 결국 프셸도니모프와 그의 어머니, 그리고 청년은 의사를 부르러 사람을 보내지 않기로 결정하고, 대신 마차를 불러 이반 일리치를 집에 데려다주기로 했다. 마차가 올 때까지는 어떻게든 그에게 몇 가지 민간요법을 써 보기로 했다. 관자놀이와 머리를 차가운 물로 냉찜질을 하거나, 정수리에 얼음을 대는 것 등이었다. 그건 이미 프셸도니모프의 어머니가 하고 있었다. 청년은 마차를 부르러 거리로 뛰어나갔다. 이미 그 시각에는 페테르부르크스 거리에 마차가 다니지 않기 때문에, 그는 마부를 찾아 삯마차 마부들이 이용하는 여인숙으로 달려가 마부들을 깨웠다. 그들은 흥정을 시작했다. 마부들은 이런 시간에 마차를 움직이려면 오 루블도 적다고 했다. 그렇지만 삼 루블로 합의를 보았다. 그러나 이미 새벽 네 시 가까울 무렵에 청년이 마차를 끌고 프셸도니모프의 집에 도착했을 때 그들의 합의는 깨져버렸다. 아직 정신이 들지 않은 이반 일리치가 몸 상태가 더욱 악화되어 신음 소리를 내며 몸부림치고 있었기 때문이다. 이런 상태로 그를 마차에 태워 집으로 데려가는 것은 아예 불가능하며, 심지어 위험했다.

"혹시나 각하에게 무슨 일이라도 생기면 어떡하지?"

완전히 낙담한 프셀도니모프가 말했다. 어떻게 하지? 새로운 문제가 생긴 것이다. 그럼 환자를 집에 둔다고 하자, 그를 어디로 옮기고, 어디에 눕혀야 할 것인가? 집 안에는 침대가 단 두 개뿐이었다. 믈레코피타예프 노인과 그의 부인이 사용하는 커다란 이인용 침대 하나와 다른 하나는 이번에 새로 장만한 신혼부부용 호두나무 문양의 더블 침대였다. 다른 가족들은, 아니 집안의 여자 거주자들이라고 하는 게 낫겠다, 그들은 바닥에 아무렇게나 누워 자거나, 좀 망가지고 냄새 나는, 완전히 구질구질한 오리털 요를 깔고 잤다. 하지만 그런 이불도 부족했다, 아니 그것조차도 없었다. 그럼 환자를 대체 어디에 눕혀야 하나? 오리털 요야 어찌어찌 구할 수야 있겠지…. 적어도 누가 깔고 자는 것을 슬쩍 빼다가 쓰면 되겠지만, 그걸 어디에다 깔지? 가족실에서 가장 멀리 떨어져 있고 자체에 별도의 출입문이 있는 홀에 잠자리를 깔아야 할 것 같은데, 하지만 홀 어디에 잠자리를 깔아야 하지? 설마 의자를 이어 붙여서 그 위에다 잠자리를 마련해야 하나? 기숙사에서 생활하는 학생들이 주말에 집에 와서 지낼 때 의자 위에다 잠자리를 마련하긴 하지만, 이반 일리치와 같은 특별 인사의 경우 무례하다고 할 것이 분명할 텐데. 그랬다간 내일 아침 눈을 떠서 의자 위에 누워 있는 자신을 발견하면 아마 무척이나 불쾌해하겠지? 프셀도니모프는 그런 상황은 만들고 싶지 않았다. 그렇다면 남은 방법은 단 하나였다. 그를 신혼부부의 침소로 옮기는 것이다. 신혼부부의 잠자리는 얘기했던 것처럼 식당 바로 옆 작은 방에 마련되어 있었다. 침대에는 새로 구입해 아직 사용하지 않은 이인용 매트리스와 깨끗한 이불, 테두리에 주름 장식을 넣은 분홍색 모슬린 커버를 씌운 베개가 네 개 있었다. 이불은 분홍색이었고, 새틴 재질에 무늬가 누벼져 있었다. 모슬린 천으로 만든 커튼이 황금색 고리에서 늘어뜨려져 있었다. 한마디로 그 방은 지극히 정상적이었으며, 침실을 둘러본 하객들도 모두 신혼 방의 인테리어를 칭찬했다. 새 신부는 프셀도니모프를 참을 수 없이 싫어했으면서도, 이 신혼 방에는 저녁 내내 여러 번 몰래 들어와 둘러보고 가곤 했다. 사람들이 콜레라에 걸린 것 같은 만취 환자를 자신의 신혼 방 침소로 옮기려 한다는 사실을 알았을 때, 새 신부는 말할 수 없는 분노와 앙심이 치밀었다! 신부의 어머니는 자기 딸 편을 들면서 욕을 퍼부었고, 내일 당장 남편에게 일러바치겠노라 장담했다. 하지만 프셀도니모프는 자신의 입장을 설명하며 어쩔 수 없다고 고집했다. 그러고는 이반 일리치를 그 방으로 옮기고, 신혼부부는 홀에다 의자를 이어 붙여 잠자리를 마련했다. 새 신부는 흐느껴 울며 신랑을 꼬집으려 하긴 했지만, 그래도 감히 신랑의 말을 거역하지는 않았다. 아버지에겐 그녀에게 익숙한 회초리 지팡이가 있었고, 분명 내일 아버지가 이 일에 대해 자세한 설명을 요구할 것을 알고 있었다. 식구들은 새 신부를 위로하러 분홍색 담요와 모슬린 커버를 씌운 베개를 홀로 옮겨 주었다. 그때 금발의 청년이 마차를 이끌고 도착했고, 더 이상 마차가 필요하지 않다는 것을 알게 되자 그는 까무러치게 놀랐다. 결국 본인이 마차 비용을 지불해야 했지만, 그는 평생 단 십 코페이카도 손에 쥐어 본 적이 없는 사람이었다. 프셀도니모프는 자기는 완전히 빈털터리라고 선언했다. 사람들이 마부를 설득하려고 하자, 마부는 소란을 피우며 심지어 덧창을 두드려 댔다. 이 문제가 어떻게 마무리되었는지, 자세히는 모른다. 결국 금발의 청년이 볼모가 되어, 지인 집에서 하숙하고 있는 한 대학생을 깨워 마차 값을 빌릴 수 되기를 기대하면서 그 마차를 타고 페스키 거리에 있는 크리스마스 4번지로 갔다. 어쩌면 그 학생에게 돈이 있을지도 모르니까. 신혼부부가 남아 있던 홀의 문이 잠겼을 때는 어느덧 새벽 네 시가 넘어섰다. 프셀도니모프의 어머니는 숙취에 시달리는 각하의 곁을 밤새 지켰다. 그녀는 바닥에 요를 깔고 허름한 겨울 외투를 덮고 있었지만, 수시로 일어나야 했기 때문에 잠을 제대로 잘 수가 없었다. 이반 일리치는 지독한 배탈이 났다. 용감하고 너그러운 여인 프셀도니모바는 손수 그의 옷을 모두 벗기고 마치 친아들처럼 그를 돌보았고, 밤새 침실에서 나와 복도를 지나 필요한 그릇을 가져왔다가 다시 가져다 놓기를 반복했다. 하지만 이 밤의 불행은 아직 끝난 것이 아니었다.

*

신혼부부가 홀에 들어가 문을 잠근 지 채 십 분도 되지 않아 갑자기 환희의 비명이 아닌 악에 받힌 비명이 들려왔다. 극도로 악의에 찬 비명이었다. 비명에 이어 우당탕탕 의자가 떨어지는 소리, 우드득 부러지는 소리가 나더니, 순식간에 온갖 종류의 실내복을 입은 여인들이 놀라고 겁에 질린 표정으로 아직 컴컴한 홀안으로 들어왔다. 그들은 신부의 어머니, 그 순간 자신의 아픈 아이들을 팽개치고 뛰어나온 신부의 언니, 이모들, 갈비뼈가 부러진 고모할머니도 있었다. 심지어 요리사와 천일야화를 들려 주며 더부살이하던 독일인 여자까지 모두가 달려왔다. 신혼부부를 위해 독일인 더부살이 여자의 전 재산이라 할 수 있는, 이 집에서 가장 좋은 오리털 이불을 강제로 빼 온 것이었다. 이 존경스럽고 통찰력 있는 여인들은 이미 십오 분 전부터 부엌에서 나와복도를 지나 호기심에 사로잡혀 까치발로 살금살금 전실로 와서 숨어 엿듣고 있었던 것이다. 마침내 누군가가 서둘러 촛불을켜자, 예기치 못한 광경이 펼쳐졌다. 넓은 오리털 이불을 걸쳐 놓은 의자들이 두 사람의 무게를 견디지 못하고 순간 무너지면서오리털 이불이 의자들 사이 바닥으로 떨어진 것이다. 새 신부는악에 받쳐 울어 댔다. 그녀는 미치도록 화가 났다. 정신적으로 완전히 기가 빠진 프셀도니모프는 현장에서 범죄를 들킨 범인처

럼 서 있었다. 그는 변명조차 하지 않았다. 사방에서 경악스러운
탄식과 비명이 울렸다. 프셀도니모프의 어머니도 소란이 일어
난 곳으로 달려왔지만, 이번엔 신부의 어머니가 완전히 우위를
점했다. 처음에 그녀는 프셀도니모프에게 말도 안 되고 대부분
불공정한 비난을 막무가내식으로 퍼부었다.

"자네 말이지, 대체 뭐하는 사람인가? 자네, 이런 치욕을 겪고
서도 아무렇지도 않다고 생각하나?"

결국 그녀는 딸의 손을 잡아 자기 방으로 데려갔다. 다음 날 서
슬 퍼런 아버지가 자초지종을 요구하면 본인이 책임을 지겠노
라 큰소리를 쳤다. 모두가 그녀의 편을 들며 머리를 끄덕이고 탄
식했다. 프셀도니모프 곁에는 그의 어머니만 남아 아들을 위로
하려 했다. 하지만 그는 바로 어머니를 밀어냈다. 그는 지금 위로
를 받을 상황이 아니었다. 맨발에 속옷 차림으로 안락의자로 가
앉더니 우울한 사색에 잠겼다. 그의 머릿속에는 여러 생각들이
뒤죽박죽 혼란스러웠다. 그는 얼이라도 빠진 듯, 얼마 전까지만
해도 사람들이 흥겹게 춤을 추고 궐련 연기가 허공에 흩날리던
홀을 멍하니 둘러보았다. 담배 꽁초와 사탕 껍질이 여전히 더러
운 바닥 위에 여기저기 흩어져 있었다. 폐허가 된 신혼부부 잠자
리와 뒤집어진 의자들은 세상에서 가장 아름답고 진실한 소망
과 꿈이 얼마나 덧없는지를 증명하는 듯했다. 그는 그렇게 거의
한 시간쯤 앉아 있었다. 무거운 생각들이 그의 머릿속을 스쳤다.
이제 직장에 가면 자신은 어떻게 될 것인가? 어쩌면 지난 저녁에

일어난 일로 인해 근무처를 바꿔야 할지도 모른다. 근무하는 곳에 계속 남아 있기란 불가능하다는 것을 그는 고통스럽게 깨달았다. 그의 머릿속엔 플레코피타예프가 내일 다시 자신의 온순함을 시험하려고 카자크 춤을 추게 할지도 모른다는 생각이 들었다. 플레코피타예프는 결혼식에 쓰라고 오십 루블을 줬는데 그 돈은 다 써 버렸다. 하지만 약속했던 사백 루블의 지참금은 아직도 줄 생각조차 하지 않고 있으며, 전혀 언급조차 하지 않고 있었다. 그렇다, 집 역시 아직 공식적으로는 아내 명의로 옮겨 주지도 않았다. 그는 여전히 자신의 인생에서 가장 힘든 순간에 자기를 버리고 가 버린 자신의 아내와, 아내 앞에서 한쪽 무릎을 꿇고 있는 키 큰 장교를 떠올렸다. 그는 이미 그걸 알아챘다. 그는 장인의 증언에 따라 아내 내면에 있는 일곱의 악마를, 그리고 그것들을 내쫓기 위해 준비된 회초리를 생각했다. 물론… 그는 많은 것을 견딜 수 있다고 느꼈지만, 운명은 결국 이런 뜻하지 않은 일들이 일어나는 것을 허용하였고, 그로 하여금 자신의 인내심을 의심하게 만들었다.

이런저런 생각을 하다 보니 프셀도니모프는 한없이 슬퍼졌다. 그러는 사이 타다 남은 양초가 꺼져 갔다. 희미하게 가물거리는 양초의 불빛이 프셀도니모프의 옆모습을 비추며 거대한 그림자를 벽에 투사했다. 길게 뻗은 목과 매부리코, 그리고 이마와 뒤통수에 불쑥 불거져 나온 두 가닥의 머리칼이 비쳤다. 마침내 신선한 새벽 공기가 느껴질 즈음, 추위에 떨고 정신적으로 굳어 있던 그는 자리에서 일어나 의자들 사이에 널브러져 있던 오리털 이불로 다가갔다. 그러고는 아무것도 정리하지 않고, 타다 남은 양초도 끄지 않고, 베개를 챙기지도 않은 채 네 발로 기어서 이불 속으로 들어갔고, 그 어느 때보다도 침울하고 생기 없는 꿈속으로 빠져들었다. 아마도 다음 날 공개 처형 선고를 받게 되는 죄수들이 꾸는 그런 꿈을 꾸면서….

*

한편 불쌍한 이반 일리치 프랄린스키가 불행한 프셀도니모프의 신혼 침소에서 보낸 고통스러운 밤은 그 무엇에도 비할 수 없을 것이다! 극심한 두통과 구토, 불쾌한 통증이 한동안 그를 떠나지 않았다. 그것은 지옥과도 같은 고통이었다. 의식이 그의 머릿속에서 희미하게 반짝였지만, 공포스런 깊은 구렁과 어둡고 불쾌한 모습을 비추는 의식보다는 차라리 의식이 없는 편이 나았다. 그러나 그의 머릿속에는 여전히 여러 생각이 뒤섞여 있었다. 예를 들어 그는 프셀도니모프 어머니를 알아보았고, 그녀가 "나리, 조금만 참으세요, 조금만 참으시면 좋아지실 겁니다."라며 다정하게 다독이는 소리를 들었다. 자신의 곁을 지키고 있는 그녀의 존재는 어떤 논리적인 말로는 설명할 수가 없었다. 또한 역겨운 망상들도 보였다. 누구보다도 세묜 이바노비치가 가장 여러 번 보였지만, 자세히 보면 그것은 세묜 이바노비치가 아니라 프셀도니모프의 코라는 것을 알 수 있었다. 자유분방한 예술가도, 키 큰 장교도, 스카프를 머리에 두르고 목아래로 매듭을 지어 묶은 나이 많은 부인도 눈앞에 아른거렸다. 무엇보다도 머리맡에 있는 커튼이 걸린 황금 고리가 그의 마음을 끌었다. 그는 방을 비추는 양초의 희미한 불빛 아래 그 고리를 분명히 알아보고는 생각에 잠겼다. 저 고리는 무엇에 쓰는 것일까, 왜 여기에 있을까, 무엇을 의미하지? 그는 몇 번이나 이 질문들을 프셀도니모프의 어머니에게 했지만, 자꾸만 자기가 하려는 말과 다른 말이 튀어나와서, 분명 그는 말을 했지만 그녀는 자기가 하는 말을 전혀 이해하지 못한 것 같았다. 드디어, 아침 무렵이 되자 증상이 가라앉으면서 그는 잠이 들었다. 꿈도 꾸지 않고 깊은 잠에 빠졌다. 그는 한 시간 정도 잠을 잤다. 잠에서 깼을 때는 거의 완전히 의식을 되찾고, 참을 수 없는 두통을 느꼈으며, 입안과 마치 옷감 조각처럼 느껴지는 혀에서는 세상 가장 끔찍한 맛이 느껴졌다. 그는 침대에서 일어나 주위를 둘러보며 생각했다. 창문 덧창의 좁은 줄무늬 틈새를 통과한 생기 없는 아침 햇살이 벽에서 가물거렸다. 아침 일곱 시경이었다. 그러나 이반 일리치가 어제저녁 자신에게 무슨 일이 있었는지 모든 것을 떠올리고 깨달았을 때, 저녁 식사 때 있었던 모든 사건과 자신의 실패한 업적, 식사 자리에서 했던 말들이 기억났을 때, 이제 사람들이 자기에 대해 뭐라고 수군댈 것이며 사람들이 어떻게 생각할까에 대한 결론을 단번에 분명하게 떠올릴 수 있게 되었을 때, 주위를 둘러보고 자기가 부하 직원의 평화로운 신혼 방을 얼마나 처참하고 흉측하게 만들어 놓았는지 깨닫게 되었을 땐, 그에게 갑자기 죽을 것 같은 수치심과 참을 수 없는 고통이 그의 가슴을 파고들었고, 그는 날카로운 비명을 지르며 두 손으로 얼굴을 감싼 채 절망에 빠져 베개 위로 쓰러졌다.

잠시 후 그는 침대에서 벌떡 일어나, 단정하고 조심스럽게 개어 둔 자신의 옷이 의자에 놓인 것을 보자, 얼른 옷을 낚아채어 주위를 둘러보고는 말할 수 없는 두려움에 사로잡힌 듯 서둘러 옷을 입기 시작했다. 다른 의자에는 그의 모피 코트와 모자가 놓여 있었고, 모자 위에는 노란 장갑이 가지런히 놓여 있었다. 그는 아무도 모르게 조용히 도망치고 싶었다. 그런데 갑자기 문이 열리더니 프셀도니모프의 어머니가 세면대와 도자기 세숫대야를 들고 들어왔다. 어깨에는 수건이 걸쳐져 있었다. 그녀는 세면대를 올려놓고는 다른 말은 없이 꼭 씻어야 한다고만 했다.

"자, 씻으세요, 나으리, 씻지 않으시면 안 됩니다…."

그 순간 이반 일리치는 세상에 자기가 부끄러워하지 않고 두려워하지 않을 수 있는 존재가 단 한 명 있다면 그 사람은 바로 이 프셀도니모프의 어머니일 것이라 생각했다. 그는 세수를 했다. 그리고 이후 한참 시간이 흐른 뒤에, 인생에서 힘든 순간이 찾아올 때면 그는 수많은 양심의 가책을 포함하여 이때 당시 느꼈던 각성의 상황을 떠올리곤 했다. 차가운 물로 채워진 고급 도자기 세면대에는 얼음 조각이 동동 떠 있었고 분홍색 종이에 뭐라고 글자가 새겨진 십오 코페이카짜리 타원형 비누도 놓여 있었다. 이 모두가 신혼부부를 위해 구입한 것이 분명했지만 이반 일리치가 누구보다 먼저 사용하게 된 것이었다. 그리고 왼쪽 어깨에 캄차카 수건을 걸친 나이 많은 여인도 서 있었다. 차가운 물은 정신이 번쩍 들게 해 주었다. 그는 얼굴을 씻고, 아무 말도 하지 않은 채, 자애로운 마음을 가진 부인에게 감사하다는 인사조차 한마디 없이 모자를 집어 들고 프셀도니모바가 그에게 건네준 모피 코트를 어깨에 걸치고 복도를 지나, 고양이가 야옹거리며 울고 있고, 그가 지나가자 앉아 있던 식모가 몸을 일으켜 몹시 강한 호기심을 보이며 뒷모습을 내다보던 부엌을 지나, 마당으로 나갔고, 다시 거리로 뛰어나가 지나가는 마부를 향해 돌진했다. 서리가 내린 아침은 무척이나 추웠고, 얼어붙은 누르스름한 안개가 아직도 집들과 온 세상을 뒤덮고 있었다. 이반 일리치는 옷깃을 세웠다. 그는 모두가 자기를 쳐다보고, 모두가 자기를 알고 있으며, 모두가 자기를 알아본다고 생각했다….

*

여드래 동안 그는 집밖에 나가지 않았고 사무실에도 나타나지 않았다. 그는 아팠다. 고통스럽게 아팠지만 육체적인 고통보다 정신적인 아픔이 더 컸다. 이 여드래 동안 그는 그야말로 지옥에서 살았다. 저승에서 살았다 해도 지나친 표현이 아니다. 심지어 삭발을 하고 수도승이 되어야겠다 생각한 순간도 있었다. 정말로 그랬다. 이 경우 특히 그의 상상력이 더욱 활발해졌다. 그는 조용한 지하의 그루터기, 뚜껑이 열린 관, 외딴 작은 수도원에서의 생활, 숲과 동굴에서 사는 삶을 상상했다. 그러나 이내 정신을 차리고, 그 모든 것이 끔찍하게 터무니없고 과장되었음을 깨달았고, 그런 부질없는 생각을 한 것을 부끄러워했다.

그다음엔 자신이 실패한 존재(existence manqée)라는 정신적 고통이 시작되었다. 그다음엔 수치심이 또다시 그의 영혼 속에 타올랐고, 일순간 그의 영혼을 점령하고 모든 것을 태우고 자극했다. 그는 온갖 장면을 떠올리며 몸서리쳤다. 사람들이 자신에 대해 무슨 말을 할지, 자신에 대해 뭐라고 생각할지, 어떻게 사무실에 들어갈지, 어떤 숙덕거림이 일 년 내내 아니 십 년, 아니면 평생 동안 자신을 쫓아다니는 것을 상상했다. 그의 일화는 자자손손 전해질 것이다. 그는 가끔이긴 하지만 너무나 소심해져서, 당장이라도 세묜 이바노비치를 찾아가 용서를 구하고 우정을 청할 준비가 되어 있었다. 그는 자신을 변명하려 하지 않았고, 모든 책임을 자신에게 돌렸다. 그는 자신을 정당화할 거리를 찾지 않았고 지난 행동들을 부끄러워했다.

그는 또한 즉시 사직서를 내고, 그저 조용히 살면서 인류의 행복을 위해 한평생 바쳐야겠다고 생각했다. 그리고 만일을 대비하여 자신에 대한 모든 기억을 뿌리 뽑기 위하여 당장 모든 지인들과 관계를 끊어야겠다고 생각했다. 그러나 그다음에는 이 모든 것이 터무니없으며 부하 직원들에게 더욱 엄격하게 대할 때에만 문제를 바로잡을 수 있다는 생각이 들었다. 그 생각에 이르자 그는 희망을 가지고 힘을 내기 시작했다. 마침내 의심과 고통으로 점철된 8일이 지나자 그는 더 이상 불확실성을 견딜 수 없다고 느끼게 되었고, 어느 좋은 날 아침에(un beau matin) 사무실에 나가기로 결심했다.

그가 아직 우울에 빠져 집에 머물 때, 그는 자신이 어떻게 사무실에 들어가야 할지 수천 번도 넘게 상상해 보았다. 그는 분명 자신의 등 뒤로 들리는 애매한 의미의 숙덕거림을 듣게 될 것이고, 역시나 애매한 표정의 얼굴들을 마주하고 세상 가장 악의적인 미소를 받게 될 것이라는 끔찍한 확신을 했다. 그러나 실제로 그런 일은 전혀 일어나지 않았다. 그래서 그는 몹시 당황했다. 모두가 그를 정중하게 맞이했다. 그에게 고개를 숙여 인사했고, 다들 진지한 표정이었으며, 모두 일하느라 바빴다. 그가 집무실로 조용히 들어갔을 때, 마침내 기쁨의 감정이 그의 가슴 가득 밀려들었다.

그는 금세 진지하게 업무에 몰두했고, 몇 가지 보고서에 대한 설명을 듣고 결재를 했다. 지금까지 그날 아침처럼 자신이 이렇게 명석하고, 이렇게 심사숙고하고, 능률적으로 의사 결정을 내린 적이 있었던가 싶었다. 그는 직원들이 만족해하고, 자신을 존중하고, 존경심을 가지고 대하는 모습을 보았다. 아무리 의심의 날을 세워 보아도 아무것도 건질 것이 없어 보였다. 모든 게 완벽하게 흘러가고 있었다.

드디어 아킴 페트로비치가 서류를 들고 나타났다. 그가 등장하자 이반 일리치의 심장 한가운데를 무언가가 찌르는 것 같았지만, 그것도 한순간일 뿐이었다. 그는 아킴 페트로비치와 업무를 보고, 중요한 부분을 일러 주고, 어떻게 해야 할지 보여 주고 설명했다. 그는 자신이 너무 오랫동안 아킴 페트로비치를 쳐다보거나 또는, 아킴 페트로비치가 자신을 쳐다보는 것을 두려워한다는 것은 느꼈지만, 아킴 페트로비치는 업무를 마쳤고 서류를 정리하기 시작했다.

"그런데 여기 아직 청원이 하나 더 있습니다. 다른 부서로 옮겨 달라는 프셀도니모프 관료의 청원으로… 세묜 이바노비치 쉬풀렌코 각하께서 그에게 자리를 약속하셨습니다. 각하의 자비로운 협조를 요청드립니다, 각하."

그가 최대한 건조하게 운을 뗐다.

"아, 그래, 그가 부서 이동을 하겠다는 거군."

이반 일리치가 말했다. 그는 자신의 가슴을 누르고 있던 커다란 바윗덩이가 떨어져 나가는 것을 느꼈다. 그는 아킴 페트로비치를 슬쩍 보았다. 그러다 순간 눈길이 마주쳤다.

"그래, 나야말로… 협조를 해야지, 기꺼이 그렇게 해 주겠네."

이반 일리치가 대답했다.

아킴 페트로비치는 가능한 한 빨리 자리를 벗어나고 싶은 눈치였다. 하지만 이반 일리치는 갑자기 관대한 마음이 일어나 모든 것을 속 시원히 털어놓아야겠다고 결심했다. 그가 다시 영감을 받은 것이 분명했다.

그는 심오한 의미가 담긴 분명하고 의심할 여지 없는 시선으로 아킴 페트로비치를 바라보며 말했다.

"그에게 전해 주게나. 프셀도니모프에게 전달해 주게. 나는 그가 조금도 잘못되기를 바라지 않는다고. 그래, 바라지 않아…! 오히려 난 지난 일들을 다 잊을 준비가 되어 있으며, 모든 것을 잊을 거라고, 모두 말일세, 모든 것을…."

그런데 순간 이반 일리치가 말을 멈추고 아킴 페트로비치의 모습을 당황스럽게 바라보았다. 사려 깊은 사람이 왜 그런지는 모르겠지만 숫제 얼간이처럼 보였다. 그는 상대의 말을 끝까지 듣는 대신, 귓불까지 벌게지고 얼굴을 붉히더니 서둘러, 심지어 무례할 정도로 고개만 까닥 숙여 인사하고는 허둥지둥 문으로 뒷걸음질 쳤던 것이다. 그건 마치 쥐구멍에라도 숨어 버리고 싶을 때의 모습이었다. 차라리 어서 빨리 자기 자리로 돌아가고 싶다고 말하는 게 나았을 것이다. 혼자 남은 이반 일리치는 혼란에 빠져 의자에서 일어났다. 그는 거울을 들여다보았지만 자신의 얼굴을 알아볼 수가 없었다.

"아니, 엄격함, 오직 엄격함만이, 엄격함 말이야!"

그는 거의 무의식적으로 중얼거렸다. 그러다 순식간에 새빨간 홍조가 그의 얼굴에 확 퍼졌다. 고통 속에 지냈던 지난 8일 중 가장 견디기 힘들었던 순간보다, 그에게는 지금이 더 부끄럽고 훨씬 더 괴로웠다.

"견디지 못한 거야!"

그는 혼잣말을 하며 힘없이 의자에 털썩 주저앉았다.

우스운 인간의 꿈

환상적인 이야기

1.

　나는 우스운 인간이다. 사람들은 이젠 나를 미친놈이라 부른다. 혹시나 지금 내가 예전만큼 사람들에게 우습게 보이지 않는다면 직급이 높아졌기 때문일지도 모른다. 뭐 그래도 이젠 전혀 화도 나지 않는다. 오히려 그들 모두가 사랑스럽게 느껴진다. 심지어 그들이 나를 비웃을 때조차 왠지 더욱 사랑스럽게 느껴질 정도이다. 그들을 바라보는 나의 마음이 이토록 슬프지만 않다면, 자신을 비웃는 게 아니라 그들을 사랑하는 마음으로 나 역시 그들과 함께 웃을 수 있을 텐데. 하지만 슬프구나. 나는 진리를 아는데 그들은 진리를 모르니 참 슬픈 일이다. 아아, 혼자만 진리를 안다는 것이 얼마나 힘든 일인가! 하지만 사람들은 이해하지 못할 것이다. 이해 못하지, 못하고말고.

　나는 예전에 내가 우습게 보인다는 것 때문에 무척이나 우울해했다. 사실 우습게 보였다기보다 실제로 우스웠다. 나는 언제나 우스운 인간이었고 어쩌면 태어날 때부터 그 사실을 알았는지도 모르겠다. 일곱 살 때 이미 내가 우스운 인간이라는 것을 알았던 것 같다. 그 후에 학교를 다녔고 대학 공부도 했다. 하지만 마찬가지였다. 오히려 공부를 하면 할수록 내가 우습다는 것을 더욱 깨달을 뿐이었다. 그러고 보면 대학에서 배운 모든 학문은 깊이 몰두하면 할수록 내가 우습다는 사실을 나에게 설명하고 증명하려는 목적으로만 존재하는 것 같았다.

　학문과 마찬가지로 삶도 비슷하게 흘러갔다. 나의 우스운 모습에 대한 동일한 인식이 모든 면에서 해마다 나의 마음속에 점점 자라며 단단해져 갔다. 언제나 모두 한결같이 나를 비웃었다. 그러나 세상에 내가 우습다는 것을 가장 잘 아는 사람이 있다면 그 사람은 바로 나 자신이라는 사실은 그들 중 누구도 알지도 못했고, 짐작도 하지 못했다. 사람들이 그걸 모른다는 사실에 나는 더욱 비참했지만, 사실 이렇게 된 데에는 나 자신도 잘못이 있었다. 내가 항상 너무나 오만했던 나머지 어떠한 일이 있어도, 그 누구에게도, 절대로, 이 사실을 고백하려 하지 않았기 때문이다.

나의 오만함은 해가 갈수록 내면에서 계속 커져서 혹시나 상대가 누구이든 내가 우스운 인간이라고 나 스스로 고백했다면, 나는 그날 밤 당장 내 머리를 권총으로 쏘아 박살내 버렸을 것이다. 아, 사춘기 시절 혹시 참지 못하고 나도 모르게 불쑥 친구들에게 털어놓기라도 할까 봐 얼마나 노심초사했던가. 하지만 청년이 된 후로 해가 갈수록 나의 괴팍한 성격을 더욱 잘 알게 되었는데도 어찌된 일인지 마음이 오히려 좀 편안해졌다.

'어찌된 일인지'라고 말한 까닭은 다름 아니라 지금까지 나도 그 이유를 뭐라 말할 수 없기 때문이다. 어쩌면 나 자신보다 끝없이 높은 어떤 상황에 대한 지독한 우울함이 내 마음속에서 자라났기 때문일지도 모른다. 그것은 바로 나를 파고들었던 하나의 확신, 이 세상이야 어떻든 다 상관없다는 확신이었다. 나는 아주 오래전부터 예감했지만 완전히 확신한 계기는 작년에 우연히 생겼다. 문득 세상이 존재하든 말든, 세상 어디에 뭐가 있든, 나와는 아무 상관없다고 느꼈던 것이다. 나와 상관 있는 것은 아무 것도 없다는 것을 나의 정신과 육체, 나의 모든 존재로 듣고 느꼈다. 다만 세상이 예전에는 존재했을 거라고 생각했다. 그러나 나중엔 그건 그냥 느낌이었을 뿐 예전에도 마찬가지로 아무것도 존재하지 않았다고 깨달았고 앞으로도 아무것도 결코 존재하지 않을 것이라고 점차 확신하게 되었다. 그러자 어느 순간부터 더 이상 사람들에게 화를 내지 않았고 사람들을 신경 쓰지 않게 되었다.

사실 이런 모습은 아주 사소한 일에서도 드러나곤 했다. 예를 들자면 길을 걸을 때 사람들과 부딪히는 일이 종종 있었다. 생각에 잠겨서 걷느라 그런 게 아니었다. 내가 무슨 생각을 했겠는가? 당시 나는 전혀 생각하지 않았다. 어쨌든 상관없었다. 내가 문제들을 해결했더라면 참 좋았겠지만, 단 하나도 해결하지 못했다. 아, 문제가 얼마나 많았던가? 그러나 해결을 하든 안 하든 나는 점점 신경 쓰지 않았고, 그러자 문제들이 모두 사라져 갔다.

바로 그 후에 나는 진리를 깨달았다. 나는 지난 11월, 정확히 11월 3일에 진리를 깨달았다. 그리고 그날 이후 나는 매 순간 그 진리를 기억한다. 그날은 음울한, 어쩌면 이럴 수 있을까 싶을 정도로 참으로 음울한 밤이었다. 열 시가 넘어 집으로 돌아가는 길이었다. 정말 이보다 더 음울한 밤은 있을 수 없을 거라고 생각했던 기억이 난다. 심지어 온몸으로 느껴지는 음울함이었다. 그날은 비가 하루 종일 퍼부었는데, 유독 냉랭하고 음울한 비였다. 인간에 대한 명백한 적대감이 느껴지는 무섭기까지 한 비…. 그러다 열 시가 넘어 갑자기 비가 그치더니 으스스한 습기가 밀려들었다. 비가 내릴 때보다 공기는 더 습하고 더 냉랭했다. 길에서 구석진 골목 저 멀리 시선을 옮겨 바라보니 대로이건 골목길이건 길에 깔린 돌멩이마다 수증기 같은 것이 피어오르고 있었다. 그때 문득 여기저기에 서 있는 가스등이 다 꺼져 버리면 차라리 기분이 좀 나을 텐데 가스등이 거리를 낱낱이 비추고 있어서 마음이 더 슬픈 것 같았다.

그날 나는 거의 식사를 하지 못한 채 이른 저녁부터 지인 기술자의 집에 가서 시간을 보냈다. 그 집에는 친구 두 명이 더 있었다. 내가 줄곧 아무 말도 하지 않았더니 그들도 괴로운 모양이었다. 그들은 뭔가 도발적인 주제를 이야기하다가 갑자기 흥분을 하곤 했다. 내가 보기엔 아무 상관없는데 그냥 흥분하는 것 같았다. 그러다 불쑥 나는 그들에게 이렇게 뱉어 버렸다.

"이보게들, 어쨌거나 자네들한텐 아무 상관없는 일 아닌가."

그들은 기분 나빠하진 않았지만 나를 비웃기 시작했다. 내가 아무 비난도 하지 않은 채, 정말 나는 어쨌든 상관없다는 듯 말했기 때문이었다. 그들은 진정 내가 어쨌거나 상관하지 않는다는 것을 알게 되자 다시 기분이 좋아졌다.

거리에서 잠시 가스등 생각을 하다가 문득 하늘을 올려다보았다. 하늘은 몹시 캄캄했지만 흩어져 있는 구름 사이로 점점이 보이는 검은 심연들만큼은 확실히 구분할 수 있었다. 순간 나는 검은 심연 속에서 작은 별 하나를 발견하고 그것을 뚫어지게 바라보기 시작했다. 그 별이 어떤 생각을 떠올려 주었기 때문이었다. 바로 내가 그날 밤 자살하기로 결심했다는 생각 말이다. 나는 이 결심을 이미 두 달 전부터 확고히 했다. 그래서 수중에 돈이 없었지만 권총을 근사한 놈으로 한 자루 사서 그날로 바로 장전까지 해 두었다. 하지만 벌써 두 달이 지나가는데도 권총은 여전히 서랍 속에 놓여 있었다. 언제 죽든 전혀 상관없었기에 오히려 나중에는 어쨌든 상관없지 않은 순간, 즉, 뭔가 의미 있는 때를 선택하고 싶은 마음이 생겼다. 어째서 그런 생각이 들었는지는 모르겠다. 그리하여 지난 두 달 동안 나는 매일 밤 집으로 돌아오는 길에 총을 쏴 자살할 생각을 했다. 계속해서 때를 기다렸다. 그런데 바로 그 별이 나에게 그 생각을 떠올려 주었고 나는 그날 밤이 확실하다는 생각을 하게 되었다. 하지만 왜 그 별을 보고 그 생각을 떠올렸는지 나도 모르겠다.

그렇게 하늘을 바라보고 있는데 갑자기 한 여자아이가 내 팔을 붙잡았다. 거리는 어느새 텅 비었고 거의 아무도 없었다. 저 멀리 마부 한 사람만 꾸벅꾸벅 졸고 있을 뿐이었다. 여자아이는 여덟 살 정도 되어 보였는데, 머릿수건을 두르고 원피스 하나만 걸친 채 온몸이 젖어 있었다. 지금도 내 기억 속엔 너덜너덜해져 비에 젖은 아이의 신발이 선하다. 유독 그 신발이 눈에 들어왔던 것이다. 아이는 갑자기 내 팔을 잡아당기며 날 붙잡았다. 울고 있지는 않았지만 쉰 듯한 목소리로 부르짖으며 어떤 말들을 띄엄

떠엄 내뱉었다. 가랑비에 젖어 온몸이 덜덜 떨려서 말이 제대로 나오지 않는 것 같았다. 무슨 일인지 아이는 공포에 질려 절망적으로 외치고 있었다.

"엄마! 엄마가!"

나는 아이 쪽으로 얼굴을 돌렸지만 아무 말도 하지 않고 그저 가던 길을 계속 갔다. 하지만 아이는 종종걸음으로 쫓아오면서 나를 잡아당겼다. 아이에게서 극도로 겁에 질린 절망의 소리가 울려 나왔다. 나는 그 소리를 잘 안다. 아이가 비록 말을 제대로 다 하진 못했지만, 그 몇 마디만으로도 아이의 어머니가 어딘가에서 죽어 가고 있거나 아니면 어딘가에서 무슨 일이 생겨 아이가 엄마를 도와줄 누군가를 혹은 무언가를 찾으러 달려 나왔다는 걸 알 수 있었다. 그러나 나는 아이를 따라가지 않았다. 오히려 아이를 쫓아 버려야겠다는 생각이 들었다. 처음에 나는 아이에게 경찰을 찾아보라고 했다. 그러나 아이는 갑자기 자그마한 두 손을 모아 쥐고선 목이 메어 훌쩍거리며 종종거리며 계속 쫓아오면서 놔주지 않았다. 결국 나는 발을 구르며 아이에게 버럭 소리를 질렀다. 아이는 그저 부르짖기만 했다.

"나리, 나리!"

그러더니 갑자기 나를 그냥 두고 부리나케 길을 건너갔다. 건너편에 다른 행인이 보이자 나를 포기하고 그 사람에게 달려간 것 같았다.

나는 오층에 있는 나의 집으로 올라갔다. 나는 주인집에 세 들어 살았는데 집엔 셋방이 여럿 있었다. 내 방은 반원 모양의 다락 창문이 하나 나 있고 비좁고 옹색했다. 방수포로 만든 소파, 책들이 놓인 책상, 의자 두 개 그리고 오래되어 낡았지만 등받이가 높은 볼테르풍의 편안한 안락의자가 하나 있었다. 나는 의자에 앉아 양초에 불을 붙이고 생각에 잠겼다. 벽 너머 옆방에서 시끌벅적 소란이 이어졌다. 벌써 사흘째였다. 그 방에는 퇴역 대위가 살았는데 그의 손님들이 와 있었다. 여섯 명쯤 되는 할 일 없는 작자들이 보드카를 마시며 낡아 빠진 카드로 슈토르라는 내기 도박을 하고 있었다. 전날 밤에는 그들 중 두 명이 서로 머리채를 잡고 싸움박질을 하기도 했었다. 주인집 여주인은 뭐라고 하고 싶었지만 대위를 무척이나 무서워했다. 세 들어 사는 사람들 중에 자그마한 키에 빼빼 마른 부인이 있었는데, 연대에서 살다가 이곳으로 온 여인으로 이사 올 때부터 병을 앓는 어린 자식 셋과 함께 살았다. 그녀와 아이들도 대위를 까무러칠 정도로 무서워해서 밤새 벌벌 떨며 연신 성호를 그어 댔고 막내 아이는 공포에 질린 나머지 발작을 일으키기까지 했다.

내가 알기로 대위는 어쩌다 한 번씩 네프스키 대로에서 지나가는 행인들을 멈춰 세우고 구걸을 하는 것 같았다. 어느 직장에서도 그를 받아 주지 않았으니까. 그런데 이상한 것은 (바로 이 때문에 내가 이 얘기를 하는 것이다.) 대위가 세 들어 산 지도 꼬박 한 달이 다 되었는데, 그동안 나를 화나게 하는 일은 단 한 번도 없다는 것이었다. 물론 내가 애초부터 그자와 알고 지내기를 꺼려 피한 것도 있지만 그쪽도 처음부터 나를 대하기가 따분한 모양이었다. 어쨌거나 그 사람들이 벽 너머 방에서 얼마나 소리를 질러 대든, 몇 명이나 북적거리든 나는 전혀 신경 쓰지 않았다. 밤새 자지 않고 의자에 앉아 있었지만 그들의 존재를 잊을 정도로 옆방 소리가 하나도 들리지 않았다.

사실 나는 매일 밤 동이 틀 때까지 잠을 자지 않는데 이렇게 지낸 지도 벌써 1년이다. 밤새도록 아무것도 하지 않고 책상 앞 안락의자에 앉아 있다. 책은 낮에만 읽는다. 밤에는 아무 생각 없이 그냥 앉아 있다. 그러다 보면 이런저런 생각들이 정처 없이 들락날락하지만 그냥 자유롭게 내버려 둔다. 양초 한 자루가 하룻밤 사이 다 탄다. 나는 조용히 책상에 앉아 권총을 꺼내 앞에 놓았다. 권총을 놓고 나서 나 자신에게 물어 보았던 기억이 난다.

"그래, 할까?"

그러고는 굳게 확신하며 나 자신에게 대답했다.

"그래."

즉, 총으로 자살하겠다는 말이다. 이미 나는 그날 밤 반드시 자살하리라는 걸 알고 있었다. 하지만 그 순간까지 얼마나 오래 책상 앞에 앉아 있을지는 몰랐다. 그 여자아이만 아니었으면 벌써 방아쇠를 당기고도 남았을 터였다.

2.

아무리 세상이 어떻든 다 상관없다고 할 지라도 나도 고통 같은 것은 느끼곤 했다. 누군가 나를 때리면 나는 아프다고 느낄 것이다. 윤리적인 면에서도 마찬가지이다. 무언가 너무 가슴 아픈 일이 일어나면, 세상이 어떻든 상관없다고 여기지 않았던 시절 느꼈던 것과 똑같이 가슴 아픈 감정을 느낄 것이다. 나는 여자아이를 보고 정말 가슴이 아팠다. 진정 그 아이를 돕고 싶었을 텐데 대체 왜 돕지 않았던 것일까? 실은 그때 떠올랐던 한 가지 생각 때문이었다. 그 아이가 나를 부르며 팔을 잡아당길 때, 그때 문득 내 앞에 하나의 질문이 떠올랐던 것이다. 그런데 나는 그에 대한 답을 찾을 수가 없었다. 그 질문은 별것 아니었지만 나는 몹시 화가 났다. 그러니까 내가 오늘 밤 생을 끝내기로 결심했다면, 당연히 그 어느 때보다도 더욱 나에겐 세상이 상관없어야 하는 거였다. 그런데 대체 어째서 갑자기 세상이 상관없지 않은 것일까? 대체 어째서 여자아이가 가엾게 느껴지는 것일까? 이런 생각이 들자 불쑥 화가 났던 것이다. 아이가 얼마나 불쌍했는지 아직도 기억난다. 당시 나의 상태로는 믿을 수 없을 만큼 심지어 이상하게 고통스러울 정도로 아이가 가여웠다. 사실 그때 순간의 느낌을 더 잘 전달하지 못할 것 같다. 다만 그 느낌은 집에 돌아와 내 방 책상에 앉아서도 지속되었고, 나는 전에 없이 몹시 화가 났다.

생각이 꼬리에 꼬리를 물고 이어졌다. 이런 생각이 들었다. 만약 내가 인간이고 아직 존재하고 있으며 아직 무의 세계로 돌아가지 않았다면 나는 아직 살아 있다는 것이고, 그러하기에 나의 행동에 대해 괴로워하고 화를 내고 수치심을 느낄 수 있는 것이다. 그건 그렇지만…. 만약 내가 두 시간 뒤에 자살할 거라면, 그런 나에게 그 여자아이가 대체 무엇이며, 무엇 때문에 내가 수치심을 느끼며 세상만사 상관하겠는가? 나는 곧 사라질 텐데, 절대적인 무가 될 텐데 말이다. 내가 곧 세상에서 완전히 사라질 것이고, 그러고 나면 그 무엇도 존재하지 않을 것이라는 생각이 과연 여자아이를 불쌍히 여기거나 나의 비열한 행동에 수치심을 느끼는 데 정말 일말의 영향도 미치지 않을 수 있었을까? 나는 바로 이런 생각으로 그 불쌍한 아이에게 발을 구르며 버럭 소리를 질렀다.

'난 말이지, 전혀 불쌍하게 느끼지도 않을 뿐더러, 비인간적인 야비한 짓을 하려 한다면, 지금이라도 할 수 있어. 왜냐고? 이제 두 시간 후면 세상 모든 게 다 꺼져 버릴 테니까.'

내가 이런 이유로 소리를 질렀다는 게 믿어지는가? 지금 나는 확신한다. 세상과 삶이 완전히 나에게 달린 것만 같은 생각이 명백해 보였다. 심지어는 세상이 나 한 사람만을 위해 만들어진 것 같았다고도 할 수 있다. 말하자면 내가 방아쇠를 당기면 이 세상도 사라지는 것이다, 적어도 나에게는 말이다. 내가 죽고 나면 정말 모두에게 아무것도 존재하지 않을지도 모른다. 그건 물론이고, 나의 의식이 꺼지면서 동시에 온 세상도 순간 환영처럼 사라질 것이다. 마치 세상이 나 한 사람의 의식에 종속된 것처럼. 어쩌면 나 자신 한 사람이 존재하기 때문에 이 세상도 이 세상 사람들도 모두 존재하는 것일지 모르기 때문이다. 나는 책상에 앉아 이런저런 생각을 하며 하나둘 끊임없이 밀려오는 모든 새로운 질문들을 이렇게도 해 보고 반대로 뒤집어 보기도 하고, 그러다 완전히 새로운 생각을 떠올리기도 했다.

예를 들어 문득 떠오른 생각 중에 이상한 게 하나 있었다. 만약 내가 예전에 달이나 화성에 살았는데 그곳에서 상상으로나 가능한 그야말로 치욕스럽고 비열한 행동을 저질렀다면? 그래서 나의 행동에 대해 악몽에서나 상상하고 경험할 수 있는 온갖 욕을 먹고 망신을 당했다고 하자. 그런데 나중에 정신을 차려 보니 내가 지구에 있는 것이다. 나는 여전히 다른 행성에서 무슨 짓을 했는지 인식하고 있다. 하지만 더 이상 그곳으로 돌아갈 일도 없고 절대로 가지 않는다는 것을 안다. 그런데도 지구에서 달을 바라보면서 나하고 상관없다고 느낄 수 있을까? 과연 나의 지난 행동에 대해 수치심을 느낄까? 그렇지 않을까?

권총이 이미 내 앞에 놓여 있고 그 일이 확실히 일어나리라고 나의 모든 존재를 통해 아는 상황에서 이런 질문들이 다 무슨 소용이겠는가? 그런데도 이 질문들이 나를 열 받게 하고 격분하게 만들었다. 무언가를 먼저 해결하기 전에는 죽을 수 없을 것 같았다. 한마디로 여자아이가 나를 구한 것이다. 왜냐하면 질문들 때문에 권총 자살을 미뤘기 때문이다. 그러는 사이 대위의 방도 잠잠해졌다. 카드놀이를 끝내고 잠자리에 들면서 잠시 구시렁대기도 하고 질펀하니 욕을 주거니 받거니 하는 소리가 들렸다.

바로 그때 나는 갑자기 잠이 들었다. 그렇게 책상 앞 안락의자에 앉아 잠이 든 적은 내 평생 한 번도 없었다. 전혀 모르는 사이에 잠에 빠져 버린 것이다. 알다시피 꿈이란 굉장히 이상한 것이다. 꿈속에서는 어떤 장면이 세세한 부분까지 정밀하게 다듬어놓은 귀금속 세공품처럼 놀라울 정도로 생생하게 보이다가 전혀 의식하지 못하는 사이 시간과 공간을 넘나들며 다른 차원으로 건너뛰기도 한다. 꿈을 꾸게 하는 것은 이성이 아니라 욕망, 머리가 아니라 가슴인 것 같지만, 때로는 나의 이성은 꿈속에서 얼마나 희한한 일들을 벌이는지 모른다! 반면에 이성으로는 도저히 이해하기 어려운 일들이 꿈속에서 일어나기도 한다. 예를 들어 나의 형은 5년 전에 죽었다. 나는 가끔 꿈에서 형을 보는데 형은 내가 하는 일을 같이 하거나 우리는 매우 열심히 함께 일을 한다. 하지만 나는 꿈을 꾸는 내내 형이 죽어서 땅에 묻혀 있다는 것을 분명히 알고 기억한다. 대체 어떻게 형이 죽은 사람인데도 옆에서 나와 함께 분주히 일한다는 사실에 놀라지 않는 것일까? 대체 어째서 나의 이성은 이 모든 것을 전적으로 허용하는 것일까?

형 얘기는 이 정도로 하고 이제 나의 꿈 얘기를 시작해 보겠다. 그렇다, 나는 그날 그 꿈을 꾸었다, 11월 3일, 그날의 나의 꿈 말이다! 지금 사람들은 그건 그저 꿈일 뿐이라며 나를 비웃는다. 하지만 만약 그 꿈이 나에게 진리를 알게 해 주었다면, 꿈이건 꿈이 아니건 무슨 상관이란 말인가? 어쨌거나 일단 진리를 알게 되고 나면, 그것이 진리이며 진리가 아닌 다른 것일 수는 없다는 걸 알게 된다. 당신이 꿈을 꾸든 아니든 말이다. 어쨌거나 꿈이라고 해 보자, 그렇다 치자. 그런데 나의 꿈, 아 바로 그 꿈이 당신들이 그리도 대단하게 생각하는 이 삶을 자살로 청산하려던 나에게 새롭고 위대하며 혁신적이고 강력한 삶을 알려 주었던 것이다!

들어 보시라.

3.

얘기했듯이 나는 이런저런 문제들을 줄곧 생각하다가 그만 나도 모르게 잠이 들어 버렸다. 그러고는 갑자기 꿈을 꾸었는데 의자에 앉은 내가 권총을 들고 심장을 똑바로 겨누고 있었다. 머리가 아니라 심장을 말이다. 원래 나는 머리를, 그것도 오른쪽 관자놀이를 쏘겠다고 결심했었는데 말이다. 그렇게 가슴에 총을 겨눈 채 일이 초 정도 기다렸다. 그런데 갑자기 앞에 있던 양초와 책상이, 벽이 움직이며 흔들리기 시작했다. 나는 얼른 방아쇠를 당겼다.

꿈에서는 높은 곳에서 떨어지거나 칼에 찔리거나 매를 맞아도 전혀 고통을 느끼지 않는다. 자다가 실제로 침대에 부딪히는 경우를 제외하고 말이다. 그런 경우에는 통증을 느껴 대부분 잠을 깰 것이다. 내 꿈에서도 그랬다. 나는 통증을 느끼지는 않았다. 하지만 방아쇠를 당김과 동시에 내 안의 모든 것이 흔들리더니 순간 꺼져 버렸고 온 사방이 무서울 정도로 깜깜해졌다고 생각했다. 앞이 보이지 않았고 말도 할 수 없는 상태로 뭔가 딱딱한 물체 위에 축 늘어진 채 똑바로 누운 것 같았다. 아무것도 보이지 않았고 조금도 몸을 움직일 수가 없었다. 주위에 사람들이 왔다 갔다 하며 소리를 질렀다. 대위의 낮은 음성과 여주인의 날카로운 비명이 들렸다. 그러다 갑자기 또 끊겼다. 그러고는 어느새 뚜껑이 덮인 관 속에 있는 나를 사람들이 옮기고 있었다. 나는 관이 흔들리는 것을 느끼며 이게 무슨 상황인지 곰곰이 생각해 보았다. 그러다 '정말 내가 죽었구나' 하는 생각에 깜짝 놀랐다.

'나는 완전히 죽었구나, 나 역시 그 사실을 알고 있어, 의심하지 않지. 나는 아무것도 볼 수 없고 움직일 수도 없지만 감각과 생각은 살아 있구나.'

이런 생각에 크게 놀랐지만 이내 순응했다. 꿈속의 여느 때와 같이 순순히 현실을 받아들였다.

그리고 사람들은 이내 나를 땅 속에 묻고 있었다. 다들 떠나고, 나 혼자, 완전히 혼자 남았다. 나는 움직이지 않는다. 예전에 '나를 어떻게 묻을까'라는 상상을 실제로 하곤 했는데, 그때마다 무덤으로 연상되는 느낌이 바로 냉기와 습기였다. 그런데 지금도 그랬다. 너무 추웠고 특히 발가락 끝이 무척 시렸다. 그것 말고는 아무것도 느껴지지 않았다.

나는 누워 있었다. 이상하게도, 죽은 자는 기다릴 것이 없다는 것을 순순히 받아들이며 그저 아무것도 기다리지 않고 있었다. 하지만 축축했다. 시간이 얼마나 흘렀는지 모르겠다. 한 시간, 아니면 며칠, 아니면 더 많은 날들이 지났을까? 갑자기 감겨 있던 왼쪽 눈 위로 관 뚜껑에 스며든 물방울이 똑 하고 떨어졌다. 일 분이 지나자 두 번째 물방울이, 또 일 분이 지나자 세 번째 물방울이, 그다음 또, 그다음 또 계속해서 일 분 간격으로 한 방울씩 떨어졌다. 갑자기 깊은 분노가 마음속에서 타오르기 시작했다. 순간 심장에 육체적인 통증을 느꼈다. 나는 생각했다.

'이게 내 상처구나. 여기 총을 쏘았구나, 저기 탄알이 있겠군….'

물방울이 일 분마다 감긴 눈 위로 계속 떨어졌다. 그런데 갑자기 내가 호소하기 시작했다. 움직일 수 없었고 목소리도 나오지 않았다. 그저 나의 모든 존재를 다해 나에게 일어난 모든 일을 주관하는 그분께 호소했다.

"당신이 누구든 만약 당신이 존재한다면, 만약 지금 이루어지는 것보다 더 합리적인 무엇인가 존재한다면, 제발 여기에도 존재하도록 허락해 주십시오. 그러나 만약 당신이 나의 어리석은 자살행위에 대한 보복으로 죽음 이후의 나의 존재를 어리석고 추하게 만들고자 하신다면, 그것이 무엇이든, 수백만 년 계속되든, 어떤 고통도 아무 말 없이 느낄 모멸감과는 결코 비교될 수 없음을 알아 주시기 바랍니다."

호소가 끝난 뒤에는 침묵했다. 거의 일 분 정도 깊은 정적이 이어지다가 물방울이 하나 더 떨어졌다. 그러나 나는 이제 분명 모든 것이 변할 것이라고 감지했고 무한한 확신으로 믿게 되었다. 바로 그때 갑자기 내 무덤이 쩍 갈라지며 열렸다. 무덤이 파헤쳐진 것인지는 모르겠지만 무언가 어두운 미지의 존재가 나를 데리고 갔다. 그다음 정신을 차리고 보니 우리는 공간 속에 있었다. 갑자기 앞이 보였다. 둘러보니 깊은 밤이었는데 지금까지 한 번도, 단 한 번도 본 적 없는 짙은 어둠이었다. 우리는 어느새 지구로부터 멀어져 공간 속을 빠르게 날고 있었다. 나를 데리고 가는 존재에게 나는 아무것도 묻지 않았다. 그냥 기다렸고 자신이 있었다. 나는 두렵지 않다며 스스로를 다독였고, 두렵지 않다는 생각이 들자 가슴이 환희로 벅차올랐다.

몇 시간이나 날아갔는지 기억도 나지 않고 설명도 못하겠다. 다만 꿈에서 늘 그러듯 모든 것이 시간과 공간을 초월하고 존재와 이성의 법칙을 뛰어넘어 넘나들었고, 마음속에서 꿈꾸는 지점에서만 멈추곤 했다. 그러다 문득 어둠 속에서 작은 별 하나를 본 것이 기억난다. 아무것도 묻고 싶지 않았기에 꾹 참았지만 결국 참지 못하고 불쑥 물었다.

"저게 시리우스인가요?"

나를 데려가던 존재가 대답했다.

"아니, 저 별은 그대가 집으로 돌아오는 길에 구름 사이로 보았던 바로 그 별이오."

나는 이 존재가 인간의 얼굴 모습을 하고 있다는 걸 알았다. 그런데 이상하게도 나는 이 존재를 전혀 좋아하지 않았고 심지어 깊은 혐오감을 느꼈다. 나는 완전히 사라질 것이란 기대로 내 심장에 방아쇠를 당겼다. 그런데 지금 나는 인간은 아니지만 어쨌든 실재하는 어떤 존재와 함께 있는 것이다. 꿈속에서 자주 겪는 이상한 경솔함에 빠져 생각했다.

'그렇다면 사후에도 삶이 있나 보구나!'

그러나 본심은 마음 깊은 곳에 남아 있었다. 나는 생각했다.

'그러나 만약 다시 살아야 한다면, 다른 누군가의 거역할 수 없는 의지에 따라 또다시 살아야 한다면, 사람들로부터 업신여김과 굴욕을 당하며 살고 싶지는 않다!'

"당신은 내가 당신을 두려워한다는 것을 알고 있습니다. 바로 그 때문에 나를 경멸하고 있지요."

나는 끝내 참지 못하고 속마음을 털어놓는 것이나 다름없는 굴욕적인 질문을 나의 동행자에게 불쑥 하고 말았다. 옷핀으로 심장을 찌르는 것 같은 굴욕감을 느꼈다. 동행자는 내 질문에 답하지 않았다. 그러나 그가 나를 경멸하지도 비웃지도 않으며, 심지어 나를 가엾게 여기지도 않는다는 것을 순간 느꼈다. 그리고 우리가 가는 길이 나 한 사람만을 위한 신비로운 미지의 목표를 향한다고 느꼈다. 마음속에 두려움이 커져 갔다. 침묵하고 있는 나의 동행자로부터 고통에 겨운 무언의 메시지가 전달되어 마치 내 몸을 뚫고 들어오는 것 같았다.

우리는 어두운 미지의 공간을 빠르게 날고 있었다. 눈에 익은 별자리들이 이미 오래전부터 보이지 않았다. 나는 우주 공간에서 빛이 지구까지 도달하는 데 수천 년, 수백만 년 걸리는 별들이 있다고 알고 있었다. 어쩌면 우리는 이미 그런 공간들을 지났는지도 모른다. 나는 마음을 괴롭히는 지독한 우울 속에서 무언가를 기다렸다. 그때 갑자기 익숙하고 굉장히 매혹적인 느낌이 나를 뒤흔들었다. 순간 우리의 태양을 보았던 것이다! 나는 그것이 우리의 지구를 탄생시킨 우리의 태양일 수 없다는 것을, 우리는 우리의 태양으로부터 한없이 멀리 떨어져 있다는 것을 알고 있었다. 그런데도 어째서인지 그것이 우리의 태양과 완전히 똑같은 태양이라는 것을, 우리 태양의 재현이자 우리 태양의 분신이라는 것을 나의 온 존재를 통해 깨달았다. 달콤하면서도 매혹적인 느낌이 마음속에서 환희로 울려 퍼졌다. 혈육처럼 끌리는 빛의 힘, 나를 탄생시킨 바로 그 빛의 힘이 심장 속에서 메아리쳐 내 심장을 부활시켰다. 그러자 나는 무덤에 묻힌 이후 처음으로 살아 있음을, 예전처럼 살아 있음을 느꼈다. 내가 외쳤다.

"그런데 이것이 태양이라면, 우리의 태양과 완전히 똑같은 태양이라면, 지구는 대체 어디에 있는 겁니까?"

그러자 나의 동행자가 어둠 속에서 에메랄드빛으로 반짝이는 작은 별을 가리켰다. 우리는 그 별을 향해 곧바로 날아갔다.

"우주에 이처럼 똑같은 별과 똑같은 행성들이 존재한다는 것이 가능할까? 과연 이것이 자연의 법칙인가? 만약 저기 있는 것이 지구라면, 과연 우리의 지구와 똑같은 지구일까? 불행하고 가

난하지만 영원히 사랑하는 무척 소중한 지구, 배은망덕하기 그
지없는 자기 자식들에게 행성을 향한 가슴 아픈 사랑을 느끼게
하는 지구, 과연 우리 지구와 같은 지구일까?"

버리고 온 나의 고향 지구를 향한 가슴 터질 듯한 주체할 수 없
는 사랑에 몸을 떨며 나는 절규했다. 내가 모질게 대했던 가엾은
여자아이의 모습이 눈앞에서 아른거렸다.

동행자가 말했다.

"모든 것을 보게 될 것이오."

그의 말에는 어떤 슬픔이 느껴졌다. 우리가 빠르게 에메랄드
빛 행성으로 다가가자 행성이 점점 커지더니 어느새 바다와 유
럽 대륙의 윤곽을 구별할 수 있게 되었다. 그때 갑자기 뭔가 위대
하고도 신성한 질투 같은 이상야릇한 감정이 가슴속에서 뜨겁
게 솟구쳤다.

'어떻게 이렇게 똑같은 행성이 있을 수 있는 거지? 과연 무엇을
위해서지?'

나는 내가 남기고 온 지구, 배은망덕한 나 자신이 심장에 총을
쏘아 삶을 청산할 때 뿜어져 나온 나의 피가 묻어 있는 지구, 오
직 그 지구만을 사랑하고, 사랑할 수 있다. 나는 한 번도, 단 한 번
도 그 지구를 사랑하지 않았던 적이 없다. 심지어는 지구를 떠나
오던 그날 밤에도 그 어느 때보다 더욱 가슴이 찢어질 만큼 나의
지구를 사랑했던 것 같다. 과연 새로운 지구에도 가슴 아픈 고통
이 있을까? 우리 지구에서는 고통이 있을 때만 진정한 사랑이 가

능하다, 오직 고통을 통해서만 말이다! 달리 우리는 사랑을 할 줄 모르고 다른 사랑은 알지 못한다. 나는 사랑하기 위해 고통을 원한다. 나는 지금 이 순간 눈물을 흘리며 내가 남기고 온 오직 단하나의 그 지구에 입 맞출 수 있기를 원하고 또 갈망한다. 어떤 다른 지구에서의 삶은 원하지도 않고 받아들이지도 않겠다.

그런데 어느새 나의 동행자는 나를 남겨 놓고 떠나 버렸다. 나는 모르는 사이 천국처럼 아름다운 한낮의 눈부신 햇살이 가득한 새로운 지구에 서 있었다. 우리 지구의 그리스 에게해에 있는 섬 아니면 에게해에 인접한 육지의 해안 어딘가에 서 있는 것 같았다. 오, 모든 것이 우리 지구와 똑같았다. 다만 여기는 어디에나 축제 같은 즐거움과 마침내 성취해낸 위대하고 성스러운 승리의 기쁨으로 빛나는 것 같았다. 잔잔한 에메랄드빛 파도가 살며시 해변으로 밀려오더니 사랑하는 감정을 분명하고 거리낌 없이, 거의 의식적일 정도로 드러내며 해변에 입을 맞추고 있었다. 높이 솟은 멋진 나무들은 온갖 화려한 색채의 향연을 벌이며 서 있었고, 무수히 많은 나무 잎사귀들은 사랑의 밀어를 속삭이듯 사랑스럽게 소곤거리며 나를 환영하는 것 같았다. 들판은 울긋불긋 화려하게 피어난 향기로운 꽃들로 타오르고 있었다.

새들은 떼를 지어 하늘을 날아다니다 조금도 두려워하지 않고 사랑스러운 날개로 파닥이다 나를 치며 내 어깨와 두 팔에 내려앉았다. 그리고 마침내 나는 이 행복한 지구에 사는 사람들을 발견하고 알아보았다. 그들 스스로 먼저 나에게 다가오더니 나를 빙 둘러싸고 입을 맞추었다. 태양의 자녀들, 지구가 속한 태양의 자녀들이었다. 오, 얼마나 아름다운 사람들인지! 우리 지구에서는 인간에게서 그런 아름다움을 단 한 번도 본 적이 없었다. 어쩌면 아이들에게서만 그것도 아이들이 아주 어린 나이였을 때만 그러한 아름다움의 아득한 흔적을 희미하게나마 발견할 수 있을지 모르겠다. 행복한 이곳 사람들의 눈은 맑은 빛으로 반짝이고 있었다. 그들의 얼굴은 이성과 함께 이미 평온할 정도로 가득 찬 의식으로 빛났지만 그들의 얼굴은 명랑했고, 말과 목소리에서 어린아이 같은 천진난만한 기쁨을 느꼈다. 아, 나는 그들의 얼굴을 처음 본 바로 그 순간 모든 것을 깨달았다, 모든 것을 말이다! 이곳은 원죄로 더럽혀지지 않은 땅이었다. 이곳에는 죄를 짓지 않은 사람들이 살고 있다. 모든 인류의 전설에 나오는, 원죄를 저지른 인류의 시조가 살았다던 바로 그 낙원에서 살고 있었다. 다만 차이가 있다면 이곳은 지구 전체가 어디를 가나 다 같은 낙원이라는 것이다. 사람들은 기쁜 표정으로 웃으며 나에게 모여들더니 나를 쓰다듬었다. 그러고는 나를 자기들 집으로 데려갔는데 다들 나를 편안하게 해 주려 했다. 아, 그들은 나에게 아무것도 묻지 않았지만, 어쩐지 다들 이미 아는 것 같았고, 내 얼굴에 서린 고통의 그림자를 어서 빨리 걷어 주고 싶어 하는 것 같았다.

4.

다시 한 번 말하지만, 이것이 그저 꿈일 뿐이라고 해도 좋다! 그러나 이 순수하고 아름다운 사람들로부터 받은 사랑의 느낌은 내 안에 영원히 남았다. 그리고 나는 그들의 사랑이 나에게 흘러들어 오고 있으며, 지금도 계속되고 있다고 느낄 수 있다. 직접 그들을 보고 나서 그들을 알게 되었고 확신하게 되었다. 나는 그들을 사랑했으며 나중에는 그들을 생각하면 가슴이 아파 왔다. 아, 이미 그때 내가 많은 면에서 그들을 전혀 이해하지 못하리라는 걸 바로 알아차렸다.

이 시대의 러시아 진보주의자이자 추악한 페테르부르크 시민인 나로서는 그들이 그렇게 많은 것을 알면서도 우리와 같은 학문을 보유하지 않는다는 사실을 도저히 이해할 수 없었다. 하지만 곧 깨달았다. 그들의 지식은 우리의 지식과는 다른 통찰력을 먹고 자라며 채워진다는 것을, 그들이 추구하는 바 역시 우리와는 완전히 다르다는 것도 깨달았다. 그들은 아무것도 바라지 않았고 평온하게 살았다. 삶이 충만했기 때문에 삶의 의미를 알아내려고 우리처럼 버둥거리며 애쓰지 않았다. 그런데도 그들의 지식은 우리의 학문보다 더 깊고 더 높았다. 우리의 학문이 삶이란 무엇인가를 설명하고, 다른 사람들에게 어떻게 살아야 할지 가르치기 위하여 삶의 의미를 깨닫고자 노력한다면, 그들은 학문 없이도 어떻게 살아야 할지 이미 알고 있었다. 나는 이 점을 이해했지만, 그들의 지식은 이해할 수 없었다. 그들은 나에게 나무를 가리켜 보이곤 했는데 그들의 시선에 담긴 나무에 대한 사랑의 정도를 나는 이해할 수 없었다. 그들은 마치 자신과 같은 존재와 이야기하듯 나무를 대했다. 그리고 사실 그들이 나무와 이야기를 했다고 해도 내 말이 틀린 말은 아닐 것이다!

그렇다, 그들은 나무의 언어를 알아냈고, 나무들도 그들이 하는 말을 이해했다고 확신한다. 그들은 자연 전체를 이와 같은 시선으로 바라보았다. 자신들과 어울려 평화롭게 살며, 그들을 공격하지 않는 짐승들, 그들을 사랑하고 그들의 사랑에 순응하는 짐승들도 그런 시선으로 바라보았다. 그들은 나에게 별을 가리키며 그 별들에 대해 내가 이해할 수 없는 무언가를 이야기해 주었다. 나는 그게 무엇인지는 모르지만 그들이 단지 생각이 아니라 뭔가 실체적인 방식으로 하늘의 별들과 연결되었다고 확신한다. 오, 그 사람들은 애써 내가 그들을 이해하도록 만들지 않았다. 그들은 내가 그들을 이해하지 않아도 나를 사랑했다. 나 역시 그들이 절대로 나를 이해하지 못할 것을 알고 있었기에 그들에게 우리의 지구에 대해 거의 이야기하지 않았다.

나는 그저 그들이 보는 앞에서 그들이 사는 땅에 입을 맞추었고, 그저 말없이 그 사람들을 흠모했다. 그들은 이런 모습을 보고 비록 쑥스러워하긴 했지만 내가 그들을 흠모하도록 두었다. 그들 자신들도 서로를 많이 사랑했기 때문이었다. 나는 그들이 얼마나 강한 사랑의 힘으로 나에게 응답해 줄지 마음속 깊이 알고 있었기에 기쁘게 눈물을 흘리며 그들의 발에 입을 맞추었고, 그

때도 그들은 그런 나를 보며 가슴 아파하지 않았다. 가끔 나는 놀라움을 금치 못하며 혼잣말로 묻곤 했다.

'어떻게 이 사람들은 나 같은 인간을 조금도 모욕하지 않을 수 있을까? 어떻게 단 한 번도 나와 같은 인간의 마음속에 질투심과 시기심을 불러일으키지 않을 수 있을까?'

나는 여러 번 자신에게 묻곤 했다.

'어떻게 나 같은 인간이, 혼자 잘난 척하는 거짓말쟁이 인간이 그들이 알 리 없는 나의 지식을 그들에게 떠벌리지 않을 수 있었을까? 잘난 지식으로 그들이 감탄하며 놀라게 하고 싶은 마음이 왜 들지 않았을까? 적어도 이들을 사랑하는 마음에서라도 지식을 알려 주려 할 수도 있었을 텐데 말이다.'

그들은 아이들처럼 활발하고 명랑했다. 아름다운 숲속을 돌아다니며 아름다운 노래를 불렀다. 가벼운 음식과 나무 열매, 숲에서 채취한 꿀, 사랑하는 동물의 젖을 먹었다. 자기가 먹을 음식과 입을 옷을 얻기 위해서만 무리하지 않고 조금만 일을 했다. 그들에게도 사랑이 있었고 아이들이 태어났다. 하지만 우리 지구의 모든 부류와 모든 계층의 인간, 거의 누구에게서나 볼 수 있는 욕정, 인류가 저지르는 거의 모든 죄악의 유일한 근원이 되는 맹렬한 욕정의 충동을 그들에게서는 단 한 번도 본 적이 없었다.

그들은 자신들에게 생긴 아이들을 그들의 행복한 인생의 새로운 참여자라고 여기며 기뻐했다. 그들 사이에는 말다툼도 없었고, 질투도 없었으며, 그런 것이 무엇을 의미하는지조차 그들은 몰랐다. 그들의 아이들은 모두의 아이들이었다. 모두 하나의 가족을 이루고 살았기 때문이다. 그들에게 죽음은 있었지만 질병은 거의 없었다. 노인들은 작별 인사를 하는 사람들에 둘러싸여 주위의 사람들을 축복해 주고 밝은 미소로 전송을 받으며 마치 잠들 듯 평안히 숨을 거두었다. 나는 그때 애통해하거나 눈물을 흘리는 모습을 보지 못했다. 그저 환희에 가까울 정도로 배가된 사랑만 있을 뿐이었고, 환희 역시 차분하게 지켜보는 충만한 감정이었다. 그들은 죽은 사람들과 여전히 접속하고 있었고, 죽음이 산 자와 죽은 자 사이에 있던 지상에서의 유대를 갈라놓지 않는다고 생각하는 것 같았다.

그들은 영원한 삶에 대해 묻는 나를 잘 이해하지 못했다. 그건 아마도 그들 마음속에 영원한 삶이라는 것이 질문 자체가 되지 않는다는 확신이 무의식적으로 자리하고 있었기 때문인 것 같았다. 그들에게 성전은 없었지만 온 우주와의 긴밀하고 살아 있고 끊어지지 않는 유대감 같은 것이 있었다. 신앙은 없었지만 대신 지상에서의 기쁨이 지상 자연의 극한까지 충만해지면 그때는 산 자도 죽은 자도 모두 온 우주와의 접속이 더욱 확대되는 순간이 도래할 거라고 굳게 믿었다. 그들은 조바심을 내거나 애태우지 않고 기쁜 마음으로 그 순간을 기다렸다. 마치 이미 그 순간을 마음속에 예감하고 서로에게 알려 주는 것 같았다. 그들은 매일 밤 잠자리에 들기 전에 서로 선율을 맞추어 조화롭게 합창하는 걸 즐겼다. 그들은 노래 속에 저물어 가는 하루가 그들에게 선사한 모든 느낌을 담아 찬양하고 작별을 고했다. 자연, 땅, 바다, 숲을 찬양했다. 그들은 서로에 대한 노래를 짓는 것을 좋아하여 아이들처럼 서로를 칭찬했다. 노래들은 무척 단순했지만 마음에서 흘러나와 마음으로 스며들었다.

그러고 보면 그들은 단지 노래를 부를 때뿐만 아니라 평생을 서로 칭찬하고 감탄하면서 살아가는 것 같았다. 서로에 대한 보편적이고 일체가 된 사랑 같은 것이었다. 그들의 다른 노래 중에는 장엄하고 환희에 넘치는 노래들도 있었는데, 나는 그런 노래들을 거의 이해할 수가 없었다. 가사의 뜻은 이해했지만 노래의 전체적인 의미가 와닿지 않아 나의 지적 능력이 미치지 못하는 영역에 남았다. 하지만 나도 모르는 사이에 마음이 조금씩 그 의미에 젖어 들었다. 나는 자주 그들에게 말했다. 이 모든 것을 이미 오래전에 예감했었다고, 아직 우리 지구에 있을 당시 나에게는 모든 기쁨과 영광이 매혹적인 우울한 감정으로 때로는 견디기 어려운 비애의 감정으로까지 나타나기도 했다고. 내 가슴이 꾸었던 꿈에서, 이성이 꾸었던 염원 속에서 나는 그들 모두와 그들의 영광을 예감했기 때문에 우리 지구에 있을 때 저무는 해를 바라보며 눈물을 흘리지 않을 수 없었다고…. 또한 우리 지구의 사람들을 향한 나의 증오 속에는 '어째서 나는 그들을 사랑하지도 않으면서 미워하지도 못하는 걸까?', '어째서 나는 그들을 용서하지 않을 수 없는 것일까?'라는 답답함이 있었고, 그들을 향한 나의 사랑 속에는 '왜 나는 그들을 미워하지도 않으면서도 사랑하지도 못하는 걸까?'라는 답답한 마음이 늘 가슴 한편에 있었다고 말이다. 그들은 내 말에 귀를 기울였지만 내가 하는 말을 이해하지 못하는 것으로 보였다. 그래도 그들에게 말한 것을 후회하지 않았다. 내가 버리고 온 사람들에 대한 나의 그리움이 얼마나 큰지 그들도 이해한다고 느낄 수 있었기 때문이었다. 그렇다, 그들이 사랑 가득한 다정한 눈빛으로 나를 바라볼 때, 그들 앞에서는 나의 마음도 그들의 마음처럼 순수하고 정직해지는 것을 느낄 수 있었다. 나는 그들을 이해하지 못한다고 전혀 슬프지 않았고 오히려 생명이 충만한 느낌으로 가슴이 벅차올라 말없이 그들을 위해 기도했다.

아아, 지금 모두가 대놓고 나를 비웃고 있다. 내가 지금 낱낱이 얘기한 내용들은 꿈에서도 볼 수 없는 것이라고 말한다. 내가 꿈에서 보고 느낀 것은 그저 망상 속에서 마음이 만들어 낸 느낌이며 상세한 내용들은 꿈에서 깬 내가 직접 지어낸 얘기일 뿐이라고 나를 설득한다. 내가 실제로 그럴 수도 있지 않느냐고 말하자, 세상에 맙소사, 다들 어찌나 나를 대놓고 비웃던지! 아, 물론 그렇다, 내가 꿈에서 받은 느낌 하나에만 압도되어 오로지 그 느낌 하나만 피가 날 정도로 상처받은 내 가슴에 남아 있었던 것이다. 그렇기는 하지만 꿈속에 나온 사실적인 형상과 모습들, 즉 내가 꿈을 꾸던 시간에 실제로 보았던 것들은 너무나 완벽하게 조화를 이루어 충만해 있었고 무척이나 황홀하고 아름다우며 매우 실제 같아서, 꿈에서 깨어난 뒤에 나는 내가 본 것들을 우리의 보잘것없는 어휘로는 세세하게 나타낼 수가 없었던 것이다. 그러다 보니 내 머릿속에서 점점 희미해질 수밖에 없었을 것이고, 또 그러다 보니 얼마라도 빨리 전해 주고 싶은 강렬한 열망에 젖어 어느새 그것들을 조금씩 왜곡하면서까지 나도 모르게 세부적인 사항들은 지어낼 수밖에 없었는지도 모른다. 그러나 그 모든 것이 실제로 있었다는 것을 내체 어떻게 내가 믿지 않을 수 있겠는가? 어쩌면 내가 지금 얘기하고 있는 것보다 천 배나 더 좋고, 더 밝고, 더 기쁜 모습이었을 수도 있다. 그게 다 꿈이라 치더라도, 모든 것이 존재하지 않은 일이 될 수는 없다. 자, 지금 내가 여러분에게 비밀을 말해 주겠다. 그것은 바로, 이 모든 것이 어쩌면 절대로 꿈이 아닐지도 모른다는 것이다. 왜냐하면 거기에서 모종의 사건이, 경악할 정도로 진짜 같은 사건이 벌어졌는데, 그런 일은 꿈에서도 절대 볼 수 없는 일이기 때문이다.

그래 뭐, 나의 마음이 그런 꿈을 꾸게 만들었다 해도 좋다. 그렇다 하더라도 과연 나의 마음 하나만으로 그 이후에 나에게 벌어지는 끔찍한 진실을 만들어 낼 수가 있었을까? 어떻게 나 혼자 꾸며내거나 마음으로 꿈을 꾸게 할 수 있었단 말인가? 과연 나의 얕은 마음과 변덕스럽고 신통찮은 두뇌가 이와 같은 진실을 발견할 정도로 수준이 높아질 수 있단 말인가? 자, 여러분 스스로 판단해 보라. 지금까지는 숨겨 왔지만 이제는 진실을 다 털어놓겠다. 그것은 다름이 아니라, 내가… 그들을 전부 타락시켰다는 사실이다!

5.

그래, 그렇다, 결국 내가 그들을 모두 타락시켜 버리고 말았다! 어떻게 그런 일이 일어날 수 있었는지 나도 모르겠다. 정확하게 기억이 나지 않는다. 꿈은 수천 년의 세월을 빠르게 스쳐 갔고, 내 안에 전체적인 잔상만 남겼기 때문이다. 기억나는 것은 죄악의 원인이 바로 나였다는 것뿐이다. 마치 더러운 돼지 기생충처럼, 세상의 온 나라에 퍼지는 페스트균처럼 내가 오기 전까지 무척이나 행복하고 죄 없던 그 땅을 바로 내가 감염시켰던 것이다. 그들은 거짓말하는 것을 배웠고 거짓을 좋아하게 되었고 거짓의 아름다움을 알게 되었다. 오, 처음에는 별 악의 없이 농담을 하다가, 아양을 떨다가, 사랑놀이를 하다가 시작되었던 것 같다. 사실 어쩌면 훨씬 작은 것에서 시작되었을지도 모른다. 그런데 아주 작은 거짓 하나가 그들의 마음에 파고들어 그들을 사로잡아 버렸다. 그다음 순식간에 욕정이 생겨났고, 욕정은 질투를 낳았으며, 질투는 잔인함을 낳았다⋯. 오, 모르겠다, 기억이 나질 않는다. 다만 오래지 않아 진짜 금세 최초의 살인이 벌어졌다. 놀라고 겁을 먹은 그들은 흩어지고 분열하기 시작했다.

동맹들이 생겨났지만 처음부터 이미 서로 대립했다. 질책과 비난이 시작되었다. 그들은 수치심이란 것을 알게 되었고 수치심을 미덕으로 치켜세웠다. 명예에 대한 개념이 생겨났고 모든 동맹마다 자신들의 깃발을 높이 올렸다. 그들은 동물들을 괴롭히기 시작했으며 동물들은 그들에게서 도망쳐 숲으로 들어가 그들의 적이 되었다. 분리를 위해, 독립을 위해, 정체성을 지키기 위해, 내 것과 네 것을 위한 투쟁이 시작되었다. 그들은 다양한 언어로 말하기 시작했다. 비애를 알게 되었고 그 감정을 사랑하게 되었으며 고통을 갈구했고 진리는 고통에 의해서만 달성될 수 있다고 말했다. 그러자 그들에게 학문이 등장했다. 그들은 악해지자 형제애와 인간애에 대해 얘기하기 시작했고 그 개념을 이해했다. 그들은 범죄를 저지르게 되자 정의를 창안해 냈고 정의를 지키기 위해 법을 제정했으며 법을 수호하기 위해 단두대를 세웠다.

　그들은 자신들이 잃어버린 것을 거의 기억하지 못했고 한때 순수하고 행복했었다는 사실을 믿으려 하지도 않았다. 자신들이 예전에 행복했을 가능성조차 비웃으며 그것을 몽상이라고 불렀다. 그들은 행복이 어떤 모습과 형상이었는지 떠올리지도 못했다. 그런데 정말 놀랍고도 이상한 것은 과거의 행복에 대한 믿음을 완전히 상실한 채 그것을 그저 옛날이야기일 뿐이라고 치부하면서도 다시 예전처럼 순수하고 행복해지길 바라게 되었다는 것이다. 그 바람으로 그들은 아이들처럼 자신의 마음이 동경하는 대상 앞에 쓰러져 동경의 대상을 신격화하고, 성전을 건설하고, 자신의 이상과 동경의 대상에게 기도하기 시작했다. 그들은 동경하는 대상을 결코 실현할 수도 이룰 수도 없다는 것을 너무나 잘 알면서도 눈물을 흘리며 그것을 염원하고 숭배했다. 그러나 만약 그들이 상실해 버린 순수하고 행복한 모습으로 되

돌아가게 해 준다 하더라도, 혹시 누군가 그들에게 행복했던 모습을 보여주면서 다시 그 모습으로 되돌아가고 싶으냐고 묻는다면, 그들은 아마 거절했을 것이다. 그들이 나에게 대답했다.

"우리가 거짓되고 사악하고 정의롭지 않다 하더라도 상관없소. 우리도 그렇다는 것을 잘 알고 있고, 그 때문에 눈물을 흘리고, 그 때문에 자학하니까. 어쩌면 우리를 심판하러 올 이름도 모르는 그 자비로운 심판관보다도 우리가 더 가혹하게 자신을 벌하고 있는지도 모르지. 하지만 우리에겐 학문이 있소. 그리고 학문으로 우리는 다시 진리를 찾아낼 것이며, 이미 우리의 의식은 진리를 받아들일 준비가 되었소. 지식은 감정보다 더 위에 있고 삶에 대한 인식은 삶 자체보다 더 위에 있지. 학문은 우리에게 옳고 그름을 판단할 수 있는 지혜를 줄 것이고 지혜는 법칙을 열어 줄 것이며 행복의 법칙에 대한 지식은 행복 자체보다 위에 있으니까."

그들은 이렇게 말했고, 이런 말을 하고 나서는 각자 그 누구보다 자기 자신을 더 사랑하게 되었다. 그리고 사실 그러지 않을 수가 없었다. 모두가 각자 엄청나게 자부심을 느껴 어떻게 해서든 다른 사람을 깎아내리고 헐뜯으려 애썼고 거기에 자신의 인생을 걸었다.

노예제가 생겨났다. 심지어 자발적으로 노예가 되기도 했는데 약자들이 강자의 도움을 받아 자기보다 더 약한 사람들을 억압하기 위해서 기꺼이 강자에게 복종했던 것이다. 종교인들도 생겨났다. 그들은 눈물을 흘리며 사람들에게 다가와 그들이 얼마나 오만하고 절제와 조화를 잃고 수치심을 상실했는지를 역설했다. 그러나 사람들은 그들을 비웃었고 돌팔매질하기도 했다. 성스러운 피가 성전 앞에 흘렀다.

반면 다른 사람들도 생겨났다. 그들은 어떻게 하면 사람들이 자기만 사랑하지 않고 다른 누구의 삶을 방해하지 않으면서 조화로운 사회를 이루어 모두 함께 살아가도록 다시 통합할 수 있을지 고민하기 시작했다. 이러한 이념 때문에 그 모든 전쟁이 일어났다. 전쟁을 하는 사람들은 모두 학문과 지혜와 자기보존의식이 궁극적으로는 인간을 조화롭고 이성적인 사회로 통합할 것이라고 굳게 믿었으며, 동시에 통합의 과정을 단축하려면 지금은 '지혜로운 자들'이 '지혜롭지 않은 자들'과 자신들의 이념을 이해하지 못하는 자들을 하루빨리 궤멸하기 위해 애쓰는 과정일 뿐이라고 믿었다. 자신들의 이념이 승리하는 것을 어리석은 자들이 방해하지 못하도록 말이다. 그러나 자기보존의식은 급속히 약화되기 시작했고 오만한 자들과 음탕한 자들이 등장했다. 이들은 대놓고 모 아니면 도를 요구했다. 그들은 모든 것을 획득하려고 악행을 일삼았고 성공하지 못하면 자살을 감행했다. 모든 것이 덧없는 무상 속에서 영원한 안식을 얻으려 허무와 자기 파괴를 숭배하는 종교들도 생겨났다. 결국 무의미한 노력에 지쳐서 그들의 얼굴에는 고통의 그림자가 드리우기 시작했다. 그러자 그 사람들은 사색은 고통 속에만 있기 때문에 고통은 곧 아름다움이라고 선언했다. 그들은 자신들의 노래로 고통을 찬미했다. 나는 슬픔에 가슴을 치며 그들 사이를 걸어 다녔고 그들을 보며 눈물을 흘렸다. 그러나 나는 그들을 사랑했다. 어쩌면 그들의 얼굴에 고통의 그림자가 드리우지 않았던 시절 순수하고 아름다웠던 예전보다 훨씬 더 그들을 사랑했던 것 같다.

나는 그들이 더럽힌 지구를 사랑했다. 오로지 지구에 슬픔이 생겨났다는 이유만으로 그곳이 낙원이었을 때보다 훨씬 더 사랑했다. 아, 나는 언제나 슬픔과 비애의 감정을 사랑했지만 그건 그저 자신, 오직 나 한 사람만을 위한 감정이었다. 그런 내가 이제는 그들을 생각하며 그들을 가엾게 여기며 울었던 것이다. 나는 절망 속에서 나 자신을 비난하고 저주하고 경멸하면서 그들에게 손을 뻗었다. 나는 그들에게 말했다. 이 모든 것은 다 나 때문이며 나 혼자 한 짓이라고, 내가 그들에게 방탕과 거짓을, 온갖 악을 전염시켰다고 말이다! 나는 그들에게 나를 십자가에 못 박아 달라고 애원하며 그들에게 십자가 만드는 법을 가르쳐 주었다. 스스로 자신을 죽일 수가 없었으며 그럴 힘도 없었다. 나는 그들로부터 고통을 받고 싶었고 그 고통을 갈망했으며 그 고통 속에서 마지막 한 방울까지 피를 흘리고 싶었다. 그러나 그들은 나를 비웃기만 했고 나중에는 나를 바보 성자라고 여겼다. 그들은 나를 정당화해 주었고 본인들이 원하는 것을 받았을 뿐이며 지금 존재하는 것은 모두 그렇게 될 수밖에 없었던 것이라고 말했다. 그러나 결국 그들은 내가 그들에게 위험한 존재가 되고 있으며 만약 내가 입을 다물지 않는다면 나를 정신병원에 집어넣어 버리겠다고 선언했다. 그러자 비애의 감정이 너무도 강하게 내 가슴에 파고들어 심장을 조여 죽을 것만 같았다. 그리고 그때… 그래, 바로 그 순간 나는 잠을 깼다.

벌써 아침이었다. 그러니까, 아직 동이 트지는 않았지만 대략 다섯 시가 넘은 시간이었다. 나는 똑같은 안락의자에서 잠을 깼다. 켜 놓았던 초는 다 타 버렸고 옆방 대위네는 다들 자고 있었다. 여럿이 모여 사는 이 집에서는 좀처럼 드문 정적이었다. 꿈에서 깨자마자 나는 소스라치게 놀라 벌떡 일어났다. 단 한 번도 이런 일이 일어난 적이 없었다. 아무리 사소하고 하찮은 일이라도 이런 적이 없었다. 이를테면 단 한 번도 안락의자 같은 데서 잠든 적이 없었다. 그런데 일어서서 정신을 차리는 사이 갑자기 눈앞에 쏠 준비가 되어 있는 장전된 권총 한 자루가 번쩍였다. 일순간 나는 그것을 앞에서 밀쳐 버렸다. 오, 이제는 사는 거다, 사는 거야! 나는 두 손을 들어 영원한 진리에 호소했다. 아니 호소한 게 아니라 울음을 터트렸다. 환희, 이루 헤아릴 수 없는 환희가 나의 온 존재를 고양시켰다. 그래, 살자, 그리고 설교하자! 바로 그 순간 설교를 하기로 결심했다, 물론 평생 동안 말이다! 나는 설교하러 간다. 나는 설교를 하고 싶다. 무엇을? 진리를. 왜냐하면 내가 눈으로 직접 보았기 때문이며 진리의 모든 영광을 보았기 때문이다!

그 이후로 나는 설교를 하고 있다! 뿐만 아니라 나를 비웃는 사람들을 다른 그 누구보다 더 사랑한다. 왜 그러는지 모르겠다. 뭐라고 설명도 못하겠다. 그냥 그렇게 되었고 앞으로도 그럴 것이다. 그들은 말한다. 내가 벌써부터 허튼소리를 한다고, 그러니까 지금 벌써부터 이렇게 허튼소리를 하고 다니면 나중에는 어떻게 되겠느냐고 말이다. 참으로 맞는 말이다. 나는 허튼소리를 하고 있다. 어쩌면 앞으로 더 심해질지도 모른다. 게다가 설교라는 게 워낙 어려운 일이기 때문에 어떤 말과 행위로 설교를 해야 할지 방법을 찾아낼 때까지 당연히 몇 번은 더 허튼소리를 할 것이다.

나는 지금도 모든 것이 대낮처럼 훤히 보인다. 하지만 들어 보시라, 대체 누가 허튼소리를 하는지! 어쨌거나 모두가 하나의 같은 곳을 향해 걸어가고 있다, 현자에서 마지막 강도에 이르기까지 각자 가는 길이 다를 뿐이지 결국 모두가 지향하는 곳은 똑같은 하나뿐, 바로 오래된 진리 말이다. 지금 여기 새로운 것이 있다. 내가 허튼소리만 할 수는 없다. 왜냐하면 내가 진리를 보았기 때문이고 사람들이 지상에서 살아갈 능력을 상실하지 않고도 아름답고 행복할 수 있다는 것을 내가 직접 보고 알게 되었기 때문이다. 나는 인간의 악한 면이 당연하다는 것을 믿고 싶지 않고 믿을 수도 없다. 그런데 사람들은 다들 나의 믿음을 비웃기만 한다. 하지만 어떻게 내가 믿지 않을 수 있겠는가. 진실을 보았는데, 나의 머리로 지어낸 것을 본 게 아니라 직접 내 눈으로 보았는데, 생생한 형상이 나의 영혼을 영원히 충만하게 채워 주었는데 어떻게 믿지 않을 수 있겠는가? 나는 완전무결한 모습의 진리를 보았기에 그 진리가 인간에게 존재할 수 없다고는 믿을 수가 없다. 그런데도 대체 어떻게 내가 허튼소리를 한다는 말인가? 물론 내가 몇 번 정도는 옆길로 빠질 수 있을 것이다, 심지어 이상한 말들을 할 수도 있다. 하지만 오래가지는 않을 것이다. 내가 보았던 생생한 모습의 진리가 언제나 나와 함께할 것이고 나를 바로잡아 주고 바른 길로 인도할 것이기 때문이다.

오, 나는 혈기 왕성하고, 나는 생생하다. 나는 걷고 또 걸어갈 것이다. 천 년 동안이라 할 지라도 계속 걸을 것이다. 실은 처음에는 내가 그들 모두를 타락시켰다는 사실을 감추고 싶었다. 하지만 실수였다. 바로 나의 첫 번째 실수였던 것이다! 그러나 이내 진리가 나에게 내가 거짓말을 하고 있다고 속삭였고 나를 보호하며 바른 길로 이끌어 주었다. 하지만 천국을 어떻게 건설할지는 나도 모르겠다. 말로 전할 재주가 없기 때문이다. 나는 꿈을 꾸고 난 이후 단어들을 잃어버렸다. 적어도 가장 중요한 단어들, 가장 필요한 단어들은 잃어버렸다. 하지만 뭐 그런들 어떠한가? 나는 계속 걸어갈 것이고 끊임없이 말할 것이다. 비록 내가 본 것을 조리 있게 말로 전달할 재주는 없지만, 어쨌거나 내 두 눈으로 보았기 때문이다. 그러나 비웃기 좋아하는 사람들은 이해하지 못하고 수군거린다.

"꿈이라니까, 꿈에서 보고 횡설수설하는 거야, 착각하는 거야."

거참! 정말 그 말이 맞는 말인가? 그런데도 저들은 저리도 당당하구나! 꿈이라고? 꿈이 대체 무엇인가? 그럼 우리의 인생은 꿈이 아닐까? 좀 더 말해 보겠다. 그래, 절대 일어나지 않을 일이고 천국도 없다고 하자(하지만 이미 난 그것을 알고 있다!). 뭐, 그럼에도 불구하고 나는 계속 설교를 할 것이다. 한편으로 이것은 너무나 쉽다. 단 하루 만에, 단 한 시간 만에 모든 것이 순식간에 이루어질 수도 있으니까!

중요한 것은 사람들이 이웃을 자기 몸처럼 사랑하는 것이다. 그리고 그게 전부다. 그 무엇도 더 이상 필요하지 않다. 그러면 바로 어떻게 될지 알 테니까. 그런데 이것은 바로 수백 번, 수억 번 반복해서 읽었던 오래된 진리이다. 그런데 아직도 사람들은 이 진리를 받아들이지 못하고 있다!

'삶에 대한 인식은 삶 자체보다 위에 있으며, 행복의 법칙에 대한 지식은 행복 자체보다 위에 있다.'

바로 이런 생각과 싸워야만 한다. 그리고 나는 싸울 것이다. 만약 모두가 원하기만 한다면, 지금 모든 것이 이루어질 것이다.

그리고 나는 그 어린 소녀를 찾아야 한다…. 그러니 출발할 것이다! 그래, 갈 것이다!

100세 노파

며칠 전에 한 부인이 나에게 이야기 하나를 들려주었다.

《그날 아침에 나는 굉장히 늦었답니다. 그래서 거의 정오가 다 되어서야 집을 나섰죠. 공교롭게도 그날따라 할 일이 산더미처럼 많았거든요. 마침 니콜라예브스카야 거리에 있는 두 곳에 들러야 했어요. 두 곳은 그리 멀리 떨어져 있지 않았죠. 먼저, 사무실을 들렀답니다. 그런데 건물 출입문 앞에서 바로 그 할머니를 만난 거예요. 할머니는 허리가 많이 굽어서 지팡이를 짚고 있었는데 무척 연로해 보였죠. 도대체 그분 연세를 가늠할 수가 없을 정도였죠. 할머니는 건물 입구까지 걸어오더니 구석에 있는 수위실 의자에 걸터앉아 쉬었죠. 그때만 해도 나에게 할머니는 그저 순간 스쳐가는 모습일 뿐이었어요.

십 분쯤 지났을까 나는 사무실에서 나왔죠. 거기에서 건물 두 곳을 지나면 지난 주에 소냐에게 주려고 부츠를 주문했던 가게가 나와 그 부츠를 찾으러 갔답니다. 부츠 가게로 가면서 보니 아까 그 할머니가 어느새 신발 가게 건물 앞에 와 있는 거예요. 이번에도 건물 출입구 앞 의자에 앉아서 나를 보고 있었죠. 난 할머니에게 미소를 지었어요. 그러고는 가게로 들어가서 부츠를 찾아왔죠. 삼사 분 정도 지나서 넵스키 대로 쪽으로 갔는데 세상에나 그 할머니가 내가 가는 세 번째 장소에 이미 와 있는 거예요. 역시나 건물 입구에 있었죠. 이번엔 의자가 아니라 건물 모퉁이 계단에 기대어 앉아 있었어요. 그 건물 입구에는 의자가 없었거든요. '뭐지? 이 할머니는 모든 건물 앞에 앉아 있는 건가?'라고 생각하면서 나도 모르게 할머니 앞에서 걸음을 멈췄답니다.

내가 말을 걸었죠.

"할머니 힘들지 않으세요?"

"암요, 힘들지, 부인. 요즘 들어 아주 피곤하다우. 날도 따뜻하고 햇살도 좋아서 손자사위네 가서 점심이나 먹을까 생각하고 있수."

"아, 할머니 그럼 지금 점심 드시러 가는 길이세요?"

"그렇다우, 부인. 점심 먹으러 간다우."

"네, 그런데 할머니, 이렇게 가서서 언제 도착하시려고요?"

"아니, 괜찮아. 이렇게 몇 번 가다가 쉬고, 다시 일어나서 가면 된다우."

나는 할머니를 바라보면서 너무나 그 할머니가 궁금해졌답니다. 자그마한 체구에 깔끔해 보였지만 낡은 옷차림에 지팡이를 짚은 할머니는 분명 평민 출신인 것 같았죠. 할머니는 마치 미라처럼 얼굴이 누렇고 창백한 데다 바짝 말라 얼굴 살이 뼈에 달라붙었고 입술은 핏기가 하나도 없었답니다. 그런 할머니가 앉아서 미소를 짓고 있었죠. 햇살이 할머니를 똑바로 비추고 있었죠.

"할머니 연세를 아주 많이 잡수신 것 같은데요⋯."

내가 농담조로 물었죠.

"백네 살이라우, 부인. 겨우 백네 살밖에 안 먹었수(할머니가 이렇게 농담을 했던 모양이예요)⋯ 그런데 부인은 어딜 가시우?"

그렇게 할머니는 나를 바라보며 웃었답니다. 아마도 누군가와 이야기를 할 수 있다는 게 기쁘신 것 같았죠. 하지만 백 살이 넘은 할머니가 내가 어딜 가는지 정말 궁금한 것처럼 묻기에 조금 이상하다는 생각이 들었어요.

나는 밝게 웃으면서 대답했죠.

"네, 그게요, 할머니, 제가 가게에서 딸아이에게 줄 부츠를 챙겨서 집으로 가는 길이에요."

"아이고, 거 부츠가 쪼그마하네. 딸아이가 어린가 보지? 딸아이가 있다니 좋겠구려. 그래, 자식이 더 있수?"

그러고는 다시 나를 바라보며 허허 웃으셨죠. 할머니는 눈이 죽은 사람처럼 흐릿했지만 뭔가 알 수 없는 따뜻한 빛이 나는 것 같았답니다.

"할머니, 제가 오 코페이카짜리 동전을 드릴 테니까 빵이라도 사 드세요."

그리고 할머니께 오 코페이카짜리 동전을 건넸답니다.

"아니, 오 코페이카를 왜 주시우? 거참, 어쨌든 고맙수. 주는 거니 내 받을게요."

"별거 아니에요, 할머니."

할머니는 돈을 받았어요. 부탁을 하거나 동냥을 하듯 받은 게 아니라, 내가 드리니까 예의상 또는 선의로 받아 주시는 모습이었죠. 사실 할머니처럼 나이 많은 분에게는 말 걸어 주고 관심을 갖고 걱정하고 신경 써 드리는 게 더 기분 좋은 일이었을지도 몰라요. 이어서 나는 인사했어요.

"그럼 조심히 가세요, 할머니. 아무쪼록 가시는 곳까지 무사히 가세요."

"아무렴, 부인, 잘 갈게. 무사히 갈 거라우. 그대도 손녀한테 가 보시우."

할머니는 내게 손녀가 아니라 딸이 있다는 걸 깜빡했는지 손녀로 헷갈리셨답니다. 아마도 모든 사람들에게 손녀가 있다고 생각하셨나 봐요. 난 자리를 떠나면서 마지막으로 할머니를 돌아보았죠. 할머니가 천천히 힘겹게 일어나 지팡이를 짚으며 느릿느릿 길을 걸어가는 모습이 보였죠. 어쩌면 손녀사위네 집에 '점심 먹으러' 갈 때까지 길에서 열 번은 더 쉴지도 모르겠어요. 그런데 그 할머니는 점심을 드시러 어딜 그리 다니는 걸까요? 정말 특이한 할머니였답니다.》

나는 그날 아침 이 이야기를 듣고, 아, 물론 이야기가 아니라 100세 노파와의 만남(사실 100세 노파이긴 하지만 마음이 젊은 노파와의 만남 말이다)에서 받은 어떤 인상을 얘기한 것이긴 하지만, 어쨌든 그 이야기를 까맣게 잊고 있었다. 그러다 밤늦게 잡지에서 기사 하나를 읽고 난 뒤 내려놓다가 문득 그 할머니 얘기가 떠올랐던 것이다. 왠지 모르게 순간 그 할머니가 어떻게 손녀사위네에 점심 먹으러 갔을지, 그다음 이야기를 머릿속에 상상하게 되었다. 그러자 또 다른 이야기가, 어쩌면 정말 일어났을 법한 작은 이야기가 떠올랐다.

할머니의 손자, 손녀와 증손자들, 일단 이들을 합쳐서 손자라고 부르자. 그들은 아마 가족이 함께 일을 하며 살아가는 사람들일 것이다. 그렇지 않다면 할머니가 그리로 점심 먹으러 다닐 리가 없을 테니까. 그 가족은 지하방에서 살지도 모른다. 어쩌면 이발소 같은 가게를 세내서 일하며 살아갈 수도 있다. 그들은 물론 가난하겠지만 끼니를 굶지는 않을 정도로 살면서 규율을 지키며 살아가는 사람들일 것이다. 할머니는 손녀사위 집에 거의 한 시가 넘은 시간에 도착했을지도 모른다. 그들은 할머니가 올 거라고 생각하지 못했지만 아마도 반갑게 맞아 주었을 것이다.

"어머 할머니가 오셨네, 마리아 막시모브나 할머니, 어서 오세요. 어서 들어오세요. 잘 오셨어요, 할머니!"

할머니는 허허 웃으며 안으로 들어간다. 출입구에 달려 있는 작은 방울 종이 한참 동안 날카롭고 가는 소리로 딸랑거린다. 할머니의 손녀는 그 이발사의 아내일 테고, 손녀사위인 이발사는 서른다섯쯤 되는 젊은이일 것이다. 비록 이발사라는 직업이 무게 잡는 직업은 아니긴 하지만 그래도 그는 자기 직업에 맞게 신중한 사람일 것이다. 잘은 몰라도 포마드 때문에 블린[01]처럼 기름기가 묻은 프록코트를 입었을 수도 있다. 아니면 내가 '이발사'를

01　메밀가루나 밀가루, 또는 메밀과 밀가루를 섞어서 얇고 동그랗게 부친 러시아식 팬케이크.

한 번도 본 적이 없어서 잘은 모르지만 어쨌거나 이발사의 프록 코트 옷깃엔 언제나 가루가 묻어 있을 것이다. 남자아이 한 명과 여자아이 둘, 모두 세 명의 어린아이들이 쏜살같이 증조할머니에게 달려간다. 나이가 무척이나 많은 할머니들은 언제나 어린아이들과 꽤나 잘 맞는다. 노인들이 나이가 들수록 아이와 비슷해져서 심지어 정신 수준이 똑같아지기도 하니까.

할머니가 자리에 앉았다. 마침 이발소에는 일 때문인지 손님으로 와 있던 마흔 살쯤 되어 보이는 지인 한 사람이 막 일어나려던 참이었다. 게다가 손녀사위 누이의 아들도 와 있었다. 열일곱 살 정도 되는 그 청년은 인쇄소에 취업하려 하고 있었다. 할머니는 성호를 긋고 자리에 앉아 손님을 바라보았다.

"휴, 아이고, 힘드네! 그래 이분은 누구신가?"

"아, 저요?"

손님이 웃으며 대답했다.

"마리아 막시모브나 할머니, 저를 못 알아보시겠어요? 벌써 삼년 전에 다 같이 숲에 버섯 따러 가기로 하셨잖아요."

"아하, 그렇지, 자네로군. 내 자네를 알지. 농담 잘하는 양반. 자네를 봤던 기억은 나는데 이름이 통 기억나질 않네. 자네가 누군지는 알 것 같은데. 아이고, 팔다리야, 어찌나 힘이 드는지."

"그런데 마리아 막시모브나 할머니, 우리 존경하는 할머니께서는 조금도 키가 자라지 않으셨네요? 얼마나 크셨는지 만나면 여쭤보려고 했거든요…."

손님이 농담했다.

"이거 보게, 늙은이를 놀리기는…."

할머니가 꽤나 즐거운 듯 웃음을 터트리며 말했다.

"마리야 막시모브나 할머니, 저는 착한 사람이랍니다."

"오, 그려, 착한 사람하고 얘기하다니 재미있겠네. 아이고, 그런데 애야, 내가 자꾸만 숨이 차는구나. 근데 벌써 세르게이한테 코트를 장만해 주었나 보네?"

할머니가 이발사의 조카를 가리키며 말했다.

살집이 통통한 체격의 건강한 청년인 조카는 입을 헤벌쭉 벌리고 빙긋 미소를 지으며 가까이 다가왔다. 청년은 새로 지은 회색 코트를 입고 있었는데 새 옷이 얼마나 좋은지 표정 관리가 안되는 모양이었다. 아마도 일주일은 지나야 아무렇지도 않게 입을 수 있을 것이다. 청년은 일 분마다 소매와 앞깃을 둘러보더니 이젠 아예 거울 앞에 자리 잡고 서서 자신에 대한 특별한 우월감을 만끽하고 있었다.

"애야, 이리 와 봐, 뒤로 돌아보렴."

이발사의 아내가 빠르게 얘기했다.

"할머니, 코트 어떤가 좀 봐 주세요. 세상에 단 일 루블도 에누리 없이 육 루블이나 들었어요. 프로호리치 양복점에서 이보다 싼 걸로 맞추면 나중에 무척 후회할 거라고 해서요. 외투가 이 정도는 되어야 오래 입어도 멀쩡할 거라고 하더라고요. 옷감 좀 보세요! 애야 뒤로 돌아봐! 안감이 어찌나 튼튼한지, 아주 요새처럼 튼튼하다니까요, 요새처럼. 애야, 뒤돌아보렴! 할머니, 이러니 돈이 아주 물 쓰듯 술술 빠져나간다니까요."

"아이고, 애야, 그래 맞는 말이다. 요새 물가가 어찌나 비싼지. 뭘 살 수가 없다니까. 돈 얘기를 듣고 있으니까 슬퍼지네, 차라리 말을 하지 말자꾸나."

막시모브나 할머니는 기분이 언짢은 듯 말을 하면서 계속 숨을 제대로 쉬지 못하고 있었다. 이발사가 말했다.

"네, 맞아요, 그런 얘기 그만하시고, 뭘 좀 드셔야 할 텐데요. 무척 힘들어 보이시는데, 그렇죠 할머니?"

"아이고 그래, 엄청 피곤하네. 날이 따뜻하고 해가 좋아서 손녀한테 가 볼 생각이야. 누워 있기만 하면 뭘 하겠어. 아, 그런데 아까 귀족 부인을 만났는데, 젊은 여자였지. 아이한테 부츠를 사러 다녀오면서 '할머니, 피곤하세요? 여기 할머니 오 코페이카 드릴게요. 빵이라도 사 드세요….' 그러더구나. 그래서 내가 그 돈을 받았지."

"네, 할머니. 어쨌든 우선 조금이라도 쉬세요. 그런데 오늘따라 왜 이렇게 숨을 헐떡이세요?"

이발사가 갑자기 걱정스러운 눈빛으로 말했다.

모두가 할머니를 바라보았다. 갑자기 안색이 창백해지고 입술엔 핏기가 전혀 없었다. 할머니 역시 모든 사람들을 둘러보았는데 어딘지 모르게 몽롱해 보였다.

"그래서 아이들한테 프랴니크[02] 과자를… 이 오 코페이카로 사줄 생각이야…."

그러고는 말을 멈추었다가 다시 숨을 깊게 들이마셨다. 갑자기 모두 말없이 조용해져 오 초 정도 정적이 흘렀다.

"할머니?"

이발사가 할머니 쪽으로 몸을 숙였다.

하지만 할머니는 대답이 없었다. 다시 침묵이 오 초간 이어졌다. 할머니는 더욱 창백해졌다가 순식간에 핼쑥한 얼굴이 되었다. 눈의 움직임이 멈췄고 입술엔 아까 지었던 미소가 굳어져 마치 아무것도 보이지 않는 것처럼 앞을 보고 있었다.

"신부님을 불러야 할 것 같은데요!"

갑자기 뒤에서 손님이 당황하며 속삭였다.

"그래요, 그런데… 이미 늦은 것 같은데…."

이발사가 중얼거렸다.

"할머니, 할머니!"

이발사의 아내가 갑자기 안절부절못하며 할머니를 소리쳐 불렀다. 그러나 할머니는 미동도 하지 않은 채 머리만 옆으로 기울이고 있었다. 탁자 위에 올려놓은 오른손은 오 코페이카를 쥐고 있었고 왼손은 여섯 살이 된 첫째 증손자 미샤의 어깨 위에 올려놓은 채였다. 미샤는 꼼짝도 하지 않고 놀란 눈을 크게 뜬 채 증조할머니를 바라보았다.

---

02   꿀이 들어간 러시아 과자.

"돌아가셨어!"

이발사가 차분하고 숙연한 어조로 말하며 고개를 숙여 가볍게 성호를 그었다.

"그러네요! 안 그래도 너무 기운이 없어 보였어요."

손님이 슬픈 어조로 띄엄띄엄 말했다. 그는 무척 충격을 받았는지 모두를 둘러보았다.

"오! 세상에! 어떡해요! 여보, 우리 이제 어떻게 해요? 할머니를 거기로 모셔 가야 하나요?"

손녀가 어찌할 바를 몰라 하며 황급하게 말했다.

"거기라니 어딜? 우리가 직접 여기서 장례를 치러 드려야지. 당신 할머니시잖아, 안 그래? 가서 다른 친척들에게 소식을 알려야겠어."

손녀사위인 이발사가 침착하게 대답했다.

"자그마치 백사 세나 되셨어!"

손님이 더욱 숙연해져 제자리에서 서성거렸다. 그의 몸 전체가 붉어질 정도였다.

"그래, 요 몇 년 사이에 기억력이 부쩍 나빠지셨지."

이발사가 프록코트를 벗고 모자를 찾으며 더 숙연하고 침착하게 말했다.

"방금 전만 해도 웃으면서 얼마나 즐거워하셨는데! 아직도 손에 오 코페이카를 쥐고 있으시네요. 프랴니크 과자를 사 주신다고 하시더니, 아아, 인생이란 게 한 치 앞도 모르는 거예요!"

"자, 그럼, 표트르 스테파니치 그만 갑시다."

이발사가 손님 말에 끼어들더니 손님과 함께 나갔다.

사람들은 보통 이렇게 나이가 많은 사람이 세상을 떠나면 울지 않는다. 백사 세 나이에 '병도 없이 수치스럽지 않게 세상을 떠났기' 때문이다. 이발사의 아내는 이웃에 도움을 청하러 갔다. 소식을 들은 사람들은 한달음에 달려와 통곡하며 큰 소리로 애도했다.

제일 먼저 사모바르[03]에 물을 올렸다. 아이들은 놀란 얼굴로 저만치 구석에 숨어 돌아가신 할머니를 바라보았다. 미샤는 자기 어깨에 손을 올린 채 돌아가신 할머니를 평생 기억할 것이다. 하지만 미샤가 죽을 때면 언젠가 그에게 이런 할머니가 있었고, 백사 년을 살다가 떠났다는 사실을 아는 사람도 기억하는 사람도 없을 것이다. 어떻게 살다가 떠났는지 아무도 모를 것이다. 그도 그럴 것이 뭣 하러 기억하겠는가, 어차피 상관없는 것을. 수많은 사람들이 다들 이렇게 떠난다. 아무도 모르게 살다가 아무도 모르게 가는 것이다. 다만 백 살이 넘은 할머니나 할아버지들은 죽는 그 순간에 뭔가 감동적이고 평온하고, 심지어 숙연하고 평화로운 무언가가 존재하지 않을까 싶기도 하다. 백 살이라는 나이가 아직까지도 인간에게는 어쩐지 신비롭게 여겨지기 때문이리라. 평범하고 착하게 살아가는 사람들의 삶과 죽음에 부디 신의 은총을!

---

03 러시아의 가정에서 물을 끓이는 데 사용하는 주전자.

이렇게 가볍고 특별히 주제가 없는 그림을 그려 보았다. 사실 한 달 전에 들었던 이야기로 좀 더 흥미로운 무언가를 재구성해 보려고 글쓰기를 시작하면, 오히려 아예 일이 되지 않거나 '알고 있는 내용을 다 담아내지 못하게 되어' 결국에는 뼈대 없는 글만 남기 십상이다….

도스토옙스키 시詩

신의 선물

크리스마스 전날 밤 하늘에서
아기 천사 보내셨네 이 땅으로
미소 띠며 천사에게 말하셨네.
"아기 천사 전나무 숲 지나가면
전나무를 베어내어 갖다주렴.
세상에서 가장 착한 아이에게
상냥하고 인정 많은 아이에게
나의 선물 기념으로 갖다주렴."
그 말 듣고 아기 천사 당황하며,
"허나 대체 누구에게 줘야 하죠?
신의 축복 누릴 아이 누구인지
나 어떻게 알아내죠, 알 수 있죠?"
하느님이 대답하네 "보면 안다."
그 말 듣고 하늘 전령 출발했네.
초승달이 하늘에서 비추었네
대도시로 가는 길을 비추었네.

어딜 가나 축복하는 말 들리고
어딜 가나 행복함이 기다리네
행복함이 아이들을 기다리네.

전나무를 어깨 위에 들춰 메고
아기 천사 기쁨 가득 길을 가네.
천사 직접 창을 통해 집 안 보니
성대하게 성탄 축제 펼쳐지네!
성탄 트리 불빛으로 반짝이며
크리스마스 기쁨으로 빛난다네.

아기 천사 이 집에서 저 집으로
서둘러서 여기저기 돌아보네.
누구에게 신의 선물 전나무를
선물할지 알아보러 돌아보네.
훌륭하고 말 잘 듣는 아이들을
아기 천사 많이 많이 보았다네.
모든 아이 전나무를 보게 되면
신의 선물 갖고 싶어 다가오네.

어떤 아이 큰소리로 외친다네.
"나야말로 트리 선물 받아야 해!"
다른 아이 비난하며 소리치네.
"너는 나랑 비교 안 돼 내가 낫지."
"아니 내가 누구보다 받아야 해!"
아기 천사 조용하게 듣고 있네,

슬픔 가득 아이들을 바라보네.
모든 아이 남들 앞에 우쭐대며
각자 자기 스스로를 칭찬하네.
놀라움과 질투심에 가득 차서
서로서로 경쟁자를 바라보네.
침울해진 아기 천사 나갔다네,
길거리로 나아가서 외쳤다네.
"신이시여! 누구에게 신의 선물
귀한 선물 줘야 할지 알려주오!"

아기 천사 거리에서 만났다네
남자아이 한 아이가 서 있다네.
신의 선물 전나무를 둘러보고
황홀하게 눈빛 가득 타오르네.
"전나무다! 전나무다!" 손뼉 치네.
"아쉽지만 이 트리는 과분하지.
이 트리는 나의 것이 아닐 거야…

그렇지만 나의 누이 아픈 누이
누이에게 전나무를 갖다주어
내 누이가 기뻐하게 해 주세요,
내 누이가 선물받게 해 주세요.

누이 눈물 의미 없지 않도록요!"
남자아이 천사에게 속삭였네.
그때 천사 밝은 미소 가득 띠고
꼬마에게 전나무를 건넸다네.

바로 그때 기적 같은 일이 생겨
하늘에서 반짝 별들 떨어져서
에메랄드 보석처럼 반짝이며
전나무의 가지마다 달라붙어
성탄 트리 반짝반짝 번쩍이네.
하늘 상징 전나무에 내려왔네
그걸 보고 남자아이 깜짝 놀라
기쁨 가득 바르르르 몸을 떠네…

그때 천사 알게 되네 큰 사랑을
눈물 가득 기쁨 가득 감동하여
은총 가득 기쁜 소식 알려주러
귀한 선물 천상으로 가져갔네.

1854

Божий дар

Крошку-Ангела в сочельник

Бог на землю посылал:

«Как пойдешь ты через ельник,–

Он с улыбкою сказал,–

Елку срубишь, и малютке

Самой доброй на земле,

Самой ласковой и чуткой

Дай, как память обо Мне».

И смутился Ангел-крошка:

«Но кому же мне отдать?

Как узнать, на ком из деток

Будет Божья благодать?»

«Сам увидишь»,– Бог ответил.

И небесный гость пошел.

Месяц встал уж, путь был светел

И в огромный город вел.

Всюду праздничные речи,

Всюду счастье деток ждет⋯

Вскинув елочку на плечи,

Ангел с радостью идет⋯

Загляните в окна сами, –

Там большое торжество!

Елки светятся огнями,

Как бывает в Рождество.

И из дома в дом поспешно

Ангел стал переходить,

Чтоб узнать, кому он должен

Елку Божью подарить.

И прекрасных и послушных

Много видел он детей. –

Все при виде Божьей елки,

Всё забыв, тянулись к ней.

Кто кричит: «Я елки стою!»

Кто корит за то его:

«Не сравнишься ты со мною,

Я добрее твоего!»

«Нет, я елочки достойна

И достойнее других!»

Ангел слушает спокойно,

Озирая с грустью их.

Все кичатся друг пред другом,

Каждый хвалит сам себя,

На соперника с испугом

Или с завистью глядя.

И на улицу, понурясь,

Ангел вышел… «Боже мой!

Научи, кому бы мог я

Дар отдать бесценный Твой!»

И на улице встречает

Ангел крошку, – он стоит,

Елку Божью озирает, –

И восторгом взор горит.

«Елка! Елочка! – захлопал

Он в ладоши. – Жаль, что я

Этой елки не достоин

И она не для меня⋯

Но неси ее сестренке,

Что лежит у нас больна.

Сделай ей такую радость, –

Стоит елочки она!

Пусть не плачется напрасно!»

Мальчик Ангелу шепнул.

И с улыбкой Ангел ясный

Елку крошке протянул.

И тогда каким-то чудом

С неба звезды сорвались

И, сверкая изумрудом,

В ветви елочки впились.

Елка искрится и блещет, –

Ей небесный символ дан;

И восторженно трепещет

Изумленный мальчуган···

И, любовь узнав такую,

Ангел, тронутый до слез,

Богу весточку благую,

Как бесценный дар, принёс.

1854

아이들은 돈이 많이 든다…[01]

아이들은 돈이 많이 든다,

안나 그리고리예브나에,

릴랴와 사내아이 둘까지

어쩌나, 그것참 걱정이다!

1876

---

01 '아이들 키우려면 돈이 많이 드니, 그것참 걱정'이라는 내용의 시로 도
스토옙스키가 자신의 아내에게 농담처럼 전하는 내용이다. 시에 등장하
는 안나 그리고 리예브나는 도스토옙스키의 부인이자 릴랴와 두 사내아
이의 어머니이다. 도스토옙스키는 소피야, 류보피, 표도르와 알렉세이 이
렇게 네 자녀를 두었으나, 첫째 소피야는 태어난 지 얼마 안 되어 죽었다.
릴랴는 러시아 이름 릴리야의 애칭인데, 류보피의 또 다른 이름으로 추정
된다.

Дорого стоят детишки…

Дорого стоят детишки,

Анна Григорьевна, да,

Лиля да оба мальчишки –

Вот она наша беда!

1876

바바리아 연대장에 대한 에피그램[02]

나 빠르게 달려갔다, 다시 돌아 달려온다

나 이제 그만 물러나고 싶구나.

세상에 모든 것이 이렇듯 뒤집히니

오늘은 장군이요, 내일은 멍군이라[03].

1864

---

02   4행 풍자시. 단편소설 「악어」의 구상에 메모했던 시로, 1864년 중순 작품으로 짐작된다. 이 풍자시는 《골로스》라는 신문에 실렸던 시를 패러디한 것으로 여겨지며, 이 신문의 경향에 반대하는 논쟁을 다룬 메모와 함께 적혀 있었다. 제목에서 바바리아는 독일 남동부에 있는 바이에른주를 말한다.

03   원래 의미는 '오늘은 체크요, 내일은 체크메이트라', '오늘은 이겼지만, 내일은 패배'라는 의미이다. 번역에서는 오늘과 내일의 신세가 뒤바뀜을 '장군-멍군'이라는 표현으로 옮겨 보았다. 참고로 체스에서 상대의 킹을 직접적으로 위협하는 수를 둘 경우를 '체크'라고 하며, 무슨 방법을 써도 체크 상태에서 벗어날 수 없다면 '체크메이트'라 한다. 체크메이트(Checkmate)란 체스의 다양한 체크 중에서 절대로 피할 수 없는 형태를 의미하는 단어로, 어원은 '왕이 패했다'를 뜻하는 페르시아어 'shahmat'에서 유래했다고 한다. (참조 출처: https://namu.wiki/w/%EC%B2%B4%ED%81%AC%EB%A9%94%EC%9D%B4%ED%8A%B8)

Эпиграмма на баварского полковника

Я лечу, лечу обратно,

Я хочу упасть назад,

Так на свете всё превратно:

Нынче шах, а завтра мат.

1864

허구한 날 성직자들 이야기만 쓰는구나…[04]

허구한 날 성직자들 이야기만 쓰는 것은
내 생각에 지루하기도 하고, 요즘 유행도 아니다
이제 그대 몰락한 가문에서 글을 쓰는구나
그대만은 몰락하지 마시게나, 레스코프여.

1873~1874

---

04   레스코프의 작품 경향을 풍자한 도스토옙스키의 사행시로 작가들 사이에 사상적 논쟁이 일던 시기에 쓰였다. '몰락한 가문'은 레스코프의 작품으로, 이 시에서 그 표현을 차용하고 있다.

Описывать всё сплошь одних попов···

Описывать всё сплошь одних попов,

По моему, и скучно, и не в моде;

Теперь ты пишешь в захудалом роде;

Не провались, Лесков.

1873~1874

바이마코프 은행 파산[05]

바이마코프 은행 파산,

바이마코프와 루랴

둘 다 폭삭 망했구나

둘이 망하면, 곧 셋이 망할 것이다!

셋이 망하면, 곧 다섯 되고 여덟도 되고

여름에도, 가을이 도래해도

여기저기 망해 나갈 것이로다

그리고 비평가 스트라호프는

죽은 자를 부른다는 강신론에 대해

세 편의 글을 쓸 것이다

그 중 두 개는 쓸데없는 얘기,

그야말로 터무니없는 말이며

어림 반 푼어치 없는 소리일 뿐이다.

1876~1877

---

05   1875~1876년 모스크바 저당대부상업은행의 파산으로 시중 은행이
줄줄이 파산한 사건을 다룬 내용이다. 그 중에 루랴와 바이마코프의 은행도
포함되어 있었다.

Крах конторы Баймакова···

Крах конторы Баймакова,

Баймакова и Лури,

В лад созрели оба кова,

Два банкрутства – будет три!

Будет три, и пять, и восемь,

Будет очень много крахов

И на лето, и под осень,

И уж пишет критик Страхов

В трех статьях о спиритизме,

Из которых две излишних,

О всеобщем ерундизме

И о гривенниках лишних.

1876~1877

연기와 흙덩이

농부의 밭에 자그마한 흙덩이가 있었네
때마침 공장에서 연기가 피어올랐네.
연기는 하늘 높이 올라가자 우쭐대며
흙덩이에게 자랑을 떠벌리기 시작했네.
얌전한 흙덩이 연기의 조롱에 놀랐다네.
연기가 흙덩이에게 먼저 말을 건넸다네,
"이보게 흙덩이야 창피하지도 않느냐?
밭에서 별 볼 일 없는 농부나 위해 일하다니.
지금 지그재그 날아가는 나를 좀 바라보렴.
난 언제나 원하는 대로 날아갈 수 있단다."
그러자 흙덩이 자랑하는 연기에게 대답했네.
"이보게 연기야, 너 참으로 경솔하구나.
비참한 너의 운명 생각조차 못하는구나.
너는 하늘로 올라가며 순식간에 사라지지,
하지만 나는 수백 년을 그대로 있단다.
너는 사람들 위해 곡식을 맺지 못하지만,
나는 여기 이 밭에서 수수 작물도 키워 주지.
너의 조롱 따윈 난 하나도 두렵지 않아.
깨끗한 영혼 가진 나의 겸손이 자랑스러울 뿐."

1868년 7월 12일 스위스 브베에서

Дым и Комок

На ниве мужика Комок земли лежал,

А с фабрики купца Дым к небу возлетал.

Гордяся высотой, Комку Дым похвалялся.

Смиренный же Комок сей злобе удивлялся.

— Не стыдно ли тебе,— Дым говорил Комку,—

На ниве сей служить простому мужику.

Взгляни, как к небу я зигзагом возлетаю

И волю тем себе всечасно добываю.

— Ты легкомыслен,— ответствовал Комок.—

Смиренной доли сей размыслить ты не мог.

Взлетая к небесам, ты мигом исчезаешь,

А я лежу века, о чем, конечно, знаешь.

Плоды рождать тебе для смертных не дано,

А я на ниве сей рождаю и пшено.

Насмешек я твоих отселе не боюсь.

И с чистою душой я скромностью горжусь.

12 июля 68 Vevey

분노의 눈물을 흘리며

분노의 눈물을 흘리며
나는 그의 얼굴을 때렸다
그리고는 분통을 터트리며 말했다,
이런 세상에, 나랑 닮았잖아.

아내에게 비누를 사 오라고 써 두었다.
그런데 아내는 이번에도 잊어버리고
비누 한 장 사 오지 않은 것이다
대체 내 아내는 왜 이럴까,
이 정도면 막무가내가 아니런가?

분노의 눈물을 흘리며
타향에서 벌겋게 달아오른다
맹랑한 막무가내 내 아내의 얼굴이.
내 아내는 성격이 불같지만
한잔 술에 은근슬쩍 가라앉는다.

아내에게 비누를 사 오라고 부탁했었다
그런데 아내는 깜빡했던 것이다
대체 내 아내는 왜 이럴까,

이 정도면 막무가내가 아닌런가?

2년 동안 우리들은 궁핍하게 살고 있다,
다만 하나 우리에게 남은 것은 깨끗한 양심밖에.
이제 우린 기다린다 출판업자 카트코프의 돈을
실패한 단편소설 작품 하나 써 주는 대가로.
이봐, 대체 너에겐 양심이라는 게 있기나 한 거냐?
너는 《자랴》 잡지에 소설 싣는 조건으로
작품 하나 써 주겠노라 약속을 해놓고,
카트코프가 보낸 돈을 이미 받았었다.
그런데 너는 마지막으로 남은 돈을
룰렛 도박판에서 한 방에 날려 버리고,
코페이카 땡전 한 푼 가진 게 없는
알거지 신세가 되었구나, 이 바보야!

1869

Вся в слезах негодованья…

Вся в слезах негодованья

Я его хватила в рожу

И со злостью

Я прибавила, о боже, похожа.

Я писал жене про мыло,

А она-то и забыла

и не купила

Какова ж моя жена,

Не разбойница ль она?

Вся в слезах негодованья

Рдеет рожа за границей

У моей жены срамницы,

И ее характер пылкий

Отдыхает за бутылкой.

Я просил жену о мыле,

А она и позабыла,

Какова моя жена,

Не разбойница ль она?

Два года мы бедно живём,

Одна чиста у нас лишь совесть.

И от Каткова денег ждём

За неудавшуюся повесть.

Есть ли у тебя, брат, совесть?

Ты в "Зарю" затеял повесть,

Ты с Каткова деньги взял,

Сочиненье обещал.

Ты последний капитал

На рулетке просвистал, и дошло, что ни алтына

Не имеешь ты, дубина!

1869

말을 탄 별이 날아다닌다···[06]

말을 탄 별 하나가 날아다닌다
둥글게 춤추는 소녀들 사이로,
말 위에서 내게 미소를 띄워 보낸다
귀-족-가-문의 아이가.

1871~1872

---

06   이 시는 도스토옙스키의 장편 『악령』의 1부 3장에 삽입되었다.

И порхает звезда на коне···

И порхает звезда на коне

В хороводе других амазонок;

Улыбается с лошади мне

Ари-сто-кратический ребенок.

1871~1872

불타오르는 사랑의 폭탄···[07]

불타오르는 사랑의 폭탄이
이그나트의 가슴에서 터져 버렸다.
팔을 잃은 남자는 세바스토폴[08]을 생각하며
또다시 괴로워 쓰디쓴 눈물을 삼켰다.

1871~1872

---

07   이 시는 도스토옙스키의 장편 『악령』의 1부 3장에 삽입되었다.

08   세바스토폴은 흑해 연안 크림반도 남서부에 위치한 항구도시로, 당시
크림전쟁이 일어났던 지역이다.

Любви пылающей граната...

Любви пылающей граната

Лопнула в груди Игната.

И вновь заплакал горькой мукой

По Севастополю безрукий.

1871~1872

완벽한 여인, 투쉬나 양에게[09]

친애하는 엘리자베타 니콜라예브나 아가씨!

오, 얼마나 사랑스러운지,
엘리자베타 투쉬나여,
여성용 말안장에 올라 앉아 친척과 말달릴 때
그녀의 굽이치는 머리카락 바람결에 장난치고,
교회에서 어머니와 바닥에 엎드려 절을 할 때,
경건한 얼굴에 피어난 홍조 사랑스럽기 그지없다!
그 모습에 부부로서 합법적인 쾌락을 갈망하며
어머니와 그녀의 뒷모습에 나의 눈물 띄워 보낸다.

1871~1872

---

09   이 시는 도스토옙스키의 장편 『악령』의 1부 4장에 삽입되었다.

Совершенству девицы Тушиной

Милостивая государыня,

Елизавета Николаевна!

О, как мила она,

Елизавета Тушина,

Когда с родственником на дамском седле летает.

А локон ее с ветрами играет,

Или когда с матерью в церкви падает ниц,

И зрится румянец благоговейных лиц!

Тогда брачных и законных наслаждений желаю

И вслед ей, вместе с матерью, слезу посылаю.

1871~1872

훌륭한 사람[10]

그 사람 명문가 출신이 아니라
민중 속에서 태어나고 자라났다.
하지만 차르의 복수에 내쫓기고
사악한 귀족들 질투에 내몰리어
스스로 고통의 운명을 택하였다
처형과 고문과 형벌의 운명을
그리고 나아갔다 민중에 알리러
형제애와 평등과 자유를 전하러.

그런데 나라에 봉기가 시작되자
그 사람 타국의 변방으로 도망쳤다
차르의 혹독한 감옥을 피하여
고통의 채찍과 인두를 피하여
잔혹한 사형집행인을 피하여.
그러나 가혹한 운명에서 벗어나려
봉기를 일으킬 준비된 민중은
스몰렌스크에서 타슈켄트까지

---

10 도스토옙스키의 장편 『악령』의 2부 6장에 삽입된 시로, N.P. 오가료프
    의 시 「대학생」을 패러디한 것이다. '완벽한 대중적 평판을 가진 사람'이라
    는 의미의 관용구로 이루어진 제목이 매우 역설적으로 들린다.

애타게 대학생을 기다렸다.

민중들 모두가 그 사람 기다렸다
무조건 앞으로 나아가기 위하여
귀족 사회 모조리 끝장내고
차르 체제 완전히 타파하고
세습영지 공유지로 전환하고
교회와 결혼과 가족제도─
구세계의 모든 악습에 맞서고
영원히 복수하기 위하여!

1871~1872

Светлая личность

Он незнатной был породы,

Он возрос среди народа,

Но, гонимый местью царской,

Злобной завистью боярской,

Он обрек себя страданью,

Казням, пыткам, истязанью

И пошел вещать народу

Братство, равенство, свободу.

И, восстанье начиная,

Он бежал в чужие краи

Из царева каземата,

От кнута, щипцов и ката.

А народ, восстать готовый

Из-под участи суровой,

От Смоленска до Ташкента

С нетерпеньем ждал студента.

Ждал его он поголовно,

Чтоб идти беспрекословно

Порешить вконец боярство,

Порешить совсем и царство,

Сделать общими именья

И предать навеки мщенью

Церкви, браки и семейство —

Мира старого злодейство!

1871~1872

세상에 바퀴벌레가 살았다…[11]

세상에 바퀴벌레가 살았다
어릴 적부터 바퀴벌레였다
그러다 어느 날 컵 속에 빠졌다,
파리로 가득 찬 파리잡이 유리병에.

바퀴벌레 한 자리를 차지하자
파리들이 투덜대며 불평했다.
제우스 향해 외치대기 시작했다―
"유리병이 꽉 찼어요."

그렇게 파리들이 아우성치는 사이
세상 가장 고–상–한 노인네,
니키포르가 다가왔다.

1871~1872

---

11   도스토옙스키의 장편 『악령』 1부 5장에 삽입되었다.

Жил на свете таракан···

Жил на свете таракан,

Таракан от детства,

И потом попал в стакан,

Полный мухоедства.

Место занял таракан,

Мухи возроптали.

«Полон очень наш стакан», —

К Юпитеру закричали

Но пока у них шёл крик,

Подошёл Никифор,

Бла-го-роднейший старик.

1871~1872

말썽부리지 말아라, 페둘…[12]

말썽부리지 말아라, 페둘
고래고래 소리 지르지 말아라.
너 왜 이리 잔뜩 뿔이 났느냐,
술도 안 마시고, 취하지도 않았는데.

너도 징징대지 말아라, 릴류
온순하고 착한 딸이 되어야지,
우리 모두의 친구가 되어야지.
사나운 강아지처럼 굴면 안 되지.

애들 엄마도 화내지 좀 마시게나…

1879

---

12   도스토옙스키가 1879년에 농담처럼 쓴 미완성 9행시로 자신의 아들(표
    도르), 딸(류보피)과 아내에게 말하는 내용이다.

Не разбойничай,Федул···

Не разбойничай,Федул,

Не кричи во всю ты глотку

Ты хоть губы и надул,

Да не пьян,не пьешь же водку.

Не визжи и ты,Лилюк,

Будь хорошенькой девчонкой,

Будь ты общий всем нам друг,

А не злющей собачонкой.

Не сердись и ты мама···

1879

"말해라, 어째서 네가 그토록 망가졌는지…"

말해라, 어째서 네 그토록 망가졌는지
어쩌면 너의 냉담함이 너무 일찍
너무나 일찍 나를 죽였기 때문일까.
"그게 아니면, 내 안의 모든 것을
너무 일찍 죽여 버렸기 때문일까."

"СКАЖИ, ЗАЧЕМ ТЫ ТАК РАЗОРИЛ···"

Скажи, зачем ты так разорил,

Или за то, что ошень рано

Твой холод очень рано меня убил "···"

"вариант: Во мне всё ошень рано убил"

1854년 유럽의 사태에 대하여[13]

세상의 모든 불행 어디에서 온 것일까?
누구의 잘못이며 누가 처음 시작했나?
그대들의 똑똑한 민중 모두가 알고 있다.
그대들의 소문 풍문 나쁘기만 하더구나!
그러거든 차라리 그대 집에 눌러앉아
조용히 집안일이나 돌보는 게 나을 것을!
하늘 아래 모두에게 세상 땅이 드넓어서
우린 서로 싸울 이유 없을 것만 같은데.
더군다나 지난 과거 떠올리고 있노라면,
프랑스가 러시아를 위협하니 가소로울 뿐이구나!

러시아는 세상만사 온갖 고난 다 겪었다!
그대들이 겪지 못한 온갖 시련 다 겪었다.
타타르의 말발굽에 짓밟혔던 러시아는
다시 딛고 일어나서 타타르를 짓밟았다.
그때 이후 러시아는 더욱 멀리 나아갔다!
러시아는 그대들과 같은 수준에 있지 않다.
바다 너머 그대들을 훨씬 뛰어넘었노라,

---

13 시베리아 옴스크 감옥에서 출소 후 세미팔라틴스크에서 군 복무하던 시기에 쓴 세 편의 헌정 시 중 첫 번째 작품으로 크림전쟁에 대하여 쓴 시이다.

그대들은 우리 군대 상대조차 안 되노라!
어디 한번 지금 우릴 기웃거려 보시게나,
그대 머리 베이는 게 두렵지가 않다면야!

러시아는 내전 중에 온갖 고초 다 겪었고
방울방울 피 흘리며 너무나도 쇠하였다.
동족상잔 전투 중에 기진맥진 지쳐 가도
성스러운 러시아는 끈질기게 살아왔다!
그대들은 똑똑하다 – 손에 책이 있으니까!
그대들은 올바르다 – 자기 명예 뭔지 아니!
허나 그대 알고 있나, 마지막의 고통 속에
우리에겐 누구보다 고통 이길 힘 있음을!
러시아의 역사에서 그대 답을 얻을 것을,
이미 우린 연합군을 두려워하지 않은 지 오래다!

우린 구원받으리라 고난의 시기에
십자가, 성물, 믿음, 왕좌 우리를 구하리니!
우리의 마음속에 이런 믿음 확신 있다
승리와 구원의 계시에 대한 믿음처럼!
단 한번도 우리 믿음 잃지 않고 지켜 왔다
(서방에서 어떤 민족이 이와 같이 지켜 왔듯)
우리는 죽었다가 믿음으로 살아났고

믿음으로 슬라브족 살아가고 있소이다.
우리는 믿고 있다, 우리 신은 할 수 있다
러시아는 살아 있고, 절대 죽지 않는다고!

그대 썼다, 러시아가 분쟁 먼저 일으켰고
러시아가 무엇인가 잘못하고 있노라고
프랑스의 명예로움 존중하지 않는다고
그대들은 연합군 깃발 창피하게 여긴다고
황금 뿔의 항구들이 안타깝고 딱하다고
우리 백성 바란다고 그대들에 정복되길
기타 등등 기타 등등 이런 얘길 그댄 썼다.
우리는 답을 했다, 엄중하게 대답했다
떠들썩한 개구쟁이 학생들에 대답하듯
맘에 들지 않는다면 그대 자신 원망하라.
우린 절대 그대 앞에 비굴하게 안 숙인다!
러시아의 운명이란 그대들이 알 수 없고!
러시아가 가는 길을 그대들이 어찌 알리!
동방이란 – 러시아의 것이거늘!
수백만의 백성들이 러시아에 손짓하네.

러시아는 아시아 땅 멀리까지 지배하며
그 땅 위의 모두에게 새 생명을 부여하고

고대 동방 부활 역시 러시아로 올 것이다.
(이야말로 하늘에서 신이 내린 뜻이로다!)
그리하여 또다시 러시아와 차르 제국
내일의 햇살처럼 찬란하게 떠오른다!

우리가 가감 없이 야만이라 일컫고,
그대들의 사람들을 갱생으로 인도하고
짓밟힌 자 그대까지 끌어올리는 것은 바로,
사람들을 타락시키는 아편이 아니구나!
그것은 바로 알비온[14] 아, 무자비한 폭력으로
(온건한 기독교 형제단 소속 선교단!)
부를 향한 구역질 나는 욕심에 눈이 멀어,
무지몽매 민중 속에 나쁜 병을 퍼뜨렸다!
과연 이런 너희들을 위해서가 아니라면
어찌하여 주님께서 십자가를 지고 올라,
당신의 신성 육신 죽음으로 희생했겠는가?

모두 바라보라 – 아직까지 십자가에 못 박히시,
성스러운 그의 피가 또다시 흐르는 것을!
어디 있나, 그리스도 십자가에 못을 박고
또다시 팔아넘긴 유대인은 어디 있나?

---

14   알비온은 영국을 말한다.

다시 한번 그리스도 옆구리에 상처 입고,
다시 한번 슬픔과 고난 함께 받아들였다.
다시 한번 두 눈에서 쓰린 눈물 흘러내려
다시 한번 그리스도 두 팔 들어 활짝 펴니,
무시무시 먹구름이 넓은 하늘 뒤덮는다!
러시아 정교의 고통 바로 우리의 고통이다,
유례없는 박해 속에 교회들이 신음한다!

그리스도 명했노라 신이라 부르라고,
그리스도 스스로가 정교회의 수장이라!
이단자와 정교회에 대항하여 싸운다면
암흑 어둠 죄를 짓는 불명예스러운 행동이다!
기독교도가 터키 위해 그리스도에 맞서다니!
기독교도가 – 마호메트의 수호자가 되었구나!
부끄럽다 그대들아, 십자가를 등진 자들,
부끄럽다 그대들아, 천상 빛을 끄는 자들!
그대와 달리 신께서는 러시아와 함께한다! 만세!
우리 위업 신성하고, 그리스도 위한다면
이 한목숨 바치는 게 어찌 기쁘지 않으리오!

박해받은 자 구원 위한 게데오노프의 검,
이스라엘 그곳에는 강한 심판자 있으리니!

주 하느님 당신께서 수호하는 우리 차르,
주 하느님 당신에게 은총받은 황제이니!
군주 위해 두세 명이 준비된 그곳에서
주님 본인 약속대로 그들 속에 임하시네,
수백만의 백성들이 차르 말을 기다리네.
마침내 주님이여 당신 시간 도래했네!
나팔 소리 들려오고, 쌍두독수리 우는 소리,
콘스탄티노플 이 도시에 장엄하게 울리누나!

1854

На европейские события в 1854 году

С чего взялась всесветная беда?

Кто виноват, кто первый начинает?

Народ вы умный, всякой это знает,

Да славушка пошла об вас худа!

Уж лучше бы в покое дома жить

Да справиться с домашними делами!

Ведь, кажется, нам нечего делить

И места много всем под небесами.

К тому ж и то, коль всё уж поминать:

Смешно французом русского пугать!

Знакома Русь со всякою бедой!

Случалось ей, что не бывало с вами.

Давил ее татарин под пятой,

А очутился он же под ногами.

Но далеко она с тех пор ушла!

Не в мерку ей стать вровень даже с вами;

Заморский рост она переросла,

Тянуться ль вам в одно с богатырями!

Попробуйте на нас теперь взглянуть,

Коль не боитесь голову свихнуть!

Страдала Русь в боях междоусобных,

По капле кровью чуть не изошла,

Томясь в борьбе своих единокровных;

Но живуча святая Русь была!

Умнее вы,— зато вам книги в руки!

Правее вы,— то знает ваша честь!

Но знайте же, что и в последней муке

Нам будет чем страданье перенесть!

Прошедшее стоит ответом вам,—

И ваш союз давно не страшен нам!

Спасемся мы в годину наваждений,

Спасут нас крест, святыня, вера, трон!

У нас в душе сложился сей закон,

Как знаменье побед и избавлений!

Мы веры нашей, спроста, не теряли

(Как был какой-то западный народ);

Мы верою из мертвых воскресали,

И верою живет славянский род.

Мы веруем, что бог над нами может,

Что Русь жива и умереть не может!

Писали вы, что начал ссору русской,

Что как-то мы ведем себя не так,

Что честью мы не дорожим французской,

Что стыдно вам за ваш союзный флаг,

Что жаль вам очень Порты златорогой,

Что хочется завоеваний нам,

Что то да се... Ответ вам дали строгой,

Как школьникам, крикливым шалунам.

Не нравится, — на то пеняйте сами,

Не шапку же ломать нам перед вами!

Не вам судьбы России разбирать!

Неясны вам ее предназначенья!

Восток — ее! К ней руки простирать

Не устают мильоны поколений.

И властвуя над Азией глубокой,

Она всему младую жизнь дает,

И возрожденье древнего Востока

(Так бог велел!) Россией настает.

То внове Русь, то подданство царя,

Грядущего роскошная заря!

Не опиум, растливший поколенье,

Что варварством зовем мы без прикрас,

Народы ваши двинет к возрожденью

И вознесет униженных до вас!

То Альбион, с насилием безумным

(Миссионер Христовых кротких братств!),

Разлил недуг в народе полуумном,

В мерзительном алкании богатств!

Иль не для вас всходил на крест господь

И дал на смерть свою святую плоть?

Смотрите все — он распят и поныне,

И вновь течет его святая кровь!

Но где же жид, Христа распявший ныне,

Продавший вновь Предвечную Любовь?

Вновь язвен он, вновь принял скорбь и муки,

Вновь плачут очи тяжкою слезой,

Вновь распростерты божеские руки

И тмится небо страшною грозой!

То муки братии нам единоверных

И стон церквей в гоненьях беспримерных!

Он телом божьим их велел назвать,

Он сам, глава всей веры православной!

С неверными на церковь воевать,

То подвиг темный, грешный и бесславный!

Христианин за турка на Христа!

Христианин — защитник Магомета!

Позор на вас, отступники креста,

Гасители божественного света!

Но с нами бог! Ура! Наш подвиг свят,

И за Христа кто жизнь отдать не рад!

Меч Гедеонов в помощь угнетенным,

И в Израили сильный Судия!

То царь, тобой, всевышний, сохраненный,

Помазанник десницы твоея!

Где два иль три для господа готовы,

Господь меж них, как сам нам обещал.

Нас миллионы ждут царева слова,

И наконец твой час, господь, настал!

Звучит труба, шумит орел двуглавый

И на Царьград несется величаво!

1854

1855년 7월 1일을 기념하여[15]

1812년 숭고한 희생자들의 시대가
또다시 러시아 민족에게 도래하자
어머니들 나라 위해 자기 아들 바치고서
전장에 나가는 아들들을 축복했다
그리고 대지는 아들들의 희생 피로 물들었다
루시는 빛났다 영웅적인 희생과 사랑에,
그러나 그때 그대의 고요하고 비통한 탄식 터져
그대의 탄식 날카로운 검이 되어 우리 영혼 파고들어
그대의 탄식 불행의 소리 러시아에 울려 퍼져
위대한 거인 처음으로 깜짝 놀라 몸을 떨었다.

해 저무는 푸른 바다 노을빛이 잦아들 듯
위대한 그대 남편 이 세상을 떠났구나.
그러나 루시는 믿었다, 슬픔과 절망의 순간에도
새로운 황금빛 희망이 루시를 비출 것을…
다 끝났다, 그는 없다! 그의 앞에 경배하며,
죄 많은 입술로 어찌 감히 그의 이름 부르리오.
그가 남긴 위대한 업적 영원불멸 기억되리.

---

15 1855년 7월 1일 알렉산드라 표도로브나, 니콜라이 2세의 황후의 생일을 기념하여 도스토옙스키가 황후에게 헌정한 송가이다.

부모 여읜 고아처럼, 러시아는 통곡했다
두려움과 충격 속에 탄식하며 얼어붙었다
허나 그대, 그대만은 누구보다 많은 것을 잃었구나!

기억한다, 혼란하고 힘겨웠던 그 시간을
비극적인 소식이 우리에게 당도했던 그 순간을
내 상상 속 가련하고 온화하던 그대 얼굴
비탄에 젖은 모습으로 내 앞에 서 있었다
온화하고 순종적인 성녀의 형상처럼,
내 앞에 선 눈물 젖은 천사 모습 나 보았다…
내 영혼은 그대 향해 뜨겁게 애원했고
내 가슴은 그대 향해 말을 걸고 싶었지만
과부여, 그대 앞에 나 쓰러져 엎드려서
피눈물을 흘리면서 용서 빌고 싶어 했다.

용서하오, 용서하오, 내 바람을 용서하오,
용서하오, 내가 감히 그대에게 말을 했다.
용서하오, 내가 감히 그대 슬픔 위로하고
그대 고통 덜어주는 어리석은 망상했다.
용서하오, 내가 감히 우울한 방랑자가,
이 신성한 무덤 앞에 내 목소리 높이다니.
그렇지만 신이시여! 영원불멸 우리들의 심판관이여!

당신 내게 판결했다 근심 걱정 가득했던 그 순간에
나 진심으로 깨달았다, 내 눈물은 속죄의 눈물,
나는 다시 러시아인, 나는 다시 인간임을!

기다리자 생각했다, 지금 바로 상기하긴 이르다고,
아직 그녀 고통으로 가슴 아픔, 쓰린 상처 그대로니…
이 미친놈! 나는 과연 인생 상실 경험 없나?
이 슬픔에 기한이나 과연 한도 있으려나?
오! 살아온 순간들을 잃는다면 괴롭겠지
지난 세월 무덤 보듯 돌아보며 되새기면,
내 심장이 피 터지며 찢어지며 아파 오고
끊임없는 망상으로 내 슬픔을 살찌우고
남은 세월 무심하고 하릴없이 세어 본다
무력하고 침울하게 날을 세는 죄수처럼.

오 아니다, 우린 믿는다, 너의 운명 그렇지 않다는 걸!
위대한 운명이란 하늘에서 정하는 것…
과연 내가 미래 장막 걷어내야 하는 걸까
설마 네게 네 운명을 알려줘야 하는 걸까?
그대여 기억하라, 그가 아직 살았을 때 그대 어떤 존재였나!
그대가 없었다면 그는 아마 다른 사람 되었을지 모르는 걸!
어린 시절 그때부터 그는 이미 그대의 영향받고

신이 내린 천사처럼 그대 항상 그의 곁에 머물렀고
그의 인생 모든 것이 그대의 후광으로 빛이 났고
사랑의 빛 천상의 빛 그의 인생 금빛으로 반짝였다.

그대 진정 그 사람과 가까웠고, 또 진정한 친구였다.
대체 누가 그의 아내 당신만큼 그 사람을 알겠는가?
대체 누가 당신만큼 그의 마음 읽을 수가 있겠는가?
대체 누가 당신만큼 그 사람을 사랑하고 이해할까?
대체 어찌 그대 지금 그 고통을 잊을 수가 있겠는가!
모든 것이, 그대 주위 모든 것이 그 사람을 떠올린다.
그 어디를 돌아봐도, 어디에나, 그가 있다, 온 사방에 그가 있
다.
설마 그가 죽었다니, 이제 없다니, 설마 이게 꿈이런가!
오, 안 된다! 잊어서는 아니 된다, 잊는다면 불행하리
기억하는 고통 속에 더욱 많은 위안 함께 있으리니!!

오, 어째서 내 마음을 털어놓을 수가 없나
오, 어째서 내 마음을 열렬하게 말못 하나!
태양처럼 우리들을 비춰 주던 그 사람은 이제 없나
영원불멸 업적으로 우리들의 눈을 떠 준 그는 없나?
분열주의 눈먼 자들 그 누구를 믿었던가,
어둡고 사악한 영혼 결국 누구 앞에 무릎 꿇었던가!

서슬 퍼런 대천사가 번쩍이는 검을 들고 일어나서,
앞으로 나아갈 백 년의 길 우리에게 보여 주었다…
그러나 극악무도 우리 적이 섣부르게 착각하여
그 교활한 세 치 혀로 비열하게 모략했다…

그만해라…! 그자들과 우리 사이 신께서 결정한다!
그러나 그대, 고통받은 여인이여, 일어나서 강해져라!
위대한 아들들과 우리 모두 행복하게 살아가라
성스러운 루시 위해 천사처럼 기도하라.
자 보아라, 힘세고 멋진 아들들의 모습 속에 그의 모습,
고결하고 맑고 바른 아들들의 마음속에 그의 영혼 살아 있다,
살아가라, 더 살아라! 위대한 본보기를 우리에게 보여 줘라,
그대 말없이 순종하며 자신의 십자가를 짊어졌구나…
살아가라 미래의 영광스러운 위업의 참여자로,
영혼에서 심장까지 위대한 애국자여!

용서하오, 다시 한번 용서하오, 내 감히 이런 말을 하다니,
내 감히 그댈 위해 기원하고, 내 감히 그댈 위해 기도하다니!
인류 역사 갖다 준다 공명정대 조각칼을,
인류 역사 밝고 또렷한 그대 형상 그려 주고
인류 역사 신성한 위업들을 우리에게 말해 주고
인류 역사 그대가 우리에게 어떤 존재였나 평가해 주리니.

오, 앞으로도 우리에게 신의 천사 되어 주길!
우리를 구원하러 보낸 이를 지켜 주길!
그의 행복 우리 행복 모두 위해 살아가라
어머니 땅, 러시아 땅 대지를 소리 높여 찬양하라.

1855

На первое июля 1855 года

Когда настала вновь для русского народа

Эпоха славных жертв двенадцатого года

И матери, отдав царю своих сынов,

Благословили их на брань против врагов,

И облилась земля их жертвенною кровью,

И засияла Русь геройством и любовью,

Тогда раздался вдруг твой тихий, скорбный стон,

Как острие меча, проник нам в душу он,

Бедою прозвучал для русского тот час,

Смутился исполин и дрогнул в первый раз.

Как гаснет ввечеру денница в синем море,

От мира отошел супруг великий твой.

Но веровала Русь, и в час тоски и горя

Блеснул ей новый луч надежды золотой···

Свершилось, нет его! Пред ним благоговея,

Устами грешными его назвать не смею.

Свидетели о нем — бессмертные дела.

Как сирая семья, Россия зарыдала;

В испуге, в ужасе, хладея, замерла;

Но ты, лишь ты одна, всех больше потеряла!

И помню, что тогда, в тяжелый, смутный час,

Когда достигла весть ужасная до нас,

Твой кроткий, грустный лик в моем воображеньи

Предстал моим очам, как скорбное виденье,

Как образ кротости, покорности святой,

И ангела в слезах я видел пред собой···

Душа рвалась к тебе с горячими мольбами,

И сердце высказать хотелося словами,

И, в прах повергнувшись, вдовица, пред тобой,

Прощенье вымолить кровавою слезой.

Прости, прости меня, прости мои желанья;

Прости, что смею я с тобою говорить.

Прости, что смел питать безумное мечтанье

Утешить грусть твою, страданье облегчить.

Прости, что смею я, отверженец унылой,

Возвысить голос свой над сей святой могилой.

Но боже! нам судья от века и вовек!

Ты суд мне ниспослал в тревожный час сомненья,

И сердцем я познал, что слезы — искупленье,

Что снова русской я и — снова человек!

Но, думал, подожду, теперь напомнить рано,

Еще в груди ее болит и ноет рана···

Безумец! иль утрат я в жизни не терпел?

Ужели сей тоске есть срок и дан предел?

О! Тяжело терять, чем жил, что было мило,

На прошлое смотреть как будто на могилу,

От сердца сердце с кровью оторвать,

Безвыходной мечтой тоску свою питать,

И дни свои считать бесчувственно и хило,

Как узник бой часов, протяжный и унылый.

О нет, мы веруем, твой жребий не таков!

Судьбы великие готовит провиденье···

Но мне ль приподымать грядущего покров

И возвещать тебе твое предназначенье?

Ты вспомни, чем была для нас, когда он жил!

Быть может, без тебя он не был бы, чем был!

Он с юных лет твое испытывал влиянье;

Как ангел божий, ты была всегда при нем;

Вся жизнь его твоим озарена сияньем,

Озлащена любви божественным лучом.

Ты сердцем с ним сжилась, то было сердце друга.

И кто же знал его, как ты, его супруга?

И мог ли кто, как ты, в груди его читать,

Как ты, его любить, как ты, его понять?

Как можешь ты теперь забыть свое страданье!

Все, все вокруг тебя о нем напоминанье;

Куда ни взглянем мы — везде, повсюду он.

Ужели ж нет его, ужели то не сон!

О нет! Забыть нельзя, отрада не в забвеньи,

И в муках памяти так много утешенья!!

О, для чего нельзя, чтоб сердце я излил

И высказал его горячими словами!

Того ли нет, кто нас, как солнце, озарил

И очи нам отверз бессмертными делами?

В кого уверовал раскольник и слепец,

Пред кем злой дух и тьма упали наконец!

И с огненным мечом, восстав, архангел грозный,

Он путь нам вековой в грядущем указал…

Но смутно понимал наш враг многоугрозный

И хитрым языком бесчестно клеветал···

Довольно! Бог решит меж ними и меж нами!

Но ты, страдалица, восстань и укрепись!

Живи на счастье нам с великими сынами

И за святую Русь, как ангел, помолись.

Взгляни, он весь в сынах, могущих и прекрасных;

Он духом в их сердцах, возвышенных и ясных;

Живи, живи еще! Великий нам пример,

Ты приняла свой крест безропотно и кротко···

Живи ж участницей грядущих славных дел,

Великая душой и сердцем патриотка!

Прости, прости еще, что смел я говорить,

Что смел тебе желать, что смел тебя молить!

История возьмет резец свой беспристрастный,

Она начертит нам твой образ светлый, ясный;

Она расскажет нам священные дела;

Она исчислит все, чем ты для нас была.

О, будь и впредь для нас как ангел провиденья!

Храни того, кто нам ниспослан на спасенье!

Для счастия его и нашего живи

И землю русскую, как мать, благослови.

1855

대관식과 평화조약 체결을 기념하여[16]

잔혹한 전쟁이 잠잠해졌다!
격렬한 전투도 끝이로구나…!
후안무치 오만한 그 도전에
성전 앞에 치욕 당한 러시아는
분노에 치를 떨며 들고 일어났다
적과의 필사적인 전투에서
용맹하게 휘두른 전사의 검에
들판의 곡식이 붉은 피로 물들었다.
전투에서 흘린 성스러운 피는
러시아의 들판을 비옥하게 만들었고
전투에서 얻어낸 값진 평화
러시아가 유럽과 함께 맞이한다.

새로운 시대 우리 앞에 열렸노라.
감미로운 희망의 밝은 서광
두 눈 앞에 눈부시게 떠오른다…
주여, 부디 차르를 축복하소서!

---

16   도스토옙스키가 시베리아 유형 생활 중에 쓴 세 편의 헌정 시 중 하나
로 파리평화조약 체결과 알렉산드르 2세 대관식을 기념하여 헌정했다. 세 작
품 모두 도스토옙스키 생전에는 출판되지 못했다.

우리 차르 나아간다, 힘겨운 위업 향해
험하고 가파른 가시밭길 헤치고
휴식도 잊은 채 업무에 매진하며
성스럽고 용맹한 위업을 이루려고
업무와 국정에 파묻혀 살았었던
그 위대한 전제군주 아버지 황제처럼,
위대하고 영예로운 차르의 그 아들도
두 손에 물집과 굳은살이 배겼구나!

세찬 비바람에 나라는 깨끗해졌고
불행과 고난에 마음은 단단해졌다
마지막까지 충성을 다한 이에게는
조국으로 향하는 길 영광스럽기 그지없다.
러시아 전체가 따뜻한 믿음과 사랑으로
차르를 따라 그의 뒤를 따를 것이다.
피로 물들어 비옥해진 대지에서
황금빛 익은 곡식 거두어들이리라.
게으르고 약삭빠른 노예처럼
성스러움 무엇인지 모르면서
지금 이 성대한 축배의 시간에
옳지 않은 길을 선택하여 가려는 자,
그런 자는 러시아인이 아니로다.

우리 차르 왕관을 쓰기 위해 나아간다…
순수한 기도와 바람을 올리며
수백만의 러시아 백성이 기원한다.
주여, 부디 차르를 축복하소서!
오 주여, 순간의 섭리로
삶과 죽음을 주관하시는 주여,
메마른 광야에서도 차르를 지켜 주시고
연약한 풀 한 포기도 보호해 주옵소서:
그의 안에 활기차고 맑은 영혼 세워 주시고
그의 안에 영적인 힘으로서 임해 주시고
그의 업적 훌륭하게 이끌어 주시옵고
성스러운 그의 앞길에 축복 내려 주옵소서!

세상 모든 용서의 기원이자
성스러운 온화함의 원천인 당신께
러시아의 온 백성이 기도를 올리나이다:
조국의 대지에 당신 사랑 내려 주소서!
주님 자신을 괴롭히던 이들에게
복수가 아닌 사랑으로 용서하시는 주여,
신을 모독하는 눈먼 자들에게
광명의 빛을 내려 주시는 우리 주여,

가시관을 머리에 쓴 우리의 왕

십자가에서 매달려서도 마지막 순간까지

오히려 자신을 죽인 자들을 위하여

축복하고, 사랑하고, 용서하라 기도했던 주여,

부디 우리의 기도를 들어주옵소서!

자신의 생명과 성스러운 피로써

차르를 위해 나라 위해 종사하고

차르에 충성하는 우리의 러시아를

당신 빛과 사랑으로 다스려 주옵소서!

혹시나 눈이 멀어 우리를 벌하지 마옵시고

우리에게 눈을 떠 깨달을 수 있는 지혜 주옵소서

순수하고 살아 있는 강한 믿음 가지고서

하늘이 선택한 자 받아들이게 하옵소서!

불안한 의심에서 그를 지켜 주시옵고

눈먼 자들에게 밝은 이성 일깨워 주옵소서.

그리고 언젠가 위대한 날 부흥의 날이 오면

우리에게 미래 앞길 훤히 밝혀 주옵소서!

1856

На коронацию и заключение мира

Умолкла грозная война!

Конец борьбе ожесточенной!

На вызов дерзкой и надменной,

В святыне чувств оскорблена,

Восстала Русь, дрожа от гнева,

На бой с отчаянным врагом

И плод кровавого посева

Пожала доблестным мечом.

Утучнив кровию святою

В честном бою свои поля,

С Европой мир, добытый с боя,

Встречает русская земля.

Эпоха новая пред нами.

Надежды сладостной заря

Восходит ярко пред очами···

Благослови, господь, царя!

Идет наш царь на подвиг трудный

Стезей тернистой и крутой;

На труд упорный, отдых скудный,

На подвиг доблести святой,

Как тот гигант самодержавный,

Что жил в работе и трудах,

И, сын царей, великий, славный,

Носил мозоли на руках!

Грозой очистилась держава,

Бедой скрепилися сердца,

И дорога родная слава

Тому, кто верен до конца.

Царю вослед вся Русь с любовью

И с теплой верою пойдет

И с почвы, утучненной кровью,

Златую жатву соберет.

Не русской тот, кто, путь неправый

В сей час торжественный избрав,

Как раб ленивый и лукавый,

Пойдет, святыни не поняв.

Идет наш царь принять корону⋯

Молитву чистую творя,

Взывают русских миллионы:

Благослови, господь, царя!

О ты, кто мгновеньем воли

Даруешь смерть или живишь,

Хранишь царей и в бедном поле

Былинку нежную хранишь:

Созижди в нем дух бодр и ясен,

Духовной силой в нем живи,

Созижди труд его прекрасен

И в путь святой благослови!

К тебе, источник всепрощенья,

Источник кротости святой,

Восходят русские моленья:

Храни любовь в земле родной!

К тебе, любивший без ответа

Самих мучителей своих,

Кто обливал лучами света

Богохулителей слепых,

К тебе, наш царь в венце терновом,

Кто за убийц своих молил

И на кресте, последним словом,

Благословил, любил, простил!

Своею жизнию и кровью

Царю заслужим своему;

Исполни ж светом и любовью

Россию, верную ему!

Не накажи нас слепотою,

Дай ум, чтоб видеть и понять

И с верой чистой и живою

Небес избранника принять!

Храни от грустного сомненья,

Слепому разум просвети

И в день великий обновленья

Нам путь грядущий освети!

1856

거장 도스토옙스키의 인간적인 면모에
통찰력과 깊이까지 발견할 수 있기를

"번역이란 다소 염치없는 배반의 양식이다.
그러나 다른 언어로 쓰인 작품은
번역을 통해서만 얻을 수 있고, 또 얻어내야 한다.
대가다움은 번역이라는 반역을 겪고도 대개 살아남는다."

-조지 스타이너[01]

표도르 미하일로비치 도스토옙스키… 그는 시대를 초월하여 전 세계인에게 사랑받는 러시아의 대문호이다. 많은 사람들은 도스토옙스키를 어둡고, 우울하고, 병약하고, 종교적이고, 철학적이며, 고뇌하는 작가의 이미지로만 떠올린다. 물론 바로 이런 이유로 그의 작품이 큰 사랑을 받기도 하지만, 한편으론 많은 독자들이 그의 작품을 너무나 어려워하여 읽어 볼 엄두조차 내지 못하기도 한다. 그러나 도스토옙스키는 누구보다 쾌활하고, 인간적이고, 유머러스했으며, 평생 마감일에 쫓기며 쉬지 않고 글을 써

---

01   조지 스타이너, 윤지관 역, 『톨스토이냐 도스토예프스키냐』, 서커스, 2019, 83쪽.

낸 강인한 정신력과 체력의 소유자이기도 했다.

『웃음과 풍자 코드로 읽는 도스토옙스키 단편선』은 웃음과 풍자라는 코드를 중심으로 도스토옙스키의 단편 여섯 작품과 시를 선정하여 수록했다.

「남의 아내와 침대 밑 남편」은 1848년 1월 발표한 「남의 아내」와 12월에 발표한 「질투하는 남편」을 하나로 개작하여 1860년에 출판한 작품이다. 주인공 이반 안드레예비치는 사회적으로 존경받는 지위에 있는 중년 남자이다. 고급 너구리털 모피 코트에 명품 연미복을 차려 입은 교양 있는 중후한 신사인 그는 불행히도 자신을 속이고 바람을 피우는 아내를 찾아 페테르부르크 거리를 헤매 다닌다. 바람난 아내를 찾아 헤매는 남편은 자신이 생각하는 사회적 체면상 절대, 절대로 자신의 처지를 남에게 솔직히 밝힐 수 없다. 그래서 주인공은 이야기가 전개되는 내내 상대방과의 대화에서 솔직히 말을 못하고 변죽만 울린다. 그런 주인공과 대화를 나누는 등장인물, 특히 두 젊은이는 짜증을 억누를 길이 없다. 뿐만 아니라 지켜보는 독자도 답답해 속이 터질 지경이다. 그런 독자에게 소설 속 두 번째 에피소드 도입부에 나오는 극장 사건은 한바탕 폭소를 선사한다. 아내가 불륜남과 극장에 있을 거라고 의심한 주인공은 일층 무대 바로 앞 자리에 앉아 있는데, 숱이 휑한 그의 머리 위로 꼬깃꼬깃 접힌 연애편지가 지그재그 휘날리며 떨어지는 장면이다. 순간 불쌍한 우리의 주인공은 자기 머리 위에 마치 쥐라도 떨어진 듯 깜짝 놀란다. 그러나 주인공은 누가 그것을 떨어뜨렸나 화를 내기보다 자기 머리 위에 무언가 떨어지는 걸 혹시나 누가 보았을까 봐 걱정이다. 소심하게 주위를 곁눈질로 살피는 주인공의 모습은 안타까움마저 자아낸다. 이 극장 장면에서 작가는 당시 러시아의 극장 문화 생활의 한 단면을 생생하게 이야기한다.

"극장에서 가끔 위층 박스석에서 공연 팸플릿이 흩날리며 떨어지는 경우가 있는데, 공연이 지루해서 아래층 관객이 하품을 하고 있을 때 이런 일이 벌어지면 이건 그야말로 대단한 사건이 되곤 한다. 관객들은 아주 얇은 종잇장이 극장 제일 위층에서 흩날리며 떨어지는 모습을 지극히 흥미롭게 지켜보다가 종이가 지그재그를 그리며 아래층 좌석에 앉아 있는 누군가의 머리 위에 영락없이 내려앉는 광경을 보면서 깔깔거리며 배꼽을 잡는다. 정말이지 아무것도 예상하지 못한 누군가의 머리에 종이가 내려앉을 때 그가 당황하는 모습을 지켜보는 것은 그야말로 놓치기 아까운 재밌거리다(왜냐하면, 백이면 백 너무 놀라 어찌할 바를 모르기 때문이다). 나 역시 가끔 박스석 난간에 놓여 있는 귀부인들의 오페라글라스를 볼 때마다 순간 아래층 좌석에 앉아 있는 누군가의 머리 위로 떨어질 것만 같은 생각이 들어 늘 두려움을 느끼곤 한다." (본문 41쪽)

1840년대 러시아 사회를 코믹하게 풍자한 이 소설은 이후

1984년 소련에서 비탈리 멜리코프 감독의 코미디 영화로 제작되었으며, 1900년에 처음 희곡으로 각색되어 지금까지 연극 무대에서 활발하게 상연되고 있다.

「남의 아내와 침대 밑 남편」 외에 「아홉 통의 편지로 된 소설」, 「악어」, 「끔찍한 일화」 이 세 작품에도 사회적으로 존경받고 교양 있는(혹은 나름 존경받고 교양 있다고 생각하는) 신사가 주인공으로 등장한다. 「아홉 통의 편지로 된 소설」은 1847년 도스토옙스키가 《동시대인》에 발표한 작품으로, 짧은 편지글 형식으로 이루어진 유머러스한 이야기다. 「악어」는 도스토옙스키가 《시대(Эпоха)》(1861-1865)에 연재하였으나 이후 이 잡지가 재정난으로 폐간되면서 소설은 미완성으로 남고 말았다. 「끔찍한 일화」는 1862년 발표된 작품으로 그로테스크하면서도 코믹하게 당시 관료 사회를 풍자하고 있다. 이 작품은 이후 1966년 소련에서 알렉산드르 알로프와 블라디미르 나우모프 감독의 코미디 영화로 제작되었으나 당시 소련 체제의 검열에 걸려 개봉되지 못했다가 1987년 12월에야 비로소 상영될 수 있었다. 이들 작품 속 주인공들은 나름 교양 있고 배운 사람으로서 개혁적인 성향을 표방하지만, 주인공이 지향하는 이상과 실제에는 상당한 괴리가 있다. 도스토옙스키는 이런 모순과 역설을 연극적인 요소를 통해 유머러스하게 그려내고 있다.

한편 「우스운 인간의 꿈」은 1877년 《작가 일기》 4월호에 발표된 작품이다. 작품의 도입 부분에 길을 가는 주인공의 팔꿈치를 당기며 도움을 요청하는 어린 소녀를 발을 구르며 쫓아내는 장면은 너무 애처로워서 읽는 이의 가슴을 저리게 한다. 불행한 인생을 자살로 마무리하려고 결심한 주인공에게 이러든 저러든 '아무 상관도 없는' 이 세상은 자신이 쫓아 버렸던 그 어린 소녀로 인해 너무나 '상관 있는 세상'이 되어 버린다. 작품 「백야」에서 "우리가 불행할 때 우리는 다른 사람의 불행을 더 강하게 느낀다"라고 했던 도스토옙스키의 말이 떠오르는 작품이다.

「100세 노파」는 1876년 《작가 일기》에 발표한 작품이다. 도스토옙스키는 이 작품을 언급하며 자신의 아내인 안나 그리고리예브나에게 들었던 실제 사건을 기반으로 썼다고 한다. 이야기에 등장하는 작가가 바로 도스토옙스키 자신이며, 초반에 이야기를 이끌어 가는 부인이 바로 그의 아내이다. 작가는 소설 속에서 자신의 아내를 다정하고 인정 넘치며 교양 있는 부인으로 그리고 있다. 작품을 통해 일상 속에서 일어난 별로 특별할 것도 없는 아내의 이야기에 귀를 기울이는 남편 도스토옙스키와 금슬 좋은 부부의 모습을 엿볼 수 있다.

마지막으로 도스토옙스키의 시가 수록되었다. 그 중 「1854년 유럽의 사태에 대하여」, 「1855년 7월 1일을 기념하여」, 「대관식과 평화조약 체결을 기념하여」 이 세 편의 시는 도스토옙스키가 러시아 황실에 바치는 헌정시였다. 1849년 28세의 도스토옙스키는 페트라셰프스키 집에서 열린 반정부 모임에서 〈절대 왕정

의 입장을 신봉했다는 이유로 고골을 비난하는 내용을 담은〉
벨린스키의 편지를 읽은 죄로 체포되어 사형 집행 직전까지 갔
다가 극적으로 살아난다. 이후 4년 동안 시베리아에서 유형 생
활을 하고 1857년이 될 때까지, 도스토옙스키는 자신의 사면
을 위해 왕실을 찬양하고 애국심을 고취하는 이 세 편의 시를
썼다. 그러나 그 이후 도스토옙스키는 자신이 쓴 이 세 작품을
부끄러워했고 그 누구에게도 언급하지 않았으며 자신의 생전
에 출판하지도 않았다. 그러나 "모든 비평 중에서 가장 위대하
고, 가장 천재적이고 가장 완전무결한 것은 시간"이라는 벨린
스키의 말처럼, 당시 도스토옙스키가 부끄러워했던 시들이 지
금에 와서는 러시아의 대내외적 상황과 도스토옙스키가 처한
현실을 생생하게 증언해 주는 역사적 증거이자 소중한 문학 사
료라 하겠다.

　도스토옙스키의 가족과 삶을 생생하게 그린 시들도 있다.
「아이들은 돈이 많이 든다…」는 '아이들을 키우려면 돈이 많이
드니, 그것참 걱정'이라는 내용의 시이다. 도스토옙스키가 자
신의 아내에게 농담처럼 전하는 내용이다. 시에는 역시 그의
아내 안나 그리고예브나가 등장하며, 릴랴와 두 사내아이는 작
가의 둘째 딸 류보피와 두 아들 표도르, 알렉세이로 추정된다.
「분노의 눈물을 흘리며」는 1867년 결혼 직후 외국으로 떠나
1872년 러시아로 돌아오기까지 유럽에 체류하던 시기에 쓴 시
이다. 이 시에서 '2년 동안 우리들은 궁핍하게 살고 있다', '그런

데 너는 마지막으로 남은 돈을 룰렛 도박판에서 한 방에 날려 버리고, 코페이카 땡전 한 푼 가진 게 없는 알거지 신세가 되었구나, 이 바보야!'라며, 없는 형편에 도박판에서 그나마 가지고 있던 돈마저 날려 버린 자신을 자책하는 도스토옙스키의 모습을 엿볼 수 있다.

번역을 하면서 작가가 그리는 장면과 인물을 최대한 살리고자 노력했다. 작품 속 등장인물이 하나하나 살아서 우리 바로 앞에서 울고, 웃고, 애원하는 것처럼 번역에 생명을 불어넣고자 했다. 한국 독자들이 가능하면 쉽게 읽고 이해할 수 있기를 바랐고, 최대한 도스토옙스키가 쓴 그대로 옮기고자 했다. 가장 멋지고, 가장 적절한 표현은 이미 작가가 쓰고 있었기에 그대로만 전하면 되는 것이었다. 다만, 한국어로 말이다. 부디 한국 독자들이 러시아어 원문을 읽는 것과 같은 생생한 느낌과 감동을 받을 수 있다면 좋겠다. 그리고 번역이라는 다소 염치없는 배반을 겪고도 변함없이 빛나는 도스토옙스키의 대가다움을 느낄 수 있기를 바란다.

이 책이 나오기까지 많은 분들의 도움이 있었다. 5+5 번역 프로젝트는 러시아문학번역원과 한국문학번역원의 공동 기획으로 시작되었고, 한국외국어대학교 통번역대학원 방교영 교수님의 제안으로 실행에 옮겨졌다. 역자로서 이번 프로젝트에 참여할 수 있어서 무한한 영광이었으며, 이런 기회를 주신 양국 문학번역원과 방교영 교수님께 깊은 감사를 드린다. 번역을 하는 과정에서 작품의 해석을 위해 끊임없이 이어지던 역자의 질문에 한결같이 따뜻하게 응하며 자료를 찾아 보내주신 올가 블라디미로브나 교수님께 감사의 말씀을 드리고 싶다. 또한 그 동안 계획되었던 일정에서 너무나 늦어졌음에도 불구하고 충분히 고민하고 번역할 수 있도록 시간을 갖고 기다려 준 도서출판 걷는사람의 김은경 편집장에게도 감사드린다. 마지막으로 사랑하는 나의 가족에게 고마움을 전한다.

2020년 가을
서유경

웃음과 풍자 코드로 읽는 도스토옙스키 단편선

Ф. М. Достоевский: Великий сатирик и
юморист в его знаменитых рассказах

2020년 11월 13일 1판 1쇄 펴냄
2021년 8월 23일 1판 2쇄 펴냄

지은이	표도르 미하일로비치 도스토옙스키
번역	서유경
펴낸이	김성규
편집	김은경 미순 조혜주
디자인	김동선
펴낸곳	걷는사람
주소	서울특별시 마포구 월드컵로 16길 51 서교자이빌 304호
전화	02 323 2602
팩스	02 323 2603
등록	2016년 11월 18일 제25100-2016-000083호
ISBN	979-11-89128-95-1
	979-11-89128-70-8 [04890] 세트

* 이 책은 한국문학번역원, 러시아문학번역원의 지원을 받아 출간되었습니다.
* 이 책 내용의 전부 또는 일부를 재사용하려면 반드시 지은이와 출판사의 동의를 얻어야 합니다.
* 잘못된 책은 교환해 드립니다.
* 이 책의 국립중앙도서관 출판시도서목록(CIP)은 서지정보유통지원시스템 홈페이지
  (http://www.seoji.nl.go.kr)와 국가자료공동목록시스템 홈페이지
  (http://www.nl.go.kr/kolisnet)에서 이용할 수 있습니다.(CIP제어번호: 2020046570)